EL MAGO

JD SANTIBÁNEZ

Éste es un trabajo de ficción. Los nombres, personajes, lugares e incidentes son producto de la imaginación del autor, o son usados de manera ficticia, y cualquier parecido con personas reales, vivas o muertas, establecimientos comerciales, sucesos o localidades es completamente coincidental.

EL MAGO
Segunda Edición/2013

ISBN 9978-42-764-3

EL MAGO

01. El Rojo y El Mago

El Rojo se situó frente a la ventana. Podía ver la avenida por donde el desfile pasaría. La gente ya estaba colocada a lo largo del camino, con sus hijos en brazos, riendo, jugando, esperando. Los vendedores deambulaban ofreciendo globos, banderitas, camisetas, gorras, sánduches y colas.

La candidata era una traidora a la patria, le habían dicho los que lo contrataron, pero en realidad le daba lo mismo.

Sacó el rifle que guardaba en el maletín y empezó a armarlo. Era un Seizer 25Ux, con mira telescópica sin margen de error. Un disparo era lo único que necesitaba. Imposible fallar.

Miró su reloj. Todavía faltaban dos horas. Se sentó tranquilamente en el piso, y apoyó la cabeza contra la pared.

El Mago entró en la cafetería. Reconoció a Ramón Cevallos por la foto que había visto cuando recibió el encargo. Estaba en una de las mesas del fondo, tomando un café. Era un hombre pequeño, rechoncho, con lentes redondos. Encajaba perfectamente en el estereotipo.

—Señor Cevallos —dijo El Mago.

—¿Señor Carreño? —el contador se mostró nervioso ante aquel hombre de aspecto rudo y ojos casi blancos.

—Me alegro encontrarlo —El Mago tomó asiento frente a él—. Dejé varios recados con su secretaria.

—He estado ocupado —explicó Cevallos—. Su mensaje decía que era importante... un buen negocio.

Cevallos estaba convencido de que El Mago era un hacendado poderoso que buscaba una firma contable para sus compañías. Sólo por eso había aceptado la reunión en aquel lugar, y en sábado.

—Por supuesto que le tengo un excelente negocio— declaró El Mago—. ¿Le importa si tomo un café?

Hizo una seña a la mujer que estaba de pie a pocos metros, observando la calle a través de la ventana. Tenía una cara aburrida y tal vez hubiera sido bonita en otro tiempo y en otro lugar. Se acercó a recibir el pedido.

—¿Bueno? —insistió Cevallos.

El Mago echó una mirada al restaurante. Además de un par de personas que ocupaban una mesa cerca de la entrada, la cafetería estaba vacía.

—Parece que el sitio no es popular.

—¿Acaso no está enterado? —reclamó Cevallos, como si conociera el secreto de la vida eterna—. El desfile empezará pronto.

El Mago se encogió de hombros.

—No he tenido tiempo de leer las noticias.

En realidad, había escogido la cafetería *precisamente* por lo lejos que estaba del bulevar donde se desarrollaría el desfile.

—Señor Carreño, soy un hombre muy ocupado. No puedo perder el tiempo...

En ese momento la camarera se acercó con el café y El Mago hizo un gesto descuidado con los brazos, tropezando con ella y haciendo que regara el contenido sobre la camisa de Cevallos.

—¡Mierda! —saltó el contador.

—Cuánto lo siento —se disculpó la camarera, tratando de secarlo con servilletas de papel.

—No, déjeme —le espetó Cevallos, retirándose de la mesa—. Tengo que ir al baño.

Caminó hasta una pequeña puerta y entró. El Mago esperó unos segundos, y lo imitó.

Era un cuarto pequeño, con lavamanos, urinario y un cubículo con puerta. El Mago sacó la cuerda de nylon, y se acercó por detrás del hombre.

—Escúcheme, señor Carreño —Cevallos movió la cabeza, sumamente molesto—, creo que ha...

El Mago pasó la cuerda alrededor del cuello del contador, y apretó con fuerza mientras los ojos de Cevallos se dilataban y su cuerpo se sacudía.

Lo dejó sentado sobre el excusado, y cerró la puerta del cubículo. Salió del baño, colocó un par de billetes en la mesa y abandonó la cafetería. A lo lejos se escuchaba el clamor de la gente que asistía al desfile.

El carro se movía como tortuga en medio del tráfico y el gentío, con los dos pasajeros a punto de ebullición.

—Vamos a llegar tarde —dijo indignada Deborah—. ¿De dónde salió tanta gente?

—Es el desfile. Lo había olvidado —contestó Guillermo, con las manos en el volante.

—Debimos estar en la casa de mis padres hace más de veinte minutos.

—No es culpa mía —dijo Guillermo, irritado.

Últimamente parecían discutir por todo. Después de diez años de vivir juntos, habían incluso hablado de divorcio, pero ninguno de los dos se decidía a dar el primer paso.

—Pues debiste preverlo —dijo la mujer, sacudiendo su cabello negro—. Siempre andas en la luna...

Guillermo la miró. Era una mujer hermosa, inteligente, pero su mal humor siempre acababa por dañarle el hígado. Estaba harto.

—Déjame en paz, ¿quieres? Cualquiera puede equivocarse.

—Dobla por aquí, haz algo para salir de este relajo —indicó la mujer.

Guillermo apretó los dientes. No quería darle la razón, pero si seguían en la misma ruta, iba a ser peor. Sintiendo que la sangre se le subía a la cabeza, giró el volante hacia donde señalaba su esposa.

Allí estaba la mujer, en el centro de los hilos. La mira telescópica era mejor de lo que le habían dicho. Clara. Precisa. Perfecta.

El Rojo colocó el dedo en el gatillo.

La mujer saludaba sacando prácticamente medio cuerpo por la ventana trasera del Mercedes. Sus guardaespaldas eran muy descuidados; incluso permitían que las amas de casa se acercaran con sus hijos para que la candidata les diera un beso.

Como si fuera el Papa, pensó.

Un solo disparo.

Era todo lo que necesitaba.

El Rojo contuvo la respiración.

El Mago caminó prestando poca atención al barullo que lo rodeaba. Todavía faltaban seis cuadras para llegar a la hostería, pero con la cantidad de gente en las calles, tomaría mucho más de lo esperado. Mientras se abría paso entre la masa, pensó en lo ingenuo que seguía siendo el populacho. Todavía se sentían atraídos por los políticos, no importaba cuánto les habían mentido. Y ahora estaban todos extasiados con el desfile de carros alegóricos que la candidata había preparado.

El Mago tuvo que detenerse. El público se agitaba aún más; parecía que la mujer se acercaba.

La vio.

Con su peinado elegantón y su traje estilo Evita, sacando el cuerpo por la ventana del automóvil y haciendo de la mano a todo el mundo.

De repente, un costado de la cabeza de la candidata pareció desprenderse del resto, y su cuerpo se perdió dentro del auto.

La gente no entendía bien lo que pasaba. La banda de música fue apagando los instrumentos hasta que se escuchó un murmullo colectivo. Los guardaespaldas entraron en la parte trasera del auto. Alguien empezó a gritar: "¡La mataron, la mataron!"

Y cundió el pánico.

La gente empezó a correr hacia todos lados, tratando de no ser la siguiente víctima. Pero El Mago estaba seguro de que los disparos no se repetirían. El francotirador ya debía estar huyendo.

Trató de evitar ser derribado por el gentío, y se detuvo en el portal de una casa. Policías, reporteros y curiosos habían formado un cordón alrededor del auto de la candidata y nadie podía acercarse.

El Rojo dejó escapar el aliento.

Con el silenciador, nadie se había dado cuenta de dónde provenía el disparo. Pero de todas maneras tenía que apresurarse. Desarmó el rifle y lo guardó en el maletín. Se enderezó el traje y la corbata, y salió de la habitación. Caminó tranquilamente hasta el ascensor. El edificio de oficinas estaba solitario por ser sábado, así que no tenía de qué preocuparse. El ascensor se detuvo en la planta baja, y El Rojo saludó al viejo guardia de seguridad.

—¿Qué pasa? —preguntó, fingiendo asombro. Gritos y sirenas se confundían en una cacofonía interminable.

—Alguien le disparó a la candidata, ingeniero —dijo el guardia, consternado.

—No me diga...

Y así lo dejó, sin terminar el comentario. Salió por la puerta principal, con su traje Armani y su maletín de cuero hecho a mano.

Guillermo y Deborah empezaban a relajarse, pensando que por fin habían evitado el embotellamiento, cuando la gente salió disparada por todas partes, gritando y aplastándose unos a otros. Muchos se embarcaban en sus automóviles, e intentaban arrancarlos y abandonar el área, incrementando el caos.

—Dios santo, ¿qué es lo que pasa?

—No lo sé —respondió Guillermo, frenando a raya para no atropellar a un hombre que corría con su esposa y dos niños pequeños.

En medio del enredo, algunos carros chocaron y los conductores furiosos empezaron a discutir. Las calles quedaron bloqueadas.

—¿Y ahora qué? ¡No podemos avanzar!

—Creo que es mejor quedarnos quietos por un rato —sugirió Guillermo, nervioso.

—¿Estás loco? Ya mismo rompen el parabrisas —gritó la mujer mientras decenas de personas corrían a ambos lados del automóvil.

—Carajo —se exaltó Deborah, pasándose la mano por el cabello —. Ahora sí, no llegaremos nunca.

El Rojo trataba de no prestar atención al pánico a su alrededor. Caminó por varias cuadras hasta llegar al automóvil que había alquilado.

—¡Mierda! —golpeó la palma contra la puerta del carro al ver dos llantas desinfladas. Y el suyo no era el único. Algún imbécil había reventado los neumáticos de varios automóviles, e incluso había rayado las carrocerías con algún objeto punzante.

Se maldijo a sí mismo por no haber abandonado el maletín. Era estúpido, pero no le gustaba la idea de deshacerse de tan excelente arma.

De nada te servirá si te agarran con ella, pensó.

Decidió librarse del rifle. Pero no podía hacerlo en la calle, había demasiada gente, demasiados policías. Se fijó en un bar-restaurante cercano. Lo más seguro era abandonar el maletín en el baño o debajo de una mesa.

La zona se estaba saturando de carros de policía, ambulancias y automóviles de políticos amigos de la víctima. El Mago siguió caminando mientras observaba al hombre que golpeaba el auto al notar las llantas bajas.

Lo vio caminar hacia un restaurante.

—¿Te das cuenta? Ahora no llegaremos nunca.

Deborah andaba a paso acelerado, mientras Guillermo intentaba calmarla. Habían decidido caminar a un lugar seguro, después de que alguien se había estrellado contra la ventana de lado del pasajero. A Deborah le había dado un ataque de histeria.

—No fue culpa, caramba —explicó su marido.

—Déjame en paz —decía mientras sacudía su celular—. Encima, este aparato no funciona, y no hay ni un teléfono público a la vista.

—Mira, vayamos a ese bar. A lo mejor podemos alquilar un teléfono —sugirió Guillermo, no sin obtener una mirada de odio por parte de su esposa.

El Mago entró en el bar-restaurante, tratando de no llamar la atención. El hombre estaba en la barra, con su traje de cuatrocientos dólares y un maletín fino que El Mago conocía bien. Había tenido uno igual en el pasado.

El Mago se sentó en una mesa de la esquina y ordenó una hamburguesa al mesero que ya se había acercado a recibirlo.

El Rojo echó una mirada al comedor y por un momento sus ojos se conectaron con los de El Mago. Se volvió en seguida hacia la barra y ordenó un whisky. Intentó relajarse, pero era obvio que estaba nervioso.

Entonces la puerta se abrió otra vez y dio paso a una pareja notablemente molesta.

El Rojo observó a su alrededor y vio muy pocas personas en el restaurante. Pero, por alguna razón, no le gustó el hombre solitario que almorzaba en una de las mesas. Tal vez debido a esos ojos blancos, propios de un albino. Parecían de otro mundo, como si a través de ellos aquel hombre pudiese adivinar quién era él realmente. Como si pudiera llegar hasta su alma.

Déjate de pensar pendejadas, se dijo.

Desvió la mirada y ordenó un whisky. Escuchó de pronto un barullo y el ruido de la calle invadió el sitio por varios segundos.

Lo que faltaba, pensó, una pareja alocada.

Guillermo entró detrás de Deborah y se sintió como un idiota cuando lo vieron los clientes del restaurante. Especialmente el pelirrojo de la barra que llevaba un elegante traje. Armani, por lo que pudo deducir. Un poco caluroso para la ciudad, pero a veces la elegancia ameritaba sacrificios. Él lo sabía muy bien. En su línea de trabajo, el vestir era igualmente importante.

La mujer se dirigió al *bartender* y le preguntó por el teléfono. El hombre le dijo que había uno cerca del baño.

—Voy a llamar a mi mamá —anunció Deborah a su marido—. Tú pídeme una cola.

Guillermo se encogió de hombros y la vio dirigirse hacia el fondo del restaurante. Hizo una mueca de disculpa hacia el ejecutivo de la barra y éste le ofreció una sonrisa comprensiva. Mujeres.

Guillermo ordenó la cola para Deborah, y una Miller para él. A ella no le iba a gustar que tomara antes de visitar a los suegros, pero en ese momento le importaba un pito.

—¿Qué le parece el relajo allá afuera? —preguntó al hombre del Armani.

—Increíble —dijo El Rojo, con extrema sinceridad—. Aunque no me sorprende. La mujer tenía muchos enemigos.

—Es una pena. El pueblo la quería. Las calles están repletas.

—Qué le vamos a hacer. Este país no cambia —El Rojo movió la cabeza, y continuó con su whisky.

Deborah estaba de regreso y habló con su marido, sin prestar atención al hombre elegante.

—Hablé con ella. Me dijo que está muy resentida contigo, pero que nos apuremos.

—¿Resentida? ¿Por qué?

—No empieces de nuevo. Regresemos al carro —dijo, mientras probaba la gaseosa que le había proporcionado el *bartender*.

—¿Regresar? Pero si acabamos de llegar.

—Lo único que quiero —aseguró fríamente la mujer—, es llegar a la casa de mis padres.

—Me temo que no es posible —interrumpió el *bartender*—. La policía ha acordonado las calles y nadie puede abandonar la zona. Lo acaban de decir por la televisión.

—Qué mierda —dijo Deborah y se acercó a una mesa para sentarse—. Estamos atrapados aquí.

—Están revisando casa por casa y carro por carro —continuó el *bartender*.

El Rojo maldijo para sus adentros. Se suponía que todo iba a ir suave. Se lo habían asegurado.

Se encaminó de inmediato al baño. El Mago lo observaba y se dio cuenta de que, a su regreso, ya no portaba el maletín.

—De todas maneras hay que intentarlo —dijo Deborah a su marido—. Que nos registren de pies a cabeza. No tenemos nada que ocultar.

Sin esperar respuesta, salió nuevamente a la calle. Guillermo apresuró su cerveza y sonrió nuevamente al hombre del Armani. En seguida salió en busca de su mujer.

El Rojo esperó varios segundos y los siguió.

El Mago se levantó de su asiento y vio a través de la ventana que el hombre alcanzaba a la pareja y hablaba con ellos. Al principio la mujer pareció protestar, pero luego de palabras y sonrisas, los tres se embarcaron en el carro.

—Muchas gracias por todo —dijo El Rojo, en el asiento posterior del Nissan.

—No se preocupe, todos tenemos que ayudarnos —respondió Guillermo.

—Pero recuerde —aclaró Deborah, volviéndose en su asiento para mirar al pelirrojo—, que vamos hacia el norte, así que no espere...

—No se preocupe, señora —sonrió El Rojo—. Lo que pasa es que tengo una reunión importante y no hay un taxi disponible. Sé que es sábado, pero qué se le va a hacer. Los negocios nunca terminan. Además, los policías se ponen pesados cuando ven a hombres solos...

Deborah dibujó una mueca. Estaba segura de que Guillermo había accedido a llevar al extraño sólo para molestarla.

El Mago se embarcó en su automóvil, y arrancó en la dirección que El Rojo había tomado.

Después de varios minutos, se encontró con carros de

policía cruzados en la vía. Una veintena de vehículos estaban en cola antes que él.

Al parecer, el *bartender* se había equivocado. Sí estaban dejando salir a la gente, pero los policías obligaban a los viajeros a bajarse y los registraban minuciosamente. Revisaban sus cédulas y demás documentos.

Cuando le tocó el turno, El Mago frenó el carro con suavidad, mientras un policía se acercaba. Apretó la Biblia que estaba en el asiento del pasajero. No podía permitir que la revisaran.

Un teniente, de unos treinta y cinco años, detuvo al policía y lo remplazó. El Mago entregó su licencia y matrícula. El teniente se lo quedó mirando directo a los ojos.

—Creo que es hora de ir al aeropuerto —anunció El Rojo.

—¿Cómo? —se asombró Guillermo. El tono amable del hombre elegante había desaparecido.

El Rojo pasó el brazo alrededor del cuello de Deborah, y apretó. Al mismo tiempo, con la otra mano colocó la punta de una pluma Bic bajo la oreja izquierda de la mujer.

—No creas que esto no mata, pendejo —retó El Rojo—. Si no haces lo que digo, se la clavaré hasta el fondo.

Deborah sufría y trataba de soltarse, pero el brazo de El Rojo parecía un bloque de cemento.

—No le haga daño —suplicó Guillermo—. Iremos al aeropuerto, lo que usted diga...

—Perfecto —se complació El Rojo, apretándose más contra el asiento de Deborah—. Sabía que aún quedaba algo entre ustedes. Ella te importa, ¿verdad?

Al no recibir respuesta, El Rojo empujó la pluma, y Deborah lanzó un quejido apagado, sus ojos dilatados de terror.

—¡Sí, sí es verdad! —chilló Guillermo— Por favor, déjela tranquila. Haremos lo que usted quiera.

—Eso ya lo sé —dijo El Rojo, esbozando una sonrisa.

*   *   *

Después de veinte minutos, El Mago alcanzó al Nissan. Se dirigía al aeropuerto. El carro entró en el estacionamiento del pequeño terminal y el hombre conocido como El Rojo se dirigió hacia los *counters* internacionales.

Va solo, pensó El Mago. Debió desechar a la pareja en el camino.

Dejó su carro y lo siguió.

El aeropuerto estaba a reventar. Un centenar de pasajeros de American y Continental chequeaba sus equipajes, viciando el ambiente y convirtiendo el lugar en una gran feria. El Rojo estaba en una cola mucho más corta, para pasajeros de primera clase.

Caminando entre la gente y los locales comerciales, sin perder de vista al hombre, El Mago decidió lo que tenía que hacer.

El Rojo se sentía tranquilo. Todo había salido bien.

No le había molestado matar a Deborah. Aunque estaba buena, era una hija de puta que no sabía mantener la boca cerrada. Lo estaba pidiendo a gritos.

El marido fue otra cosa. Sintió un poco de lástima por él. En fin, era un pendejo por aguantar tanta mierda. Por lo menos ya no tendría que aguantar nada más.

Mientras hacía los trámites en el *counter* de la aerolínea, decidió enfocar sus pensamientos en algo mejor. En pocas horas estaría en Houston y de ahí tomaría un vuelo a Nuevo México, donde le esperaba una casa acogedora en medio del mejor paisaje del mundo.

Observó a la gente. Todos felices, pensando, al igual que él, en sus destinos, en la gente que les esperaba, en las cosas que harían al llegar.

Parpadeó.

Le pareció ver una cara conocida.

Chequeó otra vez a ver si era cierto.

No. No era nadie.

Cerró los ojos e intentó relajarse.

Dio las gracias al tipo del *counter*, quien le deseó un buen viaje, y empezó a caminar hacia la sala de embarque. Alguien tropezó con él, y estuvo a punto de insultarlo, pero cambió de idea. No era el momento.

Esperó su turno, y luego presentó su pasaporte y boleto de avión. El guardia le indicó que pasara a través del arco metálico. Cuando lo hizo, se escucharon *beeps* sucesivos.

El Rojo sonrió nerviosamente. Debían ser las llaves, pensó.

Vio que el guardia de seguridad esperaba tranquilo, pero atento. Metió la mano al bolsillo del saco y se dio cuenta de que tenía algo metálico, lo extrajo y era...   ¿una navaja de resorte?

El guardia se acercó con cara de pocos amigos.

—Acompáñeme, por favor —dijo.

El Rojo no sabía lo que pasaba. ¿De dónde había salido esa cosa?

—Pero...

—Por favor —repitió el guardia, cuando se acercaron dos de sus compañeros.

—Pero eso no es mío —explicó—. Alguien lo colocó allí...

—Seguro —dijo uno de los guardias mientras lo llevaban a una oficina en la parte trasera del terminal.

—Les he dicho, una y otra vez, que no sé qué hacía esa navaja en mi bolsillo.

—No me vengas con el cuento de que alguien te lo puso —dijo uno de los guardias del aeropuerto, hecho el bravucón.

—No importa —dijo el otro, que permanecía junto a la puerta del pequeño cuarto—. Ya mismo llegan los pesquisas. A ver si te atreves a mentirles a ellos.

—Yo no estoy mintiendo, pendejo —bramó El Rojo—. Si fueran más inteligentes, lo sabrían.

Se levantó violentamente y golpeó al guardia más cercano. El otro arremetió contra él y le dio un puñetazo en el riñón derecho. El asesino cayó de rodillas y recibió otro golpe en la sien. Y un par de patadas en las costillas.

El Mago se estiró. Había pasado cerca de dos horas desde que puso la navaja en el bolsillo del hombre, y recién ahora el carro de policía abandonaba el aeropuerto.

Era un Honda verde, con dos uniformados en la parte delantera y dos de civil en la parte de atrás. En medio de los últimos iba el asesino de la candidata, aunque ellos no lo sabían.

Arrancó el Vento y los siguió de cerca. Había bastante tráfico y le costó mantenerlo a la vista. Más adelante, llegaron a una intersección y el Honda se detuvo ante la luz roja.

El Mago detuvo el automóvil junto a la ventana derecha y delantera del Honda. Miró hacia el policía que le puso mala cara. El Mago sonrió y arrojó algo hacia el interior del Honda. El policía, sorprendido, trató de ver lo que el hombre le había arrojado.

El Mago arrancó, aunque la luz todavía estaba en rojo. Varios automóviles frenaron estrepitosamente para evitar una colisión.

El Rojo pensaba en cuál era la mejor manera de escapar. Estaba en medio de dos agentes grasientos que lo golpeaban a menudo. Adelante iban dos uniformados, pero estaban distraídos, conversando sobre sus familias y la mierda que era el gobierno.

Le dolía la cabeza y el costado. Sentía la mejilla hinchada, y su ojo izquierdo estaba prácticamente cerrado.

Tengo que hacer algo, se dijo.

El carro se detuvo ante una luz roja.

Un Volkswagen Vento se detuvo a su derecha. La cara del conductor le era familiar.

Un momento.

Era el hombre que le pareció haber visto en el aeropuerto. ¡Era el hombre de la hostería, el de los ojos muertos!

El hombre arrojó algo que entró por la ventana delantera y cayó al piso. El policía se agachó para recogerlo. En seguida el Vento salió disparado y se perdió en el tráfico.

—¿Qué es eso? —preguntó el conductor.

—*¡Tenemos que salir de aquí!* —gritó El Rojo, a todo pulmón.

El policía se agachó para recoger el libro que había arrojado el hombre del Vento.

—¿Qué es eso? —preguntó su compañero que estaba al volante. Los de atrás estaban inquietos.

Observó la Biblia. Era de esas antiguas, con un broche al costado, que la mantenía cerrada. ¿Por qué alguien arrojaría una Biblia de esa manera?

—*¡Tenemos que salir de aquí!* —escuchó gritar al prisionero.

El policía trató desabrochar el libro. Parecía muy bonito.

La luz lo invadió todo.

El Mago arrancó de inmediato, sin tratar de evitar los automóviles que venían en sentido transversal. Afortunadamente, nadie lo golpeó. Lo último que necesitaba era un accidente de tránsito.

Por el retrovisor pudo ver el Honda achicándose más y más, hasta que una gran bola de fuego lo envolvió y salió disparado hacia arriba, como empujado por un inmenso resorte. El automóvil cayó, hecho una chatarra, en el mismo lugar donde hace unos instantes había estado estacionado.

El Mago continuó su viaje, pero esta vez a una velocidad moderada. Más adelante venía en sentido contrario un automóvil de la policía, con las luces apagadas. Redujo la velocidad.

El teniente que lo había revisado al abandonar el restaurante, asintió.

Le entregó un sobre y ambos continuaron en sentidos opuestos.

El sobre contenía una llave y una dirección. Allí encontraría un casillero bancario con el resto de su paga.

02. El Sacerdote y El Mago

Nunca le habían gustado las iglesias. Desde pequeño le causaban inseguridad, zozobra. Su madre había sido una mujer muy religiosa. Insoportablemente religiosa. Todas las mañanas asistía a misa de siete, y permanecía después, durante media hora, orando por cuenta propia. Regresaba entonces a su casa para recibir a decenas de hombres y mujeres que le consultaban el futuro, la suerte, o algún consejo para tener mejor fortuna. El Mago había crecido rodeado de lo religioso y lo paranormal. Una mezcla de lo santo y lo prohibido.

Caminó en medio de las bancas, empequeñecido por las paredes y las imágenes que lo observaban desde los corredores. Llegó hasta el confesionario y entró. Instintivamente palpó la navaja que guardaba en uno de sus bolsillos.

Tuvo que arrodillarse, pues no había otra opción. Recordó las veces en que de niño se había sentido atrapado en un lugar parecido, tratando de recordar si había hecho algo malo durante la semana, porque su madre le exigía la confesión.

La ventanilla se abrió y en el claroscuro apenas pudo apreciar las facciones del padre Esteban.

—Gracias por venir, señor Pereira —dijo el clérigo, con voz temblorosa.

—Sólo porque Don Agucho me juró que usted era de confiar.

—Nos conocemos desde hace años —recordó el sacerdote, secándose el sudor de la frente con la manga de la sotana.

—Lo escucho, padre —recalcó El Mago.

—Sí... Le parecerá extraño que alguien como yo busque a una persona que se dedica... a lo suyo. Va en contra de todo lo que soy, de todo lo que he jurado ser...

El Mago permaneció callado, esperando.

—Por eso estamos hablando aquí —continuó el padre—. Me siento demasiado avergonzado para enfrentarlo cara a cara.

Las lágrimas empezaron a rodar por las mejillas del sacerdote. Cerró los ojos e intentó calmarse.

—¿Sabe a cuántas personas confieso diariamente, señor Pereira?

—Muchas, supongo.

—Todas esperan mi consejo y mi absolución. La mayor parte de las veces es sencillo. Muchos piensan que casi todo lo que hacen es pecado, pero no es así. Les doy una penitencia y regresan felices a sus vidas, con la seguridad de que están puros nuevamente...

El padre agachó la cabeza y se sostuvo la frente con una mano. Volvió a cerrar los ojos.

—Pero lo que he escuchado últimamente es dema-siado grande para mí, no puedo soportarlo. Por más que le rezo a mi Dios, por más que quiero acercarme cada vez más a Él, siento que fallo.

—No le entiendo, padre...

—Por favor —el sacerdote levantó la mano, indicando que tuviera paciencia—. Hay una persona, un hombre, aunque dudo de que sea humano, que ha venido a confesión cuatro veces en los últimos meses. Y lo que me ha dicho... es aterrador.

—Se supone que no puede contármelo.

—Lo sé, señor Pereira. También sé que me estoy conde-nando a mí mismo. Pero, Dios Santo...

Esta vez el padre sacó su pañuelo y secó sus lágrimas.

—Este hombre es un depredador, señor Pereira. Un animal que abusa de niños pequeños y luego los mata. Me ha descrito, con lujo de detalles, las atrocidades que ha cometido. Aunque dice arrepentirse, sé que no es cierto. Sé que le gusta, que lo disfruta, y que no está dispuesto a abandonarlo.

—¿Por qué viene donde usted, entonces?

—Dice que quiere que Dios lo perdone, que no quiere ir al infierno cuando muera. Que confía completamente en mí, para que no diga nada a nadie. Pero, en realidad, lo que le gusta es torturarme. Que sea su cómplice, que sepa toda la verdad. Porque necesita que alguien le escuche. Una audiencia. No soporta ser el único en saber lo que está sucediendo.

—¿Por qué me ha llamado, padre?

—Señor Pereira, no puedo dormir... —la voz del sacerdote temblaba, al igual que su cuerpo—. Las imágenes descritas por este hombre son tan vívidas que me acompañan durante todo el día. Ni siquiera puedo celebrar misa con tranquilidad. Cada niño que veo en la iglesia me recuerda a las víctimas de ese demonio. Ha matado a veinte, por lo menos, y nadie sospecha de él.

—Supongo que Don Agucho le explicó...

—Sé que usted mata gente por dinero, señor Pereira. Sé que no cree en Dios ni en Su iglesia, pero yo no puedo soportar quedarme quieto ante tanta maldad. Aunque es mi deber perdonar a ese hombre, no puedo. No después de todo lo que sé. El demonio tiene que ser combatido con sus mismas armas. Y esa arma es usted.

—Padre...

—No se preocupe. No le estoy pidiendo que haga todo por nada. Mi familia me dejó unas propiedades. Las vendí y he dedicado ese dinero a obras en la parroquia. No es mucho, pero aquí está —le mostró un sobre abultado—. Siete mil dólares.

En otras circunstancias, El Mago se hubiera reído. Estaba acostumbrado a cobrar mucho más por cualquier trabajo, pero era la primera vez que lo contrataba un hombre de Dios.

—¿Por qué no busca a la policía? Ellos podrían ayudarlo más que yo.

El padre rió amargamente.

—Yo me quedaba inmóvil dentro del confesionario, señor Pereira. Por temor, por asco. No pude ver nunca a ese demonio. Pero el otro día tuve que ir a una reunión de sacerdotes al sur de la ciudad. Había clérigos de todas partes del país. Nos presentamos mutuamente. Fue allí que reconocí su voz. Aunque trató de disfrazarla, me di cuenta de que era él. No pude dejar de mirarlo durante toda la reunión. Él también se dio cuenta.

—¿Quién es?

—Un hombre que ha jurado respetar la vida y obedecer los mandamientos de Nuestro Señor. El demonio se llama Marcelo Bajorán, de la iglesia de Santa Catalina. Es respetado por la comunidad, y amigo cercano del arzobispo.

El padre Esteban empezó a sollozar y esta vez no pudo detenerse. El Mago se sintió extraño, como si el sacerdote fuese él, escuchando la confesión de algún feligrés.

—Tranquilo, padre.

—Es más de lo que puedo soportar... Todos esos niños... Todas esas vidas inocentes...

—Yo me encargaré.

—Usted no entiende. Aunque lo que estoy haciendo es necesario, no es cristiano. Estoy acabado ante los ojos de Dios.

—Nadie sabrá que ha hablado conmigo, padre. Estése tranquilo.

El Mago se levantó y salió del confesionario. El sacerdote le entregó el sobre y trató de no mirarlo al rostro.

—Yo lo sabré —dijo.

Mientras caminaba hacia la puerta principal, El Mago observó la estatua de la virgen con el niño en sus brazos.

Se acercó y dejó el sobre junto a los pies de María.

El apartamento era amplio y se encontraba en un barrio de clase media en el norte de la ciudad. No era demasiado ostentoso, pero tenía todo lo necesario para una vida cómoda y tranquila. Era el oasis al que El Mago llegaba después de sus encargos.

Al cruzar el umbral, se sintió extraño. Algo parecía no estar en su lugar. Se respiraba un olor nuevo.

Tenía visita.

—Buenas noches, señor Pereira.

El hombre se encontraba sentado en uno de los muebles de la sala, aunque cuando El Mago había ingresado al apartamento, no lo había notado.

—¿Qué hace aquí? —preguntó El Mago.

—Sé que el padre Esteban ha cometido el error de contarle sobre mí.

El hombre se enderezó en el sillón, y la luz de la lámpara iluminó su rostro.

—Bajorán...

—Le contó cosas absurdas, mentiras. Fantasías de una mente enferma. Sin duda usted se dio cuenta de que está loco.

—No me di cuenta de nada. Y si lo que me dijo son puras mentiras, ¿qué es lo que hace usted aquí?

Bajorán se levantó y caminó hacia su interlocutor. La mayor parte de las personas se sentía insegura al ver los ojos claros, inexpresivos, de El Mago. Su "mirada de muerto." Bajorán parecía no sentirse impresionado.

—Sé quién es usted y qué es lo que hace —aseguró el padre—. Un asesino a sueldo al que no le importa matar a cualquiera, con tal de recibir su paga.

—¿Y?

—No se le ocurra meterse con un soldado del Señor.

La expresión le causó gracia. El Mago no pudo evitar la sonrisa.

—Según lo que me han contado, usted no es digno de llevar esa ropa, ni de la imagen que proyecta ante los demás.

—Usted y yo somos iguales —señaló Bajorán—. Ambos disfrutamos de nuestros talentos. Por eso he venido a conversar. Si usted no hace nada, yo tampoco lo haré —el sacerdote sonrió y sus ojos brillaron maliciosamente.

—Lo siento. Ya me pagaron.

—Yo puedo darle mucho más.

—No. No puede —determinó El Mago— ¿Qué hace aquí, padre? ¿A qué viene toda esta mierda?

—No te metas conmigo —amenazó el sacerdote, sus ojos reflejando la luz tenue del apartamento—. Saldrás mal parado.

La puerta principal del apartamento estalló en pedazos y siete figuras vestidas de negro entraron apuntando rifles automáticos. En sus chalecos antibalas podía leerse las letras GIR.

—No te muevas, hijoeputa —gritó un uniformado.

En seguida cayeron varios encima de El Mago, y lo tiraron boca abajo sobre el piso. En medio del embrollo y los gritos, trató de situar a Bajorán, pero había desaparecido.

—¡Quieto! —volvió a gritar el policía, apuntando su rifle directamente a la cabeza de El Mago. Alguien ya le había colocado unas esposas y tenía sus manos fijas a la espalda. Lo jalaron del cabello, obligándolo a ponerse de pie.

—¿Dónde está el niño, desgraciado?

—No sé de qué está hablando.

El policía golpeó con la culata del rifle el vientre de El Mago, quien se dobló del dolor.

—Mi sargento, por aquí —se escuchó a uno de los policías que había entrado a revisar los diferentes ambientes del apartamento.

Los policías empujaron al prisionero hacia el dormitorio.

El cuerpo desnudo y frágil de un niño de unos doce años yacía ensangrentado sobre el piso. Tenía las manos atadas a la espalda y la boca cubierta con cinta adhesiva. Sus ojos parecían dilatados de miedo.

Ninguno de los presentes pronunciaba palabra. El Mago ya había torcido sus articulaciones y tenía una mano fuera de las esposas. Mientras los policías observaban el horrendo espectáculo, en menos de dos segundos, la navaja estaba fuera de su bolsillo y brillaba por el aire.

El policía que lo había golpeado, se cogió el cuello, mientras un chorro de sangre salpicaba a sus compañeros. Uno de ellos gritó algo y disparó, hiriendo a dos de los miembros del equipo antes de que la navaja de El Mago diera cuenta de él. Los demás empezaron a disparar y El Mago buscó la ventana del dormitorio, mientras se cubría con uno de los heridos. Se arrojó por el balcón agarrado del policía.

Por un par de segundos sintió que volaban, pero entonces cayeron fuertemente sobre un automóvil estacionado, el oficial amortiguando el golpe y recibiendo el mayor impacto.

El Mago sacudió la cabeza y empezó a correr aún mareado. Escuchó gritos y disparos, pero ya se había internado en la oscuridad.

La casa apestaba a guardado. No había estado allí desde hacía muchos años. Tampoco estaba seguro de por qué había venido, pero mientras estaba huyendo de la policía, había visto el rostro de su madre reflejado en el viento. Le había dicho que la buscara.

Algunas veces ella había hecho apariciones en su vida, pero nunca antes había hablado.

Que la buscara. Eso había dicho.

Bueno, aquí estaba en la casa de la playa, a dos horas de la ciudad. Una de esas casas que parece haber estado allí desde siempre y que, en un pueblo tan pequeño como aquel, pasaba inadvertida, porque estaba tan solitaria como las demás.

Recordó las veces que había caminado con su madre en la playa durante la noche, ya que a ella siempre le gustaba sentir la arena fría bajo sus pies. "Es más fácil conectarse así con el más allá," le había dicho a menudo.

Su madre había sido siempre la bruja del pueblo. Y llevaba el nombre a mucho orgullo. "La gente siempre teme a lo desconocido —solía decir—. Y yo lo soy."

Ahora recorría nuevamente los ambientes de la casa. La pequeña sala, con los muebles que su madre había comprado en Atahualpa.

Se sentó en el sofá. Estaba lleno de telarañas y polvo, pero poco le importó, ya que estaba muy cansado. Había logrado que un camión lo trajera al pueblo y el viaje había sido largo y cansado. Apoyó la cabeza en el respaldar y se olvidó de todo.

—Garol.

Alguien sacudía su hombro.

Abrió los ojos y la vio.

Tal y cual la recordaba. Con los ojos casi transpa-rentes como los suyos; el pelo negro, entrelazado con muchas canas, y su piel bronceada por el sol playero. Era hermosa y siempre lo había sido. Muchos hombres habían intentado ser su pareja, pero acababan por tenerle miedo. Después de todo, no era fácil vivir con una bruja. El Mago lo sabía muy bien.

—Madre... —alcanzó a pronunciar—. Te he extrañado.

—Mentiroso —dijo Alexia Pereira, sonriendo—. Estás muy ocupado, matando gente como para pensar en nadie.

Alexia se sentó junto a su hijo y le tomó de la mano.

—Yo, en cambio, sí te he extrañado. Hubiera querido hablar contigo cada día, cada semana, y decirte lo mucho que te quiero... Dime, hijo mío, ¿eres feliz?

—¿Feliz? —dijo El Mago, asombrado por la pregunta—. No lo sé. Nunca lo he meditado. Vivo mi vida como todo el mundo, nada más.

—Como todo el mundo, no, Garol. Tú matas gente. Yo siempre fui una seguidora de los mandamientos de Nuestro Señor, y tú has violado el más sagrado muchísimas veces.

—Madre, tú me llamaste —reclamó El Mago—. ¿Tienes alguna idea para ayudarme?

—Te has metido con alguien peligroso, hijo. Con uno de tantos ángeles caídos que hacen de la tierra su propio infierno.

—¿Es humano o qué?

—Eso te pasa por no ser un creyente como yo —dijo Alexia, algo molesta—. Sabrías distinguirlo. Es un ser muy peligroso. Un ángel oscuro, te repito. Pero de carne y hueso. Lo que pasa es que sus conexiones con el mal, por decirlo así, permanecen intactas. Es capaz de nublar la mente de las personas para que siempre crean en él. Por eso llegará muy lejos, moviéndose en las altas esferas de la Iglesia.

—¿Por qué entonces no hacen algo para detenerlo, tú y tus amigos?

—Por favor, Garol, sé más respetuoso. El hecho de que te hayas vuelto un ateo no justifica tus palabras. Y sí estamos haciendo algo. Estoy hablando contigo, ¿no es cierto? El padre Esteban hizo bien en llamarte.

—No soy la persona ideal para luchar en el nombre de Dios.

—Yo te recomendé, hijo mío —dijo Alexia, orgullosa—. Quién sabe, a lo mejor la balanza se inclinará a tu favor. No quisiera que terminaras en el infierno.

—Ya estoy en el infierno, madre.

—Tú te lo has buscado. Deberías...

—Yo no me lo busqué —reclamó El Mago—. Él me buscó a mí. Pero no nos vayamos por la tangente. Si voy a enfrentarme a este ser que tú dices, quiero hacerlo en iguales condiciones. Tengo una reputación que mantener.

—Lo sé, hijo mío. Tendrás que utilizar tus poderes.

—¿Poderes? —exclamó El Mago—. Tú eres la de los poderes, no yo.

—Te equivocas nuevamente —dijo Alexia, tocando la mejilla de su hijo—. Siempre han estado en ti. ¿Acaso crees que es una coincidencia que seas capaz de zafarte de cualquier problema? ¿Que todo el mundo te tenga un miedo irracional? ¿Crees que sólo es cuestión de suerte caer de un segundo piso y no sufrir rasguño? El poder está en ti. Lo que pasa es que no sabes utilizarlo. Lamenta-blemente, me fui antes de enseñarte.

—No creo en las cosas que tú crees, madre.

—No importa, Garol —dijo ella, sonriendo, con los ojos brillantes como luciérnagas—. Yo creo por los dos.

El Mago sintió una ola de calor que lo invadía de pies a cabeza.

* * *

El padre Marcelo Bajorán se sentía muy excitado ante el niño que había mandado a traer. Las cámaras de video estaban dispuestas en cada extremo de la cama. Sobre ella estaba sentado otro niño, en ropa interior.

—Carlitos, no tienes por qué sentir miedo.

—Lo sé, padre —asintió el muchacho, temblando—. Miraba al otro niño, como esperando algún tipo de ayuda, pero ésta no llegaba.

—No te preocupes. Es como una de esas películas de efectos especiales que tanto te gustan. El niño que tú ves allí es tu amigo y te va a hacer sentir cosas muy bonitas y yo solo me dedicaré a tomar la película. Después haremos las escenas de bala y naves espaciales. ¿Está claro?

El niño asintió otra vez y se encaminó hacia la cama. El otro muchacho se hizo a un lado y se quitó el calzoncillo. Su mirada era vacía, su mente oculta en otro lado, en otro momento.

El padre Bajorán chequeó las cámaras una vez más y las encendió. El roce de la sotana con su cuerpo desnudo le hacía sentir extasiado. En el closet guardaba los látigos que utilizaría después y tuvo que cerrar los ojos para soportar el dolor de su fuerte erección.

—Empiecen —ordenó.

El Mago despertó en el sofá. ¿Había sido todo un sueño?

No lo creía.

Recordaba cada una de las palabras de su madre, y eso no sucedía con los sueños.

Se tocó la cara. Se sentía con fiebre.

Se fijó en el retrato de su madre en la pared. Su mirada parecía siempre coincidir con la suya.

—Gracias —dijo El Mago.

Le pareció escuchar la respuesta.

—¿Cómo es posible que haya escapado?

—...

—Encuéntrelo inmediatamente. Es muy peligroso. No podemos permitir que más niños caigan en sus manos.

—...

—Muy bien, señor gobernador. El arzobispo y yo estaremos esperando su respuesta.

El padre Bajorán colgó el teléfono despacio, tratando de no perder la calma. Estaba en el despacho del arzobispo y éste lo miraba fijamente.

—No te preocupes, Marcelo —dijo el arzobispo con suavidad—. El gobernador sabrá presionar para que atrapen pronto a ese asesino.

Bajorán se detuvo ante el ventanal por el que entraba la luz intensa de la mañana.

—Esos niños, su Excelencia... —dijo, mirando hacia el otro lado de la calle donde podía ver el patio de una escuela pública, los jóvenes disfrutando libremente del recreo.

—Lo sé.

El arzobispo observó el crucifijo que se encontraba en una de las paredes de su despacho.

—Yo también siento rabia muchas veces, pero debemos recordar que somos hombres de Dios. Tenemos que saber perdonar, aunque parezca que algunos no lo merecen.

El arzobispo se acercó a Bajorán y le brindó una sonrisa complaciente. Siempre había admirado su ímpetu y preocupación por la parroquia. Sin duda, era uno de sus mejores sacerdotes.

—Tiene razón, Su Excelencia. Como siempre —Bajorán sonrió—. Gracias a Dios que siempre cuento con su respaldo en mis momentos de debilidad.

—Lo tendrás mientras yo viva —declaró el arzobispo.

Bajorán sonrió tiernamente, y se agachó para besar el anillo del anciano.

El orfanato se llamaba "Hogar San Lorenzo para Niños Desamparados," y ocupaba dos manzanas en una de las zonas más pobres de la ciudad. Rodeado de la miseria, parecía un castillo medieval al que los campesinos no podían entrar.

Eran las tres de la mañana cuando El Mago saltó el muro y corrió por el jardín hacia la puerta principal.

Escuchó pasos cercanos, y se fundió en las sombras, aguantando la respiración para no ser descubierto por un guardián que se desplazaba descuidadamente con un *walkman* y una escopeta recortada. Una vez que el guardián se retiró, El Mago forzó la puerta, y se introdujo en el edificio.

El lugar era más grande de lo que se había imaginado. Había una inmensa sala con futbolines, mesas de billar, televisores con Sony Play Stations instalados. Una gran biblioteca adornaba la pared del fondo.

Siguió caminando por un corredor hasta que vio una puerta ancha, con una ventana de vidrio en el centro. Miró hacia dentro y descubrió dos filas largas de literas, ocupadas por los niños.

Otro sonido le llamó la atención. El Mago sacó la navaja y la abrió lentamente con ambas manos. Cuando el guardián se acercó, le tapó la boca con la mano izquierda, mientras colocaba la punta del arma blanca en la garganta del hombre.

—Si gritas, te mato —susurró El Mago.

El guardián abrió los ojos y alzó las manos en muestra de rendición.

—El cuarto de Bajorán. ¿Dónde está?

El Mago aflojó la mano, para que el hombre pudiera responder:

—Arriba. Junto a una bodega. Pero es imposible entrar. Tiene una puerta de hierro de diez centímetros de espesor.

—¿Y el director?

—El padre Carlos duerme allí —señaló con gesto nervioso, una puerta al fondo del corredor.

—¿Hay alguien más?

—Dos guardias. Vigilan el piso de arriba. El resto del personal llega a las cinco de la mañana.

El asesino pasó el brazo alrededor del cuello del hombre hasta que se desmayó por falta de oxígeno. Buscó las escaleras y las subió rápidamente, pero sin hacer ruido. Si el hombre había dicho la verdad, había dos guardias de quien cuidarse.

Caminó con cuidado hasta que vio la gruesa puerta metálica que cubría la entrada del cuarto.

Extrajo de su mochila un pedazo de explosivo plástico. No era mucho. Lo suficiente para que entrara en el ojo de la cerradura. Colocó una pequeña mecha y la encendió. Con un ligero *puff*, la puerta se abrió.

El cuarto era amplio, con una cama de madera oscura, con angelitos esculpidos en la cabecera. Sobre una mesa estaban una cámara Canon AE-1, con lente especial, y una Polaroid.

Buscó en uno de los armarios y en el piso encontró dos filmadoras Sony. Un baúl mediano contenía una serie de cassettes VHS. Todos tenían el nombre de un niño. JAVIER. SALOMÓN. JOHNNY. RAMIRO.

Las víctimas de Bajorán.

—Veo que ha descubierto mi pequeña colección.

El Mago giró, sobresaltado, con la navaja lista. Bajorán, vestido con la usual sotana oscura y el collarín blanco, se burlaba a pocos metros.

—Creo haberle dicho que no se metiera conmigo. Lo pasará muy mal —dijo el sacerdote.

—No creo en las amenazas.

—No es una amenaza, señor Pereira. Es una promesa.

El Mago sintió que una fuerza invisible lo elevaba por los aires y lo lanzaba contra la pared. La mochila amortiguó el golpe, pero de todas maneras quedó un poco atontado. Se levantó para enfrentar a su enemigo.

La cara de Bajorán había cambiado. Sus ojos se habían

vuelto más luminosos y sus facciones estaban contraídas en una risa obscena.

—Te arrancaré el corazón, Pereira. Te di la oportunidad para que te retiraras, por cortesía profesional. Pero eso ya pertenece al pasado.

—Exacto.

El Mago lanzó el cuchillo con todas sus fuerzas, apuntando al pecho del sacerdote. Bajorán lo detuvo con la mano y lo tiró hacia una esquina.

—Torpe. Soy demasiado poderoso para ti —dijo el sacerdote, moviendo la cabeza y haciendo que El Mago volara otra vez por los aires para caer sobre la mesa donde estaban las cámaras.

—De nada te servirían los cassettes, Pereira. Los acabo de borrar simplemente con desearlo. No importa en realidad. Volveré a vivir esos momentos con otros niños del orfanato. Todo gracias a ti.

El Mago sintió nuevamente que el calor invadía su cuerpo, empezando por los pies, luego las piernas, el estómago, el cuello, hasta llegar a la cabeza. Se sentía dentro de un horno, pero sin dolor, mas bien una sensación de ligereza, como si flotara a pocos centímetros del piso.

Levantó la mano delante de él, y apretó lentamente el aire.

Bajorán se quedó quieto por un instante, y luego se retorció de dolor. Sentía los dedos de El Mago apretándole el corazón, haciéndole sudar frío y cortándole el aliento.

No podía ser. Nadie podía dañarlo.

Bajorán se concentró.

Tenía que combatirlo.

Las cortinas que se encontraban detrás de El Mago empezaron a incendiarse espontáneamente.

El Mago perdió la concentración al retirarse del fuego, y el sacerdote aprovechó para salir corriendo y gritando a todo pulmón:

—Auxilio, el asesino de los niños está aquí. ¡Auxilio!

Dos guardias aparecieron corriendo asustados.

—Adentro, deténganlo. ¡Ha intentado matarme!

Los guardias corrieron a la entrada del cuarto, con las escopetas listas.

—Hay que llamar a los bomberos —dijo uno de los guardias, al ver el incendio que se estaba formando en el dormitorio.

Escuchó un siseo y se dio cuenta de que su compañero caía al piso.

—¡Dios santo!

Fue lo único que pudo decir antes de que la navaja penetrara en su garganta.

Marcelo Bajorán se sentía nervioso.

Había pasado algunos días desde que Garol Pereira intentara apoderarse de los videos, con el fin de hacerle daño a su reputación y a su carrera. Afortunadamente lo había detenido a tiempo. Las cosas se habían tranquilizado y sus visitas al orfanato empezarían pronto.

Pero, ¿qué había sido de Pereira? No habían descubierto su cuerpo cuando lograron apagar el incendio, pero tampoco lo podía localizar con su mente, por más que lo intentaba. Parecía como si El Mago hubiera aprendido a bloquear sus pensamientos. Lo cual era extraño. Nadie podía hacer eso.

Se acostó en el dormitorio en la casa parroquial de Santa Catalina, y trató de pensar en lo bueno que le deparaba la vida.

El arzobispo moriría pronto. De un ataque cardíaco.

Sus amigos de la Conferencia Episcopal entonces propondrían su nombre para reemplazarlo.

Era sólo el primer paso. Después vendría ser cardenal. A lo mejor una buena posición en El Vaticano.

Pero debía tener paciencia. Y atar cabos sueltos. El padre Esteban había muerto por su propia mano el día de ayer, y esto le daba sentimientos disímiles. Por una parte, ya no hablaría. Pero por otra parte, le había quitado el placer de dañarlo con todas las aventuras sexuales que le contaba. Después de unas semanas, buscaría una nueva audiencia, pero esta vez sería más cuidadoso.

Tenía que encontrar a Pereira y matarlo.

Todo era cuestión de paciencia.

Cerró los ojos y descansó.

Caminó por el corredor central de una inmensa iglesia. No se parecía a ninguna catedral que recordara. Sus amigos sacerdotes estaban de pie, aplaudiéndole a ambos lados del corredor, mientras él caminaba hacia el altar. Allí le esperaban seis arzobispos de diferentes ciudades, el Nuncio Apostólico y el Cardenal. Todos estaban allí para su nombramiento.

Por fin.

Se acercó al altar con confianza. Todos sonreían y estaban felices por él. Vestía una sotana especial, con adornos dorados que brillaban con la luz de las velas que iluminaba la iglesia en toda su extensión.

Los sacerdotes empezaron a orar en latín, pero no pudo reconocer lo que decían. Qué extraño, él dominaba el idioma. Alzó la mirada hacia el crucifijo que estaba hacia un lado del altar.

Lo que vio no fue el Cristo.

Un niño de aquellos con los que había disfrutado hacía mucho tiempo estaba clavado en la cruz. De sus manos y pies emanaba sangre, pero su expresión no era de dolor. El niño sonreía. También se sentía feliz por el nombramiento de Bajorán como arzobispo.

Pero había más niños en la iglesia. Aparecieron más cruces con ellos colgados, todos felices. ¿De dónde habían salido?

Llegó al altar y vio a cada uno de los hombres delante de él.

El padre Esteban se encontraba mirándolo y también sonreía.

¿Cómo era posible? Él estaba muerto.

Debía ser un sueño.

Estaba seguro. Se dijo a sí mismo que debía despertar. Hizo todo lo posible por lograrlo. Pero nada.

De pronto los cánticos se detuvieron. Los sacerdotes del altar abrieron sus sotanas y dejaron ver otras distintas debajo de ellas. Una cruz gigantesca les cruzaba el pecho.

La Orden de La Cruz Eterna.

Los miembros de Oficina para La Investigación Cristiana.

Conocida en el pasado como La Santa Inquisición.

—Marcelo Bajorán —dijo el padre Esteban—, es culpable de desobedecer los mandamientos del Señor, y de utilizar sus influencias con la oscuridad, para asesinar, vejar, insultar, corromper a la juventud, en busca de la satisfacción de sus instintos y la sed de poder.

Bajorán no entendía. Se suponía que estaban aquí para felicitarlo, para ascenderlo.

Se dio la vuelta para observar a los sacerdotes ubicados en las bancas. Estaban en sus sitios, pero ya no sonreían.

—Imbéciles —gritó Bajorán— yo soy invencible. No pueden hacerme nada.

—Usted no es digno de esa sotana —dijo el padre Esteban, e inmediatamente las ropas de Bajorán comenzaron a podrirse y a caer en pedazos, hasta quedar desnudo.

—¿Qué quieren? Déjenme en paz. No pueden hacerme nada. Los mataré uno por uno —gritó Bajorán, cerrando los ojos—. Sólo tengo que despertar —se golpeó la cabeza con el puño—. Despierta, carajo, despierta.

Sintió la presencia.

Abrió los ojos y lo buscó.

Allí estaba.

El Mago. Pero éste era diferente.

Era más alto, más fuerte, más decidido. Vestía de negro y parecía flotar en la oscuridad de la iglesia. Sus ojos, dos puntos de luz en medio de la nada.

Bajorán trató de concentrarse. Debía defenderse. ¿Por qué mierda no despertaba?

El Mago alzó la mano, como la había hecho en el orfanato, y apretó lentamente los dedos.

Bajorán volvió a sentir que el corazón quería salírsele del pecho. Intentó bloquear el ataque de El Mago, pero no pudo. Empezó a tambalearse, se apoyó sobre una de las cruces donde estaba uno de los niños crucificados.

Su expresión era la misma.

Sonreía.

El Mago mantuvo el puño cerrado, con energía. Su cuerpo empezaba a brillar del calor que emanaba. Sus ojos habían vuelto a ser casi transparentes.

Ojos de muerto, pensó Bajorán, y tuvo miedo.

El Mago avanzó hacia el sacerdote, quien había caído de rodillas y se agarraba el pecho, boqueando. Todos los presentes se habían acercado, formando un círculo alrededor del acusado.

El Mago abrió la mano y en ella apareció su navaja. Pero no la de siempre. Ésta era más grande y brillaba como un reflector.

Bajorán, sintiéndose perdido, comenzó a lamentarse:

—Me arrepiento... de todos mis pecados... —se dirigió a los sacerdotes que lo rodeaban.

El Mago cerró el puño izquierdo y Bajorán se estremeció nuevamente. Empezó a botar sangre por la boca.

—Por favor, absolución...

El Mago levantó la inmensa navaja, como si fuera un sable.

—¡A la mierda!

La navaja dejó un rastro de luz mientras cortaba de cuajo la cabeza de Bajorán.

El padre Marcelo Bajorán se desplomó encima de la mesa de reuniones. Los demás sacerdotes de la Conferencia Episcopal se asustaron y corrieron a ayudarlo. Por más que intentaron reanimarlo, se dieron cuenta de que había fallecido.

Algunos se encaminaron hacia la salida del salón para pedir ayuda en vano. Otros empezaron a rezar por él, en silencio, apesadumbrados por la muerte repentina del candidato para nuevo arzobispo.

Tres sacerdotes habían muerto repentinamente: el padre Esteban Segura, el arzobispo y ahora Bajorán.

Decidieron que Dios les había enviado una prueba, y que la única solución era aceptar Su voluntad, apegarse más a Él y a sus mandamientos.

El Mago estaba de pie ante el cuadro de su madre. Alexia Pereira lucía más hermosa que nunca, en la luz del día.

El calor que había parecido consumirlo, ya no estaba en su cuerpo. Había desaparecido de pronto. ¿Quería decir eso que los poderes de su madre se habían esfumado? No podía comunicarse con ella e ignoraba la respuesta.

Se miró nuevamente en el espejo de la sala.

Nunca le habían gustado las cadenas ni las medallas. Las consideraba un estorbo.

Y ahora de su cuello colgaba una de ellas.

La tomó entre sus dedos y apareció la imagen dorada.

La Orden de La Cruz Eterna.

Vieja bruja, pensó El Mago.

03. Los Diputados y El Mago

Alexia Pereira estaba molesta.

—No debiste haber venido, Garol —decía, mientras su hijo entraba en la casucha abandonada, oculta por la espesura del bosque.

—Si no tienes nada bueno que decir, no digas nada —exigió El Mago, mientras trataba de bloquear la puerta con desechos de muebles que encontraba en la vivienda.

—No seas malcriado. Eres lo que eres gracias a mí —dijo Alexia, mientras su cuerpo flotaba en el lugar oscuro y húmedo. Miró a su alrededor e hizo una mueca.

—Esto es una pocilga.

El Mago se había agachado junto a la puerta y alistaba su navaja.

—¿Por qué no usas una pistola, como todo el mundo? —reclamó Alexia.

El Mago le echó una mirada inconforme.

—Nunca tuve necesidad. Déjame en paz.

—Los que te persiguen son muchos, Garol. Esa navajita no te servirá de nada.

—¿Tienes una mejor idea?

Alexia se acercó y extendió la mano. Una pequeña lengua de fuego ondulaba sobre su palma.

—¿Qué es esto? —preguntó El Mago.

Su madre sonrió, con aquella sonrisa que ocultaba sabiduría, sarcasmo y buen humor. Sus ojos centellaron.

—Pronto lo sabrás.

La puerta se hizo pedazos. Tres figuras luchaban por entrar y enfrentarse con El Mago. Eran humanoides, pero sus rostros deformes poseían características animales. Se movían encorvados, arrastrando los pies, sus bocas mostraban dientes que terminaban en punta, como vampiros.

Alexia Pereira no se inmutó por la presencia de los entes, aunque cuatro más intentaban entrar por las ventanas y la puerta destrozada.

—No te dejes vencer, Garol.

—No sé cómo —respondió El Mago, mientras esquivaba el ataque de uno de los agresores y clavaba la navaja en el pecho de otro.

En pocos segundos, ya no pudo moverse. Los seres lo habían agarrado de brazos y piernas y de nada servían sus intentos de lucha.

Alexia Pereira sólo se dedicó a mirarlo con decepción.

—Vamos, Garol. Si no lo haces, vas a morir.

El Mago se esforzó por concentrarse pero no logró hacer daño a sus enemigos. Ellos, en cambio, estaban a su alrededor, peleándose por matarlo.

Uno de los monstruos acercó su boca hedionda a la garganta de El Mago. Sus ojos se parecían a los del sicario.

Pálidos. Casi transparentes.

Ojos de muerto.

El monstruo clavó los dientes en el cuello de El Mago, y forcejeó hasta arrancar un pedazo y entregárselo a los demás.

El teléfono interrumpió el silencio de la habitación. El Mago tenía el auricular junto al oído, antes del tercer timbre.

—Se te han pegado las sábanas —dijo una voz lejana.

Vio el reloj digital sobre el velador. Ocho de la mañana. No acostumbraba a levantarse tan tarde.

—En la oficina, en una hora — ordenó la voz, seguida por el tono de marcar.

El Mago se levantó de la cama y maldijo su suerte. Habían pasado semanas desde la última vez que "vio" a su madre, y le molestaba volver a encontrarla de esa forma.

¿Por qué no se aparecía como cualquier fantasma decente? ¿Por qué tenía que molestarlo en sus sueños?

¿Había sido todo producto de su imaginación o quería decirle algo?

Decidió olvidar el asunto, mientras entraba en el baño y se metía bajo la ducha fría.

—¿Qué te pasa? Te ves raro.

El Mago miró fijamente a Raúl. Era una de las pocas personas que podía estar junto a él, sin perturbarse por la inexpresividad de sus ojos. Tal vez porque su relación se basaba en la confianza. Y en el dinero.

—Nada —respondió El Mago—. No dormí bien.

—Debes cuidarte.

Raúl tomó otro trago de la botella de Coca Cola que tenía sobre el escritorio. El Mago sintió asco. Le parecía repugnante que alguien pudiera beber eso como desayuno. Pero Raúl no conocía el término "comida saludable."

—Estoy bien —dijo por último El Mago.

Raúl sacó una foto de entre un cerro de papeles, carpetas, agendas y cuadernos, y se la mostró. Tampoco sabía el significado de "orden" y "pulcritud."

—Supongo que lo conoces.

—Uno de los padres de la patria —declaró El Mago al ver el rostro del diputado Alejandro Olivez.

—Nos vamos a quedar medio huérfanos, entonces —bromeó Raúl, aunque él fue el único que sonrió.

—¿Quién es el cliente?

Raúl negó con la cabeza.

—Un intermediario. Parece que Olivez está averiguando

más de lo que debe y ciertos compañeros se sienten nerviosos. Hay buena plata de por medio —Raúl tomó el último trago y se limpió con una servilleta de papel—. Tu tarifa, más un treinta por ciento si lo haces antes de diez días.

—¿Y eso?

—El treinta de junio Olivez va a declarar ante la Corte Suprema, y no quieren que asista.

—¿Accidente o...?

—Como sea. Pero hazlo.

Raúl le arrojó un sobre manila grande.

—Ahí está todo lo que debes saber sobre el hombre y su familia. Anda siempre con guardaespaldas, pero supongo que eso no es problema.

—No lo es —aseguró El Mago. Le pareció escuchar nuevamente la voz de su madre llamándolo. Por unos segundos volvió a estar en la cabaña abandonada como plato preferido de una docena de mutantes.

—...

—¿Qué?... ¿Qué dijiste? —preguntó al darse cuenta de que Raúl le estaba hablando.

—Que duermas bien antes de hacer el trabajo. Creo que te hace falta.

Alejandro Olivez estaba satisfecho de sí mismo. Con cuarenta y tres años había logrado una gran trayectoria política, las influencias necesarias para el éxito, y ahora encabezaba una comisión especial que investigaba casos de corrupción dentro del Congreso. Por supuesto que eso le había ganado muchos enemigos. Incluso recibía, cada vez y cuando, llamadas anónimas amenazándolo de muerte. Pero esos eran gajes del oficio.

Alguien tenía que ponerle un pare a todo eso, se decía siempre. Y él estaba dispuesto a hacerlo.

Gracias a Dios es viernes, reflexionó, mientras el avión aterrizaba en el aeropuerto de Guayaquil. Tenía planeado un bonito fin de semana en la playa con la familia. O tal vez simplemente irían de *camping,* tratando de olvidar la política y sus problemas, aunque sabía de sobra que era imposible.

—Ya estamos aquí —dijo uno de los guardaespaldas.

—Sí —dijo el diputado, sonriente—. Al fin en casa.

Como era viernes de noche, Olivez envió a uno de sus guardaespaldas al *Blockbuster* que quedaba a pocas cuadras y rentó *Kiss Me Deadly,* haciendo oídos sordos a las protestas de su esposa Rosaura y de las gemelas. Las niñas hicieron cara de asco, pero igual se sentaron en pijama junto a sus padres, con una cacerola de canguil hecho en el microondas y grandes vasos metálicos de *Tropical.*

Las niñas se quedaron dormidas media hora después de haber empezado la función, así que los esposos tuvieron que cargarlas al dormitorio, donde las dejaron confortablemente bajo las sábanas de los *Rugrats.*

Rosaura de Olivez dijo que ya era muy tarde y que mejor se iba a descansar porque le esperaba un largo día. Con una sonrisa, invitó a su marido a la cama, e hicieron el amor rápido y satisfactoriamente, como tantas parejas después de haber vivido juntas mucho tiempo.

Alejandro Olivez besó la frente de su mujer dormida, y bajó a seguir viendo la película. Se sentía cansado, pero igual no tenía muchos momentos para sí mismo, y desde siempre le habían encantado los filmes negros de los cuarenta y cincuenta. *The Blue Dahlia* con Alan Ladd, *The Maltese Falcon* con Humphrey Bogart, *Laura* con Gene Tierney. Las había visto docenas de veces.

Tomó otro trago de *Tropical*, mientras Ralph Meeker le sacaba la madre a los malos en su papel de Mike Hammer, en *Kiss Me Deadly,* el clásico de 1955.

*   *   *

Desde su escondite, El Mago había estado pendiente de la casa de los Olivez, hasta que las luces se apagaron.

Tendría que observar al diputado por varios días hasta que estuviera lejos de su familia. No le importaba enfrentarse a los guardaespaldas, pero nunca se metía con las familias, especialmente los niños. Por ahora sólo se limitaría a verificar si existía algún patrón en el comportamiento del político, para poder escoger el momento preciso.

Se dio cuenta entonces del movimiento cerca de la reja que rodeaba la casa. Miró, a través de los binoculares nocturnos, cinco figuras vestidas de negro, de pies a cabeza, que atacaban a uno de los guardias y forzaban la cerradura de la verja.

¿Qué mierda...?, pensó El Mago.

Los cinco hombres se separaron para ingresar a la casa por varios ángulos. Llevaban ametralladoras, y se movían como si conocieran su oficio.

El Mago dudó por un segundo.

Corrió hacia la casa y revisó a uno de los guardaespaldas que yacía muerto sobre el terreno. Tenía una Steyr GB 9mm, y la tomó. Chequeó los bolsillos y recogió dos cargadores.

Una serie de disparos quebraron la noche.

Estaba oscuro en el interior de la casa, pero sus ojos empezaban a acostumbrarse. Divisó a dos de los encapuchados que revisaban los cadáveres de los demás guardaespaldas.

Más adelante, el propio Olivez estaba recostado como si continuara observando la película en blanco y negro en su televisor.

Le hacía falta parte de la cabeza.

—Terminen con los demás —dijo uno de los asesinos.

—Sí, señor —respondieron con energía tres de los matones, y subieron las escaleras, con las armas listas.

Se escuchó chillar a una mujer.

El Mago apuntó con cuidado y disparó contra el hombre más lejano, el que había dado la orden. Su cabeza reventó y cayó sin saber lo que pasaba. El segundo se vio sorprendido e intentó defenderse cuando la primera bala entró por el pómulo derecho y la segunda le destrozó la nariz.

El Mago corrió.

Los gritos se hacían cada vez más continuos.

La mujer.

Las niñas.

Ráfagas de metralla.

Uno de los atacantes salió a su paso, dispuesto a averiguar lo que estaba pasando abajo. Quiso reaccionar, pero ya era tarde. El Mago le disparó a quemarropa en la frente. Por un instante observó la ametralladora que el muerto llevaba. Una Heckler & Koch 98, propia de las unidades especiales.

Con cuidado se acercó al dormitorio de donde le parecía haber escuchado los disparos y los gritos.

Asomó la cabeza y casi se la volaron. Tuvo que agacharse de inmediato, mientras una parte de la pared explotaba y caía en pedazos sobre la baldosa.

Los dos asesinos dentro del dormitorio descargaron sus armas sobre el marco de la entrada, mientras se empezaba a escuchar sirenas lejanas. La policía estaba en camino.

El Mago regresó sobre sus pasos. Cualquier intento por salvarlas era inútil. Ya estaban muertas.

Corrió rápidamente hacia la puerta principal de la casa. Salió por el jardín y avanzó hasta su automóvil. No tuvo chance de mirar atrás y comprobar si sus enemigos también habían logrado escapar.

—¿Lo querías mucho? —preguntó Garol Pereira, a sus once años, mientras caminaba con su madre por la playa.

—Claro que sí. ¿Tú crees que no?

El muchacho se encogió de hombros.

—Hablas muy poco de él...

—Es que soy una egoísta. Lo lamento. Lo quise tanto que quiero mantenerlo vivo sólo en mi memoria. No quise que te sintieras mal.

Garol puso cara de indiferencia y se metió las manos en los bolsillos de los *jeans*.

—A veces quisiera saber cómo era. Ni siquiera tienes una fotografía de él.

—Tu padre era un gran hombre, Garol. Y te quería mucho, tú lo sabes muy bien.

—En realidad no lo sé. Casi no lo recuerdo.

—Pues estate seguro de que es verdad —aseguró Alexia suavemente—. Te quería muchísimo. Antes de partir en su último viaje, me dijo que te traería los mejores juguetes que encontrara en el Japón. Pero después de un mes, me enteré de que el barco había naufragado.

Garol se sintió apenado. Por más que quería a su madre, por más que ella le había brindado todo el amor posible, tenía ganas, muchas ganas, de tener un padre. Alguien de su propio sexo con quien hablar y en quien confiar.

Los amigos eran escasos. Casi todos en el colegio le huían. El Brujito, le decían a sus espaldas. *Cacle, cacle.*

Y las chicas. Las chicas no querían nada con él cuando miraban sus ojos casi transparentes, como salidos de una película de terror. Las había visto muchas veces riendo y señalándolo de lejos.

—Lo único que tenemos es el uno al otro, Garol —dijo su madre—. Nadie más. Y es hora de que empieces a utilizar tu potencial.

Potencial.

Otra de esas palabras que a su madre le encantaba usar.

—¿Te refieres a predecir el futuro y esas cosas raras que tú haces?

—No hay nada de raro en lo que yo hago, hijo mío —aclaró Alexia—. Soy solamente un instrumento. Si Él quiere —señaló al cielo—, que yo vea el futuro, lo hago. Si Él dice que puedo curar a los enfermos, lo hago. Sólo hago Su voluntad. Como debe ser.

—¿Cuándo vas a enseñarme? —preguntó curioso el muchacho, aunque no sabía si le iba a gustar la experiencia.

Alexia Pereira alzó el rostro y permitió que el viento nocturno lo acariciara. Parecía una reina, y muchas veces actuaba como tal.

—Muy pronto, hijo mío. Muy pronto.

* * *

—¿Qué fue lo que pasó? —preguntó El Mago, en tono cordial, aunque Raúl sabía de sobra lo molesto que estaba.

—Me sorprendí tanto como tú, hermano.

Ambos estaban sentados nuevamente en la oficina pequeña y revuelta.

—Déjate de pendejadas —reclamó El Mago.

—En serio, te digo. Cuando me enteré de que lo habían asesinado, lo primero que hice fue llamar al intermediario. Parece que uno de sus clientes dudó que pudiéramos cumplir el plazo y contrató a gente por otro lado.

—Esos tipos eran de las fuerzas armadas. ¿Quién puede contratar a un escuadra militar? Debe costar una fortuna.

—Le reclamé y me dijo que así estaban las cosas, que gracias de todos modos —comentó Raúl—. Imagínate, "gracias de todos modos." Casi le grito al hijo de puta. Le exigí que cumpliera el contrato y pagara el otro cincuenta por ciento. No era mi culpa que uno de sus clientes hubiera contratado a otros a sus espaldas.

—¿Qué te dijo?

—Me mandó a la mierda. Quiere que le devuelva el adelanto. Pero esto no puede quedarse así. De lo contrario, me voy a ganar una mala reputación. Pensarán que pueden hacer conmigo lo que les dé la gana.

—Fue una carnicería —comentó El Mago, de pronto.

Raúl evitó mirarlo a los ojos.

—Un disparo en la cabeza de cada uno, incluso los niños. Hijos de puta.

—¿Puedes averiguar el nombre de los clientes?

—No creo que sea un problema. Sólo hay que indagar quiénes estaban en la mira de Olivez. Iba a testificar sobre sobornos en el Congreso por parte de compañías petroleras. Estamos hablando de *toneladas* de dinero.

—No les servirá de nada —aseguró El Mago.

* * *

Mientras caminaba hacia su casa, a la salida de la escuela, Garol Pereira se enteró de que su madre había sufrido un desmayo.

—Está en emergencia —fue la aclaración de una señora del pueblo que lo conocía desde pequeño.

El muchacho corrió como loco, empujándose hasta el límite para acudir al lado de su madre. En pocos minutos llegaba a la clínica, que no era más que un dispensario con instalaciones rudimentarias y aspecto negligente.

La encontró sobre una sucia camilla, el brazo conectado a una botella de suero que colgaba de un fierro oxidado y con la pintura descascarada.

—Debes llevarla a Guayaquil. Allí podrán atenderla mejor —le dijo uno de los médicos que la había chequeado.

—¿Cómo está? —preguntó el muchacho.

—Estoy bien. Ya se lo he dicho a todo el mundo —interrumpió Alexia Pereira, desde la camilla—. Sólo quiero irme a casa.

—Pero, mamá...

—A casa, Garol —ordenó la mujer mientras se incorporaba de la camilla.

El chico ayudó a su madre, quien, ante las protestas del médico, se quitó el suero y empezó a caminar hacia la salida, apoyada en su hijo.

Una vez que llegaron a casa, Alexia se echó en la cama, y le pidió a su hijo que le preparara una agua de llantén con miel de abeja.

—Eso me dará fuerzas.

Garol la preparó con sumo cuidado, ya que su madre guardaba decenas de plantas medicinales en la cocina, aparte de frascos con pociones creadas por ella misma. Pociones de amor. Para olvidar a seres perdidos. Para mejorar la memoria. Para atraer al sexo opuesto... Todas ellas ocupaban sendos estantes y eran muy significativos para Alexia y sus clientes.

Garol llevó el té de hierbas a su madre, quien la recibió con una sonrisa forzada. En sus ojos podía leerse la tristeza. Parecía que en cualquier momento podría llorar.

—Es demasiado pronto, Garol.

—¿Pronto para qué, mamá? —preguntó confundido. Su madre no lucía bien. Debía haberse quedado en la clínica.

—Demasiado pronto... —repitió Alexia, casi en un murmullo.

La taza se estrelló en el piso, derramando el contenido.

El estruendo permaneció en los oídos del muchacho, mientras veía los ojos de su madre congelarse en algún punto del infinito.

EL BMW se movía de prisa por la carretera hacia las afueras de la capital. Faltaba poco para llegar a la casa que le habían recomendado, y Carlos Luis Caamaño no podía ocultar su entusiasmo.

Supuestamente tenían las mejores putas del país. Traídas de Colombia y Venezuela. Era un lugar secreto. Sólo para personas importantes y de mucho dinero.

Su amigo en la petrolera los había invitado para celebrar la suspensión de las investigaciones de Alejandro Olivez. Todo pagado.

—¿Seguro de que es por aquí? —preguntó un tanto exaltado Osvaldo Guevara, su compañero diputado que viajaba con él. La pregunta había sido tanto para Caamaño como para los guardaespaldas que iban en los asientos delanteros.

—No te preocupes. Me dieron todas las indicaciones. La casa debe estar oculta, como es de esperarse.

—¿Sabrán ser discretos?

—Déjate de joder, ¿quieres? No seas aguafiestas.

Guevara guardó silencio, pero continuó tratando de divisar el camino. La carretera era de una negrura espesa, cortada por los faros del BMW, y el viento helado golpeaba las ventanas, dejando escapar un silbido enervante.

—¿Qué es eso? —exclamó Guevara, haciéndose para adelante y agarrándose del espaldar del asiento frente a él.

Era un hombre.

Todo estaba oscuro, excepto el espacio que ocupaba en la carretera. Como si un cono de luz iluminara su sola presencia. Parecía flotar en el espacio.

—Esquívalo. No te detengas —ordenó Caamaño al chofer. El otro guardaespaldas bajó el vidrio y sacó el brazo armado. El frío invadió el automóvil.

El chofer movió el volante hacia la izquierda.

La figura se movió en la misma dirección.

—¿Qué chucha...? —exclamó el chofer.

—Dispárale, Melvin —gritó Guevara al guardaespaldas de la pistola.

Melvin cumplió las órdenes de su jefe, pero no logró ni siquiera espantar al hombre del cono luminoso.

Todo pareció suceder en cámara lenta.

El BMW lo atropelló.

Su cuerpo dio una voltereta en el aire y se estrelló de cara contra el parabrisas.

Los cuatro hombres gritaron.

Los guardaespaldas por el impacto.

Los diputados porque reconocieron la cara del atropellado.

Era Alejandro Olivez.

Su cara ensangrentada permanecía adherida al vidrio del parabrisas astillado en forma de una gran telaraña.

El chofer trató de sacárselo de encima, zigzagueando el automóvil, intentando ver por dónde iba. El otro guardaespaldas disparaba una y otra vez, pero el cadáver permanecía en su sitio.

—Los estoy esperando —dijo el muerto, salpicando sangre sobre el vidrio destrozado—. Vamos a pasarla muy bien.

Alejandro Olivez empezó a reír.

El BMW aumentó la velocidad.

—Frena, mierda, frena —gritó Caamaño.

—Lo hago y nada —replicó el chofer, aplastando el freno hasta el piso.

Ciento veinte kilómetros por hora.

—¡¡¡Vamos a morir!!! —gritó Osvaldo Guevara.

Ciento cincuenta kilómetros por hora.

—¿Qué comes que adivinas? —rió el cadáver.

Ciento ochenta kilómetros por hora.

—¡Noooo! —gritaron todos al unísono.

—*Síííííí* —se rió nuevamente el muerto, mientras el BMW se estrellaba de frente contra un árbol.

¿Dónde se habrán metido?, se preguntaba Iván Nogales, sentado en el mullido sillón en la sala estilo antiguo, rodeado de pinturas eróticas y estatuillas fálicas.

Frente a él, y con un *scotch* en las manos, se encontraba William Bachman, de la Rainfall Petroleum Group, un consorcio petrolero encargado de explotar gran parte de la selva del país.

—Tranquilízate —dijo el gringo sonriente—. Los honorables ya vendrán.

Abrió las manos señalando el lugar.

—Disfruta del paisaje.

Nogales no había visto nada igual en su vida. Una casa colonial de tumbados altísimos con lámparas inmensas colgantes, pisos de madera bien lustrada, alfombras y adornos hechos a mano con motivos indígenas eróticos. En la majestuosa sala, varias mujeres muy atractivas, caminaban en ropas minúsculas, haciendo de camareras, y bebiendo con los clientes.

Por supuesto que Nogales había estado en muchas fiestas con putas de todas clases. Era parte de su vida como político activo. Siempre había alguien que quería comprarlo, ya sea con dinero o con sexo. Y él siempre se ponía un precio bastante elevado.

Pero este lugar era diferente.

Las mujeres parecían haber salido de esas revistas que uno acostumbraba a comprar en los quioscos y que lucían como de otro mundo, porque eran demasiado hermosas, demasiado perfectas para ser reales.

Pero éstas eran de carne y hueso y valían todo el precio

que pidieran. Afortunadamente, pensó con burla, el gringo paga todo.

Varias mesas estaban ocupadas por hombres de saco y corbata, muy importantes, que él conocía bien. No importaba que se vieran unos a otros. Lo importante era que no pudieran probarlo.

Una belleza se acercó a su mesa.

Era alta, con un pelo oscuro largo, chispeado de canas. Estaba cubierta por una túnica ceñida y escotada que dejaba admirar gran parte de sus senos. La túnica era corta y Nogales pudo ver que sus piernas eran perfectas. Hasta los pies lucían delicados y exquisitos, enfundados en zapatillas plateadas. Su piel era color miel.

El gringo brindó a Nogales una sonrisa de complicidad, mientras le echaba el ojo a otra de las mujeres que se había acercado a la mesa.

—Disfruta, amigo. Olvídate de los demás —recomendó Bachman.

La preciosidad cogió la mano de Nogales entre las suyas y empezó a recorrer coquetamente las líneas de la palma con sus uñas largas y violetas.

—Interesante... —susurró la mujer, mirándolo a los ojos. Eran verde claro y prometían mucho más que las palabras.

—¿Sabes leer las palmas? ¿Qué dice la mía?

—Podemos estar mejor en una de las habitaciones de arriba, ¿no crees? —dijo la mujer lascivamente.

Nogales tragó saliva. Un poco más y saltaría sobre ella.

—Vamos —acordó y subieron las anchas escaleras de la casa colonial. Bachman se quedó en la sala con una de las mujeres que empezaba a realizar un *lap dance*.

Nogales observó a la mujer que trepaba los escalones delante de él, contorneándose, sacando provecho de su cuerpo para que la prefiriera siempre, cada vez que visitara el burdel. Él estaba seguro de que no sería la última vez. Había algo animal en esa mujer, algo que valía poseer tantas veces como pudiera.

Entraron en uno de los tantos dormitorios de la casa.

Hasta la cama parecía salida de un catálogo de la época victoriana.

Nogales se abalanzó sobre la mujer e intentó quitarle la bata, pero ella sonrió y le cogió las manos.

—Primero, te leo la vida. Luego, lo que quieras.

¿Cómo podía negarse ante aquella promesa?

Se sentó al borde de la cama y extendió la palma derecha.

—Déjame ver... —dijo la chica, sentándose a su lado—. Sí. Eres un hombre de mucha suerte y de mucha fortuna. Hasta ahora has obtenido lo que quieres. Y no estás acostumbrado a perder.

—Es verdad —acordó Nogales, impaciente. Si no se apresuraba, acabaría allí mismo en sus pantalones—. Apúrate, ¿sí?

—Calma. Todo en su momento... —la mujer le puso la mano sobre la rodilla y Nogales sintió electricidad en su cuerpo—. Hey, aquí dice que te espera una decepción grande. Ya no recibirás más dinero de una compañía norteamericana, una que maneja gasolina..., no, petróleo... sí, petróleo.

Nogales retiró la mano de un solo tirón. ¿Quién le había dicho a la puta de su relación con la petrolera?

—¿De qué estás hablando? —gritó, nervioso—. ¿Para quién trabajas?

—Yo solo digo lo que veo —aseguró la mujer, sonriendo—. Nunca más vas a recibir dinero de los gringos.

—¿Cómo que no? ¿Para quién trabajas? ¿Para Bachman? —Nogales se alteró, aunque no podía dejar de sentirse excitado por la mujer.

—Yo sólo veo el futuro.

—¿Por qué no voy a recibir dinero, entonces? A ver, dímelo.

La mujer lo miró de nuevo.

Sus ojos ya no eran los mismos. Ya no poseían ese color verde agua que tanto le había llamado la atención en la sala. Ahora los ojos eran cristalinos, casi transparentes.

—Simple —dijo la mujer—. Porque estás muerto.

Algo en su voz hizo que Nogales sintiera un fuerte dolor

en el pecho. Se alejó de la mujer tan rápido como pudo. Quería salir de ese lugar ahora mismo. Se dirigió a la puerta, pero sin dejar de mirar atrás.

La mujer se había transformado. Ya no poseía el cuerpo maravilloso que había querido poseer hacía algunos instantes. Lo que estaba sentado en la cama era un esqueleto con cabellera larga negra y canosa. Sin embargo, la calavera seguía con los ojos transparentes y no dejaba de mirarlo.

Nogales abrió la puerta.

Y sintió que algo muy afilado entraba por su estómago y lo destrozaba por dentro. El golpe y la sensación se repitieron dos veces más. Nogales no pudo hacer otra cosa que mirar asombrado la sangre que salía de su vientre. Alzó la vista y vio al hombre que tenía los mismos ojos que la mujer.

—Por las gemelas —dijo El Mago, mientras cortaba el aire y clavaba la daga en la manzana de Adán del diputado.

Alexia Pereira seguía sentada en la cama. Ya no estaba vestida con prendas eróticas. Ahora llevaba un traje blanco, largo y elegante. Pero igual seguía siendo hermosa.

Giró la palma derecha hacia arriba y una pequeña lengua de fuego flotó sobre ella.

El Mago miró a su madre y repitió el gesto.

Una lengua de fuego también apareció en su palma.

Dio media vuelta y avanzó por el corredor.

—¿A dónde vas? —alcanzó a escuchar la voz de su madre dentro de su mente.

—A freír un gringo —respondió.

04. San Gabriel y El Mago

—¿Qué quiere conmigo la Oficina para la Investigación Cristiana? —preguntó El Mago.

Estaban sentados en una de esas cafeterías que abren las veinticuatro horas. Se hallaba lo suficientemente vacía como para garantizar privacidad.

El sacerdote se le había acercado en plena calle; el rectángulo blanco del cuello lo único que resaltaba en la penumbra. Al principio, El Mago pensó que era un loco con ganas de molestar, pero cambió de opinión cuando el hombre le enseñó la medalla que llevaba en el cuello: La Orden de La Cruz Eterna.

—Soy San Gabriel —dijo al fin el sacerdote.

—No veo sus alas, padre —observó El Mago.

—Mi *nombre* es Francisco San Gabriel. Y tengo órdenes que cumplir, señor Pereira. Usted consta en nuestros archivos como elemento *freelance*. Es extraño, porque nunca antes lo había visto, y he revisado esos archivos muchas veces.

—Ya.

—En fin, necesitamos su ayuda para recuperar ciertos elementos de suma importancia.

—¿Elementos?

—Supongo que no es ajeno a la historia cristiana...

—No. Mi madre era muy devota —aclaró El Mago.

—Lo sé. Mezclaba la religión y la magia blanca. También consta en nuestros archivos. Al parecer, ella fue quien lo recomendó para que formara parte de nuestra Orden. Aunque no sé cómo lo hizo, porque murió hace mucho tiempo.

—Yo no pertenezco a su Orden —aclaró el asesino.

—De acuerdo. Y no se preocupe, recibirá una cuantiosa suma.

—¿Qué tan cuantiosa?

El sacerdote se la mencionó.

—Vaya —se admiró El Mago —¿A quién hay que matar?

El sacerdote forzó una sonrisa.

—Tenemos que recuperar algo muy valioso para la Iglesia y para la humanidad —explicó—. Los clavos de la crucifixión, señor Pereira. Los que fueron usados para clavar a Nuestro Señor en la cruz.

Garol Pereira, a sus dieciséis años, era muy infeliz.

Después de la muerte de su madre, nadie había querido hacerse cargo de él. No del hijo de La Bruja.

El párroco del pueblo instó en uno de sus sermones para que alguna de las familias demostrara su amor a Dios y al prójimo, y recogiera al niño para cuidarlo y darle un hogar.

Pero donde vivía ahora no tenía nada de hogar.

La cabeza de la familia, Rogelio Quezada, era un vago y un borracho, que le pegaba a su mujer cada vez que no tenía dinero —que era casi siempre— y la culpaba por el hecho de tener que cuidar al "lechuza." La pareja tenía dos hijas: Rita, de ocho años, y Antonieta, de diez. Ellas y Garol acudían al colegio público por las noches. Durante el día, el chico ayudaba en un taller mecánico, y las niñas salían a vender hayacas y humitas que la madre preparaba. Rogelio salía a buscar trabajo entre los pescadores que se reunían en la playa, pero lo único que hacía era sentarse a tomar en la cantina del pueblo.

Una de tantas noches, después de clases, Garol llegó a casa extenuado. Había tenido mucho trabajo en el taller y casi se había quedado dormido en clase. Casi, porque el padre Manuel lo había despertado con bocanadas de agua.

Eso era característico del padre Manuel. Cada vez que veía que uno de sus alumnos se estaba quedando dormido, se dirigía rápidamente al baño y regresaba con la boca llena de agua, las mejillas hinchadas como globos. Caminaba, entonces, sigilosamente hasta el pupitre del dormilón, y lo rociaba por completo, para celebración de sus compañeros.

Fea costumbre la del padre, pensaba Garol. Aunque, en realidad, es una buena persona.

—Ya era hora de que llegaras, lechuza —dijo Rogelio, parado junto al fregadero. Tenía una botella de aguardiente en la mano y arrastraba las palabras.

Garol trató de no hacerle caso e intentó caminar hacia su cuarto.

Rogelio le dio un puñetazo en la cara. El muchacho cayó sobre el piso de tierra de la vivienda. Intentó ponerse de pie, pero el borracho lo pateó una y otra vez.

—Esto es para que aprendas a hacer caso, pendejo. No eres más que un animal con ojos de albino y no vales para nada. Como la puta de tu madre.

Garol había cogido fuerzas y se iba a levantar, pero en eso aparecieron la esposa de Rogelio y las niñas, que lloraban como las había escuchado casi todos los días, cada vez que el padre arrastraba a la madre del cabello por toda la casa. Garol había intentado evitarlo, pero se ganaba siempre una golpiza.

Mientras Yadira, la esposa de Rogelio, lo acompañaba hasta su cuarto, Garol pensó en su vida pasada junto a su madre, y lamentó no estar muerto como ella.

—¿Habla en serio? —preguntó El Mago a San Gabriel.

—Se ha comentado mucho sobre el manto de Turín y las pertenencias que fueron halladas cerca del lugar donde murió Jesús. Pero hace ocho meses, un arqueólogo canadiense encontró los clavos de la crucifixión.

—¿Cómo pueden estar seguros?

—Bueno, les han hecho estudios y análisis y todo parece coincidir. El Vaticano fue informado, y me enviaron para hablar con el arqueólogo y su ayudante, un porto-rriqueño llamado Roger Moreno. Estaban convencidos de la autenticidad de los clavos, es más, afirmaban que eran milagrosos.

—¿Milagrosos?

—Eso es lo que dijeron. Después de todo, los clavos estuvieron en contacto con el cuerpo y sangre de Cristo.

—Siga.

—Bien. Les dije que tenía órdenes de llevarme los clavos. El Papa estaba en conversaciones con el gobierno de Israel para que le permitiera sacarlos. Pero antes de que eso sucediera, Moreno se los llevó. Escapó del país, asesinando a su jefe.

—Vaya —dijo El Mago, tomando un sorbo de café—. Ésa sí que es una historia.

—Pues es cierto —replicó San Gabriel—. Y Moreno está aquí, en su ciudad. Ha venido a venderlos en una subasta secreta.

El Mago lo miró a los ojos, tratando de penetrar en sus pensamientos. El sacerdote decía la verdad.

—Como lo oye —continuó el reverendo—. El que pague más será el dueño, y podrá canalizar sus poderes, si realmente son milagrosos. Está invitado un grupo selecto, desde políticos hasta traficantes de drogas.

—¿Cómo sabe todo esto?

—Es demasiado grande para que no se sepa. Tenemos nuestros informantes.

San Gabriel hizo una pausa, esperando algún tipo de reacción, pero con ojos como los de El Mago era difícil adivinar. Aunque conocía bien el aspecto del sicario por su ficha en El Vaticano, tenerlo enfrente le ponía los pelos de punta.

Esos ojos no son de este mundo, pensó el sacerdote.

—El Vaticano quiere los clavos, señor Pereira —dijo, al fin—. Sabrán cuidarlos mejor que nadie. Tenemos que recuperarlos.

—Padre, yo trabajo solo. Eso también debió estar en sus archivos.

—Lo siento —corrigió San Gabriel—. Yo dirijo esto. A usted sencillamente se lo contrata por su talento. Así lo ha decidido la Orden.

—Puede ser que haya balas, padre.

El sacerdote abrió el lado izquierdo de su saco. El Mago pudo ver una Browning Studar en la funda sobaquera.

—Pensé que los curas no podían llevar eso.

—La Iglesia también tiene quien la defienda, señor Pereira.

—Entonces, ¿para qué me necesitan?

—Como dije antes, se me informó que usted tiene un talento especial. No sé qué significa exactamente, pero supongo que usted sí.

El Mago sintió de pronto la presencia de su madre. La buscó con los ojos, pero no pudo encontrarla.

—Tal vez —respondió.

—¿Por qué les has contado tanto sobre mí? Se supone que debo pasar inadvertido —dijo El Mago, mientras conducía su automóvil a través de las calles desiertas, después de dejar al sacerdote en su hotel.

A su lado, Alexia Pereira miraba a su hijo con candidez, como si todavía fuera un muchacho. Vestía un traje negro, sobrio, con un pequeño sombrero de velo, como en las películas antiguas.

¿De dónde saca un fantasma tanta ropa? se preguntó El Mago.

—No te preocupes. Ellos son de confianza —dijo la mujer—. Por algo es una organización secreta. Sólo quiero que, en vez de andar matando a gente a diestra y siniestra, te dediques a luchar por algo mejor.

Con el correr del automóvil, las luces citadinas se reflejaban en el parabrisas y las ventanas laterales como pequeños bólidos de fuego. Muchos de ellos parecían atravesar la imagen de Alexia.

—¿Que pasó con el "no matarás" que tanto me reclamabas?

—El Señor puede perdonarlo todo —respondió ella—. Saulo de Tarso masacraba cristianos antes de convertirse en San Pablo.

—No me interesa ser parte de la Orden, madre.

—Nadie te está obligando a nada. Pero debes ayudar a San Gabriel.

—"Ayudar a San Gabriel." Hasta eso suena ridículo.

—Peor es subastar los clavos de la cruz. *Eso* es una herejía.

—¿Qué pasa si no son reales, si son puro cuento? ¿Arriesgaremos la vida por nada?

—Por nada, no —aclaró el fantasma—. Por Dios.

Lo único que quería Garol era dormir. Solicitó al padre Manuel que le permitiera pasar la noche en el colegio, porque no quería toparse con Rogelio, sabiendo que lo iba a maltratar.

Como siempre, el padre lo sermoneó sobre los obstáculos de la vida y de cómo había que enfrentarlos para crecer como ser humano y como cristiano. El chico solamente le escuchaba, sin retener una palabra. Para los sacerdotes todo es fácil, pensó, porque son simples observadores. No tienen una vida real.

Llegó a casa, esperando que llegara el golpe desde cualquier lado.

Pero esta vez no fue así.

Esta vez parecía todo tranquilo.

Hasta que escuchó los sollozos de las niñas.

Se acercó rápidamente al cuarto de ellas y abrió la puerta. Sus hermanas postizas, como él las llamaba, estaban encogidas en una cama y saltaron al escuchar sus pasos. Se abrazaban sin mirarlo siquiera.

—¿Qué pasó? —preguntó Garol, sentándose en la cama junto a ellas.

Las niñas alzaron sus rostros. Estaban llenos de moretones. Garol cayó en cuenta de que sus camisas de dormir estaban rotas. Rita y Antonieta trataron de controlarse para responder, pero estallaron en lágrimas nuevamente. El muchacho no se atrevió a preguntar más.

¿Pero dónde estaba Yadira? No era su costumbre dejar solas a las niñas. Puso la mano sobre la cabeza de Antonieta y ella saltó del susto.

El muchacho fue en busca de su madre adoptiva. La casa no era grande, así que no tomó mucho tiempo recorrerla, pero no había señales de la mujer.

Salió por la puerta trasera al pequeño huerto donde Yadira sembraba árboles de grosella y manzana.

La encontró boca arriba, sobre la tierra manchada, con los ojos quietos y vidriosos.

La empuñadura de un cuchillo de cocina sobresalía de su pecho.

El cubo de vidrio protegía los pequeños pedazos metálicos que alguna vez penetraron la carne del Mesías. Un reflector cenital alumbraba el cubo asentado en una columna de piedra con decoraciones marmoleadas. El exhibidor estaba a su vez rodeado por cintas plásticas para que los observadores no se acercaran demasiado.

Una veintena de traficantes, políticos y hombres de negocios se agolpaban en el salón, para darle un vistazo a lo que, según se les había hecho conocer, podía convertirlos en los seres más poderosos de la Tierra. Muchos dudaban y sonreían ante aquella posibilidad.

—¿Y eso es todo? —comentó un hombre con acento colombiano—. Pensé que iban a ser más espectaculares.

—Espero que valgan la pena —dijo un chileno—. Si no son mágicos de verdad...

—Serán míos —opinó uno de Venezuela.

—Eso lo veremos —sonrió un personaje muy conocido a nivel andino.

—Silencio, por favor —dijo Roger Moreno, de pie sobre una especie de tarima que lo elevaba varios centímetros sobre sus invitados. Al fondo, cientos de lucecillas brillaban como nacimiento navideño, a través del ventanal del piso veintiuno del edificio sin terminar.

Sus invitados habían reclamado al principio sobre el sitio, pero les había convencido de que era el más seguro. A excepción del salón donde ocurría el evento, el resto estaba vacío. Y sus guardias de seguridad lo recorrían de arriba a abajo, para evitar cualquier interrupción.

Moreno se arregló inconscientemente el nudo de la corbata, y sonrió.

—Vamos a dar comienzo a la subasta.

Rogelio Quezada se sentía como los dioses.

Tomar aguardiente con sus amigos era lo que más le gustaba; dejarse llevar por esa sensación que el licor infundía; esas ganas de ver cosas diferentes, mundos nuevos que se develaban ante él cuando estaba ebrio. Al contrario de lo que todos pensaban, especialmente Yadira, él recordaba todo lo que hacía cuando tomaba. Sencillamente, le gustaba mucho, y no deseaba arrepentirse ni buscar ayuda, como le rogaba su mujer.

Pero ahora ya no le exigiría nada, con ese cuchillo atravesándole el corazón. Qué se le iba a hacer. Ya se encargarían sus hijas de mantenerlo. Después de todo, su misión era la de cuidar de su padre, ¿no es verdad?

—¿En qué piensas, ñaño? —preguntó Lucio, uno de sus compañeros, de aspecto descuidado que hacía de guardián para las casas de las familias que venían desde Guayaquil a disfrutar de la playa y sus alrededores.

—En nada —respondió Rogelio, sonriendo.

Se llevó el vaso de aguardiente a la boca y lo vació de un golpe. Sus ojos lagrimearon ligeramente y el calor que bajó por su esófago le hizo sentir con energía. En un par de horas, iría a su casa y enterraría a su mujer debajo de los árboles que tanto le gustaban a ella. Sus hijas no dirían nada porque le tenían mucho miedo, y eso estaba bien.

Sí. Desde ahora en adelante, tendría dos mujeres jóvenes a su mando. Les sacaría el mayor provecho posible. Ya estaban creciendo y se estaban transformando en bellas hembritas.

Un pensamiento asaltó su mente. ¿Qué pasaría con la lechuza, con ese desgraciado de Garol? Tenía que deshacerse de él. Quizás sería una buena compañía para su esposa en la tumba.

Sonrió para sus adentros y tomó otro vaso, cele-brando el chiste de uno de sus amigos, que apenas pudo entender.

—¡Salud, compadre! —dijo Lucio—. Por la vida, las putas y el dinero.

—Salud —dijeron todos y chocaron los vasos, algunos con tanta fuerza que parecía que iban a quebrarlos.

El bar estaba lleno y las conversaciones se perdían entre las risas y gritos de todos.

Rogelio se detuvo.

Sintió ganas de algo más que licor. Un deseo irracional se apoderó de él. Algo invadía su mente y no sabía cómo detenerlo. ¿Qué le estaba ocurriendo?

Agachó la mirada y observó el cuchillo, junto a su pie derecho.

¿De dónde había salido? Era el mismo cuchillo con el que había asesinado a su esposa.

No era posible. Por más borracho que estuviera, sabía que lo había dejado clavado en el pecho de su mujer.

Lo agarró, observándolo de cerca. La sangre de Yadira no se había secado aún. ¿Cómo era eso posible?

El deseo se volvió más intenso.

—Hey, ¿qué haces con eso? —dijo Max, otro de sus amigos, al ver el inmenso cuchillo.

—¿Te tiene tu mujer cocinando? —rió Lucio. El resto lo imitó.

Rogelio puso la mano izquierda sobre la mesa. Alzó el cuchillo.

—¡Cuidado! —gritó Pedro, su tercer compañero de borracheras.

El cuchillo bajó con fuerza y atravesó la mano izquierda de Rogelio, quien emitió un grito desgarrador que sacudió a todos los presentes.

Los amigos trataron de acercarse para quitarle el cuchillo, pero Rogelio hizo un arco con él y fue rasgando todo lo que tenía cerca. Max recibió una cortada profunda en la mejilla y Pedro en el brazo.

—¡Mierda, Rogelio! ¿Qué estás haciendo? —gritó el dueño del bar, quien se acercaba con cautela.

—¡Está loco! —exclamó Max.

Rogelio, esposo, padre y bueno para nada, según la mayoría del pueblo, alzó el cuchillo nuevamente. Sus ojos mostraban el pánico que lo invadía. No sabía por qué se lastimaba de esa manera. No sabía por qué atacaba a sus amigos. Lo único que tenía en la cabeza era las ganas de experimentar dolor, su propio dolor.

Miró asustado, de un lado a otro. El sudor frío lo empapaba por completo y trató de decir a sus amigos que, por favor, lo detuvieran, pero lo único que salió de su boca fue una serie de incoherencias y vocablos indescifrables, como los de un bebé o un retrasado mental.

Empezó a llorar.

Voy a morir, pensó.

Y se clavó el cuchillo en el pecho.

El personaje a nivel andino fue el ganador de la subasta. Por veinte millones de dólares, los clavos de la crucifixión le pertenecían. Sus compañeros estaban molestos, pero aceptaron el resultado sin muchas quejas. Eso tranquilizó a Moreno, ya que en algún momento pensó que tendría que utilizar a sus guardias de seguridad para poner orden.

Poco a poco, fueron abandonando el salón, hasta que el ganador recibió el cubo transparente de manos del propio Moreno.

—Increíble —dijo el personaje, cuyo nombre era Xanderius y tenía un show de variedades en la televisión, que se transmitía para toda Latinoamérica.

—¿Qué se siente ser el hombre más poderoso del mundo? —preguntó el anfitrión.

—Sólo tenerlos en mis manos me produce energía. Usted estaba en lo correcto. Valen todo el dinero del mundo.

—Créame. Veinte millones es una bagatela para lo que podrá hacer ahora que usted es el dueño de estas preciosidades.

Xanderius hizo una seña para que su guardaespaldas abriera un maletín metálico y depositara el cubo en su interior.

Estrechó la mano de Moreno.

—Ha sido un placer.

—Encantado de hacer negocios con usted.

El animador de televisión caminó con su guardaespaldas hacia el único ascensor que funcionaba en el edificio.

Apretó el botón de llamado y esperó. No dejaba de sonreír. Ahora podía hacer lo que quisiera. Nadie podría tocarlo. Moreno era un tonto al vender los clavos. Podría haberlos guardado para sí mismo. Bueno, no le interesaba lo estúpido que pudiera ser aquel hombre. Lo más pro-bable era que no creyera en sus poderes mágicos. Pero él sí. Xanderius tenía su propio grupo que se dedicaba al estudio profundo de las artes oscuras. Los clavos eran un trofeo bien merecido a sus esfuerzos de tantos años.

Observó de nuevo el botón. ¿Por qué se demoraba tanto el maldito ascensor?

En el momento en que iba a regresar al salón para reclamarle a Moreno, las puertas del ascensor se abrieron.

Pero no estaba vacío como lo esperaba.

Un sacerdote salió de él, disparando una pistola.

El guardaespaldas recibió dos tiros en el pecho, y cayó sin poder alcanzar su propia arma.

—El maletín —exigió San Gabriel.

Xanderius temblaba de miedo, pero no quería entregar el cubo. Había pagado veinte millones de dólares por él. Era suyo. Le pertenecía.

Un momento, pensó. Si soy el dueño de los clavos, quiere decir que este hombre no puede hacerme nada. Soy indestructible.

Sonrió, llenándose de confianza.

—Ándate a la mierda —dijo, intentando atacar al sacerdote.

San Gabriel le disparó a quemarropa.

Xanderius se sorprendió al sentir los impactos y al verse tendido en el suelo. Se miró a sí mismo. Tenía tres heridas en el tórax y su visión empezaba a fallarle.

Antes de que pudiera decir nada, falleció sin saber por qué los clavos no habían funcionado.

San Gabriel cogió el maletín.

En ese momento llegaron dos guardias de seguridad, disparando. Tuvo que tirarse al suelo, tras el cuerpo de Xanderius. Los guardias se acercaron seguros de su ventaja, pero cayeron abatidos por el arma de El Mago, que había llegado en ese momento por las escaleras.

San Gabriel y El Mago se situaron a ambos lados de la puerta de entrada al salón.

—¿Por qué demoró tanto? —sonrió el sacerdote.

—Déjese de cosas, padre —dijo el asesino, jadeante—. Subir veinte pisos a pie no es ningún chiste, sobre todo si tengo que ir eliminando guardias, sin hacer ruido, en el camino. ¿Tiene los clavos?

El sacerdote movió la cabeza afirmativamente.

—Entonces regrese al automóvil. Yo me encargaré de detenerlos.

—Moreno... No puedo irme sin eliminarlo.

—Tal vez en otro momento —dijo El Mago, introduciendo una nueva alimentadora en su arma—. Lo más importante son los clavos. ¡Así que andando!

San Gabriel corrió nuevamente al ascensor y apretó el botón de Planta Baja. Mientras las puertas se cerraban, tuvo que tirarse al piso para esquivar los balazos que provenían desde el interior del salón.

El Mago, al ver que los botones situados sobre el ascensor se encendían regresivamente, tomó un respiro y se introdujo en el salón de la subasta, disparando a todo lo que se movía.

San Gabriel llegó al automóvil de El Mago en pocos minutos. No había tenido ningún contratiempo en el descenso. Al parecer el asesino había hecho su trabajo y ya no quedaban guardias vivos en los pisos inferiores del edificio.

Se sentía un poco mal al dejarlo combatir solo, pero él tenía razón. Lo más importante eran los clavos. El Mago sabía cuidarse.

Abrió la puerta del automóvil en el instante en que escuchó un ruido. Se dio la vuelta arma en mano.

El golpe le llegó en la frente y le hizo perder el equilibrio, soltando la pistola.

Sentado con su espalda contra el carro, pudo ver a tres hombres corpulentos que llevaban bates de béisbol. Ninguno le era familiar, pero supuso que eran hombres de Moreno.

—Padrecito, padrecito —dijo uno de ellos—, ¿por qué no te encomiendas a Dios antes de morir?

El bate golpeó el brazo izquierdo del sacerdote, fracturándolo al instante. San Gabriel soltó un alarido y trató de ponerse de pie. Otro batazo al hombro le hizo desistir.

—Moreno nos dijo que te matáramos lentamente, padrecito —continuó el hombre—. Y que te dijéramos algo muy importante.

Agarró a San Gabriel del cabello y lo obligó a verle la cara.

—Los clavos que cargas allí son falsos. Él aún tiene los verdaderos. Así que llévate el secreto a la tumba, ¿me oíste?

Otro batazo rompió la pierna del sacerdote, quien aulló nuevamente de dolor.

—Creo que te oyó bien desde el primer golpe, imbécil —dijo una voz desconocida.

Los hombres miraron hacia atrás. No era posible. Una

criatura tan hermosa no podía tener esa voz tan profunda, tan retorcida, que parecía despertar a los muertos.

La mujer se acercó lentamente, como si caminara por la sala principal de una fiesta. Estaba vestida de negro, con un sombrero y velo del mismo color. Su cuerpo se adivinaba sensual, erótico. Parecía haber salido de alguna película antigua.

El matón apuntó con el bate.

—¡Agárrenla!

Sus compañeros corrieron a tomarla por los brazos. Ella no hizo esfuerzos por soltarse.

San Gabriel, herido y casi inconsciente, trató de levantarse para ayudar a quien fuese su salvador, pero su cuerpo no le respondía. Lo único que pudo hacer era quedarse sentado allí, viendo sombras moverse de un lado a otro.

—¿Quién mierda eres tú? —preguntó el matón a la mujer. El lugar estaba oscuro y no podía distinguir las facciones con ese maldito velo que tenía encima—. ¿De qué andas disfrazada?

—¿Disfrazada? —dijo la mujer en tono de burla—. Andar bien vestida nunca pasa de moda, mono de mierda.

El puño del hombre se estrelló contra la cara de la mujer, haciéndole caer el sombrero a varios metros. El rostro ahora estaba cubierto por una mata de cabello negro que se había soltado por el impacto.

—Hija de puta —dijo el hombre— ya me encargaré de ti. Pero primero... —se dio la vuelta para encaminarse hacia el sacerdote que seguía sentado, indefenso.

—Esa no es forma de hablarle a una dama —dijo la mujer, con el mismo tono atrevido.

El hombre se viró nuevamente, y la vio.

El cabello ya no le tapaba el rostro. Los hombres que la tenían en un principio agarrada, intentaron soltarla mientras gritaban de miedo, pero esta vez ella los agarró a ellos.

El matón se congeló en el sitio. No podía moverse. Apenas podía respirar.

El rostro que observaba no era el de una mujer.

Ni siquiera el de un ser humano.

De alguna parte de su cerebro, llegó la explicación. Y aunque le costaba creerlo, era la única posible.

Estaba observando el rostro de la muerte.

Roger Moreno apreció una vez más el cubo de plástico.

Tontos, pensó, ¿acaso creyeron que me iba a conformar con veinte millones, cuando puedo ser dueño de todo y de todos?

Ni loco.

Todo lo había planeado muy bien. No había dicho nada sobre la existencia de un segundo ascensor en la parte trasera del edificio. Por lo tanto, pudo escapar fácilmente, mientras San Gabriel se enfrentaba con sus guardias.

Cura de mierda. Por poco había echado todo a perder cuando se presentó en Israel para llevarse los clavos. Moreno había tenido que salir corriendo del país, como un vulgar asaltante de barrio.

Puso las manos sobre el cubo, como tratando de cubrirlo por entero. Empezó a sentir un cosquilleo y sonrió. El poder de los clavos, el poder del Cristo entraría en él día a día, hasta llenarlo completamente, hasta que pudiera utilizarlo en toda su magnificencia.

Estaba solo en un apartamento que había alquilado y pronto saldría del país. Tenía amigos en Brasil con los que se asociaría para sus próximas operaciones. No estaba nada mal para un arqueólogo que había abandonado su patria en busca de aventuras y de gloria.

El cubo estaba caliente. Más de lo que sus manos podían soportar. Se alejó unos centímetros y se dio cuenta de que una luz blanca empezaba a emanar desde los clavos. La luz fue agrandándose, invadiendo toda su visión, hasta que tuvo que cerrar los ojos para evitarla. A través de los párpados cerrados sintió que la luz se apaciguaba lentamente.

Abrió los ojos.

La luz se había reducido a una franja angosta a un costado del cubo. En medio de ella estaba un ser hermoso de cabellos largos y ondulantes, como si una corriente de aire lo acariciara. No podía ver enteramente su rostro, pero lo adivinó dulce y relajante. Estaba vestido en una túnica larga, tan blanca que se perdía con la luz. Y sus alas desplegadas eran grandes y se movían suavemente.

Roger Moreno se sintió feliz. Ahora tenía la prueba fehaciente de que los clavos eran mágicos. Un ángel estaba allí, delante de él, para hacerle entrega del Poder Divino.

El ángel no le hablaba. Sólo parecía mirarlo con detenimiento, como tratando de estudiar al nuevo dueño de los clavos. Al menos eso pensó Moreno, ya que las facciones del visitante permanecían ocultas entre tanta brillantez.

Se fijó en las manos. En la izquierda, el ángel tenía un cubo similar al que había robado Moreno, pero más grande. Parecía ofrecérselo.

En la otra, tenía una espada.

Una espada de fuego.

La llama era diferente a la luz blanca. Era amarilla con toques de rojo y violeta, casi fosforescente. El ángel, sin duda, era un guerrero.

—¿San... Gabriel? —se preguntó en voz alta.

El cubo que el ángel sostenía se abrió como una flor. De su interior salió una masa de puntos oscuros que al principio le parecieron abejas en un panal, pero que después fueron evidentes.

Eran clavos. Cientos de clavos grandes, como los de la crucifixión, que flotaban y se movían alrededor del ángel.

Moreno se dio cuenta de que se había equivocado. El ángel no estaba allí para entregarle el poder que tanto anhelaba.

—Por favor —imploró cuando la masa viva formada por los clavos se disparó contra él.

El centenar de proyectiles metálicos penetró su cuerpo, elevándolo por los aires, empujándolo hacia atrás y clavándolo en la pared, con los brazos abiertos. El impacto fue tan rápido y sorpresivo, que Moreno no tuvo tiempo de sentir dolor.

Clavado a la pared como una mariposa de colección, y

sangrando por todos lados, miró una vez más al ángel, como exigiendo una explicación.

Esta vez pudo ver su cara nítidamente.

Antes de morir, Moreno se preguntó por qué un ser tan hermoso como aquel podía tener ojos tan extraños, casi transparentes.

El avión se perdía entre las nubes, lo cual le pareció lógico, ya que en él viajaba San Gabriel.

El aparato tenía el logotipo de una compañía italiana, pero en realidad pertenecía al Vaticano. La gente de San Gabriel había acudido a recogerlo, una vez que el sacerdote informara de la recuperación de los clavos.

—Debió quedarse más tiempo —dijo Alexia Pereira, mirando al cielo—. Prácticamente estaba cubierto de yeso.

El Mago miró a su madre. Ahora vestía de blanco, como la recordaba siempre.

—¿Ahora qué? —preguntó El Mago, abriendo la puerta de su automóvil y sentándose al volante.

—Con la ayuda que brindaste al padre, has ganado, aparte de mucho dinero, la confianza absoluta de la Orden —opinó Alexia, atravesando la carrocería y sentándose junto a él—. Sin duda te buscarán otra vez.

—Espero que no. Me gusta trabajar solo.

El automóvil arrancó y tomó la avenida que lo llevaría a casa.

—A nadie le gusta estar solo todo el tiempo —opinó su madre.

—A mí sí.

—Mentiroso —concluyó Alexia.

05. La Secta y El Mago

—¿Qué dijiste, mamaverga?

La pregunta quedó en el aire de la casa abandonada que pertenecía ahora a Los Víboras, una de tantas pandillas que saturaban las calles paupérrimas de la ciudad. Quien hablaba era el jefe. Un muchacho de dieciséis años que se consideraba enemigo del mundo.

—Ya me oíste. Me la llevo —El Mago señaló a la jovencita de *jeans* sucios y camiseta desteñida que observaba desde un rincón. Sus brazos lucían tatuajes con los símbolos de la pandilla y el nombre del líder: Wilfa.

Su padre era un comerciante que había trabajado siempre de sol a sol, junto a su esposa, para darle la mejor vida posible a sus hijos. Pero como sucede en muchas familias, la chica no lo supo apreciar. Se había dejado llevar por Wilfa y su grupo, y estaba metida en drogas, alcohol y todo lo que ellos exigían.

Al escuchar la respuesta de El Mago, Wilfa no hizo nada. Había visto muchas películas donde los jefes siempre tenían sus segundos para que hicieran todo por ellos, y así también lo había establecido en su pandilla. Dos muchachos más, uno de ellos tal vez de once años, se acercaron a El Mago, apuntándole con armas de fuego rudimentarias, pero igual de mortales. Los demás miembros de la pandilla, una docena en total, miraban y daban ánimo a los matones.

—Tú no te llevas nada, huevón —sentenció Wilfa—. ¿Te crees Batman o qué?

Los pandilleros se sentían nerviosos. No estaban acostumbrados a que un extraño se presentara de improviso en su territorio. Y aunque el lugar era oscuro, podían notar que los ojos del hombre eran casi blancos, haciéndoles pensar que estaban ante un demonio.

El Mago alzó las manos.

—No he venido a pelear. Sólo déjala ir. Te la compro.

—Yo quiero quedarme —gritó la chica desde su sitio.

—Cállate —le gritó Wilfa—. Tú no hablas.

Mirando a El Mago, preguntó:

—¿Y cuánto vale para ti?

—Diez mil.

El cuarto se llenó de murmullos.

Hasta Wilfa pareció sorprendido. Pero en seguida se puso serio. Debía parecer tranquilo como todo líder. Frío y calculador.

—No. Ella es de las mejores —dijo—. Hace todo lo que yo le diga. Si me ofreces diez, es que vale veinte.

—Veinte, entonces —acordó El Mago, indicándole con la cabeza que mirara hacia abajo. Había un maletín cerrado junto a los pies de Wilfa.

Aumentaron los murmullos. El hombre había entrado con las manos vacías.

—¿Qué mier...? —exclamó el líder de la pandilla. Se agachó para abrir el maletín sobre el piso, y observó asombrado los fajos voluminosos.

Los muchachos que apuntaban a El Mago no pudieron evitar echarle una mirada al dinero. Y el resto de la pandilla también se acercó curioso.

—Hijo de puta... —dijo Wilfa, sonriente, levantándose lleno de billetes. Pero lo que vio no fue de su agrado. Las armas de sus segundos ahora estaban en poder del extraño, y sus ojos parecían pequeños puntos de luz.

El Mago arrojó las armas hacia la pared, donde rebotaron con fuerza.

Los chicos se asustaron. Algunos empezaron a correr hacia la salida con los billetes que podían agarrar, sin darse cuenta de que sólo era papel cortado. El Mago tomó a la chica del brazo, mientras ella se debatía por huir. Uno de los chicos sacó un cuchillo e intentó atacarlo, pero el asesino lo esquivó y le dio un puntapié en el pecho.

—Tienen suerte —dijo El Mago—. No mato niños.

Un viento helado se sintió en el interior de la casucha. De inmediato, los zapatos de cada uno de los pandilleros empezaron a humear.

—¡Mierda, me quemo! —gritó Wilfa, mientras el resto corría al exterior, saltando y sacudiendo los pies.

El líder quedó solo.

—Pelado de mierda —El Mago agarró a Wilfa de la camiseta y puso su cara muy cerca de la suya—. Recuerda que no serás un niño toda la vida.

Wilfa se mojó los pantalones.

Lo que dijo el extraño no había salido de su boca. Ni siquiera había movido los labios. La voz venía del interior de su propia cabeza. Y los ojos muertos del visitante parecían taladrar los suyos.

El Mago lo dejó caer al piso.

—Wilfa, mi amor —gritó la chica, y empezó a golpear el brazo de El Mago.

—Y tú —dijo el asesino, apuntando el dedo al rostro de la muchacha—, vas a portarte bien.

Ella, al ver los ojos de El Mago y al pandillero en el piso con los zapatos quemados y el pantalón húmedo de orina, tragó saliva y asintió.

El asesino la llevó tranquilamente de la mano hasta el Ford Taurus. Arrancó a toda velocidad hacia la oficina de Raúl Pini, quien era el responsable de que él estuviera haciendo las de héroe a esas horas.

No le gustaban ese tipo de trabajos. Pero Raúl se lo había pedido como un favor personal, ya que era amigo de los padres de la muchacha. No le quedó más que aceptar. Después de todo, Raúl era su único contacto con el mundo.

—Usted no entiende —dijo de pronto la muchacha, apenada. Su nombre era Malena y ocultaba su belleza bajo una gruesa capa de maquillaje y cabello negro con mechones amarillos, fucsias y naranjas—. Él es el único que me quiere.

—Por supuesto. Te quería tanto que te cambió por dinero.

Continuaron el viaje en silencio, por varios minutos. Las calles desiertas parecían salidas de un pueblo fantasma.

El carro apareció de pronto.

La primera reacción de El Mago fue frenar, pero supo en seguida que había cometido un error. Del vehículo atravesado en la calle emergieron tres hombres armados con Uzis y malas caras.

—¿Qué pasa? —gritó Malena.

El Mago empezó a dar de retro, pero un segundo carro bloqueó su escape. No le quedó más que mantenerse quieto. Si los hombres rociaban sus armas sobre el Taurus, Malena y él morirían de seguro.

La puerta del pasajero se abrió violentamente y un hombre agarró a la muchacha.

—Afuera —gritó el matón.

Un segundo hombre abrió la puerta de El Mago y también lo obligó a salir del automóvil.

—No te muevas, chuchetumadre —ordenó, apuntándole a la cabeza. El Mago obedeció, mientras otro tipo metía la mano por debajo de su chompa y le extraía el arma.

Sintió un fuerte golpe en la mitad de la espalda, que lo hizo caer de rodillas. Alguien lo empujó hacia el suelo y terminó acostado boca abajo. Escuchó los gritos y protestas de Malena.

—Por favor... —rogó la muchacha, mientras la obligaban a entrar en uno de los automóviles y se alejaban a toda velocidad.

Los dos hombres que se quedaron con El Mago se disponían a dispararle, cuando los focos de un automóvil se divisaron a lo lejos.

—Alguien viene —dijo uno de los matones.

—Vámonos a otro lado —sugirió el otro, mientras obligaba a El Mago a ponerse de pie.

Eso era todo lo que necesitaba.

El sicario ya tenía la navaja en su mano y se movió como un rayo. Su enemigo apenas tuvo tiempo de poner una expresión de asombro mientras caía con la garganta cortada.

El segundo hombre disparó.

Pero sólo se escuchó un ruido seco.

Miró a los ojos del asesino y se dio cuenta de que eran raros. No parecían humanos.

Apretó el gatillo otra vez.

La pistola estaba trabada. ¿Cómo era posible? ¿Por qué justo ahora?

El hombre miró aterrorizado cómo El Mago se acercaba con la navaja, su rostro inexpresivo como el de los muertos.

Rogó a Dios que todo fuera rápido.

Al día siguiente le llegó la noticia por televisión. Habían encontrado el cuerpo de Malena en el banco de un parque. Estaba desnuda y completamente pálida. Según el reportero, había perdido el cien por ciento de su sangre. Se especulaba que el o los asesinos pertenecían a alguna secta satánica o adoradores del vampirismo.

El Mago se encontró con Raúl Pini en una de las salas de velación, frente al Cementerio General. Estaba llena de amigos y parientes que daban el pésame a los padres de Malena. El padre era un señor bajo, robusto, un poco tosco, de pelo canoso. La señora era más joven, refinada, aunque era difícil precisarlo por la hinchazón de sus ojos.

El Mago llevaba gafas, a pesar de que ya estaba anocheciendo. Aunque era confundido con un signo de extravagancia, era la mejor forma de evitar las miradas de la gente.

—No puedo creer que ese hombre no te haya dicho nada —susurró Raúl, alejándose un poco del resto de los asistentes.

—Los habían contratado a través de terceros. Los que se la llevaron eran los únicos que sabían dónde.

—Y tú le creíste.

—No tenía por qué mentir —aseguró el asesino.

El Mago miró a la gente conversar como si estuvieran en alguna reunión social. Los padres recibían más pésames y palabras de consuelo por parte de los recién llegados.

—¿Quién es ese? —El Mago señaló con la cabeza.

Un hombre delgado y alto, de unos cincuenta años, vestido de traje negro, se acercaba en ese momento donde los padres de Malena y los abrazaba.

—No lo sé. Nunca lo había visto antes —respondió Raúl, con los ojos llorosos—. Pero puedo averiguarlo.

El Mago sintió lástima por su único amigo.

—Era una buena chica en el fondo, Garol.

—Averigua quién es —recordó El Mago.

Después de que sus padres adoptivos murieran en circunstancias extrañas, y de que sus hermanas postizas, como él las llamaba, se fueran a vivir a un convento en las afueras del pueblo, Garol Pereira pasó dos años viviendo en un cuartito que el padre Manuel le consiguiera junto al colegio y frente a la iglesia.

Fue una época agradable, pero Garol quería algo más que trabajar en un taller mecánico, y decidió salir en busca de un futuro. Sin dinero ni trabajo fijo, quiso probar suerte en el ejército. Se enteró de que estaban llevando a los jóvenes a la conscripción y acudió al llamado. Por poco no lo aceptaron, ya que pensaban que el color pálido de sus ojos podía ser un problema, pero una vez que los doctores lo examinaron, decidieron que su capacidad visual no estaba afectada.

Durante el entrenamiento, Garol aguantó el abuso y los insultos del sargento, sin darse por vencido. Una vez que terminó el servicio militar, y debido a su buen desempeño, el mismo sargento le preguntó si quería permanecer en las filas, ya que pronto sería candidato para cabo. Garol aceptó y se quedó tres años, durante los cuales hizo pocos amigos, pero su comportamiento y dedicación eran el orgullo de sus superiores.

A los veintidós años ya era sargento y tuvo diferentes asignaciones, una de ellas la frontera no definida al sureste del país.

La vida en la selva no era nada agradable. La humedad, el calor y los insectos hicieron que, más de una vez, Garol y su escuadrón se enfermaran.

Pero nada lo preparó para aquel día en el hoyo.

—Su nombre es Salomón Ruller —dijo Raúl, sentado ante su computadora en la apretada oficina—. Es gerente de un laboratorio farmacéutico.

—¿Tiene familia?

—No. Vive solo en un penthouse del centro. No tiene antecedentes de ningún tipo. Un ciudadano modelo. ¿Por qué te interesa tanto?

—No lo sé —dijo El Mago—. Emitió malas vibra-ciones cuando lo vi.

Raúl lo miró por un momento.

—Cada vez se vuelve más intenso, ¿no?

El Mago pretendió no entender.

—¿De qué hablas?

—De lo tuyo. De tu sensibilidad para ciertas cosas. Antes creía que era solamente cuestión de habilidad, un sexto sentido que habías desarrollado, pero ahora me doy cuenta de que es mucho más.

—Dame su dirección —solicitó el sicario.

—¿Qué crees tú?

—Creo que debes seguir tus emociones —respondió

Alexia Pereira, recostada en el sofá, en el apartamento de su hijo. Esta vez había escogido un traje serio de blazer y pantalones color crema. Su suave perfume parecía no querer desvanecerse.

—¿No sentiste nada cuando lo vi?

—Yo no siento nada, Garol. Estoy muerta.

El Mago sonrió. Su madre seguía siendo un misterio.

—No es verdad —rectificó—. Te materializas cada vez que quieres.

—Ése es un privilegio que me ha dado Nuestro Señor. Pero sólo puedo hacerlo por corto tiempo. Lo suficiente para ayudarte cuando lo necesitas.

—¿Me ayudarás ahora?

Esta vez fue Alexia la que sonrió. Parecía haber salido de alguna revista de modas. Elegante, delicada. Perfecta.

—Claro que sí, hijo.

—Descanse, sargento.

El joven Garol Pereira relajó un tanto su postura, pero mantuvo la espalda recta.

—Tengo algo para usted y su pelotón —dijo el teniente Ibarra, en su pequeña oficina en el campamento. Un ventilador de tumbado movía el aire denso, tratando de infundirle vida, pero apenas lo lograba. El cuarto olía a cigarrillo y sudor.

—Sí, señor —dijo Garol.

—Esto es muy confidencial —determinó el te-niente—. Aunque es joven, sé que desempeña bien su trabajo y necesito alguien así para que lleve a cabo esta misión.

—Sí, mi teniente. Gracias.

Ibarra extrajo un cigarrillo desde el cajón de su escritorio, y lo encendió. No era costumbre de un oficial fumar delante de sus subalternos, pero el teniente era de aquellos que imponía sus propias reglas.

—Hemos perdido a dos soldados —dijo entre bocana-das de humo—. Parece que fueron apresados por el enemigo

cuando se adentraron en lo que ellos denominan su territorio. Quién sabe. A lo mejor lo hicieron. Es difícil saber hasta
dónde debemos llegar cuando no existe una maldita frontera.
Bien, esos hombres deben estar todavía en el campamento de
Iquo, antes de llevárselos más adentro. Tenemos que recuperarlos.

Garol permanecía en silencio, prestando atención al
oficial. El teniente se fijó nuevamente en esos ojos transparentes y, una vez más, se admiró de la sensación de intranquilidad
que lo invadía. Estaba seguro de que esa era una de las razones
por las que la gente evitaba al sargento Pereira.

—El gobierno no sabe nada de esto —prosiguió—, y
el enemigo tampoco lo ha divulgado. Es un reto dirigido a
nosotros y no es la primera ni la última vez que lo hacen. Un
escuadrón a su mando partirá a las cero trescientas horas y
los traerán de vuelta, sin armar camorra. No queremos causar
ningún incidente. Como le dije, esto era de esperarse. Son
juegos de guerra sin anunciar. Si tienen éxito, sargento, usted
obtendrá un ascenso, y sus hombres, una serie de privilegios.
¿De acuerdo?

—Sí, señor —respondió Garol.

El oficial se echó para atrás en su silla.

—Bien. Entonces vaya y demuestre a esos hijos de puta
que somos mejores.

Efraín Aguilera se encontraba, como siempre, en su
negocio cerca del malecón, donde vendía electro-domésticos
desde hacía más de veinte años. La tienda se llamaba *Casa
Malenita* por insistencia de su mujer, ya que siempre había
dicho que su primera hija llevaría ese nombre.

La mujer que había entrado en el local era una belleza
incomparable. Parecía flotar en vez de caminar y le sobraba
esa clase que ya no se veía en las mujeres modernas.

Los demás clientes, aunque quedaban pocos a esa hora
de la tarde, estaban también absortos ante su aparición.

—Buenas noches —dijo la diosa—. Disculpe, sé que ya tienen que cerrar, pero necesito un microondas.

—No se preocupe, señora —dijo Efraín, sonriendo, y tratando de no fijarse demasiado en su escote—. Estamos para servirle.

Caminó por detrás del mostrador hacia la esquina donde se encontraban los artefactos de cocina. La mujer se movía con él, como una sombra. Su cabello negro parecía tener vida propia, con un brillo que sólo se veía en los comerciales de televisión.

—Veamos... Tenemos varias marcas: Panasonic, Mitsuko, General...

—¿Cuál es el mejor?

—Todos son buenos, señora. Eso lo garantizo —enfatizó Efraín, orgulloso.

—¿Puede mostrarme un Classico? Es una de mis marcas peferidas.

El hombre no tuvo que mirar siquiera. Conocía la tienda de memoria.

—Eh... no tengo ninguno por aquí. Pero creo que hay en la bodega.

—¿Puede ir a buscarlo? —la mujer puso cara de niña buena. Efraín tuvo que luchar para no mirar el escote nuevamente. Pero igual perdió.

Vio de un lado a otro. Su único empleado no se había aparecido esa tarde, y no quería dejar sola a la mujer en el local.

—Déjeme primero cerrar —dijo Efraín, al darse cuenta de que el último cliente salía del almacén. Estaba anocheciendo rápidamente y las lámparas de la calle ya se habían encendido.

Corrió hacia la puerta de entrada y le puso seguro. Se guardó la llave en el bolsillo de la camisa.

—En seguida vengo —dijo con una amplia sonrisa, y se perdió detrás de una puerta que daba a la bodega.

A los pocos minutos regresó con una caja de cartón donde llevaba el modelo más caro de microondas que poseía.

Si me hace buscar, que pague, pensó Efraín.

—Bien, ya estoy aquí...

El hombre dejó caer el cartón.

La diosa se había ido.

En su lugar estaba su hija Malena.

Su *difunta* hija Malena.

—¿Por qué dejaste que me mataran? —preguntó, el pelo de colores revuelto, cubriéndole parte del rostro.

—¡Dios santo, no es posible! —exclamó Efraín, tapándose los ojos.

Pero cuando retiró las manos, Malena seguía allí.

Estaba sumamente pálida, como papel. Grandes ojeras oscurecían su mirada, y llevaba puesta la ropa con la que había desaparecido.

—Contesta, ¿por qué dejaste que lo hicieran?

—¿De qué hablas? —dijo el hombre, nervioso. Apenas podía moverse —. Yo te quiero mucho...

—¿Qué te propusieron? ¿Dinero, una mejor posición social, una membresía en el Yacht Club?

Efraín se sintió asqueado. La ropa de Malena estaba hecha jirones, y una serie de insectos había empezado a reptar por todo su cuerpo.

—Nadie me ha ofrecido nada —se defendió el hombre—. No sé a qué te refieres.

—Hablo del grupo ese con el que te has metido.

—Te lo juro, Malena. Yo te quiero... —lloró Efraín, agarrándose el brazo izquierdo, tratando de evitar la fuerte punzada que se le había presentado de pronto.

—Tú no me quieres. No mientas —gritó Malena, sacudiendo los brazos. Unos cuantos insectos cayeron sobre la camisa de Efraín, sin que él pudiera evitarlos—. Siempre has dudado de que sea tu hija.

—No me hables así. Soy tu padre —el dolor del brazo había empeorado. La respiración empezaba a faltarle.

—Pues te cuento que tienes razón —sonrió Malena—. No soy tu hija. Y mi madre tampoco sabe de quién soy.

La punzada en el brazo izquierdo de Efraín se volvió

insoportable, y el hombre se torció de dolor. Un sudor frío le cubría la cabeza y el rostro.

—¿Por qué dejaste que me mataran? —insistió la chica.

—Los negocios no andan bien —Efraín respiró profundamente, tratando de absorber la mayor cantidad de oxígeno posible—. Casi todo lo he perdido. Necesitamos el dinero.

—¿Cuánto te dieron?

—Malena...

—*¿Cuánto te dieron?*

—Trescientos mil dólares. No sabía que te matarían, lo juro.

—¿Ah, no? ¿No sospechaste cuando te preguntaron tantas cosas sobre mí?

—Pensé que estaban preocupados por tus amigos pandilleros. Nada más.

—Ni siquiera sabes mentir —dijo la chica molesta—. Sabes muy bien lo que hacen esos hijos de su madre cuando se reúnen. ¿Misas negras? ¿Orgías?

Efraín hizo una mueca de dolor. No podía mover el brazo.

—*¿Qué es lo que hacen?* —insistió Malena.

—Toman sangre. Es lo que les gusta. Dicen que así son más fuertes y que se nutren de la juventud de otros.

—¿Y tú les creíste? ¿Creíste toda esa basura?

—Más de una vez dijeron que querían invertir. Tenía que ir a esas ceremonias para complacerlos, para ganarme su confianza. Pero lo único que quería era el dinero. Cuando huiste con la pandilla me dijeron que si no te encontraba, no me lo darían. Por favor...

El dolor se había extendido por el cuello hasta el omóplato izquierdo. No podía moverse, no podía respirar. Miró a su hija, quería pedirle perdón, quería que lo llevara a un hospital.

Pero Malena no estaba. En vez de ella, la diosa lo miraba nuevamente con una gran sonrisa en los labios. Sostenía la caja con el microondas.

—¿Seguro que está garantizado? —preguntó.

* * *

El grupo de nueve hombres se movía cuidadosamente en la oscuridad de la selva.

El rescate había resultado sencillo. Sorprendieron al enemigo en su propio terreno y ahora llevaban de regreso a los dos soldados que habían sido prisioneros.

—Sargento —susurró Cobos, uno de los hombres del escuadrón —parece que hemos perdido la ruta.

—No, estamos bien —respondió Garol Pereira—. Pero hay que moverla. Ya mismo amanece.

Todos permanecían en silencio. El avance de los soldados entre la maleza se confundía con el sonido de los animales nocturnos.

Garol se paró en seco.

—No se muevan —alzó apenas la voz.

Algo le decía que las cosas iban a tomar un giro distinto en cualquier momento.

—¿Qué sucede, sargento? Ya falta poco...

—Retrocedan —ordenó Garol.

Los hombres estaban acostumbrados a seguir órdenes, pero dudaron unos segundos ante la repentina decisión de su líder.

Se escuchó un silbido y una estela de luz se disparó hacia el cielo. La bengala iluminó al escuadrón.

—¡Atrás! —gritó Garol, esta vez con todas sus fuerzas.

Las primeras ráfagas de metralla se escucharon, y Garol sintió las balas atravesar el aire junto a él.

—Se supone que no deben disparar, sargento —gritó Ludeña, otro del grupo.

—Pues los hijos de puta han cambiado las reglas, como siempre —opinó Cobos, mientras se ponía a cubierto.

—¡A discreción! —exclamó Garol al tiempo que disparaba su M16. Sus soldados lo imitaron, tratando de adivinar de dónde provenía el ataque enemigo.

Más bengalas estallaron en el cielo, convirtiendo la

noche en día por varios segundos. Los disparos no dejaban de sonar. Atacantes y atacados se unían en un estruendo incansable. Ludeña cayó herido y Garol trató de arrastrarlo tras un árbol. Cobos lo cubría disparando a diestra y siniestra. Los demás hombres hacían lo mismo, intentando retroceder, desorientados.

En medio del inmensurable ruido, mientras el sargento arrastraba a Ludeña y Cobos los protegía, ambos soldados distinguieron un *click*.

No había duda. Cobos había pisado una mina.

De pronto, todo se apagó.

—Tráiganla —ordenó Salomón Ruller.

Los dos hombres vestidos con túnicas rojas empujaron a la joven de bata blanca. Sus ojos reflejaban el terror que la poseía. Por más que intentaba soltarse, no pudo evitar que la acostaran y la ataran boca arriba, de pies y manos, a la mesa de piedra tallada en forma de equis. La cabeza le quedaba colgando y le producía un fuerte dolor en la garganta y el cuello. En esa posición hasta se le hacía difícil gritar.

Los demás asistentes a la ceremonia llevaban las mismas túnicas rojas. Eran hombres y mujeres de altas esferas que se desenvolvían normalmente entre sus familias y amigos, pero su vida entera la dedicaban a la Hermandad. Su único deber: entregarse en cuerpo y alma a ella, y buscar nuevas candidatas jóvenes para los sacrificios.

Valía la pena. La Hermandad tenía influencias profundas en muchos gobiernos, que volvían cada vez más ricos a los miembros de la secta.

Ruller, como líder y gran sacerdote, llevaba una túnica diferente, violeta, con adornos dorados. Además, un sombrero cónico, parecido a la mitra de los obispos cristianos, se asentaba sobre su cabeza.

—Hermanos, hermanas —dijo al público—. Ha llegado nuevamente el momento de saciar nuestra sed. El momento de renovarnos con la juventud de esta plebeya. De ofrecer un sacrificio al gran Pazite, dios del horizonte, señor del infinito y de la eternidad.

Todos agacharon sus cabezas ante la efigie que se encontraba detrás de Ruller; un animal-humano con cabeza de cabra, cuernos y un aro colgando de su nariz. Su sonrisa estaba enmarcada por agudísimos dientes.

Ruller se acercó a la muchacha y puso los dedos sobre su cuello.

—Esta sangre te ofrecemos, oh, señor. De ella beberemos el elíxir de la vida eterna.

Arrancó la túnica de la chica, mientras ella seguía gritando.

Alzó la mano que encerraba una larga daga con mango de oro. Volvió la cabeza hacia Pazite.

—Por ti, señor.

—Imbécil morboso. ¿Por qué tenías que dejarme desnuda si lo que me vas a cortar es el cuello?

Ruller volvió a mirar a la chica. Los demás hermanos alzaron sus cabezas al escuchar las palabras.

La muchacha ya no gritaba ni rogaba por su vida. Estaba serena, con la cabeza recta y una maliciosa sonrisa.

El joven sargento Garol Pereira despertó, pero no podía ver nada. Por un momento pensó que estaba ciego. Recordó los disparos y que sus hombres se defendían, pero nada más. ¿Le habían disparado? ¿Qué tan grave estaba?

La cabeza empezó a despejársele. Recordó la mina. Cobos había pisado una mina.

Se dio cuenta de que no estaba ciego. Simplemente todo era oscuro. Completamente negro. ¿Había caído en alguna trampa enemiga? Imposible saberlo. Por más que esforzó los ojos, no podía ver ni siquiera sus manos.

—Garol.

La voz lo tomó por sorpresa y su cuerpo se sacudió inconscientemente.

—¿Quién está allí?

—No te preocupes, amigo. No estás muerto.

La voz era indefinida. Podría haber sido de un hombre o de una mujer, incluso de un niño.

—¿Quién eres tú?

—¿Yo? Eso no es importante. Lo que importa es lo que tú estás buscando.

—¡Dime quién eres, mierda! —Garol llevó la mano hacia la funda del cinturón donde llevaba la pistola reglamentaria. No encontró nada.

—Tus armas no están contigo, Garol. Sólo yo y tú. Tú y yo —la voz adoptó un tono irónico, burlón.

—¿Dónde está mi escuadrón? ¿Qué les pasó?

—Todos están bien. Ah, bueno, a excepción de ese Cobos. Ese sí que se hizo mierda.

La voz rió. No fue una risa agradable.

—¿De qué te ríes, chucha?

—Vamos, no seas tan grosero —contestó la voz, cínicamente—. Mira que me voy y te dejo solito, ¿eh?

—¿Qué quieres? ¿Por qué vienes a molestarme?

—Nada de eso. Sólo quería conocerte. Te he observado prácticamente desde que naciste. Sé que llevas el fuego dentro de ti.

—¿Fuego?

—Sí, fuego de muerte. Fuego de poder. Sé que serás un excelente elemento, como lo fue tu padre.

—¿Conociste a mi padre? —se admiró Garol. No había pensado en él durante años.

—Por supuesto. Fue uno de mis principales elementos.

—No pudiste conocerlo. Él murió cuando yo era un niño, en un naufragio.

—Sé que tu madre te metió ese cuento. Pero no me digas que lo sigues creyendo. Ya eres grande, muchacho. A poco me vas a decir que crees también en el niño Dios.

—¿De qué estás hablando? Mi padre era un marino y...

—Tu padre fue de todo, menos un marinerito.

—Mi madre dijo...

—Sé muy bien lo que te dijo. Pero créeme. Tu padre no fue el santo que te han hecho creer todos estos años. No, señor. Un santo por nada del mundo.

—¿Quién fue, entonces? ¿Por qué mintió mi madre?

—Supongo que quería protegerte de la verdad.

—¿Cuál verdad?

La respuesta llegó fría y determinante.

—Que tu padre era un demonio.

Los hermanos no comprendían lo que pasaba. ¿Cómo era posible que esa chica desnuda sobre el altar de Pazite pudiera encontrarse tranquila y hablar de esa manera?

Salomón Ruller estaba tan perplejo como los demás. Aún mantenía la daga en alto, como congelado en el tiempo.

—Eres un pobre morboso. ¿No te da vergüenza? —dijo la muchacha, rompiendo sus ataduras como si fueran de papel, y levantándose del altar.

Ruller intentó cogerla de un brazo y atacarla con el cuchillo, pero la mujer se desprendió de un puntapié. Delante de todos los presentes, sonrió e hizo una venia, como si estuviera actuando en un gran teatro.

Enseguida se desvaneció en el aire.

Los hermanos empezaron a murmurar.

—¿Quién era?

—¿Adónde se fue?

—A ninguna parte —exclamó El Mago, desde una esquina del salón—. Nunca estuvo aquí.

Ruller miró al hombre que se acercaba lentamente. Vestía una camisa negra de mangas largas, jeans desco-loridos y botas oscuras. Parecía estar desarmado. Cuando la luz logró iluminar por completo su rostro, se dio cuenta de que poseía los ojos más extraños que había visto.

Mientras tanto, los miembros de la secta estaban quietos, esperando que su líder les diera una señal. Ruller sólo señaló la figura de El Mago, y varios intentaron apresarlo. Moviendo sólo la cabeza y mirando a cada uno de ellos, El Mago logró empujarlos varios metros hacia atrás. Cayeron sobre el duro cemento, quebrándose los huesos.

—¿Quién eres tú? —preguntó Ruller, alerta.

—La muerte —dijo El Mago, y todo empezó a incendiarse.

Las cortinas, las alfombras, las túnicas de la Hermandad. Nada quedó sin arder. Los miembros de la secta empezaron a correr de un lado a otro, convertidos en antorchas humanas, gritando, llorando, suplicando.

Pero fue en vano.

Uno por uno empezaron a caer carbonizados, con expresiones grotescas de angustia.

Ruller intentó huir, pero El Mago le bloqueó la salida. Todavía tenía la daga en la mano, y lo atacó.

El Mago le retorció la muñeca hasta que los huesos crujieron y el sacerdote de Pazite dio un alarido.

—Mi dios —dijo el herido, tambaleándose sobre sus rodillas.

—Aquí estoy —replicó El Mago, situándose detrás de él, y agarrándole el cuello con su brazo derecho. Con el izquierdo presionó la cabeza de Ruller—. Soy el único dios que conocerás en el infierno.

Con un rápido movimiento, desnucó al sacerdote.

—¿Sargento? ¿Sargento, puede oírme? ¿Sargento Pereira?

—Lo oigo... —dijo Garol, intentando salir de la oscuridad en que se hallaba.

—Soy el doctor Matías —dijo la cara redonda y de lentes—. Nos tenía preocupados. Pensábamos que no iba a despertar jamás.

—Yo también lo creí —Garol se acomodó en la cama, tratando de enfocar el cuarto.

—Sufrió una caída de por lo menos seis metros, en un

gran hoyo en la selva. No había indicios de que fuera una trampa del enemigo. No habían estacas ni nada punzante que pudiera matar a alguien. Simplemente era un hueco.

—¿Dónde está mi escuadrón? ¿Qué les pasó?

—Sus hombres están bien, no se preocupe. A excepción del soldado Cobos, todos están perfectamente bien. Ambos lados decidieron un alto al fuego, para que la cosa no llegara a mayores. Por mutuo acuerdo, el asunto será enterrado. Nunca ocurrió.

—¿Y cómo explicarán lo de Cobos?

—La verdad. Pisó una de las tantas minas que han sembrado nuestros vecinos.

Garol recordó la voz ambigua y cínica en la oscuridad.

—Había alguien más en el hoyo donde me encontraron.

—No. Imposible.

—¿Por qué imposible?

—Demasiado chico. Dé gracias a Dios de que nadie le cayó encima.

—Sí doctor. Gracias a Dios —dijo Garol—. O al demonio.

Alexia Pereira abrazó a Malena con dulzura. La chica sonrió, aunque sus ojos parecían traicionarla. Su hermoso cabello poseía ahora un tono natural, y sus facciones estaban libres de los efectos de la angustia y el terror.

Se despidieron, y la chiquilla caminó entre las tumbas, para desaparecer luego como hecha de humo.

El Mago y su madre caminaron hasta la lápida de Malena.

—Ahora podrá descansar en paz —dijo Alexia, acariciando el mármol de la tumba.

—No le hice caso —declaró El Mago—. Me trató de decir algo la noche en que murió, pero no la escuché.

—No te guarda rencor, Garol. Tú la viste. Estaba tranquila.

—Sí. La vi. Y ya me estoy cansando de ver a los muertos.

—¿Ah, sí? —preguntó irónicamente Alexia—. ¿Te estás cansando de ver a tu madre?

Caminaron despacio, cruzando la calle entre tanta gente que entraba y salía del cementerio. Había oscurecido y los postes de luz proyectaban sombras deformes sobre unos y otros, como espíritus en busca de un cuerpo.

—No preguntes —dijo El Mago.

06. La Virgen y El Mago

La mujer lo miró con curiosidad, más que con miedo.

—Has venido a verme —dijo ella. Su rostro era radiante. Parecía que con sólo mirarla se podían resolver los problemas del mundo.

—Como todos los demás —respondió el hombre de las gafas, un tanto desconcertado. ¿Sería verdad lo que aquella mujer sostenía?

Estaban en una tienda/campamento en medio de las montañas, donde Silvana Ayauraca, una ama de casa pobre, que hasta hacía poco vivía en el pequeño pueblo de Las Joyas, se había proclamado la reencarnación de la Inmaculada.

—No —recalcó la mujer—. Tú no crees en mí. Has venido a llevarme.

Ante estas palabras, las mujeres que asistían a Silvana, dos señoras regordetas y pequeñas, de ropas humildes y chales hechos a mano, mostraron recelo e intentaron avisar a sus familiares, que estaban afuera de la tienda, junto al resto de los peregrinos.

Silvana pidió que se calmaran y no permitió el ingreso de nadie más en la carpa pequeña y fría.

—Sí, es cierto —aceptó El Mago—. Me han ordenado llevarte.

—No —dijo la mujer, señalando a la tela que los cubría—. Todos ellos necesitan mi ayuda. No puedo abandonarlos.

—No tienes alternativa. Si no vienes conmigo, otros podrían llegar a lastimarte.

—¿Por qué? —se admiró Silvana—. ¿Por qué lastimarían a la madre de Dios?

Las palabras llegaron extrañas a oídos de El Mago. ¿Realmente estaba convencida o era puro teatro?

—No lo sé. No me corresponde averiguarlo.

—¿Quién te lo ordenó?

—Alguien que desea cuidar de ti.

El Mago había recibido una llamada del padre Francisco San Gabriel, de la Oficina para la Investigación Cristiana, una orden secreta perteneciente al Vaticano. Se habían conocido meses atrás cuando el sacerdote lo había contratado para recuperar los clavos de la crucifixión.

Silvana Ayauraca era una mujer pequeña y su mirada nunca dejaba de ser dulce. El Mago empezó a sentirse incómodo ante ella. ¿Por qué le habría pedido San Gabriel tal misión? ¿Por qué no devolvía el dinero que le había enviado por adelantado y se olvidaba de todo?

—Déjame ver tus ojos —pidió la mujer.

El Mago se sacó las gafas lentamente. Sus pupilas casi blancas se conectaron con las de Silvana.

—Has sufrido muchas vicisitudes. Tu corazón se ha endurecido. Si no fuera por tu madre...

—Creo que es suficiente. No he venido para hablar de mí —se molestó El Mago, levantándose de su asiento. Las dos mujeres lo miraron sorprendidas. Nadie se atrevía a hablarle así a la reencarnada.

—¿Por qué no crees en mí, Garol? —preguntó Silvana.

—Dices ser la madre de Jesús. Muchos no pueden creerlo.

—Has visto las colas —sonrió la mujer—. Cientos de hombres, mujeres y niños que vienen a pedir por su bienestar, por el de sus familias. ¿Por qué ellos sí y tú no?

—La fe mueve montañas —sonrió el sicario.

—Y tú no tienes fe.

—Sólo en mí mismo.

—Si crees en ti mismo, crees en el hombre. Si crees en el hombre, crees en mí.

—No es tan simple.

—Por supuesto que lo es —aseguró la vidente—. Si tú lo deseas.

A los veinticuatro años, Garol Pereira se había retirado de la vida militar. Después del conflicto en la frontera, donde uno de sus hombres había perdido la vida, Garol no logró ser el mismo. Pero no solamente por la muerte del subalterno, sino por la voz que escuchó cuando había caído en un hoyo profundo. La voz que le había dicho que su padre era un demonio.

Había intentado seguir con sus deberes militares, pero su mente seguía en lo mismo. Decidió buscar refugio en el mar, algo que extrañaba desde que había dejado la casa de la playa donde pasó gran parte de su niñez. Consiguió un trabajo de maquinista en un barco y recorrió medio mundo.

—¿Has estado aquí antes, muchacho? —le preguntó Xarel Batta, uno de los marinos, mientras bajaban a puerto, para una corta estadía en Nueva York—. Es la ciudad más excitante del mundo. ¿Por qué no nos acompañas? Vamos a un bar en el West Side. Allá van muchos latinos y hay buenas mujeres.

—No. Creo que voy a hacer de turista. Visitaré el Empire State y...

—Ah, déjate de mariconadas. Vamos, ¿sí? —sonrió Batta. Era un viejo zorro, de cuarenta y tantos años y con agua salada en las venas. Nunca había tenido una familia o un hogar. A Garol le simpatizaba bastante. Por eso accedió al fin a ir con ellos.

Eran seis en total, riendo y haciendo ruido mientras tomaban el *subway* hasta el bar llamado *Latin Love*, uno de aquellos lugares que pretendía ser más de lo que era, pero que no engañaba a nadie; caluroso y lleno de humo, atestado de hombres y mujeres, hispanos en su mayoría, bebiendo en la barra, ante las mesas o bailando salsa al son de una banda en vivo.

—¿Te gusta? —preguntó Xarel, con una sonrisa de oreja a oreja.

—No está mal —mintió Garol.

Se hicieron lugar en la barra superpoblada. Algunos mostraron su malestar al verlos. No les gustaba que el club se llenara de marineros; siempre causaban problemas. Pero esa noche las cosas eran diferentes. Xarel Batta dominaba el grupo y todos lo respetaban. No habrían hecho nada para avergonzarlo.

—Señoras y señores —dijo de pronto una voz engrandecida por el micrófono, mientras la banda dejaba de tocar un merengue—, el *Latin Love* les agradece su presencia en esta noche tan especial. Para aquellos a quienes les gusta la buena música, la buena voz y la belleza hecha canción, les tenemos una agradable sorpresa. Es para mí un orgullo presentarles a: ¡Rhandra!

Una explosión de aplausos y silbidos invadió el club cuando el reflector se posó sobre la figura de la hermosa mujer de traje largo y blanco. Su cabello era oscurísimo, brillante. Su piel también lo era, como sus ojos grandes. Había algo exótico en ella que Garol no podía precisar.

—Madre hindú, padre puertorriqueño —explicó Xarel Batta—. Una exquisita mezcla, ¿no es verdad?

Garol no contestó. Estaba muy ocupado escuchando la voz que surgía delicadamente de la garganta de la joven.

—¿Quiénes me desean el mal? —preguntó la mujer que se hacía llamar la madre de Dios.

—Un grupo extremista llamado Luz Sagrada.

—Ah. "La luz de la verdad" —reconoció ella.

Una vez más, la mujer lo sorprendía. Según lo que le

había dicho San Gabriel, Luz Sagrada era una organización formada por sacerdotes rebeldes que habían sido expulsados del Vaticano por su inflexibilidad y sus deseos de mantener el status quo. No aceptaban el Nuevo Testamento y recurrían al terrorismo y a la violencia para hacerse escuchar.

—Ellos no tienen por qué temerme —continuó Silvana—. Todos son mis hijos, son hijos del Señor.

—Ellos no lo ven así. Ya han asesinado a varias personas que aseguraban ser lo mismo que tú. Una en Francia. Otra en Argentina. En Brasil. Mis empleadores no quieren que nada malo te pase. Quieren conocerte...

—Diles que vengan. Los recibiré como a todos los demás.

—Prefieren hacerlo en privado. No quieren que su presencia se conozca a través de los medios. Por lo menos hasta que comprueben la veracidad de tus palabras. Hay un monasterio a tres horas de aquí. Allí te esperan.

—Es decepcionante, hijo mío —suspiró Silvana—. Tengo un mensaje de bondad para el mundo, y siempre hay alguien que no está feliz con que los demás lo sean. Lo siento, pero no puedo acompañarte. Mi vida se debe a mis hijos, a aquellos que esperan por mí.

—Escucha —dijo El Mago, de manera enérgica, señalando la lona—, si los de Luz Sagrada se han colado entre los peregrinos, pueden entrar en cualquier momento y asesinar a todos, no solamente a ti.

Las dos asistentes se mostraron nerviosas. Una de ellas se santiguó. El Mago se alegró de haberlas asustado. Por primera vez, Silvana pareció dispuesta a escucharlo.

—¿Por qué usas gafas aquí adentro? ¿Eres excéntrico o qué?

El joven Garol se bajó el armazón para que la cantante pudiera apreciar la palidez de sus ojos.

—Uy, eso debe doler —dijo ella, mirándolo con curiosidad. Su nombre era Rhandra Echagüe y la presencia tan cercana de su cuerpo lo reconfortaba e inquietaba a la vez.

Garol negó con la cabeza.

—En absoluto. Dicen que es una deficiencia genética. Lo heredé de mi madre.

La chica mostró una agradable sonrisa.

—Mi madre siempre dijo que los ojos son las ventanas del alma. ¿Acaso tú no tienes alma?

Garol, incómodo, decidió cambiar la conversación:

—Dime, ¿cómo se conocieron tú y Xarel?

—El padre de Rhandra también fue hombre de mar —intervino Batta, quien estaba acompañado de una mujer atractiva, pero de aspecto aburrido—. Prácticamente conocí a Rhandra en pañales.

La cantante asintió.

—Mi padre pasó toda su vida en el *Estrella Polar*, un barco colombiano que dio varias vueltas al mundo.

—¿*Estrella Polar*? —se admiró Garol—. Ese es el nombre del barco en que naufragó mi padre.

—Debe ser otro— negó la mujer—. El *Estrella Polar* de que te hablo está en un viejo astillero, guardando el reposo de los muertos. Supongo que lo desbaratarán poco a poco, pero nunca se hundió. Mi padre estuvo en él hasta el último viaje.

En aquel instante Garol recordó la voz irónica y cruel que le había hablado en la oscuridad hacía mucho tiempo.

—Es probable que tu padre haya conocido al mío, entonces —dijo, esperanzado.

—Quién sabe —Rhandra hizo un gesto de descuido—. Él ya no habla mucho de sus cosas. Vive solo en Long Island desde que mi madre murió.

Durante el resto de la noche, Garol trató de disfrutar la presencia de la mujer que emanaba un aroma semidulce. Escuchó sus palabras, puso especial atención a los detalles: el largo de sus dedos, la inmensidad de sus ojos, la suavidad de su cuello; pero en su interior las palabras de Rhandra daban vueltas de trompo y sin descanso.

—Disculpa —interrumpió de pronto a la hermosa hindú—, ¿dónde exactamente vive tu padre?

El monasterio estaba incrustado en una ladera empinada. Un jardín espeso y bien cuidado, donde crecían árboles de gran tamaño, rodeaba la vieja edificación. Ya eran cerca de las seis de la tarde cuando Silvana y El Mago llegaron a bordo de un *Pathfinder*. El inmenso vehículo también albergaba a tres vecinos que insistieron en que la mujer no viajara sola con un extraño. En contra de su voluntad, El Mago había aceptado, ya que iba a ser la única forma de llevarla con él.

Los viajeros se acercaron al portón principal de la magnífica construcción de piedra. Una gran aldaba servía para anunciar a los visitantes, así que El Mago golpeó fuertemente, quebrando la quietud del campo. La temperatura había comenzado a bajar y podía ver su propio aliento como lengua de fuego que brotaba de su espíritu a cada segundo.

Una ventanilla se abrió en la parte superior de la puerta, y unos ojos inquisitivos chequearon el exterior.

—¿Sí?

—Vengo de parte de San Gabriel —dijo El Mago como única explicación.

La ventanilla volvió a cerrarse. Se escuchó el movimiento de pestillos y cerraduras. La puerta se abrió, dejando ver a un monje de hábito gris, con capucha que le cubría casi por completo el rostro.

—Adelante.

Los cinco visitantes ingresaron en el recinto sagrado.

—Por aquí —señaló el monje, mientras los conducía por unos jardines interiores donde se encontraban otros encapuchados.

—Linda casa —opinó Silvana.

El monje la vio con aprehensión. No estaba seguro de cómo reaccionar ante aquella mujer que irradiaba energía, poder y sentimiento. Prefirió no decir nada y continuó avanzando delante del grupo. Llegaron a un salón lleno de estantes de libros y mesas para leer. La biblioteca del monasterio.

—Esperen aquí. Los monjes han hecho voto de silencio, por lo tanto no traten de hablarles. Pronto alguien les traerá algo de beber.

—¿Dónde está San Gabriel? —preguntó El Mago.

—Llegará pronto —dijo el monje, mirando al sicario y a la mujer que se decía la Virgen—. El clima se ha dañado en la carretera. A lo mejor tuvo que desviarse por algún derrumbe.

Silvana caminó por el lugar, sonriendo y observando los cuadros que intentaban dar vida a las paredes del recinto. Se detuvo ante uno de la Virgen que sostenía un corazón flotante lleno de espadas.

—Que Dios tenga piedad de nosotros —dijo en voz baja.

El hombre que abrió la puerta de la casa de Long Island aquella mañana, era casi de la edad de Xarel Batta, pero no conservaba su vitalidad. Había ganado peso y su cara mostraba el cansancio acumulado de los años.

—Papá...

Rhandra Echagüe abrazó a su padre efusivamente. No se habían visto en largo tiempo. Garol no podía comprender por qué a Rhandra le era tan fácil separarse de su progenitor, cuando él daría todo por tener a su madre cerca.

—¡Hermano! —exclamó el hombre al reconocer a su viejo amigo Xarel —¡qué gusto de verte!

—Dios santo, sigues igualito, compadre —dijo Batta, abrazándolo con fuerza.

—Papá, éste es Garol Pereira, un amigo —presentó Rhandra al muchacho de las gafas. El padre, acostumbrado a los músicos y cantantes extraños que su hija conocía, no le dio importancia.

La casa era pequeña, vieja y un tanto descuidada, como

toda vivienda de un viudo. Echagüe les hizo pasar a la sala sin adornos ni alfombra. Batta y él empezaron a recordar los buenos momentos en el mar, las aventuras vividas por separado y los tiempos felices en que la madre de Rhandra vivía y Batta llegaba varias veces al año a saludar a sus amigos y a la niña.

Rhandra sabía que su padre no se alimentaba como era debido, así que habían pasado por un restaurante hindú para llevar un pequeño banquete a la casa.

Garol esperó que Xarel y Rhandra estuvieran disfrutando de un cigarrillo en el patio, después del almuerzo, para preguntar lo que realmente le interesaba.

—Me dijo Rhandra que usted pasó casi toda su vida en el *Estrella Polar*.

—Exacto —acordó el padre de Rhandra.

—Entonces usted debe haber conocido a Walter Anaya.

Echagüe casi bota la taza de café que tenía en la mano. Cogió una servilleta de papel para limpiarse los labios.

—¿Anaya dices? ¿Por qué te interesa?

—Era mi padre.

El rostro de Echagüe se descompuso. Era evidente que estaba incómodo. Se levantó del sofá velozmente.

—¡Rhandra!

—¿Qué pasa? —preguntó la hija, entrando a la sala, un poco alarmada. Xarel la seguía.

—¿Sucede algo malo? —inquirió Batta.

—¿Por qué me traes a este tipo? —preguntó Echagüe a la muchacha—. Nunca me dijiste...

—No sé de qué me hablas, papá...

—Llévatelo. Llévatelo, por favor —pidió el hombre temblando y abandonando la sala.

La mujer se quedó mirando el corredor por el que había desaparecido su padre. Se volvió hacia Garol.

—No sé... No sé qué tiene mi padre. Tal vez sería mejor que tú y Xarel se vayan. Yo me quedaré con él. No puedo dejarlo así.

—Está bien.

Garol y Batta caminaron hacia la salida y recogieron sus chompas.

Consternado como los demás, el muchacho de las gafas indicó:

—Dile que sólo quiero saber la verdad.

El golpe vino de algún lugar. El Mago se estremeció y cayó atontado. Quiso llevar la mano hacia la pistola que guardaba en la parte inferior de la espalda, pero una patada en el brazo se lo impidió.

No había sentido su llegada. Sus poderes se habían adormecido y ahora pagaba las consecuencias.

Trató de enfocar lo que estaba sucediendo. Sus atacantes eran los mismos monjes que había visto al entrar al caserón. O al menos estaban vestidos de la misma manera. Dos de ellos se habían acercado a Silvana y la retenían, aunque ella en ningún momento intentó oponer resistencia. Los tres vecinos del pueblo, aquellos que insistieron en acompañarla, eran asesinados con disparos a quemarropa.

—No tenías que matarlos —dijo la mujer, agitada—. No querían nada más que protegerme.

El monje se quitó el hábito y El Mago pudo apreciar las facciones de un hombre de mediana edad, con bigote grueso entrecano. Vestía un suéter de motivos folclóricos y pantalones oscuros de pana. Los zapatos eran *Nike* negros, de aquellos que cuestan más que todo un guardarropa.

—Así que tú eres la madre de Jesús —dijo el hombre, irónicamente, mientras sus seguidores se deshacían también de los hábitos.

—Yo soy ella —respondió Silvana—. ¿Por qué haces esto?

—Luz Sagrada no va a permitir que prediques cosas que tú misma no entiendes.

—Entiendo que el amor es lo único que salvará al mundo.

El hombre golpeó el estómago de Silvana, haciéndola doblar sobre sí misma. La mujer cayó sin aliento, retorciéndose en el piso.

—Tú no eres nadie, vieja imbécil —gritó el hombre—. Hasta hace poco no sabías ni leer ni escribir, y te pasabas las horas cuidando de tu marido y de tus hijos. No me vengas a decir ahora que la madre purísima de nuestro Señor te ha dado el don para hablar por ella.

—Soy quien digo ser —gimió Silvana—. Mi poder es la verdad.

—Los de Luz Sagrada somos personas cultas. Leemos y releemos el Viejo Testamento y sabemos interpretarlo de la manera debida. Nosotros amamos a Dios sobre todo y luchamos día a día por Él.

—La lucha basada en la violencia —dijo la mujer—, es en sí una derrota.

—Déjate de pendejadas. Ya hemos conocido muchas como tú. Hablan bonito, pero sus palabras se las lleva el viento. Todas chillan al morir —el hombre se puso en cuclillas para estar más cerca de Silvana—. ¿Tú también lo harás?

El Mago, todavía atontado, trató de incorporarse, pero uno de los hombres lo obligó de un empujón a mantenerse en su sitio.

—¿Qué hacemos con éste? —preguntó el tipo.

—Mátalo —respondió el jefe, dirigiéndose a la salida de la biblioteca, junto a los hombres que llevaban a Silvana.

La mujer caminó con tranquilidad y se detuvo para ver a El Mago.

—No se preocupe. Sólo pueden lastimar mi carne.

El hombre que apuntaba a El Mago hizo algo extraño.

Le guiñó el ojo.

El Mago no supo qué pensar. ¿Por qué hacía algo así en ese preciso momento?

No tuvo más tiempo.

El matón disparó.

* * *

—Yo te puedo decir quién era —dijo Rhandra, con su mejilla apoyada en el pecho de Garol, entre las sombras de la madrugada. Sus cuerpos todavía conservaban la pasión que los había encendido momentos atrás.

—¿Qué? —Garol había cerrado los ojos por unos minutos.

Ella lo miró a los ojos inexpresivos.

—Mi padre me contó ciertas cosas sobre el tuyo. No quería hablar contigo, tú lo viste. Pero conmigo fue otra cosa.

Garol se enderezó en la cama y apoyó su espalda en la cabecera.

—Pero fuimos a verlo hace dos días. ¿Por qué has esperado tanto?

Rhandra lo abrazó. Su cuerpo provocativo se sentía suave y fuerte a la vez. El contacto de su piel lo excitaba e hizo lo imposible por no perderse de nuevo en ella.

—No te dije nada —confesó Rhandra—, porque no quería hechar a perder todo esto. Sabes lo que significa para mí.

Garol tomó el rostro de la chica entre sus manos. Los ojos oscuros y penetrantes de la hindú reflejaban la débil luz que entraba a través de las cortinas del dormitorio.

—Para mí también significa mucho.

—Pero igual te vas mañana.

—Tengo que hacerlo. No puedo abandonarlo todo y quedarme aquí. Tal vez funcionaría al principio, pero después...

La mujer lo besó suavemente en los labios. Ahora la pasión era reemplazada por ternura. Garol pensó que era un tonto al dejarla, pero sabía muy bien que no tenía alternativa.

—Tengo que saber... —dijo Garol.

Rhandra se acomodó junto a él, apoyándose también en la cabecera. Exhaló.

—Walter Anaya y mi padre realizaron varios viajes a bordo del *Estrella Polar*. Por eso se conocían bien. Mi padre dijo que Anaya no era una buena persona.

—¿Qué quieres decir?

—Trataba mal a sus compañeros y era líder de un grupo metido en magia negra, demonios y esas cosas. Al parecer se inició en el asunto en uno de sus viajes al África.

—¿Cómo sabe tu padre todo esto?

—Anaya no se molestaba en ocultarlo. Es más, se jactaba de ello ante los demás. Todo el mundo le tenía miedo, incluso mi padre. Una vez un oficial quiso despedirlo, y luego apareció su cuerpo decapitado, colgado de los pies. Todos sospecharon de tu padre, pero tenía una excelente coartada.

—Entonces nadie probó nada. A lo mejor era inocente.

Rhandra guardó silencio por varios segundos, antes de continuar.

—Sé muy bien que te duele escuchar esto. A nadie le gusta oír cosas malas de su padre. Pero dijiste que   querías la verdad.

—Sigue —pidió Garol. Sus ojos sin vida no indicaban lo perturbado que se sentía mientras escuchaba las palabras de la mujer.

—Uno de sus hombres, un tal Samuel Rikertus, le contó a mi padre que Anaya deseaba realizar una ceremonia de cambio.

—¿De cambio?

—Un trato con el diablo. Estaba obsesionado. Quería vender su alma y vivir para siempre. Cuando Anaya conoció a tu madre y se enteró de que la consideraban la bruja del pueblo, hizo todo lo posible por conquistarla. Contrario a cualquier uso de razón, tu madre se enamoró perdidamente de él. Sabía muy bien qué clase de persona era, pero igual sucumbió. Lo que no esperaba Anaya era que tu madre practicara sólo magia blanca. Siempre se negó a ayudarlo con sus planes. Tal vez lo intentó, quién sabe, pero falló igual. Anaya le hizo la vida imposible.

Garol se sentó en el borde de la cama.

—Me engañó toda la vida.

—Tu madre te quiso mucho. Supongo que no quiso verte sufrir.

Tu padre no fue el santo que te han hecho creer todos estos años, había dicho la voz del hoyo, mucho tiempo atrás. *Tu padre era un demonio.*

Garol siempre había tenido la esperanza de que aquel

episodio fuese producto de su imaginación o del shock de la mina que había explotado a pocos metros de él. Pero ahora comprendía el significado de las palabras.

—Cuando tu madre te tuvo, pensó que Anaya cambiaría —continuaba Rhandra—, pero no fue así. Un día ya no volvió más. Tú estabas muy pequeño.

—¿Sigue vivo?

—Nadie lo sabe.

—¿Y los de su grupo? —preguntó Garol—. ¿Ese Rikertus?

—No vas a creerlo —explicó Rhandra—. Vive en Nuevo México. Abandonó todo y se hizo sacerdote.

—No tenías que dispararme —reclamó El Mago, incorporándose. Tenía un fuerte dolor en el pecho, pero no había sangre ni nada. Estiró los brazos sólo para comprobar si le era posible.

—Tenía que parecer real —dijo Alexia Pereira, transformada en su imagen usual de mujer elegante y hermosa —. Lo siento, Garol.

—Por lo menos no me mataste.

—Las descargas de energía no matan, si se las controla bien —explicó la madre del sicario.

—Silvana... —exclamó El Mago, recordando en un segundo todo lo que había sucedido— ¿A dónde se la llevaron?

—Está en la capilla, al fondo del monasterio — Alexia lo miró como pidiendo disculpas, aunque El Mago no sabía por qué—. Garol... has estado inconsciente por diez minutos...

—¿Por qué no la has ayudado? ¿Dónde está San Gabriel?

Alexia no dio ninguna respuesta y El Mago continuó su carrera hacia la capilla. Sentía un nudo en la garganta por lo que pudiera pasarle a Silvana.

Todo por su culpa. Había confiado demasiado en San Gabriel. Pensó que llegaría a tiempo. Pensó que era un profesional.

Abrió las puertas de la capilla de un solo tirón, sin tener en cuenta lo que iba a encontrar al otro lado.

Lo que vio lo llenó de furia y lo transformó.

Ya no era el sicario frío y calculador que todos temían.

Ahora sentía que un fuego empezaba a arder en cada centímetro de su cuerpo; que la energía mental, espiritual o maldita que había heredado de sus padres lo consumía por completo.

Silvana lo miraba con ternura. A pesar de las heridas que cubrían su cuerpo desnudo clavado en una cruz invertida. A pesar de que parecía que su piel se encontrara al rojo vivo. A pesar de sus pies carbonizados.

El hombre de los *Nike* negros estaba de pie junto a ella, rodeado de sus seguidores. En sus manos llevaba un fierro retorcido cuya punta humeante brillaba de calor. A su lado, una parrilla encendida calentaba las herramientas de tortura.

—Ella no grita —dijo el hombre de los *Nike*, estupefacto, como si conversara de algo casual.

Los ojos de El Mago se encendieron como faros en la noche.

El hombre de los *Nike* se elevó por los aires y quedó fijo en un punto del vacío.

—Bájeme —gritó, con lágrimas en los ojos, mo-viendo pies y brazos—. ¡Usted no entiende!

Los monjes/asesinos que acompañaban al líder, se dispusieron a atacar a El Mago. Extrajeron sus armas, mientras Alexia se interponía para cubrir las espaldas de su hijo. El rostro de la mujer era una máscara de odio que cambiaba a cada segundo, transformándose en lo que más temía cada uno de ellos.

En ese momento, una luz intensamente blanca se abrió paso por el altar de la capilla. Los monjes/asesinos se arrojaron al piso y empezaron a pedir perdón. Cerca de una docena de seres brillantes, de alas blancas y extensas descendían lentamente de la nada, para colocarse frente a los miembros del monasterio.

El Mago no ponía atención a lo que sucedía a su alrededor. Su mente, su ser, estaba fijo en el hombre colgante de los *Nike* negros.

Alexia agachó la cabeza y esperó a que las imágenes brillantes se desvanecieran y, en su lugar, ingresaran a la capilla San Gabriel y siete de sus hombres. Todos llevaban trajes oscuros y cuello de sacerdote. Todos llevaban Glock automáticas en sus manos.

Los agentes de la Orden de La Cruz Eterna no dijeron nada. Sólo dispararon al mismo tiempo.

La lluvia de muerte cayó sobre los monjes, que continuaban rogando por misericordia, súplicas sordas para los oídos de los recién llegados.

El hombre de los *Nike*, colgado en el aire, había sido testigo de todo. Empezó a llorar.

—¡No puede ser! —gritaba—. No puede ser...

El hombre empezó a temblar.

Primero unos cuantos sacudones cada dos segundos.

Después, temblores a cada segundo.

Luego los espasmos se sobrepusieron hasta que el hombre parecía vibrar como las alas de un colibrí.

El hombre de los *Nike* gritó.

El Mago gritó.

El hombre de los *Nike* estalló en mil pedazos, salpicando sangre, piel, entrañas, órganos y huesos al interior de la capilla.

El cuerpo de El Mago se relajó. El sicario tomó conciencia de lo que había pasado, miró a San Gabriel y a su madre. Ninguno dijo nada.

Se encaminó hacia Silvana quien, a pesar de estar crucificada de cabeza y moribunda, no dejaba de mirarlo con infinita bondad.

—Lo siento —le dijo El Mago. Por primera vez en mucho tiempo sentía rabia y frustración.

—No te preocupes —dijo suavemente la mujer—. Así estaba escrito.

El Mago quiso soltarla, bajar su cuerpo de la postura en que se encontraba, pero dudó ante la gravedad de las heridas..

—No. Déjame —rogó Silvana—. Ya todo está hecho.

El Mago se volvió hacia San Gabriel. Por primera vez se fijaba realmente en su presencia. El sacerdote lucía bien a pesar de que había pasado mucho tiempo en un hospital, recuperándose de una paliza que había recibido cuando conoció a El Mago. Ahora apoyaba sus pasos en un elegante bastón.

—¿Por qué no vinieron antes? —reclamó el sicario—. ¿Qué mierda les pasó?

—Nada —San Gabriel bajó la cabeza, sus ojos tratando de contener las lágrimas.

—¿Cómo que nada? —gritó El Mago.

San Gabriel lo miró a los ojos.

—Nada. Se me ordenó no hacer nada hasta ahora.

El Mago trató de encontrar a su madre entre las figuras sacerdotales que recogían a los monjes asesinados y los ponían en camillas.

—No comprendo —dijo.

—Garol... —susurró Silvana.

Se acercó a ella, lleno de dudas.

—No sufras —dijo la mujer—. Así tenía que pasar. Pero no te preocupes, yo no moriré jamás...

Silvana cerró los ojos y proclamó:

—Bendito el que viene en nombre del Señor...

Dejó de respirar.

—¿Estás seguro de lo que haces, muchacho? —dijo Xarel Batta—. Quedarte ilegalmente no es ningún chiste en este país.

—Regresaré, no te preocupes —explicó Garol Pereira, en el inmenso salón de la Grand Central Station, donde cientos de personas caminaban de prisa hacia las puertas que conducían a los trenes que viajaban por el país entero.

Batta le dio un fuerte abrazo. Duro y tosco, pero lleno de afecto por el muchacho que consideraba un buen compañero.

—Cuídate —dijo Batta, alejándose, mientras la belleza

de Rhandra Echagüe iluminaba la vista de Garol.

La chica parecía lucir más hermosa que nunca, con sus ojos negros que robaban vida a todo lo demás.

—No sé qué decir —advirtió Rhandra, con aspecto melancólico. Hizo lo posible para no llorar.

—Sólo dime lo que quiero oír.

Pero lo único que hizo la muchacha fue darle un beso en los labios. Un beso suave, lento, expresando todo en un solo acto.

Garol quiso decir algo, pero ella se dio media vuelta y se alejó caminando rápidamente. Xarel Batta le hizo de la mano y siguió tras la muchacha.

A través de los parlantes, se escuchó la llamada para abordar su tren. Tratando de no correr en busca de Rhandra, se forzó a caminar en sentido contrario, hacia la máquina que lo llevaría a Nuevo México y a su propio destino.

—Espero que no estés molesto conmigo —dijo   Alexia Pereira, arrodillada ante la imagen de la Virgen, en la catedral de la ciudad.

La efigie tenía los brazos abiertos en espera de un abrazo, su corazón atravesado por dagas sobresalía del pecho.

—Nunca lo estoy —dijo El Mago indiferente, de pie, unos metros detrás de su madre. Al mirar a la Virgen, se dio cuenta de que su sonrisa era similar a la que había observado en el rostro de Silvana.

—Yo también tenía mis órdenes —declaró Alexia—. No podía intervenir.

—¿Quién lo ordenó?

Alexia se encogió de hombros.

—Supongo que ella misma.

Alexia se santiguó y se puso de pie. Empezó a caminar por la oscura y desierta iglesia, iluminada solamente por un centenar de velas que ardían en espera de un centenar de milagros.

—No lo entiendo —dijo El Mago.

—Yo tampoco —acordó su madre—. Pero supongo que ella sí.

La Virgen se los quedó mirando mientras abando-naban la catedral y se perdían en la noche.

07. ROMEO Y EL MAGO

VA A SER DIFÍCIL, SE DIJO EL MAGO, CAMINANDO ENTRE EL GENTÍO QUE INUNDABA EL CENTRO COMERCIAL.

El hombre siempre estaba acompañado por cuatro guardaespaldas. No importaba a dónde iba. Incluso se los llevaba al baño.

Iba a ser difícil. Pero no imposible.

Si de algo estaba seguro, era de que, por más precauciones que se tomaran, siempre existía la posibilidad de un descuido. Simplemente había que tener paciencia y esperar el momento adecuado.

El Mago vio al blanco entrar en *De Prati*. Se veía casi cómico, rodeado de aquellos monos que lo único que hacían era llamar la atención.

El blanco se llamaba Romeo Tánes y era un banquero conocido. Era por demás extraño verlo en una tienda, caminando entre los demás mortales, viendo y preguntando a las dependientas. Se había detenido en la sección de lencería, y recogía algunas prendas, tratando de no parecer demasiado conspicuo. El Mago no perdía sus movimientos aunque pretendía poner toda su atención en un par de *jeans* que tenía en las manos.

Tánes estaba casado desde hacía más de veinte años con

una mujer regordeta y sin gracia. De seguro la lencería no era para ella.

El Mago había encontrado la debilidad del banquero.

—¿Padre?

El sacerdote miró a quien lo llamaba. Conocía a casi todos los vecinos y esa no era una voz familiar. Sintió un pequeño escalofrío, como si alguien hubiera abierto la ventana en medio de la noche. Aunque en realidad apenas eran las cuatro de la tarde y el sol brillaba con fuerza.

—Quisiera hablar con usted un momento —dijo el joven bajo, bronceado y con gafas, como cualquiera de los miles de mestizos que poblaban Nuevo México. Pero había algo diferente en ese muchacho que el sacerdote no podía definir. Algo que le hacía sentir un vacío en el estómago.

—¿Puedo ayudarte, hijo mío? —preguntó el sacerdote, apartándose de la jardinera que había estado atendiendo junto a la capilla.

—Me llamo Garol Pereira —dijo el chico, extendiendo la mano—. Usted debe ser el padre Samuel Rikertus.

—Así es. ¿En qué puedo ayudarte?

El joven Garol se colocó la mano sobre la frente, tratando de brindar algo de sombra a su rostro. Con la intensidad del sol, llevar gafas no era suficiente.

—¿Podemos hablar adentro?

—Seguro —dijo el clérigo—. Vamos. Hace dema-siado calor.

Se introdujeron en una pequeña casa que se conectaba con la iglesia. Era blanca, de adobe y piedra, como casi todas de aquella región. La oficina de Rikertus era pequeña, pero fresca. El sacerdote le ofreció un vaso de agua y Garol lo aceptó sin vacilar. Había pasado muchas horas en el bus que lo trajera a ese pueblo, en medio del desierto.

Rikertus tomó un largo trago de agua y miró al visitante.

—Lo escucho.

—Padre. He venido a hablar de Walter Anaya.

La sonrisa agradable del cura se borró de inmediato. Fue reemplazada por una expresión de desconfianza y temor.

—¿Quién es usted? —preguntó desconcertado.

—Nadie en particular. Sólo quiero saber de Anaya. Digamos que me interesa su vida.

—¿Pertenece al *National Enquirer* o a otro tabloide de esos? —dijo el sacerdote, frunciendo el ceño. Tenía grandes entradas en las sienes donde un par de venas se brotaron más de lo normal cuando hizo la pregunta.

—No. No soy reportero —Garol levantó la mano con intención de calmarlo—. Sólo estoy interesado en él.

Rikertus pareció hacerle caso. Desvió la mirada hacia la ventana donde se veía el camino polvoroso que venía de San Isidro. Cuando habló, mantuvo la mirada fija en la ventana.

—Ha pasado mucho tiempo. Ya casi no lo recuerdo.

—Dicen que usted se hizo sacerdote debido a él.

—¿Quién le dijo eso? —Rikertus se volvió en su silla, incómodo. Se preguntó quién era ese muchacho engafado que venía a perturbar su vida después de tantos años.

—Su secreto está a salvo conmigo —aclaró Garol—. Sólo me interesa el paradero de ese hombre.

—Yo no sé nada. Y no quiero saberlo. A lo mejor ya murió. Ojalá.

—Usted pertenecía a su grupo. ¿Por qué lo abandonó?

El sacerdote se levantó de su asiento y se dirigió a la jarra de agua que permanecía encima de una mesa. Se sirvió otro trago, aunque sólo era por tratar de ocultar sus nervios.

—Mire, creo que es hora de que se vaya. No tengo por qué contestar a sus preguntas.

Garol se levantó también, encarándolo. Ambos eran casi de la misma estatura, pero el sacerdote sabía que el muchacho era de cuidado. Parecía poseer algo, como un instinto animal.

—Ya le dije que no tiene que temer —aclaró Garol—. No diré nada.

—No sé a qué se refiere. Por favor, váyase.

El sacerdote trató de esquivarlo, pero el chico lo cogió de la sotana. Garol se alzó las gafas y Rikertus sintió un nudo en el estómago.

Los ojos del visitante eran incoloros, transparentes.

—Padre —dijo Garol, muy seriamente—. Quiero saber de Walter Anaya.

La chica se llamaba Karin Rumbea y tenía veintidós años. Trabajaba como cajera en el edificio principal del Banco del Horizonte, muy cerca de la vigilancia del dueño, Romeo Tánes. Era odiada y admirada por sus compañeros debido a su posición llena de privilegios. Y como toda chica ambiciosa, le gustaba jactarse del poder que tenía a su disposición. Era la única que llegaba más tarde de lo normal, traída por chofer, y la que siempre se tomaba largas horas para almorzar. En realidad nadie entendía por qué trabajaba. Con el dinero que Tánes le daba cada semana, era más que suficiente, pero al parecer a la muchacha le gustaba exhibirse junto con el poder de su amante.

Vivía en un penthouse al norte de la ciudad, cerca del río. Siempre salía acompañada de un chofer, y el único que entraba sin avisar era Tánes. Cualquier amigo o conocido que deseaba verla tenía que llamar a un teléfono donde uno de los hombres del banquero apuntaba los datos del visitante y notificaba a su jefe para que aprobara o negara la presencia de alguien extraño en *su* apartamento.

—¿Qué te parece? —preguntó Raúl Pini, el único amigo de El Mago.

Raúl era una especie de "agente," que no representaba a cantantes ni personalidades de la farándula, sino a otros talentos. Por supuesto que era más que discreto en su trabajo, y sólo se lo podía localizar a través de un número telefónico monitoreado por un computador especial que se encargaba de evitar cualquier tipo de rastreo o grabación. De dónde había sacado ese equipo y todas sus conexiones en el bajo mundo, sólo lo sabía Raúl y su creador, si es que tenía uno.

—¿Qué me parece qué? —dijo al fin El Mago.

—El trabajo. Me dijiste que averiguara quién era la chica y te lo acabo de decir.

Ambos estaban en la oficina estrecha y atestada que Raúl poseía en el centro de la ciudad. Una vez más, El Mago se preguntó cómo encontraba algo entre tanto caos.

—Todo está bien —declaró el sicario—. Estableceré la rutina de la chica en vez de la de Tánes. Así sabré cuándo la visita.

—Perfecto. Tómate el tiempo necesario. Lo importante es que no haya errores.

El Mago sabía muy bien a qué se refería Raúl. Varias semanas atrás, una mujer que decía ser la madre de Dios había muerto sin que él pudiera protegerla.

—Desde que te has metido con esos sacerdotes de la Orden de la Cruz Blanca...

—De la Cruz Eterna —corrigió El Mago.

—Como sea. Desde que estás con ellos, te has descuidado. No estás seguro de quiénes son, ni qué es lo quieren contigo. Deberías aceptar solamente los trabajos que te doy *yo*. En mí sí puedes confiar.

El Mago calló por varios segundos, antes de replicar.

—Lo hago por complacer a mi madre, eso es todo.

—¿A tu madre? —exclamó Raúl—. ¿No está muerta acaso?

El Mago sonrió sin ganas.

—Claro que sí.

—Era un desgraciado —condenó el padre Rikertus—. Al principio pensé que era un poco excéntrico y que tomaba eso del satanismo como una moda, igual que muchos. Celebraban misas negras simplemente por el sexo, pero realmente no creían en lo que estaban haciendo. Pero con Anaya era diferente. Él sí estaba convencido. Por eso le temían.

—¿Por qué se salió usted del grupo? —preguntó el joven Garol Pereira.

Rikertus volvió a tomar otro sorbo de agua. Sentía más calor de lo normal.

—Yo era un hombre confundido que había crecido en una casa demasiado religiosa. Me saturé de todo y me pareció interesante lo que él decía. Todo iba bien hasta que las muertes empezaron.

El sacerdote pareció esperar algún comentario. Garol no reaccionó.

—La muerte de un oficial en el *Estrella Polar*, un buen hombre que simplemente quería deshacerse de Anaya, pues estaba influyendo mucho en la tripulación.

—¿Quién más murió?

—Vagabundos, prostitutas, en cada puerto donde desembarcábamos.

—¿Los mató Anaya?

—No lo sé. Pero era mucha coincidencia. Todos tuvieron muertes violentas, atroces.

—Sé que el hombre estaba obsesionado en hacer un trato con el diablo.

—Más que obsesionado. Era su misión en la vida. Pero tenía que encontrar el medio adecuado. Fue entonces que conoció a una bruja llamada...

—Alexia Pereira.

Rikertus lo miró asombrado. Después de tantos años, el pasado regresaba para espantarlo.

—¿Cómo lo sabe?

—Sé muchas cosas. Siga.

El sacerdote continuó mirando el camino al otro lado de la ventana. Sus manos temblaban, al igual que su voz.

—Bueno. Parece que lo logró.

—¿Hizo el trato? —Garol se inclinó en su asiento—. No es posible.

—Le digo sólo lo que sé.

—¿Cuál fue exactamente el acuerdo?

—Poder eterno, supongo. Eso es lo que todos quieren. En fin, yo no estaba presente. Sólo él y la mujer.

Garol no pudo evitar el recuerdo de su madre y de todas

las mentiras con que le había alimentado durante su vida. ¿Lo había hecho para protegerlo o simplemente por vergüenza de sus acciones pasadas?

—¿Qué pasó con Anaya? —preguntó Garol.

—Se dicen muchas cosas. Que el trato le salió mal. Que el diablo aceptó su alma, pero no le dio tanto poder como él quería. Después, el grupo se deshizo por orden suya. Dijo que ya no necesitaba de nosotros, que si lo seguíamos, nos mataría. Estábamos seguros de que era en serio. Cada uno se fue por su lado, excepto una chica que estaba enamorada de él y que era como su esclava. La encontraron desmembrada junto a un río, después de varias semanas. Fue entonces cuando me arrepentí de todo, y me arrastré hasta la iglesia más cercana, para que Dios me perdonase. Pedí que me mandaran al lugar más olvidado que tuvieran y aquí estoy, en medio de la nada, rodeado de desierto y de unos pobres indios.

—Necesito que me ayude a encontrarlo, padre.

—¿Para qué? Nada bueno pasará cuando lo haga.

El Mago se lo quedó mirando con los ojos vacíos.

—Pregunte a los satanistas —dijo Rikertus—. Aunque Anaya era un rebelde, alguien debe conocer su paradero. Están bien organizados en este lado del país.

—¿Cómo me pongo en contacto con ellos?

—Adquiera las revistas de ocultismo. Las venden en cualquier tienda. Si ve algún anuncio clasificado con la firma de "livedeht," contéstelo.

Karin Rumbea bajó del automóvil como si fuera la dueña de la ciudad. El chofer sostuvo la puerta para que ella moviera su esbelta figura cubierta con un sedoso vestido que se ajustaba con cada uno de sus pasos.

—Deja de mirarme las piernas, Urbano —reclamó ella.

—Señorita, yo no...

—No me mientas. Sé que me morboseas cada vez que puedes. Déjalo o le diré a Romeo que te despida. ¿Está claro?

—Sí, señorita Karin —respondió el chofer, bajando la mirada.

La mujer caminó rápidamente hacia el edificio de apartamentos. Urbano la siguió con varias fundas de compras en cada mano, pero no pudo evitar mirar el trasero de la amante de su jefe. Qué buena que estaba.

El guardián de la recepción la saludó con un buenas tardes y una sonrisa que molestó a Karin por ser demasiado servil. Le gustaba que todos estuvieran a sus órdenes, pero a su vez odiaba a los perros que perdían su dignidad con tal de quedar bien con ella y con Romeo.

Entró en el ascensor, introdujo la llave en la ranura del panel. El botón del penthouse se encendió y empezaron a subir. Urbano guardaba silencio y miraba los botones del panel mientras se encendían y apagaban.

La puerta se abrió y entraron en el apartamento.

—Dejas las cosas allí —señaló Karin—. Puedes retirarte.

—Sí, señorita Karin —respondió el chofer, colocando las fundas sobre un sillón, y retrocediendo hasta el ascensor. Mientras la puerta se cerraba, Urbano se quedó observando las piernas de la chica.

Puerco de mierda, pensó Karin, quitándose los zapatos y atravesando la sala decorada con objetos modernos y estériles. Llegó al amplio dormitorio y se detuvo ante un espejo de cuerpo entero situado en una esquina.

Se arregló el vestido y observó su figura con agrado. Los senos generosos, la cintura reducida, las piernas largas y fuertes.

—No estás mal, querida. Nada mal —se dijo, sonriendo y enviando un exagerado beso hacia el espejo.

Se acercó a analizar su rostro reflejado. Las cejas. Las mejillas. La nariz. Todo era perfecto. Gracias a Dios había nacido con los mejores genes del mundo.

Fue entonces cuando la Karin del espejo le sonrió diciendo:

—No eres tan buena como te crees.

Karin saltó hacia atrás y pegó un chillido.

Para ese entonces, la imagen había extendido una mano y agarraba a Karin por el cuello, arrastrándola al mundo de los reflejos.

LIVEDEHT
Monthly Ceremony
321 6794

Garol Pereira observó el aviso del periódico *underground* que había adquirido en una tienda de San Isidro.

Livedeht.

The devil —el diablo.

Sentado frente a una hamburguesa en una cafetería concurrida, intentaba alimentarse, pero en realidad no tenía hambre. Aunque ya era tarde y no se había quitado las gafas, los vecinos no le prestaban mucha atención, y eso era bueno.

Entró en la cabina telefónica que estaba junto a los baños, y marcó el número.

—¿Sí? —dijo la voz al otro lado de la línea.

—Necesito los datos —dijo Garol.

—La clave.

—Ángel.

Aunque dijo haberse retirado, Rikertus parecía estar bien informado de las cosas que ocurrían en el lado maligno del mundo. Como por ejemplo, la clave para obtener la dirección de la reunión mensual.

—127 Los Álamos Drive. Jueves. Nueve pe eme.

La voz colgó de inmediato, sin esperar respuesta.

Garol memorizó la dirección y salió del *diner*. Se encontró de frente con un policía de sombrero vaquero, barriga y gafas que le hacían juego.

—¿Eres nuevo por aquí? —preguntó el oficial, quitándose los lentes oscuros. Sus ojos eran grises y fríos. No le interesaba ser amable con nadie, especialmente con extraños.

—Llegué hace pocas horas —declaró El Mago, pero sin retirar las gafas de sus ojos.

—Espero que te portes bien —dijo el gordo colorado, con una sonrisa forzada—. No nos gustan los relajosos por aquí.

Garol quería decir muchas cosas, pero se contuvo. No era el momento ni el lugar.

—No se preocupe —sonrió—. Sólo estoy de paso.

—Espero que así sea —dijo el porcino oficial, mientras entraba en el *diner*.

Garol lo vio entrar y saludar a la mujer que hacía de mesera. Parecían ser viejos amigos y lo más probable era que estuviera preguntando cosas acerca del chico engafado que acababa de salir.

Vaya pendejo, pensó Garol.

Romeo Tánes y sus guardaespaldas llegaron al edificio muy entrada la noche. El guardián mostró su usual rutina de esclavo agradecido y los acompañó hasta el ascensor. Dos de los gorilas permanecieron junto a la puerta, mientras los restantes subían con él.

Al llegar al penthouse, ambos guardaespaldas se adelantaron con las armas en la mano, listos para enfrentar cualquier peligro que amenazara a su patrón. Tánes los seguía algo cansado. Se arrepentía muchas veces de llevarlos a todas partes, aunque sabía de sobra que era por su bien. Había sido un día pesado y lo único que buscaba era unas horas en el jacuzzi con Karin. Ella debía ya estar lista para recibirlo, y Tánes no pudo evitar una sonrisa.

—Espere aquí, Don Romeo —dijo Federico, uno de los guardaespaldas.

—Vamos, déjense de cosas —protestó el banquero—. Aquí no hay nadie además de Karin—. Gritó hacia el fondo del apartamento:"¡Karin!"

Romeo intentó avanzar hacia el dormitorio. Lo más probable era que la chica estuviese allí escuchando música con los audífonos, como acostumbraba. Byron, el otro guardaespaldas, lo detuvo.

—Déjenos ir a nosotros primero.

Romeo hizo mala cara, pero se quedó quieto, dejando que los otros avanzaran. Ambos desaparecieron tras la puerta del dormitorio.

—¿Qué pasa? —preguntó el banquero a los pocos segundos.

No obtuvo ninguna respuesta.

—Byron, Federico, ¿me escuchan?

Romeo empezó a inquietarse. Ya no le parecía tan divertido haber venido hasta el penthouse. ¿Por qué no salía la puta de Karin y le decía que era todo una broma? Pendeja de mierda. Ya le haría pagar por querer provocarle un ataque cardíaco.

Levantó el teléfono que estaba en la mesita de la sala. Llamaría a los dos guardaespaldas que se habían quedado abajo.

El auricular estaba mudo. Apretó los botones indistintamente, pero nada. No había línea.

Frustrado y con miedo, decidió volver al ascensor.

—Romeo.

El banquero se dio la vuelta al escuchar la voz del hombre.

No sabía quién era el tipo parado en medio del apartamento. Vestía de negro y, aunque varios metros los separaban, se dio cuenta de que algo extraño pasaba con sus ojos.

—¿Quién es usted? —preguntó el banquero—. ¡Byron, Federico! ¿Dónde están, carajo?

El extraño levantó la mano y Romeo pudo ver que lo apuntaba con un arma.

—No, por favor... —rogó—. Le pagaré lo que quiera...

—Ya me pagaron —dijo El Mago, y disparó.

La bala impactó en la frente del banquero, quien se desplomó de inmediato.

En ese momento se abrieron las puertas del ascensor.

Los dos guardaespaldas de la recepción traían sus pistolas listas y dispararon.

El Mago saltó por encima de la mesa del comedor y cayó arrastrando el mantel y varios adornos. Se levantó mientras trataba de evitar ser herido. Astillas de la mesa y pedazos de vidrio saltaban cerca de él. Al tiempo que respondía el fuego con fuego, escuchó el ulular de sirenas.

La chica histérica salió de alguna parte y se interpuso entre el sicario y los guardaespaldas. Algunos proyectiles le pasaron cerca pero, afortunadamente, ninguno hizo blanco.

—¡Señorita Karin! —gritó uno de los gorilas mientras disparaba hacia donde se escondía El Mago—. ¡Por aquí!

El Mago corrió hacia el ascensor cuya puerta permanecía abierta.

Los guardaespaldas intentaron seguir disparando, pero Karin se había desmayado y tuvieron que sostenerla para luego llevarla al sofá.

El Mago entró en el ascensor y apretó el botón del sótano.

—Señorita Karin —uno de los guardaespaldas le daba unos golpecitos en la mejilla, tratando de reanimarla—. Despierte.

La mujer abrió los ojos y miró a los pistoleros.

Ambos se sorprendieron y dejaron escapar un chillido.

La señorita Karin ya no era ella misma. Lucía diferente. Era una mujer mayor, con el cabello largo y negro. Sus facciones eran hermosas, llenas de una pureza singular.

Pero los ojos...

Los ojos de Alexia Pereira eran de pesadilla.

El 127 de Los Álamos Drive se encontraba en el sector menos poblado de San Isidro, con casas abandonadas y a medio construir. Parecía como si de pronto todos se hubieran arrepentido de vivir allí, y decidieron abandonar el lugar en medio de la noche.

Garol Pereira se acercó a la puerta y presionó el timbre.

—¿Quién es? —se oyó una voz apagada por la puerta.

—Ángel —respondió el muchacho.

La puerta se abrió un poco. Lo suficiente para que pudiera dibujarse una figura contra la débil luz del interior.

—Todavía no son las nueve.

—Lo sé —dijo Garol, presionando la puerta y metiendo el cuerpo para que la otra persona no tuviera chance de cerrarla—. Decidí adelantarme.

—¿Quién es? —otra voz preguntó desde más adentro de la vivienda.

La silueta de un hombre comenzó a tomar forma entre la oscuridad. Cuando se acercó a la débil lámpara de la entrada, Garol pudo ver al policía vaquero del *diner*.

—¿Qué haces tú aquí? —reclamó el oficial—. ¿Johnny?

El que se llamaba Johnny era un viejo flaco y desganado con grandes ojeras. Vestía una camiseta de los *Grateful Dead* que había visto mejores temporadas y llevaba una cola de caballo casi blanca. Por un momento Garol pensó que iba a hacer el signo de paz a la usanza de los sesenta.

—No sé quién es —dijo el hippie—. No lo conozco, Joe.

Garol alzó las manos para calmar al policía.

—Hey, no quiero problemas. Sólo vengo a la reunión.

—Ningún hispano de mierda forma parte del grupo —aclaró el vaquero, intentando sacar el arma que llevaba en la funda del cinto.

Pero Garol fue más rápido.

Durante sus años en el ejército, siempre se había destacado por su agilidad y fuerza. Compañeros, superiores y subalternos le temían, pues lo consideraban un fenómeno. Lo cierto era que el muchacho podía moverse con velocidad animal.

No había tenido que usar ese instinto por mucho tiempo. Hasta ahora.

En pocos segundos, Garol agarraba el antebrazo del policía y lo retorcía mientras el hombre gritaba y el muchacho se apoderaba de su arma.

Johnny lo miraba con la boca abierta. Era la primera vez que alguien podía con el oficial Joe Stellar. El policía pesaba más de doscientos sesenta libras, y medía cerca de un metro ochenta y cinco. Algunos habían intentado vencerlo, pero la fuerza bruta del hombre se había mostrado superior en toda ocasión. Pero este muchacho bajo y tercermundista doblegaba al Goliath uniformado.

Johnny decidió que no iba a moverse de su sitio.

Garol soltó a Stellar y lo empujó junto a Johnny. Su intención no era herir a nadie, así que vació el arma y arrojó las balas por un lado y la pistola por el otro.

—Hijo de puta... —dijo Stellar—. Te meteré en la cárcel por esto.

—Sólo busco información. Quiero saber el paradero de una persona: Walter Anaya.

Al escuchar el nombre, el gordo y el flaco no pudieron ocultar su asombro. Anaya era una leyenda entre todos los círculos satánicos de la región.

—¿Quién es ese? —preguntó el vaquero, con una mueca.

Garol se sacó las gafas y los miró con sus ojos muertos.

—Es mi padre.

Esta vez Johnny tosió. Tener la boca abierta de asombro le había obligado a respirar por ella, provocándole una irritación.

—Estás mintiendo, muchacho—dijo el oficial—. Anaya no tuvo hijos.

Ni bien había pronunciado las palabras, se dio cuenta de que había metido la pata.

—¿No dijeron que no lo conocían? —observó Garol.

Esta vez fue Johnny el que habló con voz rasposa, como si hubiera fumado una cadena infinita de cigarrillos:

—Nadie lo ha visto en mucho tiempo. Puede estar en cualquier parte.

—¿Dónde?

—No lo sé. Es un país grande.

—Mira, muchacho —interrumpió Stellar—. Será mejor que te vayas del pueblo. De lo contrario...

El vaquero se lanzó contra Garol y esta vez llevaba un cuchillo en la mano. Garol apenas tuvo tiempo de esquivarlo, girar sobre sí mismo y clavarle el codo en la mitad de la espalda.

El obeso policía dio un gemido, cayó de rodillas, y se apoyó con una mano para no caer. La bota de Garol sacudió la cabeza de Stellar. Los ojos del policía se perdieron bajo los párpados y el hombre encontró el piso con violencia.

Johnny miró al policía inconsciente y luego al joven de los ojos blancos.

—Cuando despierte, va a querer vengarse —opinó Johnny, nervioso.

—Cuando despierte, ya no estaré aquí —dijo Garol, acercándose al viejo hippie —Sé que usted sabe cómo encontrarlo. Dígamelo y me iré tranquilo.

—Según lo que he escuchado, Anaya tiene una comuna autosuficiente en las afueras de Seattle. Le daré los datos que conozco. Pero no le prometo que sean reales. Y váyase pronto. Stellar es un hijo de su madre. No parará hasta que lo encuentre.

La puerta del ascensor se abrió en el estacionamiento subterráneo, y El Mago se alistó para ir en busca de su auto.

—No te muevas, hijoeputa —dijo alguien mientras sentía el cañón de un arma en su sien derecha. Al principio pensó que se trataba de guardaespaldas de Romeo, pero enseguida cayó en cuenta de los trajes de camuflaje, pasamontañas y chalecos antibalas.

Policías.

Alguien le colocó unas esposas, con las manos a la espalda, y luego lo empujó hacia un coche patrulla.

Había un hombre de civil con ellos. El Mago lo reconoció. Era el guardián del edificio. Discutía con un camuflado que parecía estar al mando.

—¿Cómo entró éste en el edificio? —dijo el camuflado, señalando al sicario.

—No lo sé, mi teniente —contestó el guardián. Su tono y postura eran diferentes a las que estaban acostumbrados los inquilinos—. Estuve vigilando siempre. Nunca lo vi.

—Llévenlo al cuartel —ordenó el oficial a los uniformados que empujaban a El Mago—. Yo mismo me encargaré de
interrogarlo.

Lo metieron en una patrulla, en el asiento trasero. Dos
oficiales iban adelante. Otro, junto a él.

El automóvil arrancó, dejando al ajetreo y los policías
atrás. El Mago se dio cuenta de que más patrullas llegaban por
las calles aledañas. Empezó a mover las muñecas, tratando
de buscarle salida a las esposas. El vehículo cruzaba a gran
velocidad, con el grito de la sirena esparciéndose en la noche
y rebotando en los viejos edificios.

—Oye —dijo el policía que iba junto al conductor, mirando
hacia los lados y hacia atrás—. Vas en la dirección equi...

El chofer disparó a su compañero a quemarropa.

La parte posterior de su cabeza explotó, salpicando el
vidrio de la ventana y al policía que iba en el asiento posterior.
Éste último trató de reaccionar, pero El Mago ya tenía las
manos libres y le dio un puñetazo en el cuello, paralizándolo
de inmediato. Repitió el golpe varias veces hasta que el policía
dejó de respirar.

El carro giró bruscamente adentrándose en una calle
oscura, y deteniéndose lentamente.

—¿De dónde saliste tú? —preguntó El Mago al conductor
de la patrulla.

—Me enteré del guardián —dijo Raúl Pini, sacándose el
uniforme de policía. Lo hizo rápidamente y luego se colocó
unos pantalones negros y una sudadera gris que sacó de un
maletín deportivo.

—No sabía que era policía —continuó explicando—. Al
parecer, Tánes estaba siendo investigado por mal manejo de
fondos y lavado de dinero. Por eso decidí venir. ¿Hiciste el
trabajo?

—Sí —dijo el sicario—. Veo que yo no soy el único que
comete errores.

Raúl le brindó una mueca a modo de sonrisa.

—¿Será que ya es hora de retirarnos?

Caminaron juntos por la calle oscura hasta salir a una

amplia avenida, donde tomarían un taxi.

El Mago pudo ver a su madre que se acercaba lentamente hacia ellos. Lucía más hermosa que de costumbre, con su traje estilo Rita Hayworth. Lo único que faltaba era que se pusiera a cantar como *Gilda*.

—¿Y tú dónde estabas? —preguntó El Mago.

Ella sólo le guiñó el ojo y sonrió.

Raúl se lo quedó mirando.

—¿Con quién hablas?

—Con mi madre.

Raúl Pini sacó un cigarrillo y lo encendió.

Mientras un taxi por fin se detenía y se embarcaban en él, no pudo dejar de pensar que su amigo se estaba volviendo loco.

08. Luz Sagrada y El Mago

—Despierta, hijo.

El Mago abrió los ojos, sin estar seguro de haber escuchado la voz. Se sorprendió al darse cuenta de que Alexia Pereira, de pie junto a la cama, lo miraba.

—¿Qué pasa, qué haces aquí? —preguntó de mala gana El Mago.

—Han llegado. Prepara tu arma.

—¿De qué estás hablando?

—¡Tu arma, Garol!

El Mago saltó de la cama y sacó un Smith & Wesson del cajón del velador. Era la primera vez que veía actuar a su madre de esa forma, así que le hizo caso.

—Vienen por la azotea —explicó Alexia.

El sicario salió de su habitación. Pudo ver que un par de hombres bajaban por cuerdas desde el techo y se asentaban en el balcón de su apartamento. Vestían ropa oscura y pasamontañas. Las Uzis eran lo único que alcanzaba a reflejar la poca luz de los faroles de la calle. No llevaban ningún tipo de distintivo o leyenda en sus uniformes, por lo tanto no pertenecían a ninguna rama de la policía.

Sintió frío. Había abandonado bruscamente la comodidad de las sábanas y estaba descalzo y sin camisa sobre el piso de cerámica.

Los hombres del balcón se preparaban a romper el vidrio de la puerta corrediza, cuando El Mago disparó.

Eran blanco fácil.

Los intrusos se tambalearon y cayeron sin darse cuenta de lo que sucedía, mientras la puerta de vidrio se hacía pedazos.

Medio segundo más tarde la puerta principal del apartamento se abrió de golpe. El Mago giró sobre sí mismo, y siguió disparando.

El primero cayó de bruces, sosteniéndose el pecho. El segundo y el tercero respondieron con el tronar de sus ametralladoras. El Mago se cubrió detrás de un mueble, mientras las balas llovían.

Alexia Pereira apareció de pronto, asustando a los pistoleros. Ellos descargaron sus armas sobre la figura transparente y flotante de la mujer, la que no se inmutó mientras los proyectiles la atravesaban. Al parecer los impactos que recibía incrementaban su furia y sus facciones se transformaban en algo repelente, terrorífico que alimentaba el pánico entre los agresores.

Los hombres se encendieron. Las llamas cobraron vida en sus cuerpos y máscaras. Gritaron, sacudiendo los brazos, prendiendo fuego a los muebles y todo lo que tocaban.

El Mago se levantó y disparó a cada uno de ellos.

—¡Afuera, Garol! Vámonos de aquí —gritó Alexia.

El sicario recordó cómo estaba vestido, así que corrió hasta el closet que quedaba junto a la puerta de entrada, y extrajo una chompa y el par de zapatos con los que acostumbraba trotar por las mañanas.

Salió del apartamento donde ya se agolpaban los vecinos que intentaban apagar el incendio con extintores y mantas. Las sirenas empezaban a escucharse, sin saber si eran los bomberos o la policía.

Se abrió paso entre los curiosos. Algunos de ellos le preguntaron qué había sucedido, pero los ignoró, sin volver siquiera a mirarlos.

Logró llegar a su automóvil y arrancó rápidamente, antes de que llegaran las autoridades y bloquearan las calles.

*   *   *

Diecisiete años atrás, Garol Pereira llegaba a Seattle.

No le había quedado más remedio que confiar en lo que le contó el miembro del grupo satánico en Nuevo México. El viejo hippie había estado muy cooperativo una vez que Garol venciera al oficial Joe Stellar, de la policía local. Tras unas cuantas amenazas, le había jurado una y mil veces que era verdad todo lo que decía.

Garol había pagado en efectivo por su pasaje a Seattle, pues era probable que Stellar anduviera tras él. Por eso, una vez en la ciudad, decidió buscar dentro de la comunidad latina a alguien que ayudara a indocumentados. Varias personas le huyeron, pensando que era policía; otros quisieron engatusarlo para poder robarle, pero, acostumbrado a cuidarse solo desde pequeño, nunca se tragó sus cuentos.

Ahora se encontraba en *Latinante*, uno de los muchos bares del sector pobre de la ciudad. Como todos los de su categoría, era oscuro, húmedo, y cualquiera que no hablara español era mal recibido.

Apuró su jarro de cerveza. Se sentía bien el líquido frío corriendo por su garganta. Había estado viajando por mucho tiempo y necesitaba refrescarse.

—¿Otra cerveza, amigo? —preguntó el *bartender*, un colombiano de pelo ensortijado y mostacho espeso y largo. Parecía haber salido de alguna película de vaqueros.

—Seguro —dijo Garol, extendiendo el jarro—. Pero necesito hablar con un tal Pini. Me dijeron que lo podía encontrar aquí.

El *bartender* dejó de sonreír y se puso a la defensiva.

—¿Para qué lo buscas?

—Es privado.

—Si quieres hablar con él, tienes que responder.

Garol se encogió de hombros.

—Necesito documentos nuevos. Me dijeron que él podía ayudarme.

El colombiano movió la cabeza negativamente.

—Creo que te equivocas. Será mejor que busques por otro lado.

Garol se sacó las gafas, y clavó sus ojos blancos en los del *bartender*.

—Necesito verlo.

El colombiano se quedó quieto. Durante varios segundos no dijo palabra. Tragó saliva.

—Espera un momento —dijo, asustado, y caminó hacia el extremo de la barra donde cogió un teléfono.

Garol miró a su alrededor. Los clientes conversaban y reían. Apenas las cuatro de la tarde pero el lugar estaba lleno.

Era como estar en un mundo dentro de otro mundo. El televisor de la esquina transmitía noticias de Latino-américa, mientras que algunos de los clientes hojeaban la última edición del periódico hispano. Los afiches de las paredes y hasta las cabinas telefónicas estaban también en español. No parecía estar en los Estados Unidos.

El *bartender* regresó.

—Junto a los baños hay una puerta que da a unas escaleras. Sube. Te está esperando.

Garol dejó el jarro de cerveza y pagó lo que debía. Siguió las instrucciones del colombiano y llegó hasta una oficina repleta de cajas de cartón, material fotográfico y papeles. Todo se encontraba revuelto y tuvo que poner empeño para no pisar nada. Se acercó al escritorio, donde estaba el hombre robusto, de cabello negro y piel trigueña.

—Me estabas buscando —dijo Raúl Pini, metiéndose a la boca unas cuantas papas fritas que sacaba de una inmensa funda junto al escritorio —. Asustaste a Diego y eso no es fácil.

—¿Diego?

—El *bartender*. Me dijo que *tenía* que recibirte.

Garol prefirió evitar cualquier comentario.

—Necesito tu ayuda.

—¿De dónde eres?

—De Guayaquil.

—Ah, yo también —se alegró Pini— ¿Cómo va la cosa en nuestra "isla de paz"?

Garol pensó en la escaramuza en la frontera y en el soldado que había muerto bajo su mando.

—Como siempre.

Raúl esperó a que Garol le diera más detalles, pero el joven se mantuvo callado.

—No eres muy comunicativo que digamos —observó el hombre, mientras introducía otro puñado de papas fritas en su boca.

—Necesito un juego completo de papeles. Alguien mencionó tu nombre en un club social a pocas cuadras de aquí.

—Ah, sí. El Independencia. He ayudado a muchos de sus socios.

—Entonces espero que me ayudes a mí.

Raúl se sacudió la sal de las manos, se agachó para abrir la puerta de un pequeño refrigerador de donde extrajo una botella grande de Coca Cola.

—¿Quieres?

—No, gracias.

En alguna parte de su escritorio, el hombre obtuvo un vaso plástico y lo llenó hasta el borde.

—¿Tienes problemas con la ley? —preguntó.

Al notar que el joven dudaba, insistió:

—Necesito saber la verdad.

—No lo sé. Tuve un problema con un oficial en Nuevo México.

—¡Nuevo México, vaya! ¿Era gringo el policía?

—Sí.

—Entonces *sí tienes* problemas con la ley. ¿Cuál es tu nombre?

—Garol Pereira.

—¿Garol? —Raúl se aguantó la risa—. ¿En serio?

—Sí.

—Ah, no importa. Mi segundo nombre es Anastasio. Imagínate.

Garol se limitó a asentir.

—Oye, no es por nada, pero ¿por qué no te quitas las gafas?

—No soporto las luces fuertes. Un mal congénito.

—Ah, ya —dijo el hombre sirviéndose más Coca Cola— Bueno, te puedo tener los documentos en dos días. La mejor calidad. Nadie, *nadie* podrá notar que son falsos. Porque en realidad no lo son. Y sólo te costará seiscientos dólares. ¿Los quieres?

Garol pensó en la comuna privada de Walter Anaya, en las mentiras que le había dicho su madre cuando era niño, en el bello rostro de Rhandra y en lo mucho que la extrañaba.

—Seguro —dijo sin vacilar.

La belleza de Alexia Pereira brillaba incluso en la oscuridad de la casa. Llevaba un traje negro de hombreras anchas y falda larga por debajo de la rodilla. Un mechón de su cabellera caía descuidadamente sobre su delicado y pálido rostro.

A lo Verónica Lake, pensó El Mago.

—¿Quiénes eran, madre?

—Luz Sagrada —respondió el fantasma.

—¿Otra vez?

—¿Te sorprende? Mataste a uno de sus líderes. Quieren venganza.

—¿Cómo lo sabes? —El Mago miró los ojos vacíos de Alexia.

—Hay cosas que sé. Pero no me preguntes cómo. Sólo sé.

El sicario dio una vuelta por la estrecha sala. El aroma y la brisa del mar llegaban con cada ola que reventaba a lo lejos. Recordó los años que había vivido allí cuando pequeño, las caminatas nocturnas con su madre. A pesar de las mentiras, a pesar de la ausencia de su padre, habían sido buenos tiempos.

—¿Y ahora? —preguntó El Mago.

—Hay que llamar a San Gabriel. Puede ayudarte.

La imagen de la mujer torturada y muerta en la cruz invertida asaltó nuevamente su memoria.

San Gabriel habría podido ayudarla, al igual que su madre. Pero le explicaron que la misma mujer lo había ordenado. La mujer que decía ser la Virgen. Aun así, no era suficiente para no sentirse culpable.

—Después de la última vez, no me interesa verlo —dijo El Mago.

—Pues tendrás que aguantarte si quieres que Luz Sagrada te deje en paz —replicó Alexia—. Sus seguidores están por todo el mundo.

El Mago se sentía impotente. Si ella estaba en lo correcto, él solo no podría vencer a los renegados de El Vaticano. Necesitaba ayuda. Y la única opción lógica era, una vez más, la Oficina para La Investigación Cristiana.

Maldita sea. Parecía que estaba destinado a topárselos siempre, de una u otra forma. Y ahora no como cazador, sino como presa.

El Mago cogió el teléfono y llamó al número que le había dejado San Gabriel. Después de una serie de clicks que supuso servían para evitar posibles rastreos, una voz femenina y lejana habló en su oído.

—*Nome chiave.*

—*Il Mago.*

Veinte segundos después, conversaba con el sacerdote de La Orden de la Cruz Eterna.

—¿Conoces a un hombre llamado Walter Anaya? —preguntó Garol, aún en medio del desorden de la oficina de Raúl Pini.

—No, no me suena. ¿Por qué?

—Dirige una comuna en el bosque.

—Ah, te refieres a Los Elegidos. Grupo raro.

Garol lo miró inquisitivamente.

—Poseen una buena cantidad de terreno y viven todos juntos y revueltos —añadió Raúl—. No se meten con nadie ni nadie se mete con ellos. Ni siquiera la policía. Son como los Amish.

—¿Y Anaya?

Raúl se encogió de hombros, mientras tomaba otro sorbo de cola.

—No sé. Nunca antes me preocupé por ellos. No conozco a su líder. Puede ser que sea el que tú dices.

—¿Sabes cómo llegar?

—¿A la comuna? ¿Para qué quieres ir allí?

—Tengo que ver a alguien.

—No permiten extraños —advirtió Raúl.

—Espero que a mí sí me dejen entrar.

—¿Y si no lo hacen?

—Entraré igual.

Raúl apuntó un dedo hacia Garol.

—Por eso es que te metes en problemas, amigo.

—Bueno, ¿me dices cómo llegar o no? —Garol se levantó de su asiento.

—Haré algo mejor. Te llevaré yo mismo —dijo Raúl, imitándolo.

—No tienes que hacerlo.

—Digamos que estoy ya cansado de estas cuatro paredes, ¿y qué mejor que un paseo por el bosque para quitar el aburrimiento? Le diré a mi gente que empiece a trabajar en tus papeles. Podemos salir en diez minutos.

El Mago vigilaba junto a la ventana. La noche parecía tranquila, apacible, con una luna que permitía ver claramente el camino que daba a la casa y sus alrededores.

Habían pasado tres horas desde su conversación con San Gabriel. Le dijo que intentarían llegar a un acuerdo con Luz Sagrada en Italia, por lo tanto, tenía que esperar. Hasta eso, enviaría a nuevos elementos que estaban de paso por Perú. Se desviarían para encontrarse con él. Cómo llegarían era un misterio. Pero El Mago sabía muy bien que de eso se trataba cada vez que la Orden se metía en su vida.

—¿Crees que cometí un error al buscar refugio en este lugar? —preguntó El Mago a su madre—. Es tan desolado que pueden explotar miles de bombas y nadie se enteraría.

—No importa el lugar dónde estés, te encontrarán.

Alexia Pereira se levantó del sofá donde estaba recostada, y se acomodó el vestido.

—Alguien viene.

El Mago fijó la mirada en el vidrio. Dos figuras se acercaban a pie, tambaleándose en la arena. Apenas unos segundos antes, no habían estado allí.

Los visitantes vestían abrigos largos y uno de ellos llevaba una especie de capucha, como para protegerse de la lluvia, aunque no había ni la más remota posibilidad de que lloviera esa noche.

Se hallaban cada vez más cerca, pero El Mago no podía distinguir sus rostros. Lo que sí pudo ver fue las maletas. San Gabriel había dicho que vendrían desde Perú, pero las maletas no eran lo suficientemente grandes para un viaje, aunque tampoco eran tan chicas como un maletín.

Se detuvieron a unos diez metros de la puerta.

—Señor Pereira —llamó el más alto, mientras el de la capucha miraba de un lado al otro, como escudriñando el lugar.

—¿Qué quieren? ¿Quiénes son ustedes? —preguntó El Mago.

—Nos envía San Gabriel.

La voz le pareció extraña, aunque no sabía por qué. Era educada, firme, como si estuviera llena de sabiduría.

—Hemos venido a ayudarle —dijo el visitante—. ¿Podemos entrar?

El Mago abrió la puerta principal y también la de tela metálica. Los apuntó con el Smith & Wesson mientras entraban en la sala y colocaban las maletas en el piso.

—Eso no es necesario —dijo el de la capucha, con una voz parecida a la de su compañero, pero más delicada.

—Eso es lo que usted cree —dijo El Mago.

—Su madre puede corroborar quiénes somos —indicó el alto.

El Mago miró a Alexia, un tanto asombrado. Se suponía que nadie podía verla, a menos que ella quisiera. La mujer los observaba a una distancia prudente, con los brazos cruzados. Enfocó sus pálidos ojos en los de su hijo y asintió.

El sicario bajó el arma.

—Mi nombre es Rafael —dijo el alto, extendiendo la mano—. Ella es Michaela.

De pronto El Mago cayó en cuenta de que el de la capucha era una mujer.

—Pensé que todos los de la Orden eran varones.

—Pensó mal —dijo Michaela— sacándose el abrigo y la capucha que había recogido su larga melena. El cabello más rojo que El Mago había visto en su vida apareció ante él. Y un hermoso rostro con ojos verde oliva.

Alexia Pereira decidió interrumpir:

—¿Traen buenas nuevas?

—Todavía no —dijo Rafael—. La Orden hará todo lo posible para llegar a un acuerdo con Luz Sagrada.

—¿Será posible?

—Todo es posible con la ayuda de Dios. Sobre todo si le damos algo que ellos quieran.

—¿Como qué? —preguntó El Mago. Siempre había sido amo de su vida y de su tiempo, y ahora se sentía incómodo pensando que su bienestar dependía de un arreglo diplomático.

—No estoy autorizado para hablar de ello —contestó Rafael—. Prefiero que San Gabriel lo haga.

—¿Entonces?

—Entonces, esto —dijo Michaela, acostando su maleta en el piso. La abrió para que El Mago y su madre pudieran apreciar el contenido.

La última vez que el sicario había visto tanto armamento junto, estaba todavía en la milicia.

—Bueno, allí está. ¿Qué te parece? —preguntó Raúl Pini, al volante de su jeep.

La espesura del bosque hacía difícil distinguir el portón de madera de cuatro metros de alto que llevaba al interior de la comuna de Los Elegidos.

—Creo que es hora de que vuelvas al pueblo —opinó Garol.

Se soltó el cinturón de seguridad y se dispuso a abandonar el vehículo, pero Raúl lo detuvo.

—Espera. No es tan fácil. A diferencia de lo que muchos piensan, esta gente no vive en el pasado. Tienen la mejor seguridad.

—Pensé que no sabías nada de ellos.

—Uno oye cosas —sonrió Raúl.

—Tendré que correr el riesgo.

—Hey, ¿cómo vas a regresar al pueblo?

—No te preocupes por mí —dijo Garol, abandonando el jeep.

Caminó hacia el portón, pensando en que, por más influyentes que fueran Los Elegidos, era muy extraño que les hubiesen permitido construir en medio del bosque. Siempre habría alguien dispuesto a protestar, especialmente los grupos naturistas.

Pero nada de eso había sucedido. Cualquier tipo de poderes que Walter Anaya tuviera, eran dignos de respeto. Ahora que faltaba poco tiempo para enfrentar a su padre, Garol se preguntó si estaba haciendo lo correcto.

Pero ya no tenía otra opción. Miró hacia atrás y no pudo distinguir el jeep. Raúl ya se había ido.

Llegó ante la inmensa puerta y buscó algún tipo de timbre, pero no encontró ninguno. Se quedó quieto, perplejo.

—¿Qué deseas, hermano? —preguntó una voz metálica, en inglés.

La voz lo sorprendió. Trató de encontrar la cámara de video que lo enfocaba, pero tampoco tuvo éxito. Rafael tenía razón en cuanto a la tecnología de Los Elegidos.

—Vengo a ver a Walter Anaya —contestó Garol.

—¿A quién?

—A Walter Anaya, el líder de Los Elegidos.

Hubo completo silencio por varios segundos.

—El Único no lleva otro nombre —se oyó nuevamente la voz metálica—. El Único no atiende a nadie, a menos que él lo llame. Por favor vuelva mañana para establecer una posible audiencia con El Único.

Garol se acercó lo más posible a la puerta y le dio un fuerte golpe.

—Dígale a El Único que *El Hijo*, Garol Pereira, ha venido desde muy lejos y no se irá así nomás.

—Lo siento —insistió la voz—. Vuelva mañana.

Garol se enfureció. Ya estaba cansado de tanta ceremonia. Después de todo lo que había sucedido, no se iba a detener por una maldita puerta.

—Hey, hey, ¡abran! —golpeó la vieja madera una y otra vez—. ¡Abre, maldito hijo de puta. ¡Abre, Anaya!

Se detuvo. Estaba perdiendo el control y eso era lo peor que pudiera sucederle. Se puso las manos en la cintura, alzó la cabeza y respiró profundamente.

—Pero si ha sido sólo un llorón, el *spic* de mierda —dijo una voz, nada metálica, a sus espaldas.

Le era familiar, pero no pudo identificarla. Al darse la vuelta, la figura obesa de Joe Stellar lo observaba junto a otro oficial muy parecido a él, pero más bajo.

Stellar estaba de civil, con jeans, botas montañeras y una chompa gruesa que lo hacía lucir más voluminoso.

—¿De dónde saliste tú? —preguntó Garol, tratando de no mostrar sorpresa.

—De donde me dé la gana, pendejo —dijo Stellar, mientras avanzaba hacia él, con los puños apretados.—. Me tomó tiempo encontrarte, pero va a valer la pena. Te voy a matar, hijo de...

—Joe, tranquilo —dijo el otro oficial, que llevaba el uniforme de la oficina del sheriff—. Dijiste que lo buscabas por asalto.

—Es algo personal, Rob.

—No aceptaré venganzas personales en mi jurisdicción —protestó el otro, colocando la mano sobre la culata del revólver que llevaba al cinto—. No voy a perder mi placa y mi pensión porque le tienes pica a un latino.

—Ayúdame entonces a llevarlo a la comisaría.

—Bien.

Garol permanecía quieto. No quería incrementar sus

problemas con la ley. Sólo quería entrevistarse con Anaya. Era lo único que le importaba. Pero, al parecer, el gordo no quería perder la oportunidad.

Cuando Rob pasó cerca, Stellar lo empujó y agarró el revólver del comisario.

Garol ya estaba en movimiento, agachándose de golpe y describiendo una barrida con su pierna. Tanto Stellar como Rob perdieron el equilibrio y cayeron fuertemente contra el suelo, sacudiendo sus cabezas.

Garol se dispuso a correr hacia los árboles. Allí de seguro los perdería.

Stellar, su rostro rojo de furia, alcanzó a apoyarse sobre un codo, mientras disparaba. El impacto sacudió el cuerpo de Garol, y una mancha de sangre empezó a crecer en su espalda. Cayó de bruces, inconsciente.

—Dios santo, ¿qué has hecho? —preguntó Rob, levantándose con dificultad.

—*Spic* de mierda —dijo Stellar, escupiendo.

Rob empezó a caminar rápidamente hasta la patrulla.

—Te jodiste, Joe. No cuentes conmigo. Yo nunca estuve aquí.

Se subió al vehículo, sin esperar a su amigo y dio de retro, perdiéndose entre la maleza.

Rafael y Michaela colocaron armas junto a cada ventana y a las puertas de la casa, y en los dos dormitorios del piso superior. Ambos llevaban por lo menos tres pistolas automáticas en diferentes lugares de su vestimenta. Sus movimientos eran rápidos y precisos, como si lo que hacían fuese parte de su rutina diaria.

Por recomendación de Rafael, El Mago y Alexia permanecieron en el segundo piso, mientras los dos enviados del Vaticano vigilaban desde la sala.

—¿De qué te ríes? —preguntó Alexia.

—Tú sabes, no te hagas. Rafael, Michaela. San Rafael

y San Miguel. Subalternos de San Gabriel. Esto parece una convención de arcángeles.

—Estás equivocado —opinó el fantasma—. Según las Escrituras, San Miguel es el jefe máximo, y no Gabriel.

—Y Gabriel es el pelirrojo, y no San Miguel —asintió El Mago—. Pero las Escrituras pueden estar equivocadas.

—O estás imaginando cosas.

—Sabes que no imagino nada. Tú ya los conocías. Después de todo, me recomendaste ante la Orden, ¿no?

Alexia permaneció en silencio mirando a su hijo.

En ese momento Michaela subía las escaleras y se acercaba al dormitorio.

—¿Todo bien? —preguntó la pelirroja.

—Si estar encerrados como ovejas esperando al lobo, es estar bien... —dijo El Mago.

—Es lo único que podemos hacer por ahora.

—¿Quiénes son ustedes en realidad?

—No se preocupe por pequeñeces, señor Pereira —indicó Michaela—. Estamos aquí para ayudarle.

—Sí, Garol, por favor... —rogó Alexia.

—¡Atentos! —gritó San Rafael desde el piso de abajo— ¡Michaela!

La mujer bajó corriendo y en dos segundos se colocaba ante una de las ventanas del frente de la casa.

El Mago, a su vez, hizo lo mismo en uno de los dormitorios.

—No veo nada.

—Allí —señaló su madre.

Notó varias sombras moviéndose rápidamente entre los arbustos. Tan veloces que pensó que las había imaginado.

—¿Qué fue eso? —se preguntó en voz alta, apretando los ojos.

—Luz Sagrada —explicó su madre, alejándose hacia el otro dormitorio.

De pronto una masa oscura surgió de la nada y se abalanzó sobre la vivienda.

El Mago alistó su Smith & Wesson.

Rafael y Michaela reaccionaron también en la planta baja.

La pelirroja levantó una subametralladora y la descargó a través del ventanal. Cinco figuras cayeron al mismo tiempo, mientras las demás disparaban.

Michaela buscó refugio mientras Rafael contestaba con ráfagas de metralla, eliminando a un grupo de invasores y cortándole el paso a los demás.

Pero eran demasiados. Sus proyectiles se estrellaban contra el interior de la casa, destruyendo todo a su paso. En pocos segundos, los pocos muebles de la vivienda estaban destruidos.

Rafael y Michaela continuaron disparando.

Sus enemigos caían como moscas, pero eran reemplazados inmediatamente por otros. Aun así, los invasores no lograban vencer la defensa de los agentes de San Gabriel, quienes luchaban sin perder el control, sin mostrar ningún tipo de emoción. Fríos. Eficientes. Letales.

Arriba, El Mago había recogido una Uzi colocada en el piso, y disparaba a las siluetas que intentaban llegar a la ventana. No traían una escalera o algo parecido, pero de todas maneras escalaban las paredes sin esfuerzo.

Tuvo que echarse al piso, pues una ráfaga destrozó la ventana y gran parte de la pared. Desde el suelo, El Mago volvió a disparar a ciegas, sin apuntar a nada, pero seguro de que sus enemigos caerían si asomaban la cabeza.

En el otro dormitorio, Alexia Pereira intentaba proteger, como podía, a su hijo. Se sacudía por el impacto de las balas, pero no sangraba sino que volvía a enderezarse, furiosa y con los ojos blancos transformados en puntos refulgentes que podían dejar ciego a cualquiera.

Dos pistoleros se asomaron por la ventana, y empezaron a disparar, gritando al mismo tiempo, pues la figura fantasmagórica de Alexia les causaba pánico. La mujer lanzó un grito y ambos empezaron a combustionarse. Sus ropas negras se convirtieron en alimento para las llamas. Gritando desesperados, cayeron sobre sus compañeros.

El Mago, por su parte, escuchó un fuerte golpe por encima de su cabeza. Alguien intentaba romper el techo.

Dirigió la Uzi hacia el tumbado, y apretó el gatillo, pero se había quedado sin municiones. En medio de las balas que zumbaban por todas partes, llegó junto a otra de las armas dejadas por Rafael y Michaela, una escopeta de pulso. La cogió, colocó una bala en la recámara, y disparó al tumbado. Repitió la acción varias veces, y un pedazo de mampostería se vino abajo junto con un hombre, estrellándose contra el piso.

El Mago corrió al cuarto contiguo y le pidió a su madre que se encargara de ambos dormitorios mientras iba a ver qué pasaba abajo. Pudo escuchar en su cabeza que Alexia le respondía que sí, mientras mantenía la combustión dirigida hacia los invasores.

Rafael y Michaela seguían defendiendo la entrada principal de la casa, hasta que algunos encapuchados lograron entrar.

Los pistoleros se transformaron.

Dejaron de ser humanos para convertirse en algo horripilante: seres extraños con cabeza grande y ovoide, cuerpo encorvado fibroso, lleno de tendones y músculos que sobresalían de la piel gris y brillosa. Sus piernas se asemejaban a las de un perro, pero con dedos mucho más largos y uñas afiladas.

La batalla se detuvo apenas se dio la metamorfosis.

El Mago miró de un lado al otro y luego a su madre, quien bajaba por la escalera. No había movimiento en el resto de la casa y sus alrededores. Toda la acción se estaba dando allí, en la sala.

Pero los pistoleros no fueron los únicos en mutarse.

Rafael y Michaela eran ahora seres luminosos, irradiantes de calor. El Mago vio sus rostros y se dio cuenta de que eran hermosos, demasiado hermosos para ser reales.

Ambos se movían rápidamente, agarrando monstruos con una mano y lanzándolos contra los demás, prote-giéndose las espaldas mutuamente. Parecían haber ensayado una coreografía al mismo tiempo bella y mortal, que no daba cabida a errores.

El Mago quiso ayudar, pero escuchó dentro de su cerebro la voz de Rafael diciéndole que no se metiera, que esas eran las reglas.

¿Reglas de qué?, se preguntó.

No tuvo más remedio que ser sólo un observador.

De pronto, una de las horribles criaturas logró romper la fuerte defensa de los seres luminosos y con un zarpazo desgarró el hombro de Michaela. La mujer gritó y el sonido llegó hasta la médula de El Mago, quien no aguantó más y alzó la escopeta que tenía en las manos. De un disparo reventó el pecho de la bestia. El hombre/animal cayó muerto junto a sus compañeros.

El resto de los entes empezó a caminar amenazante hacia El Mago. Sus trompas despedían un hedor abominable, una espesa saliva chorreaba por los costados.

—¡No! —gritó Rafael, arrodillado junto a la figura frágil de Michaela. La herida era profunda y el brazo parecía estar en una posición nada normal. No había sangre sino una luz mucho más intensa que salía de la herida.

El Mago se preparó para combatir a las bestias. Si tenía que morir, no lo haría solo. Se llevaría a unas cuantas al infierno. Pulsó la escopeta una vez más.

Un cono refulgente apareció entre los monstruos y El Mago, cortando la sala en dos. La figura de San Gabriel surgió de entre la blancura, como si se hubiese moldeado en ella.

El sacerdote vestía su acostumbrado traje azul oscuro, pero ya no llevaba el bastón sobre el que solía apoyarse meses atrás. Su presencia irradiaba fuerza, rectitud y poder en medio del desorden de la vivienda.

—El Vaticano y Luz Sagrada han llegado a un acuerdo —dijo San Gabriel, levantando un pergamino donde estaban dibujados una serie de símbolos, acompañados de un texto en un idioma que El Mago desconocía.

—Es hora de que se retiren —añadió el sacerdote—. Esto está finiquitado.

Sin hacer preguntas ni comentarios, los monstruos volvieron a ser humanos. Empezaron a caminar hacia la salida, llevándose a sus muertos y heridos. En pocos minutos, todos se habían marchado y lo único que quedaba del ataque era polvo y destrucción.

—¿Cómo está? —preguntó San Gabriel a Rafael, que estaba atendiendo a su compañera.

El Mago vio cómo el guerrero colocaba sus manos luminosas sobre la herida de la chica. La luz se volvía por momentos más fuerte y el color variaba de blanco a celeste. En pocos minutos, Michaela pudo levantarse y, aunque no podía mover el brazo todavía, su semblante había cambiado y empezaba a ser la misma.

—Rafael es el "médico de Dios" —comentó Alexia Pereira.

—En eso no se equivocaron las Escrituras —susurró El Mago.

San Gabriel se volvió para mirarlo.

—Señor Pereira, un gusto verlo nuevamente. Veo que ya conoció a mis colaboradores más cercanos.

—Sí —dijo el sicario, mirando a la pareja—. Son de lo mejor.

Los dos agentes de Orden de la Cruz Eterna ya no brillaban ni se veían diferentes a los demás mortales.

—Gracias —dijo Rafael—. Es hora de irnos. Michaela todavía tiene que descansar.

—Buena suerte, señor Pereira —dijo la chica de los ojos hermosos, mientras ambos abandonaban la pequeña casa de la playa.

—Hey, un momento —dijo El Mago, tratando de detenerlos. Corrió hacia el exterior, pero ya se los había tragado la noche.

San Gabriel lo alcanzó.

—No se preocupe por ella. Estará bien.

El sicario se volteó para encararlo.

—¿Cuál fue el arreglo entre Luz Sagrada y la Orden?

—Luz Sagrada requiere notoriedad —dijo San Gabriel—. Que todo el mundo sepa que existe y así difundir su tortuoso mensaje. Le hemos concedido seis avisos publicitarios, de página completa, en los diarios de mayor venta en el mundo.

—¿Se contentaron con publicidad? —El Mago no pudo contener un tono irónico.

—Son más de cien millones de dólares, señor Pereira
—sentenció el sacerdote.

—¿Y todo eso por ayudarme? ¿Qué quieren de mí?

—Cuando llegue el momento, si es que llega, será el
primero en saberlo.

—Quiero saberlo ahora —porfió El Mago.

—La paciencia es de los justos, señor Pereira —declaró
San Gabriel, mientras caminaba unos metros, y entraba en el
cono de luz que esta vez se apareció sobre la arena.

—Yo pensé que usted viajaba en avión, padre —dijo El
Mago.

—Todos evolucionamos, señor Pereira —respondió San
Gabriel—. Señora —inclinó levemente la cabeza al despedirse
de Alexia, quien ya estaba cerca de su hijo.

Una vez desaparecida la luz, El Mago se fijó en el delicado rostro de su madre. Observó sus ojos blancos, iguales a
los suyos. Deseó tener nuevamente seis años y vivir ignorante
de todo.

Por primera vez en mucho tiempo, la abrazó. La encontró
cálida y reconfortante, contrario a lo que se suponía que era
un fantasma.

—¿De qué se trató todo esto, madre?

—Los misterios de Dios son indescifrables, Garol.

Se separaron lentamente. Alexia le brindó una sonrisa
entre lágrimas.

—¿Y ahora qué? —preguntó el sicario.

Alexia observó la puerta principal destrozada, la tela
metálica hecha jirones.

—A reparar la casa. Es la única que tienes ahora.

09. Las Mujeres y El Mago

—¿Cómo la estás pasando por acá? —preguntó Raúl Pini, sentado en el viejo sofá de la casa playera.

El Mago vio a su amigo beber un vaso grande de Coca Cola Light. En menos de tres segundos se lo había terminado, y se servía nuevamente.

—Uno de estos días te va a dar un infarto o algo así. Deberías cambiar lo que comes.

—¿Y volverme vegetariano como tú, tomando jugos de fruta y yerbas licuadas? —observó Raúl—. Ni loco. Me gusta comer bien. Además, es hereditario. Mi padre comía más que yo y vivió hasta los noventa.

El Mago se dijo a sí mismo que la genética nunca era confiable. La vida del padre no le garantizaba salud al hijo, ni mucho menos. Pero no quiso discutir algo que sabía inútil.

—Bueno, dime. ¿Cuándo vas a volver a la civili-zación? —preguntó Raúl.

El Mago miró por la ventana. No había visto un cielo tan azul desde hacía mucho tiempo.

—No sé. Me gusta mucho este lugar. Es tranquilo.

—¿Tranquilo? Te quiero recordar que hace menos de un mes hubo una batalla campal que, según tú, destruyó esta casa y tu apartamento.

—¿Según yo? ¿Acaso no me crees?

Raúl movió la cabeza.

—Por supuesto que te creo. Muchas cosas raras han ocurrido a tu alrededor. Sólo quiero que estés bien.

—Lo estoy, no te preocupes. Gracias de todas maneras.

Observó a Raúl levantarse y caminar por la sala-comedor. Nadie podría adivinar lo arruinada que estuvo la vivienda después de aquella batalla.

—Has hecho maravillas con el lugar —comentó Raúl.

—Contraté a diez hombres para el trabajo. Yo sólo supervisé.

El Mago se acercó a Raúl y extendió la mano con la palma hacia arriba.

—Supongo que no has venido solamente a saludarme.

Raúl abrió el maletín que reposaba sobre uno de los muebles, y le entregó un sobre grande.

La foto estaba un poco borrosa, como las que acostumbran tomar los *paparazzi*, pero reconoció a la mujer.

Estaba entrando en un auto lujoso. Un hombre de aspecto duro, un guardaespaldas, le abría la puerta, mientras otro hacía lo mismo con su acompañante, un hombre delgado, de traje caro, pero que no iba con él.

—¿Quién es? —preguntó El Mago.

—Roberto Scarpetta, dueño de un sinnúmero de empresas exportadoras.

—¿Es el blanco?

—No. La mujer.

Le llegó la imagen de unos ojos grandes y negros, la piel oscura y brillante contra la suya; la pasión, el desenfreno de hacía muchísimos años.

—¿Por qué? —preguntó El Mago.

—No lo sé. Tú sabes que eso no importa.

—¿Quién es el cliente?

—Me llamó un eslabón de la cadena. Es imposible saberlo cien por ciento —Raúl se cruzó de brazos. El Mago no rechazaba los encargos, a menos que involucraran niños—. No te entiendo. ¿Hay alguna razón especial?

Entonces cayó en cuenta.

—La conoces...

El Mago lo miró fijamente.

La claridad de sus ojos nunca había molestado a Raúl. Ya estaba acostumbrado. Pero, por primera vez en mucho tiempo, se sintió nervioso.

—La conozco —confirmó El Mago—. Y no puedo aceptar el encargo. Ni tú tampoco.

—Pero ya depositaron el cincuenta por ciento.

—Entonces contrata a otro. Pero si se cruza conmigo, lo mataré. Voy a proteger a esa mujer hasta saber bien lo que pasa.

Raúl ya no podía soportar la mirada de El Mago. Nunca lo había visto así. ¿Se estaba transformando en un ser inestable? ¿Podría seguir confiando en él?

—Disculpa —dijo Raúl—. Llamaré al contacto y devolveré el dinero. Pero si están dispuestos a pagar tanto por matarla, simplemente contratarán a otro.

El Mago volvió a dirigir su mirada al mar.

—Pero no seré yo.

El dormitorio era amplio y bien iluminado, aunque no había ventanas. Garol se levantó lentamente, temiendo hacerse daño. Lo último que recordaba era que corría hacia el bosque tratando de huir de Joe Stellar. Había sentido una quemazón en la espalda y nada más. Sabía que estaba herido, pero no sentía ningún dolor. Instintivamente se tocó el pecho y movió los brazos.

Nada.

Se dio cuenta de que estaba desnudo, y empezó a buscar su ropa por el dormitorio. Había un closet donde encontró un par de pantalones blancos y una especie de camisa sin cuello del mismo color. Halló sus zapatos en el piso del closet, pero sus gafas no estaban por ninguna parte.

Se vistió, e inmediatamente se abrió la puerta del dormitorio y un hombre calvo, con ropa igual que la suya, entró en la habitación.

—¿Se siente mejor? —preguntó.

—¿Quién es usted?

—El Único aguarda —el hombre señaló la salida.

El Único. Walter Anaya. Su padre.

Garol salió con el calvo por un pasillo que se abría a un salón donde hombres y mujeres, vestidos con la misma ropa blanca, se hallaban inmersos en la lectura de volúmenes antiguos de una gran biblioteca. El lugar era una perfecta mezcla de arquitectura moderna y ecológica; anchos troncos atravesaban los ambientes y los convertían en espacios relajantes.

Garol no salía de su sorpresa. La imagen que había tenido del lugar era tenebrosa, triste y maléfica, y no de un paraíso con gente amable y feliz.

Más allá del salón, frente a un ventanal que mostraba toda la magnificencia del bosque, otro hombre lo esperaba. De pelo corto, ensortijado, barba bien cortada y salpicada de canas, llevaba una camisa de mangas largas, como la de Garol, pero amarilla. Unos jeans que parecían haber sido comprados hacía unos minutos y sandalias franciscanas, completaban el atuendo del líder de Los Elegidos.

Si ése era su padre, no era como se lo había imaginado. En su casa no había fotografías que ayudaran a recordarlo, así que por lo único que Garol pudo guiarse fue la descripción que le había dado su madre. Como siempre, Alexia Pereira le había vendido una ilusión.

Se sintió un poco nervioso. Tantos meses habían pasado desde que decidió empezar la búsqueda y ahora, por fin, iba a poder enfrentar a Walter Anaya.

—Veo que ya te encuentras bien —dijo el hombre, con las manos a la espalda. Garol tampoco intentó estirar la mano para saludarlo.

—Tú eres...

—Sí, Garol. Soy el que buscas.

El muchacho sintió que la sangre le empezaba a hervir. No sabía si ser civilizado y ponerse a conversar con aquel hombre, o dar rienda suelta a sus instintos, y caerle a golpes.

—Quisiera decir que es un gusto conocerte, pero no es así.

—Lo entiendo. Sé que te habrán dicho muchas cosas malas sobre mí...

—Recuerdo que alguien me disparó —dijo Garol, tocándose el tórax.

—Fue sólo un raspón. Mi gente te encontró incons-ciente en la entrada del recinto y te trajo acá.

Garol sabía que no había sido sólo un raspón. Stellar le había herido seriamente.

—Este lugar es impresionante.

—El fruto de nuestro trabajo. Jóvenes de todas las regiones dejan sus hogares, familias y trabajos, y vienen a convivir en este hogar para servir a nuestro señor.

Anaya le indicó que se sentara en el mullido sillón de una pequeña sala, rústica pero confortable. Una mujer joven y atractiva les trajo vasos de limonada. Garol respondió a la sonrisa de la mujer lo mejor que pudo.

—Bien —dijo Anaya, sentado como un rey dispuesto a complacer a la plebe— ¿Qué deseas saber?

El Club Costazul estaba diseñado para complacer a la crema y nata de la sociedad. Piscinas, canchas de tenis, squash, golf y equitación, además de un área de picnic y gimnasio completo, eran parte de las comodidades que ofrecía a sus miembros. Más que un club, era una pequeña ciudad, con bungalows de lujo que se alquilaban por noche o por temporada.

Los años habían pasado pero ella seguía siendo hermosa, pensó El Mago al observar a la mujer recostada en la silla a pocos metros de la piscina.

Llevaba un pequeño bikini negro que dejaba apreciar su espigada y proporcionada figura. Las piernas largas y torneadas, la cintura estrecha, la piel oscura y reluciente. Todo era como El Mago lo recordaba.

Rhandra.

El club estaba lleno. Decenas de personas ocupaban sillas iguales alrededor de la piscina. Muchas de ellas pasaban un buen momento jugando cartas o almorzando bajo las sombrillas multicolores. Los meseros, vestidos con chaquetillas blancas y bermudas oscuras, se movían de un lado a otro, sufriendo bajo el intenso sol y atendiendo todas las exigencias de los afortunados.

La vio levantarse, recoger una toalla y un bolso y caminar indiferente hacia los vestidores. Al parecer estaba sola, El Mago no perdería la oportunidad de hablar con ella. Había muchas cosas que quería saber.

La siguió. Con camiseta sport, jeans y gafas, el sicario se perdía fácilmente entre los bañistas y demás miembros del club.

Rhandra se dirigió a uno de los bungalows y subió las pequeñas escaleras que llevaban a la puerta principal. El Mago esperó unos minutos el momento adecuado para entrar sin que nadie lo viera. Afortunadamente, todos estaban muy ocupados divirtiéndose como para ponerle atención. Introdujo la llave maestra y, luego de un corto tanteo, la puerta se abrió.

La suite era lo esperado. Espaciosa, elegante e impersonal. El Mago caminó lentamente, escuchando el correr de la ducha.

Y un forcejeo. Sonidos extraños, guturales, en el dormitorio. En dos segundos estaba en la entrada de la habitación.

El hombre vestido de mesero tenía una cuerda alrededor del cuello de Rhandra. La mujer estaba arrodi-llada en el piso, mientras trataba de soltarse y respirar. El mesero, a sus espaldas, jalaba el nylon, intentando terminar con ella. Cuando se dio cuenta de que alguien más estaba en la habitación, se congeló.

El Mago saltó, utilizando la cama para impulsarse y caer encima de su enemigo. Rhandra se desplomó extenuada, mientras trataba de quitarse la cuerda que había quedado enredada en su cuello.

De un rodillazo, El Mago se zafó de su contrincante. Conectó el puño contra la cara del mesero. Una. Dos veces. El hombre se tambaleó y, aprovechando el momento, El Mago lo tomó de la chaqueta y los pantalones, y lo lanzó contra una mesa esquinera.

El mesero rebotó contra la pared e intentó sacar algo de su chaqueta: una navaja. Cuando se disponía a levantarse, el arma blanca de El Mago se clavó debajo de su oreja izquierda. El mesero soltó su arma y quedó muerto junto a los restos de la mesa.

El Mago se dirigió a donde estaba Rhandra. La ayudó a levantarse. Temblaba. Los ojos de la mujer se clavaron en él. Al principio con sorpresa, y luego con curiosidad. Sin decir nada, lo abrazó fuertemente, como para no dejarlo ir, y empezó a llorar.

El Mago le devolvió el abrazo y sobó su cabello, mientras trataba de reconfortarla.

—¿Por qué nos abandonaste? —preguntó Garol.

La pregunta pareció no importarle a El Único. Se acomodó en el sillón, que más parecía un trono, y entrelazó los dedos.

—Tienes que entender algo, muchacho. Tu madre y yo no nos entendíamos. Estábamos sintonizados en diferentes frecuencias, por así decirlo.

—La buscaste solamente por conveniencia.

—No —Anaya alzó la mano—. Tu madre y yo nos enamoramos mucho, al principio. Ella era muy hermosa y yo, un barco sin rumbo. Logró calmarme durante un par de años, pero luego mi naturaleza pudo más, y tuve que dejarla. No quería estar atado a nadie. Añoraba mi libertad y mi vagabundeo por el mundo. Era muy joven e inexperto.

Garol se sintió intranquilo ante la sonrisa de Anaya.

—¿Por qué me mintió? ¿Por qué me dijo mi madre que habías muerto?

—No lo sé. Estaba enferma. Tenía un corazón débil. Supongo que estaba resentida y no quería compartirte con nadie.

El Único se levantó del sillón y caminó lentamente por la sala, perdida la mirada en el bosque.

—¿A qué has venido, muchacho?

Garol miró fijamente a Anaya. El hombre no se perturbaba por los ojos blancos de su hijo.

—No lo sé.

—¿Esperabas que te recibiera con besos y abrazos? —Anaya movió ligeramente la cabeza—. Eso nunca ha sido parte de mi personalidad. No soy un buen padre y tampoco lo habría sido si me hubiese quedado junto a ustedes.

—¿Y el trato?

—¿Cuál trato?

—El que te ayudó a realizar mi madre. El trato con el diablo.

Anaya dibujó una mueca y alzó las cejas.

—Esas son leyendas que la gente cuenta de mí, simplemente porque siempre me gustaron las artes ocultas. Lo mismo fue con tu madre. Pero ya sabes cómo era ella. Muy devota, muy religiosa. Jamás hubiera pensado en usar sus poderes en contra de sus convicciones cristianas.

—¿Entonces tú no eres un seguidor del demonio?

—Soy un amante de la paz y la tranquilidad —enfatizó El Único—. ¿Por qué crees que he creado este paraíso en la Tierra, donde las personas pueden pasar el resto de sus días coexistiendo pacíficamente, olvidándose del mundo egoísta al que estaban acostumbrados?

Garol recordó a los jóvenes embebidos en la lectura.

—Sí. Parece que son felices.

—Por supuesto que lo son.

—¿Quién paga por todo esto? ¿De dónde sacas el dinero?

—Hay contribuyentes por todo el país y algunos en Europa y Asia.

—¿Y qué obtienen ellos?

—Rezamos diariamente por sus almas y son bienvenidos cuando lo deseen.

A Garol le pareció difícil aceptar que alguien entregara

dinero así nomás, desde lugares remotos, sin esperar nada a cambio. Pero muchas de las sectas funcionaban así, sus simpatizantes convencidos de que, de alguna forma, sus contribuciones los purificaban para hacerlos más idóneos para la felicidad eterna.

A pesar de todo, Garol no estaba totalmente convencido de que El Único decía la verdad.

La cafetería era estrecha e incómoda, pero lo suficientemente oscura como para que nadie se fijara en ellos. Su ubicación no era de las mejores tampoco, en medio de un barrio populoso y estridente, con tráfico pesado y gente apresurada.

Rhandra estaba mucho más tranquila y El Mago pudo apreciar su belleza nuevamente, tal como lo había hecho diecisiete años atrás.

—Luces hermosa —dijo.

—Bah —sonrió Rhandra—. Los años no pasan en vano. Tú, en cambio... no sé. Hay algo muy diferente en ti. No sabría decir exactamente qué.

El Mago volvió a sentirse joven, inocente. Capaz de todo por estar siempre junto a aquella mujer. Respiró profundamente para no extraviarse en sus ojos negros.

—¿Sabes quién era ese hombre?

—¿El camarero? No. ¿Vas a llamar a la policía?

—Es mejor que lo olvides.

Rhandra se acercó más a la mesa.

—Pero acabas de *matar* a un hombre —susurró.

El Mago decidió desviar la conversación.

—Rhandra, ¿qué haces aquí?

—El destino, quizás —dijo ella, acercando la taza de café a sus labios—. Por lo menos me gustaría que así fuese.

Bebió un poco, sus manos temblaban todavía. Dejó nuevamente la taza humeante sobre el mantel que parecía tablero de ajedrez.

—En realidad, estoy casada, Garol.

—Con Roberto Scarpetta, lo sé.

Ella colocó las manos a los lados de la taza y lo miró con curiosidad.

—¿Lo sabes? ¿Cómo?

—¿Por qué alguien querría matarte, Rhandra? ¿Tienes enemigos?

—¿Yo? —sonrió otra vez, pero con pocas ganas—. Soy la persona más amigable del mundo.

—Hablo en serio.

Se quedó callada por unos instantes mientras parecía recobrar los momentos perdidos en su memoria.

—Mira, dudo que esto tenga que ver —dijo por fin—, pero hace unos seis meses yo estaba cantando en un club en Miami. El administrador trataba de invitarme todas las noches a su apartamento y yo vivía huyéndole. Corría a mi vestuario, me cambiaba y salía por la puerta de emergencia, sin que él se diera cuenta, hasta el día siguiente. Una noche vi a un grupo de hombres hacer algún tipo de negocio en la oscuridad. Tal vez drogas o quién sabe qué. Lo cierto es que me quedé congelada hasta que se fueron.

—¿Pudiste reconocer a alguien?

—No. Estaba muy oscuro. Y tenía mucho miedo.

—A lo mejor ellos piensan que sí los viste.

—Eso fue hace tiempo, como te dije. Unas semanas después conocí al que es ahora mi esposo y...

—Y ya no tienes que trabajar en bares cantando.

—Verdad. Aunque a veces lo extraño, ¿sabes? Pero todo cambia. Ya no soy la jovencita que conociste. Garol.

Unas risas y gritos sobresaltaron a Rhandra. Un grupo de muchachos de escuela, aún de uniforme, había entrado a la cafetería. Hacían chistes que sólo ellos celebraban, burlándose unos de otros, irrespetuosos como la mayoría de los jóvenes de cualquier época.

—¿Qué pasó contigo? —preguntó Rhandra—. Esperé una llamada, una carta, algo. Nunca llegó nada. Xarel trató de localizarte varias veces...

—¿Cómo está el viejo Xarel?

—Murió hace unos cinco años. Mi padre también.

—Lo siento... Ambos eran buenas personas.

—Sí, lo sé —acordó la mujer—. Garol, ¿qué te pasó? ¿Encontraste a tu padre al fin?

La cena había sido fantástica. El Único la había ordenado por ser una ocasión especial.

Se habían sentado en una mesa en forma de U, donde Garol, a la derecha de Anaya, y los demás miembros disfrutaban de los ostentosos platos. Parecía una de esas celebraciones de la Edad Media que Garol había visto tantas veces en el cine. Sólo faltaba que los comensales utilizaran las manos y no cubiertos.

Pero todo había sido muy apropiado. Los hombres y mujeres —cerca de cincuenta—, eran sumamente educados en sus modales y guardaban todas las reglas que la etiqueta exigía. Garol, acostumbrado a comer en el ejército y luego en barcos de carga, se sintió un poco incómodo, pero trató de no demostrarlo.

Después de la comida hubo una especie de reunión donde se escuchó música suave, melancólica, y varias parejas empezaron a bailar románticamente.

El Único sonreía orgulloso, como un padre ante sus hijos.

—Míralos, Garol. ¿No crees que son felices?

—Demasiado.

—Nunca hay demasiada felicidad, muchacho, nunca.

Dicho esto, se acercó a una de las muchachas y la invitó a bailar. La chica, de cabello negro y piel canela, se sintió un tanto cohibida, pero fue animada, incluso empujada delicadamente, por sus amigas.

Mientras Garol veía bailar a su padre, como un muchacho más entre los jóvenes que ahora formaban su familia, pensó que, a lo mejor, todos se habían equivocado. Aquel hombre había sido juzgado mal. Simplemente era un soñador que había hecho realidad sus sueños.

—¿Quieres bailar? —preguntó una voz delicada.

Había estado tan distraído que no se dio cuenta de que una chiquilla, de no más de dieciocho años, estaba junto a él.

Tenía el pelo castaño claro y un sinnúmero de pecas decoraban su rostro. Aunque hablaba con una sonrisa, sus ojos grises parecían apagados, tristes.

Garol pensó en negarse. Pero, de reojo, vio que Anaya lo observaba, así que aceptó. Además, se sentía intrigado por la mirada de la muchacha.

La chica le sonrió e inmediatamente le colocó los brazos al cuello y su mejilla muy cerca de la de él, como si fuesen enamorados. Garol se sentía extraño, pero trató de no ser grosero y se movió al compás de la música.

La chica empezó a acercarse más a su oído. Por un momento pensó que iba a besarlo. Pero escuchó su voz casi imperceptible, más débil que un susurro:

—No deben saber que le hablo. Tres de la mañana. Iré a verlo. Por favor, no diga nada.

Garol abrazó a la chica fuertemente, como tratando de transmitirle confianza. Estaba seguro de que no era una broma. Ella parecía bastante asustada, aunque hacía todo lo posible por ocultarlo.

Alzó los ojos y vio a El Único bailando con una segunda chica y luego con una tercera. Las tres se movían lentamente, contorneando sus cuerpos de manera provocativa, mientras Anaya las abrazaba y reía fuertemente.

—No sabe cuánto se lo agradezco, señor Pereira —dijo Roberto Scarpetta, una vez más.

Era tal como en la foto que había visto en la casa de la playa. Delgado, de ropa fina, pero sin poder ocultar su falta de roce social. En sus manos llevaba varios anillos y un par de esclavas. El Mago apostó que también era amigo de las cadenas de oro.

—Creo que debería cuidar mejor de ella —opinó El Mago.

Scarpetta lo miró fríamente, tratando de medir el sarcasmo de aquellas palabras, pero le era muy difícil discernir los pensamientos del hombre de gafas.

Rhandra trató de que su marido se fijara en ella para evitar cualquier discusión, pero Scarpetta se adelantó:

—Tiene usted toda la razón. Debí cuidarla mejor. Sus dos guardaespaldas ya fueron despedidos. Se pusieron a vacilar a unas chicas en tanga en vez de cuidar a mi mujer.

Aunque no dijo nada, la expresión "mi mujer" hizo elevar el pulso del sicario.

—Garol no quiso llamar a la policía, Roberto.

—Hizo lo correcto —dijo Scarpetta, mirando a su esposa a los ojos—. Tampoco podemos confiar en ellos.

El Mago bebió un poco de *Tropical* del vaso con hielo que tenía en la mano y volvió a echarle una mirada a la oficina de Scarpetta. Era impresionantemente grande, víctima de la última moda en decoración, realizada, sin duda, por algún diseñador que cobraba una barbaridad.

—Fue una suerte que usted estuviera cerca. Y una inmensa coincidencia que conociera a Rhandra.

El Mago sabía muy bien que Scarpetta no se comía ese cuento.

—Sí, lo fue —acordó—. Bien —dijo levantándose de su asiento—. Creo que debo retirarme.

—Un momento, señor Pereira —dijo Scarpetta—. Por la forma como se manejó frente a ese asesino, supongo que ha tenido experiencia en este tipo de situaciones.

—Algo.

—Si no le parece mal, me gustaría contratarlo para que proteja a mi esposa. Yo no puedo acompañarla todo el día, y mucha gente trataría de hacerme daño a través de ella.

El Mago quería estar junto a Rhandra, pasar el tiempo con ella, protegerla. Pero no era esa la manera como lo había pensado.

—Por supuesto que el dinero no es problema —añadió Scarpetta.

—Está bien —dijo El Mago—. Sólo hasta que este problema se solucione.

—Excelente. Puede comenzar mañana mismo. Lo esperaré a las ocho para darle las instrucciones adicionales.

Scarpetta extendió la mano.

—Hasta mañana, señor Pereira.

El Mago se volvió para mirar a Rhandra. En sus ojos se leía cierta calma y alegría.

—Hasta mañana.

Apenas escuchó el leve golpe, Garol abrió la puerta del dormitorio.

La chica estaba vestida igual que en la reunión de esa noche. Él tampoco se había cambiado, dándole vueltas a la cama, sin nada más que hacer que esperar.

La muchacha entró rápidamente y en silencio, cerrando la puerta tras de sí.

—¿Qué querías decirme? —susurró Garol.

—Este lugar no es lo que parece —dijo ella, agitada—. Es peligroso.

—He visto a todos felices.

—Muchos lo están —asintió—. Pero otros, como yo, quisiéramos regresar a nuestras casas, a los hogares que abandonamos.

—¿Por qué no lo hacen?

—El Único nos mataría. Literalmente.

Una sombra opacó el rostro de la muchacha. Durante la reunión con Anaya y los demás, Garol se había dado cuenta de que la chica era diferente. Que su sonrisa era forzada, irreal. No se había equivocado.

—Algunos lo intentaron —continuó con voz casi inaudible—, y nunca más supimos de ellos.

—A lo mejor simplemente se fueron —opinó Garol.

Las lágrimas empezaron a rodar por las mejillas de la chica. Tanta presión, tantas preocupaciones habían dejado huella en su rostro y lo habían convertido en una máscara pálida y frágil.

—No. Lo que has visto hasta ahora es puro teatro —afirmó—. Una mentira para darte confianza. Supongo que, después de un tiempo, El Único se mostrará tal como es.

Garol empezó a dudar. ¿Sería verdad lo que estaba diciendo? ¿Tendría la muchacha algún tipo de desavenencia con Anaya?

—¿Por qué me dices todo esto? —preguntó.

—Si decides irte, quiero que me saques de aquí. Ya no soporto este lugar...

Esta vez el llanto no la dejó continuar. Garol se acercó y puso los brazos alrededor de ella. Esperó unos instantes a que se calmara.

—¿Cuál es tu nombre?

—Amy. Amy Sinclair.

—¿Tienes alguna prueba de lo que me has dicho?

La chica apretaba tanto la blusa, que sus manos empezaban a competir con la blancura de la tela.

—No conoces todo el lugar todavía. Saliendo del salón principal donde fue la reunión, hay una puerta gris. Te darás cuenta de que no miento.

—¿Puedes llevarme ahora? —preguntó Garol, levantándose.

—No —el pánico pareció poseerla—. Si me atrapan... Será mejor que lo hagas tú solo, mañana.

Le permitió quedarse unos minutos más, hasta que ya no hubiera huellas evidentes del llanto. Trató de reconfortarla como pudo, asegurándole que todo saldría bien, aunque ni él mismo sabía de lo que estaba hablando. Pero aun así, logró el efecto deseado.

La acompañó a la puerta. Amy se detuvo y lo miró detenidamente. Sin sentirse perturbada por sus ojos blancos, le brindó una débil sonrisa y un pequeño beso en la mejilla, antes de perderse en el corredor.

Mañana es demasiado tarde, se dijo Garol. Tengo que saber la verdad ahora mismo.

* * *

—¿Qué opinas, madre?

Alexia Pereira, en uno de sus acostumbrados trajes estilo años cincuenta, miraba por la ventana hacia la oscuridad y el mar.

—Esa chica es mucho problema, Garol. ¿Por qué no dejas que su esposo la cuide?

—Sabes que significó mucho para mí —dijo El Mago, sentado en un sillón de la sala.

—Esos fueron otros tiempos —aclaró Alexia, su pelo oscuro sostenido por un apretado moño que se perdía bajo el ala ancha de su sombrero.

—La dejé porque buscaba la verdad acerca de mi padre —protestó El Mago—. Algo que tú nunca me dijiste.

—Lo averiguaste de todos modos.

—Si lo hubiese sabido desde el principio, a lo mejor Rhandra y yo estaríamos juntos.

Alexia se volvió para enfrentar a su hijo.

—Eras muy chico para saber la verdad. Hice lo que toda madre hubiera hecho: protegerte. Si no te quedaste con Rhandra fue porque *tú* lo decidiste. Además, en tu clase de vida no puedes tener a alguien que dependa tanto de ti. Necesitas una mujer más fuerte, más tu igual.

—¿Alguien como tú? —el tono de El Mago llevaba cierto desdén. Ya no era un niño como para aguantar sermones.

—No seas tan insolente —declaró Alexia, resentida—. No me lo merezco. Siempre he querido lo mejor para ti.

El Mago evitó la mirada de su madre. Pareció perderse en sus pensamientos por un instante.

—Tienes razón, disculpa. Es que nunca esperé volverla a ver...

El fantasma se le acercó y le puso la mano en el hombro.

—Ten mucho cuidado. No podré estar contigo esta vez.

El Mago la miró intrigado. Por lo general, su madre siempre permanecía cerca. Era como su ángel guardián.

—¿De qué hablas?

—Tengo que asistir a una reunión de la Orden —explicó Alexia, acomodándose la falda blanca que dejaba ver sus elegantes pantorrillas—. San Gabriel me llamó.

Otra vez San Gabriel, pensó El Mago. Al parecer cada vez se metía más en sus vidas. Y no había manera de detenerlo.

—O sea que no me ayudarás —dedujo.

La mujer alzó un dedo y sonrió.

—Hay alguien que sí podrá hacerlo.

En ese momento, se escucharon varios golpes en la puerta.

El Mago miró a su madre. Ella no podía dejar de sonreír mientras su imagen se desvanecía lentamente en el aire.

Se levantó del sillón, abrió la puerta y se encontró con la impresionante belleza de ojos verdes y pelo rojo.

La belleza de un ángel.

O, mejor dicho, de un arcángel.

—Hola—dijo Michaela, entrando a la sala, sin esperar ser invitada.

Garol Pereira encontró fácilmente la puerta que le había indicado Amy. La casa estaba en silencio, por lo que tuvo mucho cuidado de no hacer ruido mientras forzaba la entrada.

Se encontró con unas escaleras por las que bajó lentamente, los peldaños apenas iluminados por una luz lejana en el fondo. Llegó hasta un pasadizo desnudo, abierto en la roca. La luz parecía más cercana, haciendo visible el piso de tierra. Cómo habían podido construir un subterráneo como ése y a qué costo eran interrogantes que complementaban el misterio de Los Elegidos.

La luz provenía de una lamparita situada sobre una puerta metálica, a un costado del pasadizo. Había una ventanilla corrediza como las que existen en los hospitales psiquiátricos.

Probó la puerta. No estaba asegurada. La empujó y se introdujo en el cuarto. Debía estar loco para hacer lo que estaba haciendo, pero no podía confiar así nomás en lo que le había dicho Anaya. Muchas cosas habían pasado desde que supo que su padre estaba vivo como para tomar las cosas pasivamente.

Tanteó las paredes en busca de un interruptor. Se maldijo a sí mismo por no tener una linterna o, por lo menos, un fósforo. La lamparita de la entrada apenas alumbraba más allá de dos metros en el interior del cuarto. Había un olor nauseabundo que empezaba a metérsele por la nariz como un microbio.

Su mano derecha tocó una perilla. Era de aquellas que regulan la intensidad de la luz. La giró hacia la derecha, lo suficiente para ver mejor. Algo colgaba frente a él. Todavía no podía verlo con claridad. Giró la perilla un poco más.

Un hombre atado en una equis giratoria de madera se encontraba muerto, su cuerpo en un ángulo inusual, como si alguien hubiera dado vueltas a la ruleta gigantesca, quedando el cadáver a merced de la suerte.

El muerto estaba desnudo. Había sido torturado, quemado. Tenía amputados los dedos de las manos y de los pies. Le faltaba un ojo y un boquete negro y ensangrentado se apreciaba donde había estado su corazón.

Aunque su rostro estaba desfigurado, Garol pudo reconocerlo: Joe Stellar, el oficial de policía de Nuevo México que lo había seguido hasta Seattle. El hombre que le había disparado por la espalda pero que, al final, ni siquiera lo había lastimado.

Un sexto sentido le avisó. Alguien se acercaba a sus espaldas.

Se volvió y encontró a tres de Los Elegidos que habían estado con él en la "fiesta." Ninguno sonreía esta vez. Una silueta se dibujó en la entrada y se movió entre los demás.

—Me alegro de no haberme equivocado —dijo Walter Anaya, El Único. En cualquier otra ocasión, Garol hubiera soltado una carcajada, pues estaba vestido como una especie

de mesías, con túnica blanca de mangas largas y un manto
rojo que rodeaba su pecho y espalda. Su mirada era lo único
que delataba la maldad que existía bajo ese disfraz.

Garol guardó silencio mientras trataba de calcular sus
posibilidades de escape. Eran inexistentes.

—No te tragaste el cuento, ¿verdad? —preguntó Anaya.

—No —mintió Garol—. Era demasiado bonito para ser real.

—Como dije. Me alegro de no haberme equivocado.
No eres ningún estúpido. Eres un digno descendiente de tu
padre.

—¿Por qué? —preguntó Garol, mirando el cuerpo muti-
lado en la equis giratoria.

—Mi gente lo vio dispararte —dijo Anaya con una sonrisa
que mostraba su esencia maligna—. Era lo menos que podía
hacer por mi hijo.

La rabia y la frustración empezaron a apoderarse de
Garol. Él no había querido esto. Aunque desde el principio
supo que a lo mejor todos tenían razón, tuvo la esperanza de
que su padre fuera simplemente un excéntrico incomprendido,
un hippie tardío, producto de los tiempos y de la sociedad.
Ahora que lo veía delante de él, rodeado de sus seguidores,
vestido como un loco, un ser maquia-vélico, sentía que un
calor intenso lo invadía, que ascendía por sus pantorrillas,
por su espalda hasta su nuca y orejas, causándole un fuerte
dolor de cabeza.

—¿Por qué no me dejaste morir? —preguntó Garol.

—Parece que no me estás escuchando. No es mi interés
lastimarte. Quiero que te quedes aquí conmigo, que seamos
padre e hijo de verdad.

Los seguidores de El Único mostraron gestos y murmullos de aprobación. Dos más aparecieron por el marco de la
puerta. Ahora eran cinco, además de Anaya.

—¿Para qué?

—¿Para qué? —repitió Anaya mientras se acercaba a
su hijo—. Tú me buscaste, yo no. Pero ahora que estás aquí,
podrás desarrollar tus poderes al máximo. Podrás ser un dios
como yo.

—Tú no eres un dios, *padre* —afirmó Garol con el mayor desprecio—. Eres un payaso. Vine aquí para saber la verdad, nada más.

—¿La verdad? ¿Quieres saber la verdad? —rió Anaya—. Pues te diré la verdad: nunca amé a tu madre. No la soportaba con su fanatismo religioso. Era una bruja poderosa y nunca usó sus poderes para nada que no fuera ayudar a otra gente. Pudo haber sido la reina del mundo y lo rechazó. Fue un desperdicio.

—Ella fue una santa. Y tú sólo querías ser el amo del mundo.

—Yo *soy* el amo del mundo —corrigió Anaya—. Soy El Único. El que representa al señor de las tinieblas en la tierra de los mortales.

—Hiciste el trato —concluyó Garol.

—Hice el trato. Pero tuve que pagar un precio —El Único empezó a caminar alrededor de Garol, quien trataba de no caer en la trampa de darle la espalda a Los Elegidos—. Verás, Garol. Mi señor me hizo una pequeña jugada, tan inteligente y sabio que es. No me dio todo el poder que yo deseaba. Me dijo que no necesitaba otro igual a él, porque sería muy peligroso. Pero que de todas maneras me daría un regalo. Mi hijo nacería con poderes superiores a los míos. De esa forma él cumpliría su parte del trato y yo le entregaría mi alma y corazón.

Las palabras de Anaya impactaron en el pecho y la garganta de Garol. ¿Qué era lo que había dicho su padre? ¿Era él mismo, Garol Pereira, una personificación del mal?

—Un momento —ahora Garol sentía el fuego detrás de sus ojos incoloros. Empezó a parpadear más de la cuenta—. ¿De qué poderes hablas? Yo no tengo poderes.

—Ah, pero sí los tienes, hijo mío. Están todavía dormidos, apagados. Necesitas que alguien te enseñe a usarlos, que te guíe en el camino. Y quién mejor que tu propio padre para hacerlo.

—No me quedaré contigo —aseguró Garol. Sentía hervir su cabeza, como si estuviera a punto de explotar. Tuvo que cerrar los ojos y sostenerse la frente con una mano.

—Debes quedarte bajo mi tutela —insistió Anaya.

—No puedes retenerme. Ni puedes dañarme.

—No te tocaré ni un pelo —dijo El Único—. Pero a ella le puedo hacer mucho daño.

Anaya alzó la mano izquierda como un mago frente a su público.

Una segunda equis apareció en el salón. Amy Sinclair estaba atada a ella. Su cuerpo desnudo y pálido contrastaba con lo oscuro de la madera que la mantenía inmóvil. Su rostro lucía retorcido por el llanto y el pánico. Una bola de caucho, sujeta por una cuerda anudada detrás de su cabeza, forzaba una "o" permanente en su boca. Sólo emitía gemidos y ruidos indescifrables.

—Eres un pobre y triste hijoeputa —dijo Garol, adelantándose unos centímetros.

Los cinco Elegidos sintieron el insulto en carne propia y también hicieron lo imposible para no atacar a quien se atrevía a enfrentar a su líder. Sabían muy bien que no podían hacer nada hasta que El Único lo ordenase.

En ese momento, la tierra tembló.

Rhandra de Scarpetta se sentía más segura con El Mago cuidando de ella. Los días pasaban lentamente y su vida continuaba con sus salidas a los *shopping malls*, visitas a galerías de arte y al estudio de grabación.

En su afán de no alejarse del mundo del espectáculo, Rhandra le había pedido a su esposo un estudio completo de grabación, tanto en Miami como en Guayaquil, donde se encargaba de encontrar nuevos valores de la música y les ayudaba a empezar sus carreras. En cuanto a su vida como cantante, tenía planificado un CD que lanzaría en un par de años, ya que lo estaba realizando con la ayuda de los mejores arreglistas que pudiera encontrar en los Estados Unidos.

Durante esas largas sesiones, El Mago se dio cuenta de lo mucho que había cambiado la mujer. Ya no era la chiquilla que cantaba como un ángel en los clubes nocturnos de Nueva York. En muchas ocasiones observó cómo gritaba a un tipo que manejaba la consola del sonido y a una de las secretarias, por no hacer las cosas exactamente como las ordenaba.

Definitivamente había cambiado. Llegó incluso a percibir cierta frialdad en su mirada, la que desparecía o aparentaba desaparecer cuando posaba sus ojos en él.

Hablaba por teléfono con su marido un par de veces en el día y se ponían de acuerdo para almorzar juntos, cuando sus respectivos horarios lo permitían.

Una noche, Rhandra decidió quedarse hasta tarde grabando en el estudio. Los músicos ya habían hecho su trabajo, y sus notas estaban grabadas, por separado, en los diferentes canales de la consola. Por lo tanto, sólo el ingeniero de sonido estaba con ella en la cabina. Un guardia de seguridad, un hombre de unos cincuenta años, se encargaba de cuidar las instalaciones, que ocupaban buena parte del piso diez del antiguo edificio.

El Mago decidió tomar un café. No era su costumbre, pero se sentía cansado. Se acercó a una cafetera que estaba en el mismo cuarto de la consola. A través del cristal podía ver a Rhandra entonando una balada en inglés. Su voz seguía siendo la misma, a pesar de todo. Parecía acariciar las palabras antes que cantarlas. Era una voz que prometía todo a quien la escuchaba.

La cafetera estaba vacía. El Mago se quedó con el vaso de plástico en la mano.

—Hay otra en la sala de sesiones —dijo el sonidista, un gordo calvo, de barba espesa y lentes gruesos. El poco cabello que tenía, le colgaba hasta los hombros, haciéndolo lucir cómico, antes que juvenil.

Mientras se dirigía a la sala de sesiones, a varios metros de la cabina, El Mago pensó nuevamente en Michaela, la guerrera arcángel que se había aparecido en su casa. Su mente divagaba entre Rhandra y Michaela sin poder evitar las comparaciones. Rhandra había sido la mujer de su vida. Pero su vida ya no era la misma. Sus sentimientos se habían apagado, o tal vez yacían cubiertos por una tela de dureza, de apatía. Tantos muertos, tanta maldad habían cavado un hueco en su alma.

Ni siquiera había tenido una conversación completa con Michaela. Apenas si se habían puesto de acuerdo para vigilar mejor a Rhandra. Pero El Mago podía percibir su fuerza y su coraje. Si bien era cierto que los polos opuestos se atraen, los iguales más aun.

Pero no era tan sencillo. Michaela no era un ser humano. Era un ser luminoso, un arcángel. Sin embargo, no podía evitar sentirse atraído por aquellos ojos y esa melena roja que parecía tener vida propia.

No vio al guardia de seguridad por ninguna parte.

Tal vez fue al baño, pensó El Mago.

En vez de entrar en la sala de sesiones, caminó unos metros más, hacia los baños de la oficina.

Tocó la puerta en vista de que estaba con seguro.

—¿Ramiro? —llamó al guardia—. ¿Está usted aquí?

No hubo respuesta.

—¿Se encuentra bien?

No percibió ningún ruido al otro lado de la puerta.

La onda explosiva le hizo caer, el edificio pareció partirse en dos. Se recuperó enseguida, y trató de ver qué era lo que sucedía.

Alguien había hecho pedazos la entrada principal, una gran puerta de vidrio y madera con el logotipo de la compañía musical.

Cosa rara, pensó El Mago, la alarma no está sonando.

Dos hombres armados entraron en la oficina, pero apenas pusieron un pie dentro de ella recibieron el impacto de proyectiles que los hizo sacudir mientras caían muertos.

El Mago extrajo la Smith & Wesson que llevaba al final de su espalda. Sus músculos se tensaron y se alistó para cualquier ataque. Vio que Michaela aparecía por la destruida puerta.

—Parece que cada vez que nos vemos es en medio de una guerra —dijo la pelirroja, alzando su subametra-lladora.

—¿Cuántos más? —preguntó El Mago.

—Sólo vi a estos dos. Pero no deben ser los únicos. Iré por las escaleras.

El Mago asintió y cada uno se fue por su lado. Mientras corría de vuelta a la sala de sonido, escuchó ráfagas y gritos a su espalda. Michaela estaba haciendo su trabajo.

Llegó a la sala y entró.

Una mole se le echó encima, agarrándole la muñeca y obligándole a soltar el arma. El gordo sonidista le dio un golpe tremendo en el costado, que lo hizo rebotar contra la pared del estudio y caer sentado sobre la alfombra.

Se dio cuenta de que otro hombre estaba tratando de entrar a la cámara de grabación, pero por más que le disparaba a la puerta, no lograba dañarla. Era Ramiro, el guardia de seguridad.

El gordo lo atrapó del cuello, tratando de rompérselo. El Mago agarró los testículos del individuo, apretándolos con toda la fuerza que pudo. El hombre pegó un alarido y aflojó la llave. El sicario le dio un codazo en la nariz, y corrió hacia el guardia que ahora estaba disparando al vidrio de la cabina.

El vidrio tampoco se quebraba.

El Mago estrelló su cabeza contra la de su enemigo, quien perdió estabilidad. Atrapó la mano armada del guardia y la retorció hasta que apuntara a su propio dueño. Con un solo empujón, hizo que se disparara, atravesando el cuerpo del hombre.

Por el rabillo del ojo se dio cuenta de que el gordo regresaba al ataque, lleno de furia, como un perro rabioso.

El pecho del gordo explotó en tres diferentes lugares al mismo tiempo, derribándose como un saco de cemento.

—Ya me debes dos —dijo Michaela, entrando con su arma.

El Mago se volvió hacia Rhandra que se encontraba asustada dentro de la cabina. La chica corrió hacia la puerta y abrió.

—¿Estás bien? —preguntó El Mago.

—Dios santo —dijo llorando, medio histérica—. Yo pensé que ellos estaban aquí para protegerme. Roberto se encargó de contratarlos personalmente. Un momento... no. No puede ser... Roberto.

—Parece que ya encontramos al culpable —afirmó Michaela.

Rhandra la vio por primera vez.

—¿Quién es ella?

—Una amiga —dijo El Mago—. No hay que llegar a conclusiones apresuradas. Tu esposo puede ser inocente de todo esto.

El rostro de Rhandra se veía marcado por la incertidumbre.

—Ojalá, Garol. Ojalá.

Todos se sorprendieron por el sacudón que remeció la caverna. Una lluvia de tierra y rocas cayó sobre ellos, impidiendo la visibilidad, entre un sonar de gritos y disparos lejanos.

Los seguidores de Anaya no sabían qué hacer. Su instinto de supervivencia les decía que corrieran, pero el temor a su amo era más poderoso.

—¿Qué está pasando? —gritó Anaya, en medio de la polvareda y perdiendo el equilibrio. Los Elegidos corrieron a ayudarlo.

El ruido no cesaba. Otra explosión estremeció el lugar. Tambaleándose, Garol logró alcanzar a Amy, y aflojó sus ataduras. Uno de los seguidores de Anaya trató de detenerlo, pero le propinó una patada en la entrepierna y el hombre se vino al suelo, con una expresión de dolor.

Amy estaba a punto de desmayarse, sus piernas apenas podían sostenerla. Garol logró sacarle la bola de caucho de la boca. La chica escupió.

—¿Estás bien?

Amy respiró con dificultad y señaló hacia las espaldas de Garol, abriendo los ojos.

El joven se volvió en el momento en que un grupo de hombres disparaba sobre Los Elegidos y entraba en el calabozo. Los seguidores de Anaya no tuvieron tiempo de defenderse.

—Te dije que te meterías en problemas —indicó Raúl Pini, con una carabina en la mano.

Garol no pudo ocultar su sorpresa.

—¿Qué haces aquí?

—Alguien tiene que cuidarte —afirmó Raúl, mientras sus compañeros cargaban a la chica, cubriéndola con una túnica. Los disparos habían cesado.

—¿Dónde está El Único? —preguntó Garol, mientras avanzaban hacia las escaleras y trataba de divisar a través del polvo que colgaba en el aire.

—No lo sé —dijo Raúl—. Nunca lo he visto.

—¡Mierda!

Walter Anaya había escapado. El hijo de puta había escapado, sin pagar por todo el mal que había hecho. A su madre. A él. Al mundo. El representante del diablo andaba suelto y haría de las suyas nuevamente.

La próxima vez, padre, pensó Garol, te arrancaré el corazón.

Los hombres de Raúl se movían rápidamente, al estilo militar. Parecían bien entrenados, mercenarios, sin duda.

Llegaron al silencioso interior de la casa. Un olor a sangre y pólvora irritó sus fosas nasales. Varios de Los Elegidos estaban tendidos en el piso y sobre los muebles, en posiciones extrañas y faltándole miembros. Garol sintió pena. Algunos eran solamente víctimas del poder envolvente de Anaya, que les había prometido quién sabe qué por su fidelidad absoluta.

Al salir al bosque, Raúl se encontró con un grupo de policías liderado por un hombre corpulento y pálido. Garol reconoció a Rob, el que había acompañado a Joe Stellar cuando le disparó por la espalda. Los coches patrulla iluminaban desordenadamente el sitio, entrelazando sus conos luminosos, como en una discoteca al aire libre. Rob y Raúl charlaron por unos minutos, y luego el oficial y su gente se dirigieron al interior de la vivienda.

Raúl caminó con Garol hacia el mismo jeep donde, días

antes, habían venido juntos en busca de Anaya. Amy estaba siendo atendida por un par de paramédicos que la colocaron sobre una camilla, introduciéndola luego en una ambulancia.

—No te preocupes —dijo Raúl—. La llevarán a un hospital.

—¿Qué hacía aquí ese tipo?

Raúl frunció el ceño.

—¿Te refieres a Rob? Se encargará de que todo luzca muy oficial.

—¿Eres policía?

Raúl pegó una carcajada, mientras se subían al jeep.

—Nada que ver. Simplemente que cierta gente me debe favores.

—Como yo —murmuró Garol—. ¿Quién diablos eres, entonces?

El jeep arrancó, arrastrando tierra y dejando atrás a la semidestruida vivienda, con Elegidos, mercenarios y policías.

—Soy sólo tu amigo —afirmó Raúl—. El único que tendrás toda tu vida.

—Tienes que hacer algo —dijo Rhandra abrazándose a sí misma, como si le hubiese llegado una corriente de aire.

Lo había llamado aquella mañana para pedirle que se vieran en el Cementerio General. El Mago tardó algunos minutos en encontrar el bloque que le había indicado. La inmensidad blanca de los corredores, desiertos a esa hora del día, era el lugar perfecto para una reunión secreta.

—¿Qué quieres que haga? —preguntó el sicario, estudiándola a través de las gafas. No había duda de que era una mujer hermosa. Su cabello negro y largo brillaba con el sol, y su figura era perfecta en aquel vestido azul oscuro.

—No sé —Rhandra miró al piso, como apenada de decir lo que pensaba—. Tengo miedo. Nunca pensé que Roberto fuera capaz de esto.

El Mago aguardó a que la mujer se calmara.

—Garol, yo sé que no debo pedírtelo, pero... tú te dedicas a este tipo de cosas...

—¿De qué hablas?

Rhandra alzó la vista. Estaba muy seria y sus ojos parecían a punto de llenarse de lágrimas.

—Garol, no me sentiré tranquila hasta que él desaparezca.

El Mago dio dos pasos hacia uno de los mausoleos. Se detuvo a mirar la inscripción de la entrada.

—¿Estás segura de lo que me estás pidiendo?

Ella cerró los ojos y asintió.

—No quisiera estarlo, pero, como te dije... tengo mucho miedo. No pensé que me odiara tanto.

—Él no te odia, Rhandra. Él te quiere mucho.

La mujer abrió los ojos.

—¿Qué?

—Los hombres de anoche y el camarero del club no fueron contratados por Scarpetta, sino por ti.

—¿Estás loco? ¡Yo soy la víctima! —exclamó Rhandra poniéndose la mano en el pecho, incrédula.

—Tú lo planeaste todo. Y muy bien. Cuando te rescaté del camarero, sabías que yo andaba cerca. Fue sólo un show para convencerme del peligro en que estabas. Lo de la sala de grabación fue el segundo acto.

—Pero ellos me atacaron... —reclamó Rhandra.

—Estuviste, desde el principio, encerrada en la cabina que tú habías hecho construir con vidrio antibalas. Lo único que tenías que esperar era a que yo saliera airoso del asunto.

Rhandra desvió la mirada y cruzó los brazos. Sus facciones eran duras y distantes.

—No sé quién te ha contado esa fantasía, pero...

—Fui a ver a tu marido anoche. Iba a matarlo. Pero Michaela me convenció de lo contrario.

—Lo fuiste a ver... No me dijo nada esta mañana...

El Mago se mostró impávido.

—Nos mostró su seguro de vida. Si él muere, recibirás cinco millones de dólares, más todo su imperio. Trescientos millones más. No hay ningún otro beneficiario.

Rhandra se acercó a El Mago. Por sus mejillas corrían lágrimas de rabia.

—¿Cómo puedes creerle a él y no a mí?

El Mago se metió la mano al bolsillo de la camisa. Mostró una fotografía en blanco y negro.

—Uno de los matones de la sala de grabación. Pudimos obtener su récord. Laboraba desde hace dos años para la misma compañía de seguridad. También fue marino. En la aplicación de trabajo puso como referencia a un ex-compañero: Xarel Batta.

Como si lo hubiera anunciando frente a una audiencia, el hombre salió de atrás de uno de los bloques de nichos mortuorios. Llevaba una pistola en la mano y apuntaba a El Mago.

Después de diecisiete años, Xarel Batta tenía el cabello completamente blanco y muchas más arrugas de las que recordaba. Pero sus ojos seguían mostrando la vivacidad del lobo de mar.

—Le dije a Rhandra que no resultaría, pero ella insistió. Juró que eras el indicado para el trabajo.

El Mago se quitó las gafas y posó la mirada en el bello rostro de la mujer.

—Lo era.

—No supimos nada de ti por años —dijo Xarel—. Te creímos muerto. Hasta que un amigo nos contó que la vieja casa de la playa estaba habitada nuevamente.

—Garol, yo... —intervino Rhandra—. Todavía podemos hacerlo. Hay suficiente dinero para los tres. Roberto no es el gran hombre que crees. Es un ignorante desgraciado que lo único que le importa es su dinero. Es un gángster.

—Lo siento —dijo El Mago—. Tú escogiste tu vida. Y yo la mía.

Se movió con la intención de salir de allí, de dejar todo atrás.

—Quieto —amenazó Xarel, estirando la mano armada.

El Mago ni siquiera lo miró cuando le dijo:

—Desde que llegué, hay alguien apuntando en nuestra dirección. Si no bajas el arma ahora mismo, te matará.

Xarel miró de reojo a Rhandra y después al lado contrario. Volvió a ver a El Mago. Su respiración empezó a agitarse.

—No estoy mintiendo —dijo El Mago—. Haz lo que te digo.

—Xarel —rogó Rhandra, convencida de la sinceridad de El Mago.

El ex-marinero bajó el brazo. Rhandra se acomodó a su lado y le dirigió una amarga sonrisa.

Esta vez El Mago se volvió para mirarlos.

—No es mi problema si quieren seguir con sus planes. Pero no me metan en ellos —se colocó las gafas nuevamente—. De lo contrario, los mataré.

Atisbó cierto dolor en el rostro de Rhandra, pero no le dio tiempo para que dijera una palabra. Los dejó allí, entre los muertos.

Aceleró el paso hasta encontrarse con Michaela, que lo esperaba un bloque más allá, cerca de un ángel de cemento con las alas desplegadas.

—¿Vas a dejarlos así nomás? —preguntó la guerrera.

—Sí.

—Pudieron matarte.

El Mago movió la cabeza negativamente.

—Si fueran de esa clase, habrían matado a Scarpetta ellos mismos. Querían que yo lo hiciera para no mancharse de sangre.

Caminaron hacia la salida. El sol parecía negar clemencia a los mortales, mientras el ruido del tráfico crecía a cada instante.

—Creo que debes buscarte otro tipo de mujer —dijo Michaela, mirando hacia atrás, como si todavía pudiese observar a la pareja.

El Mago se detuvo para mirarla. Con la potencia del sol, su cabello estaba más rojo que nunca.

—Eres la segunda persona que me dice eso. ¿Y qué tipo de mujer es para mí?

—Pues alguien que sea igual que tú. Ni más ni menos. Alguien como yo.

El Mago no pudo ocultar su sorpresa.

—No pensé que... Soy un asesino, Michaela.

La mujer avanzó hacia la calle, dejándolo confundido.

—Como te dije, somos iguales.

10. Isabeau y El Mago

Los hilos se cruzaban sobre la mejilla de Juan Carlos Castell, convirtiéndolo en un blanco perfecto. A través de la mira telescópica, El Mago apreciaba a su presa con indiferencia. Matar se había convertido en una rutina. Tal vez ya era hora de retirarse, de buscar algún lugar alejado donde vivir, sin la amenaza de que alguien lo atacara por la espalda.

Pero si lo hacía, ¿a qué podía dedicarse el resto de su vida? ¿Cogerle el gusto a las plantas y afanarse en arreglar, día a día, un hermoso jardín? No, maldita sea. No se veía en cuatro, arreglando la tierra de sembrado, ni sacando con las manos los gusanos que devoraban las flores. No. Esa no era vida para él. ¿Entonces?

Castell conversaba con dos hombres en la entrada de un restaurante libanés. Al parecer, discutían sobre algo, pero ignoraba qué. Daba igual. Sólo tenía que apuntar y disparar. Nada más. Para eso le pagaban. Y bastante.

Desde el cuarto piso de un edificio diagonal al restaurante, El Mago logró captar, una vez más, la cabeza de Castell a través de la mira. En dos segundos estaría muerto. Acomodó la culata del rifle sobre el hombro y movió el cuello para aflojar los músculos. Aguantó la respiración.

El sonido a su espalda lo sobresaltó y por poco dispara

hacia el tumbado. Se tiró al suelo, rodó sobre sí mismo, quedando boca abajo y apuntando el rifle hacia la puerta de la
habitación que había alquilado días atrás.

La niña lo miró con sus ojos dulces.

Debía tener unos ocho años. Su cabello negro luchaba
por salirse de una gorra celeste que llevaba con la visera hacia
atrás. El overol le quedaba un poco grande, las bastas dobladas
hacia arriba.

—¿Qué haces aquí? —exclamó desconcertado El Mago—
¿Cómo entraste?

La niña no contestó. Mantuvo la mirada en los ojos del
sicario, sin demostrar ningún temor. El Mago se levantó del
suelo con el rifle en la mano, su mente regresando al hombre
en la entrada del restaurante. Movió la cortina y espió.

Castell se había ido, lo mismo que sus compañeros.

Mierda.

Volvió a mirar a la niña. Se mantenía quieta, sin parpadear siquiera.

—Te he preguntado algo —reclamó El Mago, acercándosele. Antes de que pudiera ponerle la mano encima, lo
sintió.

Como un golpe frío en la nuca. Como si hubiera perdido
el equilibrio por una milésima de segundo. La niña mantuvo
la mirada fija en El Mago y muy tranquilamente dijo:

—Muere.

Una fuerza tremenda lo golpeó, haciéndolo caer de espaldas
sobre la cama y luego al suelo. Apretó los ojos, tratando de enfocar
no sólo la visión, sino todos sus sentidos. La niña lo había golpeado, como si fuera Mohamed Ali. Pero sin tocarlo siquiera.

Se incorporó. Le dolía mucho la nuca y la espalda. Por
unos segundos pensó que se había dislocado algo, pero poco
a poco pudo ponerse de pie.

Aunque daba igual.

La niña había desaparecido y El Mago se quedó con el
corazón en la boca.

*   *   *

A los veintiocho años, Garol Pereira ya se había convertido en uno de los elementos más importantes de Raúl Pini.

Elementos. Así era como Raúl llamaba a sus sicarios. Asesinos a sueldo. Mercenarios.

Raúl no era el único traficante de "elementos." Por todo el mundo existían muchos como él, viviendo el peligro a través de terceros, haciendo dinero mientras otros hacían el trabajo, como cualquier proxeneta.

Convertirse en asesino no era lo que Garol había deseado.

Al principio se negó, no quiso saber nada del asunto. Su vida estaba llena de amargura, resentimiento. Hacia su madre. Hacia el desgraciado de su padre. Hacia el hombre que violó a sus pequeñas hermanastras. Hacia los valentones como Joe Stellar que se escondían tras la ley para hacer lo que querían. Pero aun así, decidió "andar por buen camino," como habría dicho el padre Manuel, en su pueblo natal.

Intentó trabajar en la sección de mantenimiento de una compañía aérea, pero después de un par de meses lo despidieron por llegar tarde. Se había vuelto insomne y no podía conciliar el sueño hasta las cinco o seis de la mañana, por lo que le era difícil levantarse a tiempo.

Y así empezó a beber. Nunca lo había hecho. Nunca había tenido una razón tan grande. Pero encontró que le ayudaba a olvidar. Bebió por largos meses, sin siquiera salir del apartamento que Raúl le había ayudado a conseguir. Sólo pedía por teléfono a la licorera de la esquina, y en seguida se lo traían. El licor lo adormecía y, cuando se evaporaban sus efectos, volvía a tomar para continuar el círculo.

Se descuidó en pagar sus cuentas de luz, gas y teléfono, y terminó sin ninguno. Así lo encontró Raúl un día que fue a verlo, cansado de no saber nada de él.

Lo obligó a levantarse de la cama, a darse una larga ducha y a ponerse ropa limpia. Lo llevó también a una clínica privada para desintoxicarlo y que ingiriera alimentos bajo cuidado de un nutricionista. Tan débil estaba Garol, que se dejó llevar por todo aquello como una tranquila oveja. Al cabo de seis meses, se encontraba como nuevo y decidió aceptar la propuesta de Raúl.

Las habilidades adquiridas en el ejército eran difíciles de olvidar, y le sirvieron de mucho en su nuevo trabajo. Descubrió que se había vuelto insensible, no le importaba matar. Incluso sentía un ligero cosquilleo excitante en el estómago cada vez que le daban un nuevo encargo.

Descubrió también que le gustaba el dinero, ya que ganaba mucho, muchísimo más, con un encargo que trabajando dos años reparando motores. Y aunque la conciencia le decía, de vez en cuando, que lo que hacía estaba mal, decidió no escucharla. Después de todo, no tenía a nadie en el mundo a quien rendirle cuentas.

En lo referente a sus poderes, la voz de su padre seguía penetrando en su cerebro, a pesar de no haber sabido nada de él por tres años.

Están todavía dormidos, apagados. Necesitas que alguien te enseñe a usarlos, que te guíe en el camino. Y quién mejor que tu propio padre para hacerlo.

Ojalá te pudras en el infierno, pensó Garol.

Pero en seguida cayó en cuenta de que el infierno no sería castigo para su padre, sino su hogar.

—¿Sabes quién era? —preguntó Raúl, rodeado del revoltijo de papeles y publicaciones que era su oficina.

—Era ella, te digo.

El Mago estaba pálido. Lucía enfermo. Raúl lo miró, preocupado.

—¿Estás seguro?

—¿Crees que es fácil olvidarme de esa cara?

—No digo eso, pero puedes haberte confundido.

—No. La tenía al frente, como tú estás ahora.

Raúl fingió leer unos documentos que tomó de encima de su repleto escritorio.

—¿Y el encargo?

El Mago apoyó la cabeza sobre una mano, mientras permanecía quieto en la silla. Cerró los ojos.

—Lo haré otro día, no te preocupes.

Pero Raúl sí se preocupaba. Últimamente las cosas no le estaban saliendo bien a Garol. Era su amigo, pero había mucho dinero de por medio.

—Hay que hacerlo pronto. No podemos quedar mal con los clientes. Tengo una reputación...

—¡Me importa un carajo tu reputación! —estalló El Mago, golpeando el escritorio con la palma de la mano, y levantándose de la silla—. Lo siento —dijo, después de unos segundos—. Este asunto me ha puesto mal. Pensé que ya lo había olvidado.

Raúl se acercó cautelosamente. Después de tantos años, conocía bien al sicario.

—Tranquilo. Te reemplazaré, tómalo con calma.

El Mago miró de un lado a otro. Parecía un animal enjaulado.

—No. No me vas a reemplazar. El blanco y la niña están conectados. Es posible que la encuentre otra vez.

—Pero si es tan fuerte como dices...

El Mago fijó los ojos incoloros en los de su amigo.

—Esta vez tendré ayuda.

Raúl esperó a que le diera más detalles pero, como siempre, no los obtuvo. Luego de varios segundos, preguntó:

—¿Ayuda de quién?

Hubo otro extraño silencio donde lo único que se escuchaba era el canto de algún grillo solitario, atrapado entre tantas montañas de papel.

—Si te lo dijera —aseguró El Mago—, no me lo creerías.

Quince años atrás, en la cocina de un restaurante pequeño y casi escondido en las oscuras calles de Brooklyn, cuatro hombres tenían una reunión de negocios, en medio de platos de pasta y vasos de vino tinto.

El más gordo se llamaba Gino Amato, uno de los capos de la familia Calabrese. Había sido responsable de la muerte de más de una docena de hombres, pero nunca se le había probado nada. No conocía el interior de una celda.

Junto a él, reía Mickey Maranzano, su mano derecha y verdugo de la familia. Nada brillante, apenas había terminado la primaria, pero sádico, sin escrúpulos y completamente fiel a Amato.

El tercero, sentado a la izquierda de Amato, era Raymond Parker, banquero poderoso, dueño de un sinnúmero de empresas encargadas de lavar el dinero y colocarlo en negocios de intachable reputación.

Por último, sentado frente a Amato y con algunas copas de más, el capitán Robert Faust, del Precinto 57 de la policía de Nueva York, quien se encargaba de que los uniformados se hicieran de la vista gorda con la mayor parte de los asuntos "familiares."

Dos meseros y el gerente del restaurante se esmeraban por atenderlos, pendientes de cualquier petición de los comensales. Después de todo, el lugar pertenecía también a la familia.

Los cuatro hombres disfrutaban de la cena, deglutiendo y bebiendo vino, mientras hacían planes para los próximos meses. El negocio iba viento en popa, pero la familia quería invertir en la bolsa.

—¿Estás seguro, Gino? —preguntó el banquero Parker—. Tendremos que hacer todo legítimamente. Nada de juegos o nos caerá el gobierno.

—Yo no podría ayudarlo —intervino el policía.

—Ustedes son los responsables, para eso les pago —rió Amato. Yo sólo quiero que... ¿qué pasa?

El gerente del restaurante se había acercado y, con un exagerado respeto, esperaba poder hablar con él.

—Lo lamento, señor Amato, un hombre lo busca en la puerta principal.

—¿Pero eres imbécil acaso? —se enfureció el gordo, limpiándose con una servilleta de tela—. ¿No ves que estoy comiendo?

—Sí, lo siento, lo siento mucho —bajó la cabeza—. Sé muy bien que no debo interrumpirlo, pero el hombre tiene una identificación del IRS. Insiste en que es importante.

—Mierda —Amato hizo una mueca— ¿Quién coño será ese tipo? Ve y encárgate, Mickey.

Maranzano se levantó de la mesa. Caminó hacia la salida de la cocina de mala gana, molesto por no poder continuar la comilona en paz. Ese tipo, quienquiera que fuese, estaba buscando problemas. Y él se los daría.

El IRS.

El IRS era una mierda. Lo único que hacían era vivir de los demás. Deberíamos matarlos a todos, pensó Mickey.

Al llegar a la parte frontal del restaurante, se dio cuenta de que no había nadie. Maldijo para sus adentros y se volteó dispuesto a caerle a golpes al maldito gerente.

Lo que encontró fue a un hombre bajo, con gafas a pesar de ser de noche, apuntándole con un arma que parecía medir un metro, por el silenciador que llevaba.

El hombre disparó, sin decir nada.

Mickey Maranzano, el preferido de Don Gino, cayó con una bala en la frente, salpicando de sangre el sobretodo de Garol. El asesino se movió rápido y se dirigió a la cocina.

Los tres comensales se quedaron estupefactos al observar al latino del sobretodo apuntarles con el arma.

El primero en reaccionar fue el capitán Faust. Y también fue el primero en morir, con un hueco en el pecho, arrastrando la silla.

Gino Amato intentó moverse, pero era tan gordo que le resultaba muy difícil. Recibió un balazo arriba de la nariz y se desplomó sobre los spaghetti, uniéndose a la triste lista de mafiosos que moría encima de su comida.

El banquero se puso pálido, peló los ojos y alzó las manos como tratando de detener las balas. No le sirvió de nada. El arma emitió sonidos secos, como si alguien soplara dentro de una botella. Parker se fue contra la pared, donde dejó una mancha roja al caer lentamente hacia el piso.

Garol Pereira alzó la vista y se fijó en los camareros.

Ambos habían dado la espalda a lo que había ocurrido. Estaban muy juntos, mirando hacia la pared. Se dirigió hacia la puerta trasera del lugar, desenroscando el silenciador. Lo esperaba el gerente del restaurante.

—*Signore* —dijo el hombre, mostrando los dientes nerviosamente. El sicario le había prometido tres mil dólares por ayudarlo a entrar en el restaurante y por distraer a Maranzano, el más peligroso de los cuatro.

El gerente se mostraba entusiasmado por la suma que iba a recibir. Sus hombros se encogían con anticipación, haciéndolo lucir caricaturesco.

Garol Pereira le disparó en el cuello, dejándolo muerto entre tachos de basura.

Mientras caminaba hacia la calle principal, se despojó del sobretodo y lo metió en un gigantesco tanque cuadrado de metal, que servía para guardar los desperdicios de muchos edificios aledaños.

De pronto, se detuvo.

Le pareció ver algo tirado entre unas cajas. No podía distinguirlo en la oscuridad del callejón, pero adivinó que no se trataba de un animal.

Se acercó. Un brazo pequeño sobresalía entre unos periódicos y cartones. Haciendo a un lado los desperdicios, pudo darse cuenta de quién era: una niña, tal vez de siete u ocho años, harapienta y sucia. La piel se veía de un color extraño, amarillento, con la textura de una tela ajada y vieja. Parecía no haber comido durante días. Pero eso no era lo peor. Tenía moretones por todos lados y unas quemaduras de cigarrillo en el cuello y, según pudo notar al hacer a un lado su blusa negruzca, en el pecho.

Garol Pereira no podía creer lo que veía. Le costó varios segundos asimilarlo, digerirlo. Ese ser tan frágil y delicado, destruido y violentado de esa manera...

Una cosa es matar adultos y otra niños, se justificó.

Ella abrió los ojos. Eran grises, pero apagados. Levantó la mano, acercándola al rostro de Garol. Intentó decir algo, pero volvió a perder el conocimiento.

La tomó entre sus brazos. Se sentía como una pluma. Su respiración lenta y poco profunda era casi imperceptible. No se podía dar el lujo de llamar al 911 y esperar a los paramédicos.

Había un hospital a seis cuadras. La llevaría él mismo.

El Mago exhaló con fuerza. El blanco tardaba y no era su costumbre. Todos las mañanas, Juan Carlos Castell salía a trotar por las colinas de la ciudadela Los Jardines, con dos vecinos y compañeros de la oficina. Era un hombre muy celoso de la puntualidad, hasta el punto de ser obsesivo. Por eso le sorprendía la tardanza.

El Mago había fallado una vez frente al restaurante. No podía darse el lujo de hacerlo otra vez. Y aunque había actuado de manera precipitada, gritando a Raúl que no le importaba su reputación, la verdad era que él estaba en lo correcto. En aquel negocio, uno no podía hacer las cosas mal.

Se acomodó, una vez más, tras el rifle Swamson 7dG, apoyado en un trípode pequeño sobre una roca oculta por la maleza. Era lo más nuevo en su categoría. Liviano, efectivo y completamente desmontable. Podía llevarlo en el bolsillo de su chaqueta si era necesario.

Se encontraba semioculto en una colina desde donde podía observar con facilidad todo el camino asfaltado por donde Castell y sus amigos hacían su ejercicio matinal. Escuchó pasos y respiraciones agitadas, cada vez más cerca. Eran ellos, trotando de manera idéntica, semiocultos en la ligera neblina. Chequeó su reloj: las 05h40.

Apoyó la culata del rifle en su hombro. La cara cansada de Castell se proyectaba a través de la mira telescópica. Una vez más, el blanco era perfecto.

Y una vez más, sintió la presencia a sus espaldas.

Se dio la vuelta para enfrentar a la niña.

Ahora llevaba un vestido negro largo, como si fuera de otro siglo. Sus cabellos ensortijados se mecían con una leve brisa. Se la veía tranquila, bonita, el orgullo de cualquier padre.

—¿Quién eres? ¿Qué quieres? —preguntó El Mago.

—Tú sabes muy bien quién soy —dijo la niña, suavemente—. Tú me encontraste.

El Mago se sintió aliviado. Lo que había visto en la habitación del hotel era cierto.

—Isabeau... Pero yo te vi muerta...

—Para alguien como tú —la niña sonrió—, no es extraño ver muertos.

—¿Qué quieres?

—Impedirte que lo mates.

—¿A Castell? —preguntó El Mago, perplejo.

—Ajá.

—No entiendo.

—No hay nada que entender. Simplemente lo protejo.

—¿Por qué?

—¿Por qué lo quieres matar tú? —atajó ella.

—Me pagan.

—Exacto.

El Mago se sintió ridículo. No era posible que estuviera teniendo aquella conversación.

—¿Te pagan a ti? —preguntó con tono irónico.

La niña se lo quedó mirando con sus hermosos ojos grises. Volvió a sonreír, pero en esta ocasión, lo hizo sin humor.

—La primera vez te di un susto. Esta vez, sólo una advertencia. La próxima, morirás de verdad.

El Mago se sentía impotente. La recordó destrozada y moribunda en sus brazos, y se estremeció.

Isabeau despareció tan rápidamente como había llegado.

—¿La viste? —preguntó El Mago a la brisa.

—Sí —respondió Alexia, su madre, dentro de su cabeza.

*   *   *

Garol Pereira entró clamando por un médico, mientras la niña parecía derretirse en sus brazos.

Una enfermera negra y gorda, que atendía tras un mostrador, exclamó algo y salió corriendo en busca de ayuda. Las personas que esperaban para ser atendidas en la sala de urgencias del Saint Mary Hospital, lo miraron impacientes. Habían llegado antes. Pero la niña no podía esperar.

La enfermera llegó con un hindú vestido con ropas de médico. Al ver a la niña y a Garol, los dirigió hacia una de las camillas separadas por cortinas blancas. El doctor examinó a la niña y gritó órdenes a la enfermera gorda y a otros dos internos que se habían acercado.

Una segunda enfermera, que había aparecido de pronto, le pidió a Garol que se retirara, que esperara afuera.

—No. Tengo que saber qué es...

—Afuera, por favor —insistió, seria—. El médico sabe lo que hace.

Garol se dio por vencido. Después de todo, tenía razón. Decidió esperar, aunque sabía que lo mejor era largarse de allí. La policía ya debía estar en el restaurante.

—¿Usted es el padre?

Garol se dio cuenta de que le estaban hablando. Era la enfermera negra que había visto primero.

—¿Usted es el padre, señor? —repitió.

—No —dijo El Mago—. Sólo la encontré en un callejón.

La enfermera le dio una hoja sobre un soporte de cartón. Era un cuestionario.

—Necesito que llene estos datos y firme aquí abajo —señaló la mujer—. Alguien tiene que responsabilizarse por ella.

Garol firmó como Juan Sánchez, y llenó los espacios y contestó las preguntas. Por supuesto, todo era mentira. Sólo esperaba que no lo confirmasen tan pronto.

El doctor hindú apareció después de unos interminables minutos.

—¿Cómo está? —preguntó Garol.

—¿Es usted el padre? —dijo el doctor, con un marcado acento británico.

—No.

—Tiene hemorragia interna, la vamos a operar de inmediato —el doctor lo miró apesadumbrado—. Estamos llamando a la policía. Es abuso contra un menor.

Dejándolo con la palabra en la boca, Garol dio media vuelta y atravesó la salida de urgencias hacia la fría noche de Brooklyn.

La tercera es la vencida, pensó El Mago, agazapado en el campanario de la abandonada iglesia. Un fuerte temblor había puesto en peligro al edificio y a sus feligreses hacía dos años, y los sacerdotes se habían resignado a clausurar el templo.

Y allí estaba. Más viejo y destruido, sin ninguna orden definitiva de demolición, esperando que el municipio o la comunidad se apiadara de él y lo reconstruyera.

El campanario tenía una pequeña inclinación, al igual que el resto de la iglesia. Una inclinación que, con el pasar del tiempo, se volvía más peligrosa. El lugar no era confiable, pero era el único que poseía la vista adecuada. A unos doscientos metros se encontraba el club social donde Castell daría una conferencia esa tarde. El índice de inflación y sus repercusiones en el Mercosur, o alguna pendejada parecida.

El sicario estaba cansado. Había llegado cuatro horas atrás, y la espera y el frío le habían afectado. Observó la escena por la mira telescópica. Podía ver la ventana de una parte del club y, a través de ella, un pódium vacío en espera de Castell. Una veintena de asistentes llenaba las sillas de vinil, conversando de todo un poco mientras llegaba el conferencista.

Otra vez tarde, pensó El Mago. ¿Será obra de Isabeau?

—No, simplemente es un hombre ocupado —se escuchó la pequeña voz.

El Mago miró para todos lados, sin encontrarla.

—¿Dónde...?

—Aquí —dijo Isabeau, apareciéndose a menos de un centímetro del rostro de El Mago, quien no pudo evitar hacerse para atrás por el susto, y resbalar por las escaleras que daban al campanario.

Fue dando tumbos por tres y cuatro escalones, hasta que se detuvo y quedó sentado. Se llevó la mano al hombro izquierdo. Parecía dolerle cada centímetro de su cuerpo. Trató de sobreponerse, mientras la niña bajaba los peldaños lentamente hacia él.

—Te dije que no te acercaras a Castell —le recordó ella.

El Mago negó con la cabeza.

—Tú no eres Isabeau. Sólo finges serlo.

—Lamentaré mucho matarte, Garol. Después de todo, éramos amigos.

—Deja en paz a la niña, desgraciado —una tercera voz se hizo escuchar en la vieja capilla. Era Alexia Pereira, la madre de El Mago, que los veía desde lo que alguna vez fue el altar de la iglesia. Las paredes estaban cuarteadas al igual que el piso. Y ya no quedaba mucho de las estatuas que solían brindar consuelo a los parroquianos.

—¿Quién eres tú? —preguntó Isabeau.

Alexia alzó la mano, mostrando la palma. Uno por uno fue cerrando los dedos hasta que formaron un puño. De pronto giró la muñeca bruscamente hacia la izquierda.

La niña se agitó como si alguien la hubiera golpeado. Trastabilló y empezó a rodar escalones. El Mago alcanzó a atraparla y la llevó hasta donde estaba Alexia. Isabeau empezó a patalear, tratando de soltarse.

El Mago la colocó en el suelo.

—Ahora muéstrate como realmente eres —ordenó Alexia.

—No —exclamó Isabeau, desafiante, su rostro convertido en una máscara rabiosa.

Alexia alzó los brazos. Sus ojos blancos parecían brillar en la negrura del templo.

—En nombre de la casa celestial, te ordeno que lo hagas.

La niña se sacudió, obligando a El Mago a hacerse a un lado. Alexia Pereira mantuvo la mirada en la niña, mientras una luz azulada, como humo transparente emergía de su cuerpo.

Isabeau quedó en el piso, mientras la figura de un hombre de unos treinta años, de cabellos largos y plateados, con facciones demasiado delicadas y hermosas, se solidificaba junto a ella.

—¿Quién es? —preguntó El Mago.

—Azrael —indicó Alexia.

El Mago miró a su madre como si no entendiera.

—El ángel de la muerte —explicó ella.

El Mago se retiró unos pasos, temeroso.

Otro maldito ángel, pensó.

—¿Por qué habitas ese cuerpo, Azrael? —preguntó Alexia al hombre hermoso.

—No lo sé —dijo, aturdido, como si se despertara de un profundo sueño. Se masajeaba los párpados con la punta de los dedos, tratando de despabilarse.

—¿Cómo? —preguntó Alexia.

—He dicho que no lo sé —se exasperó—. Estaba haciendo lo que hago siempre, cuando me topé con esa niña. Me pareció extraño, porque sabía que estaba muerta. Yo mismo la visité hace muchos años, en un hospital de Brooklyn. Pero de pronto estaba allí parada, hablándome. De allí, no recuerdo nada.

—¿Cómo es posible que puedan someter al ángel de la muerte? —preguntó El Mago, molesto ante la debilidad de ese ser.

—Alguien que esté por encima de la muerte misma —dijo Alexia—. Que no le tema ni le afecte.

El Mago miró a su madre preocupado. No quería pensarlo siquiera.

—Un ángel caído —dijo Alexia.

—¿El diablo?

—O cualquiera de sus representantes.

El Mago no tuvo que preguntar más. Sabía que Walter Anaya, su padre, había regresado a su vida.

*   *   *

Nadie sabía quién era. Su descripción no coincidía con ninguna de las niñas reportadas como desaparecidas dentro de la ciudad. No se conocía el nombre de los padres, ni existía récord de ella en ninguna de las escuelas públicas. Era probable que nunca hubiera recibido educación alguna.

Llamó al hospital. Le dijeron que la niña estaba en estado crítico. Era muy difícil alimentarla intrave-nosamente; su cuerpo rechazaba cualquier medicamento. La enfermera negra con la que había hablado la noche anterior, le dijo que necesitaban que Garol fuera al hospital, pues había gastos que cubrir. Raúl Pini envió a uno de sus abogados por si acaso tenían algún policía esperando. El leguleyo era de los mejores, capaz de obtener siempre lo que quería, sin dar nada a cambio. Aseguró a las autoridades que la plata venía de un benefactor que prefería estar en el anonimato.

Al siguiente día, Raúl le trajo una noticia.

—Encontramos a alguien que nos dio la información que buscábamos.

Garol sólo lo miró con sus pálidos ojos.

—El *bartender* de un tugurio en la avenida treinta y cuatro de Jackson Heights —continuó Raúl—. Dijo que recuerda a la niña muy bien porque varias veces tuvo que sacar al padre a empujones. El pendejo pretendía entrar con la menor.

—¿Sabe su nombre?

—Lo convencimos para que fuera a la policía y diera su declaración. Allí realizaron un identikit del padre. Según un informante que tengo allí, los rasgos coinciden con un tal Raymond Morales. Lo están buscando para acusarlo de negligencia y abandono criminal a una menor.

—¿Qué hace el hijoeputa?

—Nada en particular. Algo por aquí y por allá. Un vago. Anda en moto con una pandilla.

—¿Lo arrestaron?

—Fueron a su apartamento, pero encontraron a una familia de griegos que apenas sabía hablar inglés. Preguntaron a los vecinos y muchos les cerraron la puerta en las narices por temor a involucrarse.

El Mago quedó pensativo. No podía sacarse de la cabeza la imagen suplicante de la niña.

—¿Tienes idea de qué pasó?

—Lo más probable es que vendiera la niña a algún degenerado que realiza material porno con menores. Se cansaron de ella y, como ya no les rendía, decidieron botarla a la basura.

Garol Pereira sintió un calor familiar arrastrándose por su columna vertebral hasta estacionarse en su nuca.

—¿Por qué hay gente como esa, Raúl?

Raúl Pini encendió un cigarrillo.

—Sólo puedo pensar en una razón —dijo en medio del humo—. Para que la matemos nosotros.

—¿Por qué tanto teatro? ¿Por qué molestar a una niña inocente? —preguntó El Mago, mientras cargaba el cuerpo sin vida de Isabeau.

—Porque así es tu padre, Garol —contestó Alexia, caminando junto a él—. Quiere verte sufrir. Que sepas que te está vigilando y que te buscará cuando esté listo.

El Mago acostó a la niña en el asiento posterior de su auto. Se acomodó tras el volante, mientras su madre se materializaba en el asiento contiguo.

—No sé qué viste en él —reclamó El Mago.

Alexia resopló.

—Ya hemos hablado del asunto varias veces. Por favor, dejémoslo allí.

—Viviste con él —El Mago alzó la voz–. ¿Acaso no te diste cuenta con quién te metías?

Arrancó el auto, incorporándose al tráfico nocturno. La noche estaba fría, un fuerte viento golpeaba las ventanas del vehículo.

—Era una joven inexperta y sola —explicó Alexia, irritada. Garol conocía muy bien aquella etapa de su vida, pero supuso que su hijo necesitaba una reafirmación—. No tenía a nadie, ni padres ni hermanos. Anaya supo engañarme. Me dio una vida de perros. Lo único bueno fuiste tú.

—Y ahora soy hijo de un demonio.

—Mientras confíes en la Orden, estarás seguro.

El Mago no dijo nada, pero no hacía falta. Alexia sabía que, a pesar de todo lo que había hecho por él, la Oficina para la Investigación Cristiana no gozaba de las simpatías de su hijo.

—El Señor trabaja de extrañas maneras. Ten fe.

—Madre —dijo El Mago, indignado—, Anaya acaba de demostrar que puede dominar al ángel de la muerte.

—No es el único. El Señor lo ha hecho muchas veces. Es su jefe máximo.

—¿Y qué tal si lo usa otra vez en mi contra o en la tuya?

—Anaya no quiere matarte y tú lo sabes. Sólo quiere que lo admires. Eres demasiado valioso para él. Y en lo que a mí se refiere, estoy muerta. Azrael no puede hacerme nada.

Alexia miró hacia atrás y vio a Isabeau recostada en el asiento. Parecía dormir, y sus facciones habían adquirido rasgos angelicales.

—Vamos, tenemos que devolverla a su cristiana sepultura.

Raymond Morales se despertó sin saber exactamente dónde estaba. Parpadeó varias veces, y se sostuvo la cabeza. Parecía estallarle. Miró a su alrededor. Estaba en el bar de Manny; ahora lo sabía. Sus compañeros de juerga debían estar tan borrachos como él, porque pudo verlos inconscientes sobre un par de mesas y en el piso. Cinco hombres y seis mujeres. Todos borrachos, drogados, o ambas cosas.

Restregó el dedo meñique sobre el resto de polvo blanco que quedaba sobre la mesa y lo lamió. Una delicia. Sintió que sus fuerzas volvían poco a poco. Sintió más energía. Y ganas de fornicar. ¿Dónde estaba Raquel?

Dio una mirada lenta al bar. Eran los únicos en el establecimiento aparte de Manuel, el dueño, que también había pertenecido a la pandilla antes de casarse y llenarse de hijos.

—Levántense, carajo —gritó, sin que nadie le hiciera caso.

De un minicomponente encima de la barra, se escuchaba
la música de los *Grateful Dead*, su grupo predilecto e indispensable ingrediente en las fiestas.

—Raquel, mierda, ¿dónde estás?

No hubo respuesta.

Se levantó de la mesa y caminó torpemente hasta uno de
sus amigos que yacía boca abajo sobre el sucio piso del bar.
Lo agarró por los hombros y le dio la vuelta.

Su compañero no tenía rostro.

Donde debían estar sus ojos, nariz y boca, había una
masa amorfa, producto del impacto de una o varias balas. De
ella brotaba un líquido viscoso oscuro, una mezcla de sangre,
tejidos y restos de cerebro.

Raymond Morales se levantó como una catapulta. Sintió
asco; se le venía todo. Vomitó.

Así estuvo unos momentos, sosteniéndose de una mesa,
mientras vaciaba lo que tenía dentro. Tosió un par de veces y
escupió. Se limpió los labios con la manga de su chompa.

—¡¿Raquel?! —llamó nuevamente, desesperado.

—No está, compadre.

Morales se dio vuelta hacia donde venía la voz. Entre
las penumbras, distinguió la silueta de un hombre sentado al
fondo del bar. No podía ver su rostro, pero, por alguna extraña
razón, podía apreciar claramente sus ojos. Eran completamente blancos.

Tragó saliva.

—¿Quién eres?

—¿Sabes dónde está tu hija? —preguntó el extraño.

—¿Qué? ¿Quién eres? —reiteró Morales.

—Por supuesto que no lo sabes, hijo de puta. No te
importa un carajo.

Morales trató de que las piernas no le temblaran. Si
aquel hombre había matado a todos sus compañeros, tenía
que andar con cuidado.

—No sé de qué hablas. Sin duda te equivo...

—Está muerta —la voz del extraño empezó a elevarse—. Isabeau está muerta.

—No sé de...

—La vendiste como si fuera un perro, una cosa. Se la diste a unos desgraciados que la explotaron hasta la muerte. Tenía sólo ocho años.

—Déjame en paz, yo...

—*¡Tenía ocho años!*

Raymond Morales alcanzó una botella de licor, tirada sobre una de las mesas. La cogió por el cuello, quebrándola contra la fórmica. Mostró amenazante los ángulos severos del vidrio roto.

—Pendejo, será mejor que te vayas, si sabes lo que te conviene.

El extraño no se inmutó. Terminó tranquilamente su vaso de whisky, manteniendo los ojos sobre Morales. Levantándose, avanzó hacia el pandillero.

Morales sudaba, manteniendo la botella rota delante de él. Pero su amenaza no convencía a nadie.

—No —dijo Garol Pereira—. Tienes que pagar —sacó una navaja del bolsillo y activó el resorte. La finísima hoja reflejó el brillo de los ojos del sicario—. Y yo soy quien cobra.

Juan Carlos Castell cenaba en el mismo restaurante libanés, al parecer uno de sus favoritos. Pero esta vez no estaba acompañado de hombres de negocios ni vecinos. Una mujer bastante atractiva, de vestido negro y elegante, en contraste con su pálida piel, estaba sentada a su lado. Reía de cada comentario inteligente o no que el hombre realizaba, siendo coqueta y distante al mismo tiempo.

El restaurante estaba lleno, pero a Castell le daba igual. En aquel momento sólo tenía ojos para la mujer de lasciva figura. Ella lo había abordado media hora antes en la entrada del establecimiento, diciéndole lo mucho que lo admiraba.

Resultó que había estado en su conferencia sobre el índice de inflación y sus repercusiones en el Mercosur, y quería hacerle unas preguntas.

Castell se quedó sorprendido de que una belleza como aquella se interesara tan abiertamente en él. Se sintió halagado y decidió invitarla a cenar. Total, era muchísimo mejor que hacerlo con sus guardaespaldas, a quienes solicitó que permanecieran afuera, en el automóvil. Después de que ellos insistieron en revisar el bolso de la mujer y no encontrar nada escondido, accedieron a los deseos de su jefe, aunque no esperaron en el carro sino que permanecieron de pie tras el ventanal del restaurante que dejaba apreciar la avenida sumamente transitada.

Mientras Castell continuaba charlando sobre sus conocimientos en materia económica, la hermosa mujer hacía lo posible para aparentar interés, aunque en realidad lo había perdido a los cinco minutos de sentarse a la mesa.

En cualquier momento ella le iba a pedir que abandonaran el restaurante, porque no soportaba tanta gente y quería escuchar mejor sus magníficas ideas. Castell aceptaría sin lugar a dudas, con la expectativa de una noche apasionada, pero, en el camino, un Ford Taurus interrumpiría el viaje. Su chofer eliminaría a los guardaespaldas en un dos por tres. Y a Castell, mucho más rápido.

Dios santo, pensó Alexia Pereira, ampliando su sonrisa y rozando su mano con la de Castell. Lo que una madre tiene que hacer por su hijo.

11. Azrael y El Mago

—¿Estás seguro de lo que me pides? —preguntó El Mago, mientras observaba el delicado rostro del ser. Sus ojos tenían un color azul cielo, pero eran tan vacíos como los del mismo sicario.

—Sí —respondió, tímidamente—, estoy seguro.

El Mago revivió el instante en que había abierto la puerta de su casa y lo había encontrado allí, pidiendo permiso para entrar, como si *él* lo necesitara. Ahora conversaban en la sala, como dos buenos amigos, mientras el retrato de Alexia Pereira, colgado de la pared principal, parecía observarlos con detenimiento.

—Pero... tú eres el ángel de la muerte —dijo El Mago—. Es tu deber matar a...

—Yo no mato a nadie —aclaró Azrael, sacudiendo la cabeza; mechones largos y dorados cubrieron su mejilla. Sus ojos parecieron vaciarse aun más—. Sólo recojo sus almas. Soy un simple recaudador.

El Mago alzó las manos, como pidiendo disculpas. Lo que menos necesitaba era poner al ángel de la muerte de mal humor.

—Oquei. Eres un recaudador. Pero lo que me pides no tiene sentido.

El ángel, vestido de un impecable traje negro, miró de un lado a otro, como esperando a que alguien lo sorprendiera en alguna travesura. Entrelazó los dedos larguísimos y pálidos, y miró por encima de ellos.

—Cuando ese monstruo que dice ser tu padre invadió mi cabeza, y me hizo habitar el cuerpo de la niña Isabeau, muchas cosas sucedieron —explicó Azrael—. Por primera vez me hice varias preguntas y tomé algunas decisiones.

El Mago observó el traje impecable de Azrael. La camisa blanca, la corbata de seda, los gemelos de oro. Más parecía un modelo de GQ que un ángel terminal.

—¿Qué clase de decisiones? —preguntó el sicario—. No me digas que piensas renunciar...

—Sabes que no puedo hacer eso. Mi única misión es la que me ha encomendado el Señor. Nunca lo cuestioné, nunca me molestó. Hasta ahora.

—Y quieres que salve a alguien.

—Sí.

—A alguien que supuestamente tú debes recoger en tres días.

—El jueves a las ocho y treinta y siete de la noche.

—¿Y esa persona es...?

—Juliana Gainza, una mujer que trabaja en un bar de mala muerte.

Azrael sonrió de sus propias palabras.

El Mago trató de acomodarse en su asiento. Si alguien le hubiera dicho meses atrás que estaría hablando en su casa con el ángel de la muerte y que éste le pediría un trabajo, de seguro se hubiera reído.

—¿Por qué ella?

—Por ninguna razón en especial —dijo Azrael—. Fue una elección al azar. Pudo haber sido cualquiera...

—¿Cuál es su problema?

—Lo sabrás cuando la conozcas.

El Mago miró el retrato de su madre. Alexia Pereira parecía sonreírle.

—¿No se enojará tu jefe contigo?

—¿San Gabriel?

—No. El de más arriba —El Mago señaló el tumbado—. Supuestamente Él lo sabe todo.

Azrael guardó silencio unos segundos y volvió a mirar de un lado a otro.

—Espero que me permita esta única desobediencia. Le he servido durante siglos.

—Él puede decidir que la mujer muera cualquier otro día.

—Sólo te pido que trates de ayudarla. Si no lo logras, tendré que de todas maneras recogerla a la hora y el día indicado.

—¿Pero no que todo está predestinado? ¿No crees que no importa lo que yo haga, ella va a morir?

Azrael bajó la cabeza y empezó a golpear levemente el sillón con los nudillos.

—No lo sé. Nunca he intervenido para detenerlo. Es sólo por esta vez.

—¿Una vida es suficiente para ti?

—Después de millones de muertes —Azrael lo miró con sus bellísimos ojos azules—, una vida es el paraíso.

Ocho años atrás, Garol Pereira entraba en el piso siete del Saint John Hospital. Llevaba puesto un traje de cirugía verde y encima un mandil blanco. Un estetoscopio al cuello completaba el disfraz.

El blanco se llamaba Günther Heinert, nieto de uno de los tantos oficiales de la SS de Hitler que había pedido refugio al gobierno norteamericano a cambio de una fortuna en oro, plata y obras de arte robadas a los judíos durante la Segunda Guerra Mundial. Los norteamericanos aceptaron y dieron una nueva identidad al abuelo de Günther, cuyo nombre verdadero era Hans Gudegast. El nazi se dedicó a vivir de la fortuna que había invertido en bienes raíces.

Pero la naturaleza del oficial hitleriano no pudo ocultarse. Buscó una inmigrante alemana para procrear al padre de Günther, a quien inculcó desde pequeño el odio a todo lo que estuviera en contra de la supremacía aria.

Y de abuelo a hijo, y de hijo a nieto.

Ahora Günther Heinert era uno de los dirigentes del Movimiento Protector de La Identidad Americana, AIPM, una célula neonazi en pleno Manhattan.

Su grupo había tenido un encuentro con una pandilla de portorriqueños en la Séptima Avenida y se habían blandido cuchillos y disparado pistolas, hasta que cuatro latinos cayeron muertos, al igual que dos "hermanos" de Günther. Él, en cambio, había recibido un balazo en un costado y ahora se encontraba en el hospital, bajo vigilancia policíaca.

Pero eso no era ningún impedimento para Garol Pereira, cuya reputación de salir ileso en situaciones difíciles lo había convertido en una especie de mito, de semidiós, entre los miembros del bajo mundo. Por supuesto, sólo su amigo Raúl Pini sabía su verdadero nombre. Todos los demás le habían asignado el apodo de El Mago.

Garol no prestó atención al policía que hacía guardia afuera del cuarto de Günther. Por su lado, el oficial sólo se fijó en el mandil y no hizo preguntas, pues estaba ocupado leyendo el *New York Post*.

Garol cerró la puerta tras de sí y vio a Günther echado sobre la cama hospitalaria. Un tubo plástico conectaba su mano a una botella de suero que colgaba a su izquierda. Otro tubo proporcionaba oxígeno directamente a sus fosas nasales. El *bip* de una pantalla donde se veía su ritmo cardíaco era el único sonido en la habitación.

Günther parecía un chico normal de veinticinco años. Era difícil imaginarlo como un asesino racista. Pero las apariencias engañan.

Garol se acercó a la cama y extrajo del bolsillo del mandil la hipodérmica vacía. Introdujo la aguja en el tubo del suero y apretó lentamente hasta que el aire entró en el torrente sanguíneo. Después de unos minutos, el muchacho estaría muerto "por causas naturales."

Guardó nuevamente la jeringuilla y salió despacio. Tampoco miró al guardia esta vez, pero por los ronquidos supuso que se había cansado de leer el periódico.

* * *

Juliana Gainza se desenvolvía en el ambiente esperado. Oscuro, sucio, pesado, rodeado de hombres borrachos y mujeres que se vendían por poco. Todo esto era el bar "Las Puertas del Cielo," situado en un barrio marginal, considerado como zona roja por cualquier cristiano.

—¿Estás loco o qué? —preguntó Juliana ante las declaraciones de El Mago. Llevaba un vestido rojo demasiado pequeño para sus carnes generosas que parecían querer salir en libertad.

—Sólo te he dicho que he venido a ayudarte...

Juliana no era una mujer hermosa. Tal vez algún día lo había sido, pero el trajín y la mala vida habían dejado marca en su rostro. La mirada era cansada y hasta un poco triste, como la de una recepcionista que ha pasado mucho tiempo sonriéndole a todo el mundo.

—Mira, si lo que quieres es meterme el cuento para que te lo haga gratis, estás drogado —su voz enojada fue inaudible en el bullicio.

El Mago intentó sonreír.

—No. Yo no quiero nada. Sólo he venido a ayudarte. Me dijeron que tenías problemas.

—¿Quién te lo dijo?

—Un amigo.

—Un amigo, un amigo —se burló la mujer—. Lárgate antes de que te mande a botar con uno de los negros.

El Mago miró a su alrededor. Apestaba a humo, sudor y podredumbre. Al fondo estaban dos de los negros a los que se refería Juliana. Eran grandes, macizos, producto de largas horas en el gimnasio. Sus cabezas rapadas y brillosas acentuaban su imagen amenazante.

—Escúchame —dijo El Mago—. Me importas un carajo. Pero, como dije antes, le estoy haciendo un favor a un amigo. Así que tranquilízate y mejor vamos a hablar.

—Págame si quieres que hable —Juliana extendió la mano.

El Mago sacó un billete de cien dólares.

—Esto es más de lo que ganas en un mes. Así que empieza.

—Bien —dijo ella, mientras se guardaba el billete en medio de los senos—. Pero vamos a un cuarto, si no el dueño va a pensar que no estoy trabajando.

El Mago la siguió hasta unos cuartuchos que más bien parecían closets grandes. Una cama vieja con sábanas amarillentas ocupaba casi todo el espacio.

La mujer se le acercó insinuante. Apretó su cuerpo contra el suyo y con una mano empezó a acariciarle la entrepierna. El Mago la detuvo con un fuerte empujón que la mandó a sentar sobre la cama.

Juliana lo miró con desdén. Cogió un cigarrillo de una caja que estaba en un banco junto a la cama. Lo encendió.

—Eres raro —dijo.

—Eso no importa —recalcó El Mago, molesto—. Quiero saber en qué problema te hallas.

—¿Seguro que no quieres culear? —preguntó ella, acomodándose sobre la cama, en una pose demasiado estudiada.

—Habla —exigió el sicario.

La mujer hizo un gesto de desgano y se sentó nuevamente. Trató de adivinar la mirada de El Mago, pero los lentes oscuros del asesino se lo impedían.

—Le debo dinero a alguien —declaró Juliana, al fin.

—¿A quién?

—Al Perugo.

El Mago esperó la explicación.

—Un tipo llamado Severino Perugachi —dijo ella.

—¿Cuánto?

—Cinco mil dólares.

—¿Por qué?

—Tengo un niño de cuatro años. El mes pasado se enfermó y tuve que llevarlo al hospital. Pero la plata no me alcanzaba, por más que tuviera más clientes. El dueño no quiso prestarme dinero, así que no me quedó más que acudir al chulquero.

—¿Cuánto le pediste?

—Dos mil.

—Y ahora te pide cinco.

—Sí. Dice que si no le pago me cortará las tetas y luego me matará. Eso, o tendré que aceptar ser su mujer. Y eso por nada del mundo. Culeo con hombres todo el día, pero eso es trabajo. No quiero vivir con alguien a quien no quiero. Y peor con esa bestia. Ya ha tenido más de cuatro mujeres y a todas les ha dado de golpes. Es un completo animal.

—¿Dónde puedo encontrarlo?

—¿A quién? ¿Al Perugo?

El Mago solamente se la quedó mirando.

—No lo hagas. Te matará —advirtió Juliana.

—Sólo dime dónde está.

Ella lo obedeció.

—Toma —dijo El Mago, lanzándole un fajo gordo de billetes—. Ándate a tu casa y cuida de tu hijo. Ya hablaremos después.

Juliana cogió el rollo. Eran puros billetes de cien.

—Pero... no entiendo.

—Yo tampoco —dijo El Mago, y se fue.

Al siguiente día la noticia estaba en primera plana del *Post*.

DIRIGENTE NEONAZI ASESINADO. CAMARADAS CULPAN A LA COMUNIDAD JUDÍA. SE ESPERAN REPRESALIAS.

Había una foto de un hombre rubio y feúcho con el *look* muy parecido del difunto Günther. Era su mano derecha, Malcolm Miers. Su discurso había sido elocuente. Harían pagar a los perros judíos todo el mal que habían traído a su gente y a su tierra, la blanca América. Los judíos y sus amigos negros, latinos y demás escoria pagarían caro la osadía de haber asesinado a su líder.

Tales palabras habían sido causa de trifulcas en las calles, peleas y sangre. Cuarenta arrestos y dos policías heridos. El alcalde estaba muy preocupado por la situación en su querida Gran Manzana.

—Parece que el remedio fue peor que la enfermedad. Se ha armado una guerra —dijo Raúl Pini, semioculto en la penumbra que habitaba en el estacionamiento subterráneo.

—La guerra siempre ha estado allí —dijo Eli Stieffel, dirigente de "Los hijos de David," una sociedad secreta que se dedicaba a combatir a los nazis de cualquier generación. Al contrario de organizaciones similares, ellos no vacilaban en utilizar medidas extremas para proteger el judaísmo y su permanencia sobre la Tierra.

—Hemos sido un pueblo perseguido durante siglos. Es nuestro destino. Pero no estamos indefensos.

Se escuchó un auto acercarse, los faros trazando raspones de luz en la negritud. Ambos hombres se ocultaron aun más.

Stieffel entregó el maletín a Raúl.

—Aquí está el resto, como lo acordamos.

—¿Qué harán ahora? Los de la AIPM los buscarán para matarlos.

—Tiene razón. Por eso quisiéramos contratar sus servicios nuevamente, señor Pini.

—¿Quieren finiquitar a Malcolm Miers y su pandilla?

—De ser posible, sí. Pero no es lo más importante.

—¿Entonces?

Stieffel lo miró seriamente.

—Tenemos a un infiltrado en su grupo. Queremos rescatarlo antes de que se interne demasiado en sus ideas. Pero no podemos hacer nada nosotros mismos. La policía nos vigila muy de cerca.

—¿Temen que se pase al otro lado?

—Quién sabe. No sabemos mucho de *ella* desde hace algún tiempo. Simplemente dejó de comunicarse.

—¿Cuál es su nombre?

—Killy. Su nombre es Killy —dijo Stieffel, apesadumbrado—. Y es la amante de Malcolm Miers.

* * *

—Ten cuidado, hijo.

La belleza de Alexia Pereira se empañaba con un velo de tristeza. Aunque vestía un conjunto escarlata con sombrero de ala ancha, no podía ocultar su estado de ánimo. Aun así, El Mago no cesaba de admirar sus ademanes finos, sus toques de exagerada educación.

—¿De qué te preocupas? —preguntó el sicario.

—Azrael no debió pedirte eso.

—Pues lo hizo y acepté. ¿Me denunciarás?

Alexia se cruzó de brazos. El Mago se dio cuenta de que no le había gustado la pregunta.

—No es necesario. Nuestro Señor ya lo sabe. Él lo sabe todo, incluso antes de que suceda.

—¿Entonces?

—Entonces, nada. Haz lo que tengas que hacer. Pero, te repito, ten cuidado. Es el Señor al que estás desafiando.

—No lo estoy desafiando, madre. Azrael lo hace. ¿Qué te hace pensar que Dios siempre está en lo correcto? ¿Acaso no puede equivocarse?

—Cualquier duda va en contra de mi fe. Esas preguntas no tienen sentido para mí. Si Él permite que esto suceda, por algo será.

El Mago se acercó a su madre, quien mantenía la mirada en el piso.

—¿Me ayudarás como siempre?

La mujer alzó los ojos cubiertos de lágrimas.

—No —movió la cabeza de un lado al otro—. Mi amor por ti es sagrado. Pero mi amor por Él es mucho más.

—Entiendo.

Ella cogió una de sus manos entre las suyas.

—¿De verdad? ¿De verdad lo entiendes?

El Mago le dio un beso en la frente, experimentando cierto confort en el gesto.

—Sí, mamá. No te preocupes.

Alexia abrió su bolso.

—Toma. Puede que te sean útiles.

El Mago cogió de manos de ella unos proyectiles largos y plateados. Parecían piedras preciosas en vez de balas.

—¿Qué tienen de especial?

—Llévalas contigo siempre —sentenció Alexia.

Tyrone Whitfield era un muchacho de diecinueve años que trabajaba en una heladería de *Baskin Robbins* de Broadway y la Setenta y Dos, y por las noches estudiaba Administración de Empresas en el New York Tech.

Pero esa noche no era buena para Tyrone. No importaba que fuera un ejemplo para la comunidad. No importaba que no estuviera metido en drogas ni en pandillas, como muchos de los muchachos de su edad. Su único problema era ser negro.

Y eso era suficiente para convertirse en presa para los hermanos del Movimiento Protector de La Identidad Americana. Los miembros de la AIPM acostumbraban a salir por las noches a practicar lo que ellos denominaban "deporte."

Y ésta iba a ser una noche muy deportiva.

Tyrone había salido tarde de clases. Había dado un examen de Matemáticas Financieras y le tomó más de lo imaginado. Afortunadamente el profesor les dio tiempo extra para terminarlo. Pero eso significaba que iba a tener problemas para coger un tren hacia su casa en Flushing.

A partir de las once de la noche los trenes se hacían cada vez más escasos y, peor aun, casi no existían los "Express." Tendría que tomar un "Local" que le llevaría por los menos una hora en dejarlo cerca de su casa.

Tyrone miró su reloj. Las once y cuarenta.

Maldita sea. Era muy tarde ya. Y tenía mucho que estudiar para el examen de mañana. No sabía cómo iba a hacerlo, pero tenía que pedir permiso al supervisor de la heladería para que le dejara faltar por lo menos una jornada, así podría estudiar tranquilamente sin preocupaciones. Decidió que haría la solicitud a primera hora en la mañana. Tal vez su jefe accedería, pues Tyrone era un trabajador muy entusiasta y había sido nombrado empleado del mes por tres meses consecutivos.

Mientras soñaba despierto, esperando el tren "N," se dio cuenta de que no había muchas personas en la estación del subway. Incluso la cabina del vendedor de *tokens* estaba vacía. Menos mal él siempre cargaba varios en su bolsillo. Su madre le había enseñado desde pequeño a ser previsor.

Observó a un grupo de muchachos, un poco mayores que él, vestidos de negro, con chaquetas de cuero, camisetas blancas y cráneos afeitados. Había dos mujeres con ellos. Una un tanto regordeta, con el cabello rojo y mechones amarillos y la otra rubia, bonita, de ojos claros.

Tyrone desvió la vista. Sabía muy bien que a ciertas mujeres blancas no les gustaba que un negro las mirara por mucho tiempo. Aunque ya estaban en los noventa, las cosas no cambiaban.

Tyrone acomodó sus pequeños anteojos y se inclinó ligeramente sobre el andén. Ni siquiera se veía el reflejo de un tren lejano.

Los muchachos blancos se acercaron lentamente. Se reían entre sí, aunque Tyrone no pudo darse cuenta de qué exactamente. No le gustaba que lo estuvieran estudiando de aquella manera. Cómo le hubiera gustado tener a un policía cerca.

—Vaya, ¿qué tenemos aquí? —preguntó uno de los muchachos a risotadas.

—Nunca había visto a un mono vestido, Xero —dijo un segundo.

—¡Y con libros! —se admiró la regordeta.

—No me digas que sabes leer —intervino Xero, dirigiéndose a Tyrone—. ¿Eres un mono inteligente acaso?

Tyrone intentó alejarse. Sabía muy bien que no tenía que presentar pelea. Estaba en desventaja.

Uno de los blancos lo agarró de la chompa y lo empujó.

—Mono desgraciado —dijo el otro muchacho a quien llamaban Neo—, ¿quién te ha dicho que puedes aprender, eh?

—Eres un simio y nada más que eso —exclamó la regordeta.

—Por favor... —rogó Tyrone, mientras era empujado de uno en uno. Los blancos formaron un círculo a su alrededor. Parecían demasiados, aunque en realidad sólo eran siete.

—Los monos no hablan, sólo hacen ruido de monos —dijo la rubia bonita.

—A ver, haz como un mono —ordenó uno de los rapados—, vamos, hazlo. Haz como lo que eres.

Tyrone no pudo hacer más que encogerse y tratar de esquivar los golpes que se venían. Rogó a Dios todopoderoso que lo acogiera en su seno y que no sufriera tanto.

—¿Por qué no se van a jugar a otro lado?

La voz profunda sorprendió a todos, incluso a Tyrone. Como sincronizados, se volvieron hacia ella.

El extraño vestía un sobretodo negro que le llegaba a los tobillos. Sus ojos se mantenían cubiertos por unas elegantes gafas. De pie, en medio del terraplén, tenía un aire sobrenatural que apretujó el aliento de los neonazis.

Garol Pereira notó la presencia de la rubia bonita.

Killy Hammond.

También se dio cuenta de que el chico negro se arrastraba hacia las escaleras que lo llevarían al exterior.

Tienes suerte, pensó Garol.

Sin necesidad de ninguna señal, el muchacho llamado Xero sacó una daga y se abalanzó contra Garol, quien ya lo esperaba.

Lo agarró del brazo, girando sobre sí mismo y se lo retorció lo que más pudo. El grito de Xero se interrumpió de inmediato por la bota del sicario.

Todo sucedió tan rápido, que sus compañeros se quedaron boquiabiertos plantados en un mismo lugar. De pronto, parecieron descongelarse, salir de su trance, gritando una serie de obscenidades, mientras trataban de rodear a Garol Pereira.

Tres de los hombres llevaban cuchillos y uno un bate de béisbol. Las mujeres permanecieron en el fondo, esperando a que la víctima cayera.

Pero se iban a llevar una sorpresa.

Garol estiró el brazo derecho y sintió que su daga se deslizaba y acomodaba en la mano. El resorte oculto en su antebrazo funcionaba de maravilla.

El primero en caer fue el del bate. De nada le sirvió el armatoste, cuando el sicario le cortó el cuello de un solo tajo.

Neo trató de clavarle su cuchillo en la espalda, pero Garol fue más rápido y esquivó su estocada, agachándose para insertar su puñal en el estómago del muchacho.

El último fue el más torpe. Acostumbrado a luchar contra seres débiles e indefensos, no sabía nada del arte de la guerra que El Mago dominaba.

Garol le quebró ambos brazos y lo dejó inconsciente de un cabezazo.

La dos mujeres trataron de huir, pero él fue más rápido. Un codazo en la cara de la regordeta fue suficiente para ponerla fuera de combate y encarar a solas a quien le interesaba de verdad: Killy Hammond.

—Aléjate de mí —dijo la chica amenazando con un cuchillo—. No sé qué cosa eres, pero déjame en paz.

—Killy —dijo Garol.

Lo miró asombrada.

—¿Cómo sabes mi nombre?

—Tienes que venir conmigo, Killy.

—¿Estás tú loco? Yo no voy contigo a ninguna parte. Y será mejor que me dejes ir. Mi novio te buscará hasta matarte.

—"Los Hijos de David" me contrataron para llevarte a ellos.

—¿Los Hijos de...? —Killy sacudió la cabeza como si despertara de un profundo sueño—. No es posible, ahora no puedo abandonar a Malcolm.

—Sólo estás confundida. Una vez que lo pienses bien, cambiarás de opinión.

—No. Déjame en paz. A un lado.

El puñetazo de Garol Pereira no se hizo esperar.

*   *   *

Severino Perugachi eructó.

Había comido demasiado. La cazuela había estado buenísima. Nadie cocinaba como Doña Conchita, la dueña del restaurante de donde le traían el almuerzo todos los días.

Miró el plato vacío delante de él. Y los envases de la vianda donde todavía quedaban restos de comida.

Eructó nuevamente.

Un poco más no le vendría mal.

De todas maneras, por más que comiera, no engordaba. Todo alimento que ingería era absorbido por su cuerpo de forma casi instantánea, como si fuera un vaso de agua.

Pensar en agua le produjo sed.

Sed.

Nada era suficiente para saciarla. No. Tenía que recurrir a su maldición. A su bendición. A lo que odiaba y a lo que amaba al mismo tiempo. Porque lo hacía superior a los demás, pero al mismo tiempo lo obligaba a vivir de ellos, como un vulgar parásito.

Se levantó de la mesa y se limpió los labios con una servilleta de papel. En ese momento, alguien tocó la puerta de su oficina.

—Entra.

Un hombre flaco, de nariz rota y ojos rasgados apareció por el hueco de la puerta.

—Perugo...

—Te he dicho mil veces que no me molestes cuando estoy comiendo, ¡carajo! —reclamó Perugachi.

—Disculpa, Perugo, pero es importante.

—¿Qué pasa?

—Hay un hombre que dice que viene a pagar la deuda de Juliana Gainza.

Perugachi lo miró asombrado.

—¿La puta? ¿Quién es el cabrón?

El flaco se encogió de hombros.

—No lo sé. Nunca lo he visto.

Perugachi maldijo para sí. Sentía hambre otra vez. Quizás el extraño...

—Está bien. Que pase. Pero revísalo bien.

Segundos después la puerta se abrió nuevamente y el flaco vino acompañado de un hombre bajo, de gafas. Llevaba un saco de lino y jeans descoloridos. Traía, además, un sobre que colocó sobre el escritorio, sin pedir permiso.

—Aquí tengo los cinco mil que te debe Juliana Gainza.

Atrevido el hombre. Pocos osaban tutearlo de buenas a primeras. Sí, este hombre podría servir, pensó Perugachi.

—Creo que estás en un error —sonrió, sin moverse de su asiento— Son ocho.

—No es lo que ella me dijo.

Perugachi sonrió. Le gustaba jugar, y siempre ganaba.

—Si la puta de la Gainza tiene un amigo que paga sus deudas —dijo acercándose al escritorio, con un destello desafiante en los ojos—, sin duda podrá pagar mucho más que cinco mil dólares.

El extraño no reaccionó como Perugachi esperaba. Ni siquiera se inmutó. Parecía demasiado confiado. No demostraba temor y sus movimientos eran cuidadosos. Abrió el sobre lentamente y lo situó para que Perugachi pudiera ver los billetes. Desde atrás del extraño, el flaco se mostraba curioso.

—Bueno, aquí están cinco —dijo El Mago—, y te traeré mañana los otros tres, ¿oquei?

Perugachi observó el dinero. Pero no era eso realmente lo que le interesaba. La sed se hacía cada vez mayor y no podía permitir que nadie lo viera así de intranquilo. Respiró profundo, tratando de no demostrar nada. Sonrió de nuevo.

—Pensándolo mejor —dijo—, creo que no voy a tomar el dinero, sino a la puta. Después de todo, me gusta la condenada. Tiene buen culo, ¿verdad?

—Mira, Perugo —El Mago hizo como que iba a levantarse de su asiento.

El flaco puso la mano en el hombro de El Mago, tratando de inmovilizarlo. Pero el sicario se levantó al mismo tiempo que jalaba del brazo del hombre. Clavó su codo en la nariz del tipo y éste cayó desmayado.

El Mago habló calmadamente, como si la inte-rrupción no hubiera tenido importancia:

—Mira, Perugo —repitió—. Te estoy ofreciendo este billete para que dejes a la mujer en paz. Si no lo aceptas, tendrás problemas.

—¿Ah, sí? —el tono irónico marcó las palabras de Perugachi. Pero eso no era todo. El Mago se dio cuenta de que algo había cambiado en el matón. Un aura distinta lo rodeaba; podía sentirla.

Perugachi se movió rápido.

Saltó sobre el escritorio, como un animal. La mano abierta del chulquero chocó contra el tórax de El Mago quien salió despedido hacia atrás. Cayó con fuerza sobre el piso de la oficina, las gafas saltaron de su sitio, mostrando los ojos incoloros de El Mago.

Pero eso no era todo.

Severino Perugachi se había transformado.

Su rostro había adquirido un aspecto rapaz, sus ojos, los de un lobo. Y cuando mostró sus dientes, El Mago sintió escalofríos: los colmillos superiores habían crecido y terminaban en punta.

—Penosa criatura —dijo el monstruo—. ¿No sabes con quién te has metido? Durante siglos he destrozado la carne de cucarachas como tú.

—¿Qué mierda eres? —preguntó El Mago, incorporándose. Sus ojos empezaron a encenderse al mismo ritmo que los de su contrincante.

—Alguien que va a matarte.

Killy Hammond se despertó lentamente. Sacudió la cabeza para orientarse mejor. Trató de moverse, pero algo la detenía. Miró hacia abajo y se dio cuenta de que sus brazos estaban atados a los de una silla metálica donde permanecía sentada.

—¿Dónde estoy? —preguntó en voz alta.

—Tranquila, Killy, estás entre amigos —escuchó una voz.

La figura se acercó a la luz cenital y pudo distinguirlo mejor.

—Tú —dijo ella, al reconocer a Eli Stieffel—. ¿Por qué me has traído aquí?

—Ya es hora de volver a la madre patria —dijo él, con voz calmada, sombras espectrales recorriendo sus facciones, provocadas por el único foco de la pequeña habitación.

—¡Yo no quiero volver a Israel! —Killy se agitó, tratando de librarse de sus ataduras.

El hombre se acercó aún más. Le puso la mano en el hombro y la miró con cierta ternura.

—Has pasado demasiado tiempo con el enemigo. Ya no sabes distinguir entre el bien y el mal.

—Suéltame —forcejeó Killy, sus ojos llenos de furia—. ¡Quiero volver con Malcolm!

Stieffel le dio la espalda y parte de su cuerpo se perdió lentamente en la oscuridad. Se escuchó el roce de vidrio sobre un plato metálico. Killy sabía muy bien lo que se venía.

—Miers es el demonio y estamos aquí para combatirlo —oyó decir a Stieffel, su espalda aún vuelta hacia Killy—. Necesito conocer sus planes.

—No te diré nada, cabrón —protestó la chica, mientras gruesas lágrimas surcaban sus mejillas.

Stieffel entró nuevamente en la luz. En su mano derecha llevaba una jeringuilla con una aguja que a Killy le pareció más larga de lo normal.

—Sí lo harás —dijo Stieffel—, seguro que lo harás.

El Mago no comprendía lo que estaba pasando. Había venido a pagar una deuda y ahora se enfrentaba a... ¿a qué?

Antes de que el monstruo lograra alcanzarlo, corrió hacia la salida, esquivando por milímetros al flaco empleado de Perugachi, que en ese momento se incorporaba. Cuando éste se dio cuenta de lo que sucedía, abrió los ojos de sorpresa.

—¿Perugo? —preguntó estupefacto.

Perugachi lo empujó violentamente, haciéndolo volar varios metros hasta chocar contra una de las paredes de la oficina. El Mago aprovechó el tiempo para atravesar la pequeña antesala que daba a la puerta exterior del edificio, en medio de los gritos de un par de empleadas que se fijaron en el ser que lo perseguía.

En un instante, El Mago corría hacia un callejón.

La noche estaba sin luna y le fue fácil perderse entre las sombras.

El monstruo lo había cogido de sorpresa.

Recordó las balas que le había dado su madre horas antes y maldijo una vez más. ¿Por qué no le decía las cosas de frente? ¿Por qué todo era metáforas y adivinanzas con ella y la gente de la Orden?

Lo peor de todo era que no llevaba armas. El flaco lo había revisado y le había quitado su Smith & Wesson. ¿De qué le servían las balas sin un arma?

Balas de plata.

¿No era con eso con que se mataba a los hombres-lobo en las películas?

Pero el monstruo que lo perseguía no era un hombre-lobo. Era una mezcla extraña de diferentes animales. Todos feos. Todos malignos.

Escuchó pasos acelerados. Era él.

El gruñido de la bestia hizo eco en el callejón. El Mago trató de concentrarse, tratando de no escuchar nada, de sentir el fuego que generalmente subía por su espalda hasta colocarse en su nuca.

Necesitaba de sus poderes. Durante mucho tiempo había negado su existencia y simplemente se había atribuido una buena suerte.

Pero sabía que era mucho más que eso.

Él era producto de la unión de un ser maligno y una bruja blanca. Era ambos y ninguno a la vez. Un híbrido.

—Hey, muchachito —escuchó el bramido del Perugo—, ¿dónde estás?

El Mago cerró los ojos, esperando el fuego interior.

Pero no llegaba.

Algo estaba bloqueando su mente.

Sintió otra presencia. Peor que la del monstruo en que se había transformado el chulquero.

Miró hacia todas partes.

No era posible.

Walter Anaya, su padre, lo miraba, sonriente, desde una esquina.

Vestía completamente de blanco y su traje era una mancha refulgente en medio de la nada. Pero aquella blancura no podía ocultar la maldad reflejada en sus ojos.

Maldad endiabladamente pura.

—¿Cómo? —preguntó Garol Pereira.

—Lo que te dije. Está muerta.

—Te escuché bien la primera vez. Quiero saber qué fue lo que pasó.

—No es asunto nuestro, Garol —dijo Raúl Pini.

—¿Qué pasó?

—Sobredosis. Parece que la chica le daba a la heroína.

—¿Y te vas a tragar ese cuento? —Garol se enojó—. Estaba limpia cuando la entregué a los israelitas. Y si así fue, ¿de dónde obtuvo la droga?

Raúl se encogió de hombros. Para él el asunto de la chica ya estaba terminado.

—Déjalo pasar y concentrémonos en Malcolm Miers.

—No puedo dejarlo pasar. La chica era uno de sus propios agentes, por Dios.

—Ella sabía en lo que se metía. No era ninguna inocente. ¿Y desde cuándo acá te importan tanto las personas?

Garol no respondió.

Raúl no comprendería. A él sólo le interesaba el dinero.

—¿Podemos seguir con lo de Miers? —preguntó Raúl.

El sicario apretó los dientes.

—¿Qué tienes sobre él?

—Stieffel me contó la confesión de Killy. Miers planea asesinar a Jeremiah Washington.

—¿El dirigente negro?

—Sí, el nuevo Martin Luther King.

—¿Pero qué ganará con eso?

—Según la chica, Miers piensa hacerlo pasar como obra de los judíos.

Garol no podía dejar de pensar en Killy Hammond. Las cosas no iban a quedarse así. Tenía que haber un equilibrio. Y él lo impondría.

—No es tan fácil —comentó—. La comunidad judía no tiene nada en contra de Washington.

—Pretende generar violencia entre ambos grupos, un caos social que puede ser mortal para este país. Se puede convertir en una bola de nieve. El grupo de Washington es numeroso y, cuando es necesario, violento.

—Y yo debo detenerlo.

—Stieffel ha doblado nuestra tarifa. Pero si tú no aceptas, no se hace.

Garol se imaginó a Killy siendo torturada por sus propios compañeros.

—Claro que acepto. Alguien tiene que pagar por la muerte de esa chica.

—Te ves bien, Garol. ¿O prefieres que te llame El Mago? Muchos lo hacen.

—Preferiría no verte, Anaya.

—¿Es esa la forma de dirigirte a tu padre?

—¿Qué quieres, mierda? —espetó El Mago.

—Lo que siempre he querido —Walter Anaya sonrió, sus ojos intensos enfocados en los de su hijo—. Tú me conoces bien. Dentro de un mes será tu cumpleaños. Las estrellas estarán en el lugar apropiado. La energía de la luna se dejará ver más que nunca. Es la noche del Shirtequ, la noche de la oscuridad. La noche en que vendré por ti, hijo mío.

El Mago miró hacia Perugachi. El monstruo permanecía quieto, dócil, como un animal doméstico. A su padre parecía no perturbarle su presencia.

—¿Amigo tuyo? —dijo, señalando a la bestia.

—Sólo un adversario de tu categoría —respondió Anaya, abriendo las manos—. Te he observado y sé que matas a quien sea por dinero, pero todos son inferiores, ni tienen chance ante ti. En cambio, éste... éste es un Quatrixch, una mezcla de muchos animales y humanos, creados por mi señor hace siglos.

—Nunca había escuchado de ellos.

—Están casi extintos. Tu Orden de la Cruz Eterna ha acabado con la mayoría.

—No es mi Orden.

—Como sea. Recibe esto como un regalo de tu padre, alguien que no menosprecia tus habilidades.

Anaya dejó escapar una sonrisa cínica, casi obscena, que habría puesto nervioso a cualquiera.

—Si no quieres que muera —preguntó El Mago—, ¿para qué todo esto entonces?

—Porque es divertido —aseguró su padre—, ¿no lo crees?

Anaya desapareció en el instante que Perugachi recuperaba la noción del tiempo.

Malcolm Miers tenía todo planeado. Cuando el negro Washington muriera, la policía tendría todas las pruebas necesarias para culpar a "Los Hijos de David."

Malditos judíos. Cada vez eran más. Se reproducían como cucarachas. Con su religión y costumbres extrañas. Con su aire de superioridad y su dinero.

Y los negros. Esos eran los peores, junto con los puercos latinos.

Pero Dios estaba con él y su Movimiento Protector de La

Identidad Americana. Eso les aseguraba la victoria.

Sus hombres estaban listos. Los mejores. Con armas de alto poder, conseguidas en el mercado negro. Armas israelitas, para despistar a la policía.

En medio de la pequeña oficina en el campo del AIPM, Miers caminaba pensativo. Afuera se escuchaban las detonaciones y los gritos de sus seguidores, entrenando fuertemente para la fecha escogida.

—¿Qué sabes de Killy? —preguntó a su mano derecha, Robert Towsend, un pelirrojo que había luchado en la Guerra del Golfo. De más de uno noventa y doscientos ochenta libras, parecía un moderno Goliath, decidido y muy seguro de la fuerza que emanaba.

—Lo siento, Malcolm —dijo Towsend—. Nadie la ha visto ni ha escuchado nada.

Miers maldijo para sus adentros.

—La muy pendeja. Los judíos deben tenerla.

—No lo sé. Los chicos dijeron que el tipo que los atacó parecía latino. Deberíamos posponer el ataque hasta saber qué es lo que está pasando.

Miers se volvió hacia su subalterno. Tuvo que alzar la mirada para conectarse directamente con el pelirrojo.

—¿Estás loco? ¡Hemos esperado por este momento!

—Podemos caer en una trampa, Malcolm.

—Si es una trampa, mataremos a muchos negros y judíos antes de caer.

Towsend había acompañado a Miers desde el comienzo, cuando eran un par de estudiantes de secundaria y se dedicaban, junto con sus respectivos padres, a "cazar" negros los fines de semana. Estaba acostumbrado a decirle a su amigo y líder lo que pensaba, sin restricciones.

—No creo que para eso hayamos llegado tan lejos —aclaró Towsend—. Tenemos que hacer las cosas bien. Por el movimiento. Por América.

—¡Washington debe morir lo antes posible!

—El negro morirá —aseguró el gigante—. Pero cuando estemos seguros de que vamos a vencer.

—No —enfatizó Miers, sus ojos llenos de odio—. No podemos posponer los planes. El jueves es la reunión de Washington y el diplomático sudafricano. Es la fecha ideal.

—Malcolm...

—¡No quiero escuchar más estupideces! Mañana el negro muere. Y tú encárgate de averiguar quién es ese latino de la estación del tren. Pon la voz en las calles. Pon una recompensa. Haz lo que sea necesario, ¡pero hazlo ya!

Sin añadir ningún comentario, Towsend lo dejó solo en el despacho y se dispuso a cumplir las órdenes de su líder.

Perugachi arrancó de nuevo.

El Mago lo esquivó por poco, y la bestia se estrelló contra unas fundas de basura. Gruñó y se sacudió los desperdicios que llovían sobre él.

El Mago cogió impulso y se elevó en el aire con los pies por delante. Sus botas encontraron la trompa del monstruo, golpeándolo con fuerza. Perugachi perdió el equilibrio nuevamente, pero no salió lastimado.

Maldita sea, pensó El Mago. Necesito mi arma.

Se incorporó de inmediato. No podía perder tiempo. Anaya le había asegurado que no moriría. A él no le interesaba su muerte. Todo lo contrario, lo quería junto a él, para regir el mundo como padre e hijo.

—Insecto de mierda —exclamó Perugachi en una voz extraña, grave—. ¡Te haré pedazos y beberé tu sangre!

El Mago trató de alejarse, pero el monstruo lo agarró del tobillo, haciéndolo caer. Hizo lo posible por soltarse, pero el animal lo tenía muy fuerte, como una ventosa.

Un momento.

El flaco asistente de Perugachi no lo había despojado de todas sus armas.

El Mago activó el resorte de su antebrazo y la daga se deslizó hasta su mano derecha. Inmediatamente clavó el cuchillo en la garra que lo sostenía.

Perugachi gritó, pero sin soltarlo. Así que El Mago destrozó esa garra una y otra vez, hasta convertirla en una mancha sanguinolenta.

Por fin sintió que había liberado su pierna. Se levantó de golpe, el tobillo latiéndole desesperadamente. Corrió sin pensar en la dirección. Tenía que poner distancia entre los dos.

Escuchó los aullidos de Perugachi. Miró hacia atrás un par de segundos y percibió la furia en los ojos de la bestia al reanudar la persecución.

Mientras corría, El Mago se dio cuenta de que estaba llegando al Parque Forestal. Decidió atravesarlo, ya que necesitaba distraer al monstruo de alguna forma, y Perugachi no pasaría inadvertido entre las personas que permanecían en el parque.

Y no estuvo equivocado. Algunos lo vieron correr y se rieron, pensando que era alguna especie de truco, pero sus expresiones cambiaron de inmediato al ver a la figura medio humana y animal, ensangrentada y llena de rabia, que lo seguía. La gente empezó a gritar y a correr en todas las direcciones.

Entonces El Mago lo vio.

Un carro de la Comisión de Tránsito.

Un vigilante de pie junto a la puerta del pasajero, conversando con una chica joven de pantalones apretados y risa nerviosa. Un segundo uniformado permanecía ante el volante, leyendo un periódico.

Perfecto.

Mientras El Mago se acercaba corriendo, vio que el uniformado que estaba con la chica lo miraba extrañado, sin comprender aún lo que sucedía.

El Mago aprovechó el instante y se echó sobre él, propinándole un codazo en la cara. La chica gritó. El segundo uniformado se asustó y salió de la patrulla con el fin de ayudar a su compañero, cuando se dio cuenta de que un animal grande y feo, con unas fauces enormes, avanzaba hacia ellos.

No sabiendo exactamente qué hacer, el miedo pudo más

y empezó a disparar hacia Perugachi.

Mientras, El Mago le quitaba el arma al vigilante inconsciente. La chica seguía gritando histérica, sus chillidos a punto de hacerle explotar los tímpanos. El Mago extrajo el revólver y dejó caer las balas sobre la calzada.

Los rugidos de Perugachi se hicieron cada vez más fuertes, mientras las balas del segundo vigilante le impactaban en el tórax. Pero aun así, El Mago sabía que no se detendría.

El monstruoso chulquero, enfurecido con el insecto que le infligía daño, saltó sobre el vigilante y de un zarpazo le cortó la cabeza, que cayó dando tumbos por la vereda. El cuerpo, salpicando sangre en todas las direcciones, aún movía las manos y dio un par de pasos, pues ignoraba que ya estaba muerto, hasta que cayó de rodillas y luego se desplomó como un juguete al que se le habían acabado las pilas.

La chica gritó más fuerte. Parecía imposible que alguien pudiera hacer sonidos tan agudos e irritantes.

La bestia se volvió hacia El Mago, su cuerpo y trompa bañados de la sangre del vigilante descabezado.

Se dio cuenta de que el hombre le apuntaba con un arma.

¿Acaso no se daba cuenta de que no le serviría de nada?

Nada podía detenerlo.

El Mago disparó.

Perugachi sintió que un rayo lo atravesaba. Después otro, y otro más. ¿Cómo era posible? Gruñó, intentó avanzar hacia el hombre, pero las piernas no le respondían.

El Mago disparó nuevamente, apuntando a la cabeza.

La bestia lo miró nuevamente con ojos de desesperanza. No comprendía lo que había pasado.

Cayó muerto a menos de un metro del sicario. Inmediatamente empezó la transformación. Sus garras empezaron a desaparecer. Su trompa y dientes a encogerse, sus formas animales dejaban de ser para quedar solamente la forma original: la de un chulquero conocido como el Perugo.

El Mago resopló. Afortunadamente las balas de su madre

habían calzado en el barril del revólver del vigilante. ¿Sería una coincidencia o ella ya sabía lo que iba a suceder?

La chica seguía gritando más que antes, convirtién-dose en una cacofonía insoportable.

De un puñetazo la dejó inconsciente junto a la patrulla.

—¿Cuánto dijiste?

—Cincuenta mil dólares —respondió Raúl Pini, exhalando humo por la nariz. Era una pésima costumbre, según Garol, pero Raúl estaba lleno de pésimas costumbres.

—Vaya, parece que me he vuelto importante.

Raúl levantó los pies encima del escritorio que, como siempre, estaba a punto de explotar de tanto papel y basura.

—Los nazis se han encargado de correr el rumor bastante rápido. Te están buscando.

—Pero no saben quién soy.

—No, pero andan repartiendo esto.

Raúl le entregó una hoja volante con el retrato a lápiz de un hombre con gafas y ropa oscura. La expresión de Garol era de indiferencia. Una vez más, Raúl se dijo a sí mismo que su amigo estaba loco al no preocuparse por el peligro. Pero, gracias a Dios, era su amigo.

—Parece uno de los miles de latinos en Nueva York. ¿Qué han dicho Stieffel y sus "Hijos de David"?

—Quieren que continuemos con los planes. Debemos finiquitar a Miers antes de que asesine a Washington. Pero el nazi no es ningún tonto. Con su novia desaparecida, debe haber cambiado sus planes.

Garol se acercó al escritorio. Raúl pudo notar una leve sonrisa.

—A lo mejor no. La oportunidad es única. Washington y el sudafricano juntos...

—¿Qué vas a hacer?

—Si Stieffel no hubiese matado a la chica, a lo mejor nos diría cosas más importantes como, por ejemplo, dónde se ocultan Miers y su gente. Lo mejor será vigilar esa reunión de Washington y el sudafricano. Es la única manera de poder acabar con Miers.

—No hay problema —dijo Raúl botando humo en forma de anillos que se desvanecían en el aire—. Pero vas a necesitar refuerzos. Miers tiene un pequeño ejército.

Garol titubeó. Le gustaba trabajar solo. Siempre lo había hecho, con ligeras excepciones. Al parecer, ésta iba a ser una de ellas.

—¿Quién?

—Portela, Vallejo, Castellari, Kvedaras y Onda.

Garol quedó asombrado.

—¿Chieko Onda? Pensé que se había retirado.

—Supe que se casó —Raúl hizo una mueca—. Pero ahora es viuda.

Chieko.

La única mujer que había conocido capaz de amar y matar con la misma facilidad.

—¿Puedo confiar en ellos? —preguntó Garol—. A lo mejor quieren los cincuenta mil dólares que ofrecen por mí.

—No te preocupes. Stieffel nos ofrece mucho más. Habrá suficiente para todos.

El Mago se movió entre tarros de basura, charcos de lodo y piedras, sus zapatos hundiéndose en el terreno desigual de lo que supuestamente era una acera. Entre la penumbra, divisó la pequeña vivienda cuadrada de ladrillo expuesto, que más parecía una caja de zapatos.

El hogar de Juliana Gainza.

No había podido comunicarse con ella desde aquel día en el bar. Al parecer, había faltado a su trabajo. Nadie pudo darle una respuesta satisfactoria, por lo que decidió visitarla por su cuenta.

Vio un grupo de muchachos, entre catorce y diecisiete años, que se acercaba en sentido contrario. Caminaban con autosuficiencia, sacudiendo los brazos y con cara de enojo. Parecían haberse puesto de acuerdo, pues llevaban atuendos y gorras similares.

Los pandilleros sonrieron. No podían encontrar una víctima más fácil. Caminaron hacia él con intención de divertirse un poco.

Pero conforme se acercaban se dieron cuenta de que el hombre, con chaqueta negra a pesar del calor de la noche, no era como los demás. Los miraba fijamente, sin titubeos. Y sus ojos parecían dos pequeños focos, como los de un árbol de Navidad. El hombre abrió su chaqueta para que los muchachos vieran la culata del .45 que sobresalía de la funda sobaquera.

Los pandilleros dirigieron la mirada hacia el frente y continuaron su camino.

El Mago golpeó con los nudillos la vetusta puerta, que pareció doblarse, pero no recibió respuesta alguna. Llamó a la mujer por su nombre pero todo permanecía en silencio.

—Vine a recogerla.

El Mago se sobresaltó al escuchar la voz en medio de la nada.

Azrael había aparecido de pronto. Ni siquiera había sentido su presencia.

—Dios santo, ¿no puedes ser más cuidadoso?

—Lo siento —dijo Azrael, sus cabellos dorados brillando en la oscura calle—. No quise asustarte.

—¿Qué haces aquí?

—Mira tu reloj. Son las ocho y treinta y siete de la noche —dijo Azrael con tristeza.

El Mago recordó la hora en que supuestamente moriría Juliana.

—No entiendo. La salvé de lo que la amenazaba y...

—Me jugó sucio.

—¿De qué hablas?

—Tú ya sabes. Él sabía muy bien que Juliana no moriría por causa de Perugachi. Hace dos días se enfermó. En realidad estaba enferma desde hacía mucho tiempo, pero ni ella misma lo sabía. Tiene un paro cardíaco en este momento. Morirá en un segundo.

—Mierda —se enojó el sicario, tratando de empujar la puerta.

—Déjalo. Ya está consumado.

—No los entiendo —El Mago agarró de las solapas a Azrael. En ese momento no le importaba con quién estaba tratando—. Ustedes andan con sus juegos de arriba para abajo, sin importarles los resultados.

—Yo no estaba jugando —Azrael empujó las manos de El Mago—. Realmente quería salvarla. Pero he aprendido mi lección. Seguiré haciendo lo que mejor sé hacer. Lo único que sé hacer.

—¿Y el niño?

—Tendrás que llevarlo a un orfanato o algo así. No tiene a nadie más.

El Mago no pudo ocultar su frustración.

—Todo fue en vano, entonces.

—Tal vez. Pero tengo entendido que mataste a un Quatrixch. Son seres muy malvados. Hasta yo ignoraba que Perugachi era uno de ellos. Como te dije, me engañaron.

—¿Y no vas a hacer nada al respecto?

—¿Qué puedo hacer?

Por un momento El Mago creyó ver un brillo en los ojos de Azrael. Pero esta vez el brillo era diferente. ¿Acaso el Ángel de la Muerte podía llorar?

—Soy sólo un peón —dijo Azrael, y entró en la casa para llevarse el alma de Juliana Gainza.

12. Dios y El Mago

Cuando vio la puerta entreabierta, se puso a la defensiva. La alarma tampoco sonaba. Alguna vez Raúl le mostró lo ensordecedor de aquella bocina. Había tenido que taparse los oídos de inmediato. "Es tan aguda que hasta los perros aúllan," había comentado su amigo con su habitual ironía. Pero ahora no. Todo era silencio.

Sus sentidos estaban agudizados al máximo. Y el más fuerte, aquel que no dominaba del todo, golpeteándole la cabeza, como reloj marcando los segundos.

Se insultó por no llevar un arma. Pero no esperaba esto, maldita sea.

Nunca bajes la guardia, le había dicho una amiga hacía varios años. Y una vez más, comprobaba la veracidad de las palabras.

Raúl poseía una oficina mediana, nada ostentosa en el centro de la ciudad, en uno de esos edificios con una mezcla fantasmagórica de estilos arquitectónicos, cada uno luchando por sobresalir. Trabajaba solo, por tanto había ambientes totalmente vacíos; incluso guardaba un sofá-cama para las noches en las que no le provocaba volver a casa. Como todo ser solitario, sin ningún familiar que El Mago recordase, podía disponer de su tiempo como le viniera en gana.

El Mago avanzó hasta el cuarto principal donde estaba el escritorio de Raúl, rodeado del maremágnum de papeles que ya era parte del decorado.

—¡Habla, chucha! —gritó alguien.

Raúl se hallaba atado a una silla, con la cara llena de sangre, los labios y las mejillas hinchadas, un ojo totalmente cerrado. El Mago sintió que la bilis se le regresaba a la garganta y un calor familiar reptaba por su columna hacia la nuca.

Los hombres lucían ropas multicolores y zapatos de lona barata. El que había gritado le daba la espalda y no se había dado cuenta de su presencia. Pero el segundo lo vio, y se congeló mientras el pánico se implantaba en su cerebro al ver los ojos blancos y muertos de El Mago. Salió despedido hacia atrás, como si una grúa se lo hubiera llevado de improviso, y cayó sobre unos estantes que guardaban una colección de la Enciclopedia Británica.

El otro hombre reaccionó de inmediato, girando sobre sí mismo para enfrentar a su atacante. El Mago se le echó encima, tomándolo por el cuello y apretando con ganas. Golpeó su cabeza varias veces contra el piso, soportando los puñetazos que el hombre le propinaba, tratando de defenderse.

Entonces se percató de que había alguien más en la habitación. Percibió que se movía cerca de él. Pero, ¿por qué no la había sentido antes?

No tuvo tiempo de responderse. Una luz estalló dentro de su cabeza.

Portela, Vallejo, Castellari, Kvedaras y Onda.

Ocho años atrás, Garol Pereira se reunía con los seis mercenarios en una construcción abandonada, en el centro de Brooklyn.

Ricardo Portela se acercó. Un hombre delgado, de cabello oscuro y entradas profundas. Sus ojos eran como los de muchos en su profesión: observadores e incisivos.

—¿Cómo has estado, Pereira? —estrechó su mano.

Garol sonrió ligeramente. Portela había sido siempre amigable.

Saludó entonces a Vallejo, un hombre alto, de rasgos indígenas y cola de caballo, que se encontraba arrimado a una de las paredes.

Luigi Castellari y Travis Kvedaras apenas lo miraron. En realidad, no los conocía; nunca había trabajado con ellos. Pero Raúl aseguraba que eran profesionales y eficientes, y eso bastaba por ahora. Castellari era de la estatura de El Mago, pero más grueso y con bigote castaño que se unía a las patillas, como un hombre de siglos pasados. Kvedaras debía andar por el metro noventa, pálido como sus antecesores nórdicos, pero con pelo oscuro muy corto. Aunque no llevaba uniforme militar, parecía que todavía estaba en las fuerzas armadas, por su postura erecta y manos unidas a la espalda, los pies separados exactamente cincuenta centímetros.

Y Chieko...

Chieko Onda seguía siendo la misma belleza orien-tal que había conocido hacía un par de años. Menuda, delgada, con esa apariencia de fragilidad propia de muchas mujeres asiáticas.

Pero no había nada de frágil en aquella mujer. Chieko, hija de un mafioso de Tokio, había decidido formar parte de los soldados de fortuna, cuando los enemigos de su padre lo asesinaron frente a ella.

—Pensé que te habías retirado... —dijo Garol, como saludo.

—Luego te cuento —respondió Chieko, su tono de voz no delataba emoción alguna, pero Garol pareció entrever un destello de entusiasmo en sus ojos prietos.

—Bien —dijo Garol, sacándose las gafas y mirando a los presentes—, ya que todos estamos aquí, podemos empezar a establecer nuestra estrategia.

Portela lo había visto antes sin sus gafas, pero, como los demás, le era difícil acostumbrarse. Castellari y Kvedaras no pudieron ocultar gestos de sorpresa, aunque sólo por milésimas de segundo. Se decía mucho de El Mago dentro de los círculos de los mercenarios y del hampa. Muchas de las cosas eran cuentos de viejas; chismes que se agrandaban cada vez más y terminaban por convertirlo en una leyenda ambulante, invencible, intocable, cruel y frío. El hijo del demonio.

—Éste es el plano de la casa del embajador —continuó Garol, colocando un pliego de papel sobre una mesa vieja y descascarada.

—¿Cuántos invitados? —preguntó Chieko.

—Unos doscientos.

—Dios santo —dijo Castellari— ¿Cómo vamos a hacer para acabar con los neonazis, proteger a Washington, sin matar a unos cuantos invitados?

—Debemos cubrir los diferentes ángulos de la propiedad —manifestó Garol—, por donde Miers y su gente pueden llegar. Así estaremos listos. Una vez que todo estalle, los hombres de Washington y la policía se encargarán de que nadie llegue hasta la gente importante.

—No me gusta. Estamos a ciegas. Necesitamos más tiempo para planificar...

—No hay tiempo —interrumpió El Mago—. Tenemos que movernos rápido. Para eso los trajo Raúl. Ya han estado en situaciones más difíciles.

—Sí, pero no dentro de nuestro propio país —insistió Castellari—. Una cosa es pelear contra guerri-lleros africanos en un villorrio en Angola, y otra hacerlo en las afueras de Nueva York.

—Pelear aquí. Pelear allá. Pelear es pelear —filosofó Vallejo.

Garol colocó un bolso mediano encima de la mesa. Tenía el cierre abierto y podía observarse voluminosos fajos de billetes. Se escucharon varios silbidos de admiración.

—Aquí hay cuarenta mil dólares para cada uno, la mitad de su tarifa. Si alguien quiere retirarse, es el momento de hablar.

Todos se miraron, pero ninguno hizo el intento de hacer algo más que dividir el dinero del bolso.

* * *

—Quién eres? —preguntó El Mago al acercarse al hombre.

—¿Quién crees? —respondió él, tranquilamente, como si ya hubiera escuchado aquellas palabras un millón de veces.

Era difícil de definir. Parecía tener poco más de cincuenta años, pero sus ojos reflejaban una sabiduría y experiencia de muchos más. Llevaba su cabello gris corto y un traje blanco cruzado que parecía no arrugarse nunca. Al verlo, El Mago pensó en Ricardo Montalbán, en el viejo programa de "La Isla de la Fantasía."

—¿Dios? —El Mago no pudo esconder una sonrisa. Se sentía ridículo preguntando tal cosa.

—Tú lo dijiste.

Reparó en el lugar donde se encontraba. Parecía salido de una película antigua. Un estudio de tumbado elevadísimo, paredes repletas de libros, sillones de madera lustrada, una chimenea encendida de donde surgían partículas de luz que se reflejaban en el cabello y el traje del hombre elegante.

—Pero yo creía... —comenzó El Mago.

—¿Que tenía pelo largo, barba y túnica? —comentó el hombre, señalándose a sí mismo—. Si lo prefieres, puedo lucir de esa forma. Puedo lucir de *cualquier* forma. Simplemente me presento como algo familiar, algo que no te haga sentir incómodo.

—"¿La Isla de la Fantasía?" —se admiró el sicario.

"Ricardo" alzó los hombros.

—Era un buen programa.

El Mago no supo qué decir. ¿Veía Dios televisión?

—Debo estar soñando...

—En cierta forma —coincidió el hombre.

—¿Qué hago aquí? —El Mago señaló los libros, los Renoirs que colgaban de las paredes. — ¿Estoy muerto acaso? Si quieres que me arrepienta...

—¿De todo lo malo que has hecho? —el hombre sonrió,

y el ambiente pareció ponerse más alegre, más brillante—. No tenemos tanto tiempo.

—No sabía que tenías buen humor.

—No sabes muchas cosas, Garol.

—En eso te doy la razón.

El Mago recorrió nuevamente el estudio con su mirada. No sabía realmente cómo comportarse, ni qué decir. Necesitaba a alguien con experiencia en la materia.

—¿Buscas a Alexia? —preguntó "Ricardo," indicándole que se sentara en uno de los sillones. —Tu madre entra y sale cuando quiere. Es uno de mis mejores elementos.

—¿Elementos? Hablas como Raúl.

—Ah, sí, tu amigo... No te preocupes por él. Está bien. Y tampoco te preocupes por tu madre. Ya la verás.

Pero El Mago seguía inquieto. Y no era para menos. No todos los días uno se veía, cara a cara, con Dios.

—Si eres quien dices, no querrás hablarme —dijo El Mago—. No después de todo lo que he hecho...

El hombre de terno impecable se acomodó en el sillón junto al del sicario. Su postura era la correcta, sus ademanes iguales al verdadero Montalbán, en su papel del señor Roarke. El Mago se aguantó las ganas de preguntar por Tatoo.

—No siempre puedo usar almas puras y bondadosas, Garol —dijo Ricardo—. No, señor. Tú eres el mejor para lo que se avecina.

La fiesta estaba en todo su apogeo. Hombres de esmoquin y mujeres de vestidos largos y escotados charlaban, reían y consumían las delicias que el diplomático sudafricano había mandado a preparar en *Carter's*, uno de los lugares más *in* de la ciudad. Un cuarteto dejaba escapar la suave música de violines y chelos, que viajaba por toda la mansión, mezclándose con la algarabía de los presentes. El lugar era suntuoso, propio de la más alta sociedad de la Gran Manzana.

Washington y el sudafricano Bauer sonreían, intercam-

biando elogios y buenos deseos, rodeados de algunos diplo-
máticos y hombres de negocios que hacían eco de cualquier
movimiento de los personajes principales de la fiesta.

Garol Pereira estaba atento a lo que pasaba a su alrededor. Con sus gafas y audífono, parecía ser uno de los tantos
agentes de seguridad distribuidos por la mansión. Eli Stieffel,
dirigente de "Los hijos de David," había utilizado sus influencias con el gobierno israelita para otorgarle una identificación
que lo vinculaba con el Mossad, el servicio secreto judío. De
esa forma, podía moverse con libertad en la celebración.

Vallejo y Portela se encontraban protegiendo el norte de
la propiedad. Portela, colocado con un rifle de alto poder en
uno de los árboles que rodeaba a la mansión, era un francotirador consumado, con una trayectoria inigualable, capaz de
permanecer días enteros en los lugares más incómodos.

Castellari y Kvedaras permanecían en otro sector, en una
furgoneta especial fabricada por armeros canadienses.

Garol Pereira chequeó su reloj. Las once de la noche.
El licor empezaba a hacer efecto y la gente se ponía cada vez
más alegre, más descuidada. Pronto llegaría el ataque. Era el
momento preciso.

—¿Qué es lo que se avecina?—preguntó El Mago, ya más
tranquilo. Si Dios quería conversar con él, escucharía. Nunca
había sido creyente, por lo que todavía guardaba dudas acerca
de la identidad de su interlocutor. Pero mientras no pudiera
encontrar pruebas de lo contrario, tenía que aceptarlo.

—¿Todavía no crees, verdad? —interrogó Ricardo.

—Nunca lo he hecho.

—¿Después de todo lo que has vivido, todo lo que has
visto y escuchado, dudas?

—Lo siento. No es culpa. Nunca te mostraste como
ahora.

—Hay mucha gente que cree en mí, sin necesidad de
verme. En eso consiste la fe.

—Hay gente que puede vivir así y otros no —comentó El Mago—. Yo he estado siempre en el segundo grupo.

—Bueno, dejemos eso por ahora. Hay cosas más importantes.

—Lo que se avecina...

—Exacto.

—¿Y eso es...?

—El acabóse —afirmó Ricardo, su cabello dorado a la luz del fuego—. El fin de la humanidad, el infierno en la Tierra y todas esas cosas.

—Lo dices como si nada...

Ricardo se levantó del sillón y dio unos pasos hacia la chimenea. El fuego pareció avivarse con su cercanía.

—Cada cierto número de años, un ángel decide que está descontento con su lugar en el cielo. Que está aburrido y que quiere buscar un poco de excitación. Pues bien, ese ángel es presa fácil para el mal y en seguida cae en desgracia.

Extendió la mano hacia el fuego, y El Mago pudo ver cómo la llama cobraba vida y la envolvía, acariciándola, como un perro lamiendo la mano de su amo.

—Cada vez que eso sucede —prosiguió Ricardo—, ese ángel se cree el nuevo demonio, el nuevo Lucifer, y decide que es hora de poseer todo y a todos los que existen en la Tierra. Entonces busca la forma de encarnarse en algún ser adorador del mal, alguien que sea digno de representarlo entre los humanos. Cuando lo logra, busca otros demonios más pequeños, insignificantes, para formar su ejército.

El Mago meditó lo que escuchaba.

—Si eso ocurre cada vez y cuando —inquirió—, entonces por qué...

—¿Por qué no me han vencido? —interrumpió Ricardo, dejando reposar la llama entre los leños—. Porque nunca obtienen suficiente poder. Siempre les falta algo que los haga invencibles...

Se acercó a El Mago, quien, extrañamente, no sintió deseos de evadirlo ni de ponerse en guardia, como lo hubiera hecho normalmente. El hombre del traje elegante colocó la punta del índice en la frente de El Mago.

—Un ser procreado por ese mismo ángel maligno y otro bondadoso, muy cercano a San Gabriel y a mí. Alguien como tu madre, Garol.

Los hombres del Movimiento Protector de La Identidad Americana, AIPM, avanzaban cautelosamente, protegidos por la noche sin luna. Llevaban trajes camuflados e identificaciones que los conectarían con un grupo extremista de Israel. Incluso los lentes nocturnos provenían de una fábrica perteneciente al mismo grupo.

Tarde o temprano, las autoridades se darían cuenta de la verdad, pero hasta entonces, los medios se encargarían de incrementar el odio entre negros y judíos hasta que explotara una pequeña guerra donde muchos morirían. Y eso era lo que realmente importaba.

Robert Towsend miró orgulloso al grupo de veinte hombres. Estaban decididos a morir por la causa, por la pureza de la raza norteamericana. Entrenado y listo para el combate, otro grupo más grande se movía varios metros hacia el oeste, por la colina que se deslizaba hacia la mansión del agregado sudafricano.

—¿SS2? —sonó una voz a través de su audífono.

—Escucho —dijo Towsend al micrófono, que se prolongaba desde el audífono hasta sus labios.

—Llegaremos en siete minutos. Todo tranquilo.

—Enterado.

Towsend respiró profundamente y su inmensa figura pareció aun más grande. No había querido realizar el atentado esta noche, no le parecía seguro. Pero Malcolm Miers se había impuesto y, aunque no tenían noticias de quién era el hombre que había atacado y secuestrado a su novia en la estación del tren, el líder había insistido en que no podía permitir que ése fuera un obstáculo para su misión sagrada.

Había acompañado a Miers en todas sus campañas,

en todas las batallas tanto armadas como legales, contra los grupos pro-paz, los de los derechos humanos, los de las minorías y, por supuesto, los movimientos judíos, y nunca había dudado de su liderazgo. Estaba convencido de que Miers llegaría a ser el nuevo *Fürher*, el gran líder de la nueva raza, de la nueva humanidad. Pero ahora presentía que esto no iba a terminar bien. No sabía exactamente por qué, pero algo en sus huesos se lo vaticinaba.

Miró hacia el cielo. La noche lo observó sin ofrecerle repuesta alguna.

Es un buen día para morir, pensó.

—¿Garol?

—...

—¿Garol?

El Mago abrió los ojos. Poco a poco se fueron acostumbrando a la luz, y vio entonces el rostro exquisito de Michaela.

—¿Tú?

—¿Te sorprende? —preguntó ella, sonriente. Sus ojos verde oliva adquirieron un resplandor especial.

El Mago trató de sacudir la cabeza para poner sus pensamientos en orden, pero el esfuerzo era muy grande y le causó jaqueca.

—Estaba hablando con un hombre que decía ser...

—Lo sé —aseguró Michaela. Por algún lado llegaba una luz azul que acariciaba su figura y la hacía parecer más lejana, difusa. El Mago comprobó, una vez más, que era la mujer más hermosa que había visto en su vida.

—¿Cómo lo sabes?

—No dejabas de hablar en tus sueños.

—¿Estaba... soñando? —preguntó El Mago. Girando la cabeza con extremo cuidado, notó que yacía en una cama de hospital. Quiso mover el brazo izquierdo, pero la aguja que lo conectaba al suero le advirtió que no era una buena idea.

—No puede ser... —dijo—. Era muy real.

—Muchas veces nuestras mentes nos hacen ver cosas.

—¿Estás diciendo que lo que vi no era la realidad?

—No lo sé.

—¿Dónde estoy? —preguntó.

—En un hospital, a mitad del camino —dijo Michaela, su cabello rojísimo, ondulante—. Entre la conciencia y la inconciencia.

—O sea que tú tampoco eres real...

—Por supuesto que lo soy —dijo la pelirroja, acercando su bello rostro al del sicario—. Estoy aquí, contigo, para ayudarte a sanar.

Michaela posó sus labios sobre los de El Mago en un beso tierno, suave. Por unos segundos, el dolor desapareció, en medio de un calor reconfortante, haciendo que el hombre respondiera con mayor intensidad.

Cuando se alejó, la sonrisa de Michaela era más amplia.

—Veo que ya te estás recuperando —dijo, acercando su mano derecha al rostro del asesino.

La palma empezó a emanar una luz blanca, intensificándose lentamente hasta cubrir su campo de visión y borrar todo lo demás.

—Estarás bien, amor —escuchó la voz dulce de Michaela—. Te he traído la luz.

Llevaba un vestido negro ceñido que dejaba al descubierto sus hombros blancos y suaves. Se veía delicada, muy femenina, y su cercanía perturbó a Garol que tuvo que aguantarse las ganas de decirle lo hermosa que la encontraba.

—¿Alguna novedad? —preguntó Chieko.

—No. Pero espérala en cualquier momento.

Ella dirigió la mirada hacia Washington y el diplomático sudafricano Bauer. Se habían sentado en un amplio sofá, en una esquina del salón. Al igual que sus acompañantes, estaban fumando inmensos cigarros, mientras discutían cosas banales. Muy cerca de ellos, tres hombres de color, con gafas espejo, miraban de un lado al otro, tratando de descubrir cualquier movimiento sospechoso.

—Me dijeron que te habías retirado —dijo de pronto El Mago.

—Estuve casada, pero ya no... Él murió.

—Lo siento...

Los ojos profundos de la mujer asiática parecieron brillar de tristeza.

—Parece que todos mueren a mi alrededor, Garol.

Se contuvo de abrazar ese cuerpo hermoso que había conocido tan bien.

—Yo estoy vivo, Chieko.

—Me alegro —dijo ella, sinceramente. Volvió a mirar a Washington y a Bauer fumando sus puros—. No sé cómo van a hacer para acercarse a él. Siempre está rodeado.

—Un lanzagranadas sería suficiente.

Chieko negó lentamente con la cabeza, pero sin mirar a Garol. Los invitados continuaban animados, e incluso algunas parejas se habían puesto a bailar, alejando al cuarteto clásico que fue reemplazado por un improvisado disc jockey, un multimillonario del acero, bastante ebrio.

—No —opinó Chieko—. Demasiado impersonal.

—¿Crees que Miers está lo suficientemente loco como para intentarlo en persona?

—Tipos como él usualmente lo están. Y de remate.

—Entonces —dijo Garol, preocupado—, quiere decir...

—Que Miers está en la fiesta —concluyó Chieko.

—¿Garol?

Otra vez alguien lo llamaba. ¿Por qué no lo dejaban en paz? Abrió los ojos nuevamente pero ya no vio a Michaela. Era la cara de Raúl, hinchada y magullada por la paliza.

—Espero lucir mejor que tú —comentó El Mago.

—Ni lo creas, compadre —declaró Raúl, haciendo una mueca que podría haber sido una sonrisa—. Perdiste mucha sangre.

—¿Dónde?... No me lo digas. Estoy entre la conciencia y la inconciencia.

—¿De qué mierda hablas? —el rostro de Raúl se contorsionó. Su ojo izquierdo apenas podía abrirse, aunque la hinchazón parecía haber cedido. ¿Cuánto tiempo había pasado?

—De nada —contestó El Mago—. Parece que he soñado mucho. ¿Cómo terminé aquí? Lo único que recuerdo es que te estaban dando una buena.

—En el momento en que uno de los tipos te disparaba, pude soltarme y le reventé una silla en la cabeza. Tú habías terminado con los otros dos, afortunadamente.

—Cometí un error de principiante —se quejó El Mago—. Me dejé tomar por sorpresa.

—No seas tan duro contigo mismo. A cualquiera le puede pasar.

—A mí no.

Raúl pensó que su amigo tenía razón, pero no quiso avivar sus dudas. El Mago era el mejor. En los buenos tiempos, nunca le hubiera sucedido algo semejante.

—¿Quiénes eran? —preguntó el sicario.

—No lo sé. Rateros de mala muerte. Me sorpren-dieron al llegar a la oficina y me obligaron a desactivar la alarma. Estaban seguros de que tenía una caja fuerte llena de billetes. Querían que les dijera dónde estaba. Yo sólo rogaba por que aparecieras pronto. Afortunadamente sigues siendo el más puntual que conozco.

—No cerraste bien la puerta.

—Los huevones ni lo notaron. Te digo que sólo eran unos principiantes.

El Mago no estaba tan seguro. Había demasiadas coincidencias.

—Es extraño... No tengo ningún dolor. Me siento bien —aseguró El Mago, no con poca admiración.

Y era la pura verdad. No se sentía débil, ni mareado. Ni

siquiera un dolor de cabeza.

—¡Por supuesto que sí! —la voz de Raúl sonó sarcástica—. El médico dijo que tu condición era reservada porque la bala había perforado un pulmón. Pero, de pronto, como si nada, te pones bien, tus signos vitales mejores que los de un bebé. El doctor dijo que era un milagro, nunca había visto algo parecido.

El Mago recordó la luz, el cabello rojo y los labios deliciosos.

—Michaela… —susurró.

—¿Quién es esa? La has mencionado varias veces en tus sueños.

—Mi ángel guardián —respondió convencido El Mago.

Ricardo Portela se puso atento. Algo parecía moverse adelante, a doscientos metros del árbol donde había hecho su nido. Acercó su cara a la mira infrarroja de su Sauger 345, el rifle más poderoso del ejército alemán.

Sí. Algo se movía. Eran ellos, sin duda.

—Mac 6 a Mac 1 —susurró en su micrófono.

—Adelante —escuchó la voz de Garol Pereira en el audífono.

—Los veo.

—Confirmado.

Portela permaneció inmóvil. Para él no era difícil. Después de todo, era lo que mejor sabía hacer. A diferencia de Kvedaras, Portela había terminado siendo un mercenario por casualidad. Al salir del ejército, había tenido varios trabajos, desde *bouncer* en un bar de mala muerte, hasta guardaespaldas de varios hombres europeos de negocios. Una noche, en un café de Milán, alguien había dejado una revista de mercenarios y revisó los clasificados. En uno de ellos ofrecían buen dinero por "aventuras" en África. Lo que ganaba en el trabajo de aquel momento apenas le alcanzaba para pagar la renta de su apartamento de un solo ambiente cerca del puerto. Decidió probar suerte y ya no volvió a mirar atrás.

Las primeras formas se dejaron ver a través de la mira nocturna. Tenía ya dos blancos certeros, pero decidió esperar hasta que estuvieran más cerca. No quería que los otros se desperdigaran tan rápido como cayera el primero.

La verdadera fiesta estaba por empezar.

—Me alegro de que estés bien, hijo mío.

Alexia Pereira exhaló, esparciendo el humo del cigarrillo como si fuera un pequeño dragón. Un vestido negro largo, de delgados tirantes, se apretaba a su cuerpo de manera sensual. Llevaba el cabello muy corto, lo que le hacía lucir como una jovencita.

Ahora parece mi hermana menor, en vez de mi madre, pensó El Mago.

—Por un momento creí que no regresaría —dijo.

—El Señor tiene planes para ti.

—Creo que hablé con Él, madre.

Alexia abrió más los ojos para hacerle saber lo emocionada que estaba.

—¿Con Él? ¡Es fantástico!

—Pero no sé si sólo lo soñé.

—No importa. Muchas veces Él se presenta en sueños.

—Pero había algo raro. Él se parecía a...

—¿A alguien que tú conoces?

—Sí.

—No te sorprendas. Es su costumbre. Muchas veces me lo encuentro con la faz de Tyrone Power u otro galán de películas antiguas. Sabe que me gustan.

El Mago pensó que a él nunca le había gustado "La Isla de la Fantasía," pero no emitió comentario.

—Bueno, ¿y qué te dijo? —inquirió Alexia.

—No lo sé. No lo recuerdo.

La mujer tomó otra bocanada del cigarrillo que mantenía entre sus dedos de una manera exageradamente elegante. Aunque en su vida en la Tierra había sido una mujer sin pretensiones, la nueva Alexia poseía cierto aire de realeza que a veces incomodaba a su hijo.

—Supongo que lo harás en el momento adecuado —dijo ella—. Créeme cuando te digo que Él no hace nada en vano.

El Mago se sentía nuevamente a gusto entre las paredes de su casa en la playa. El rumor del mar era maravilloso para su mente y para su espíritu. Aunque los médicos habían insistido en realizarle exámenes para saber exactamente a qué se debía su repentina curación, decidió salir de allí de inmediato, con la ayuda de Raúl. Ahora su amigo había regresado a la ciudad, para continuar indagando quiénes eran los tipos que lo habían asaltado tres días atrás.

—Madre...

—¿Sí?

—¿Puedo hacerte una pregunta?

—Por supuesto.

El Mago sonrió burlonamente.

—¿Dónde se corta el cabello un fantasma?

—Mac 6 reporta presencia enemiga—habló Garol Pereira en el micrófono—. ¿Escucharon todos?

—Mac 3 y 4 —respondió la voz de Kvedaras— También se acercan por acá.

—Mac 2 —era Vallejo—. Los veo.

—Hagan lo que tienen que hacer —ordenó Garol.

Miró a Chieko, quien también escuchaba por su propio audífono, y dijo:

—Pégatele a Washington. No importa cuántos mueran. Pero que a él no le pase nada.

No le dio chance a decir palabra, y avanzó de prisa entre los invitados, empujando a algunos y maltratando a otros; no importaba.

Subió las escaleras que daban al segundo piso de la mansión. Se topó con dos guardaespaldas que, al no reconocerlo, se acercaron. Garol ya venía preparado para tal situación. Sacó del bolsillo de su esmoquin una identificación del Mossad.

—Agente Ferhum —se identificó Garol—. Estén atentos. Parece que hay sospechosos cerca del lugar.

—¿Nos llevamos a los VIP's? —preguntó el más alto. Parecía no tener más de veinticuatro años.

Garol ignoró la pregunta:

—¿Hay alguien más aquí arriba?

—Tres, al otro extremo de la mansión —respondió el segundo guardaespaldas, un filipino con cola de caballo.

—Que se reporten —solicitó Garol.

Los dos guardaespaldas se miraron entre sí, y luego a él.

—Creo que debemos llamar primero a... —comentó el filipino.

—Llámelos —repitió Garol.

—Matheson. Ruby. McCallum —dijo el alto, activando su micrófono.

Los segundos parecieron eternos.

—Matheson. Ruby. McCallum. Respondan —esta vez el guardaespaldas alzó la voz.

—Vamos —Garol se adelantó y avanzó por el corredor, mientras extraía su arma de la funda sobaquera. Los guardaespaldas hicieron lo mismo. El filipino empezó a realizar una llamada de emergencia a través de su micrófono.

Llegaron armados al final del pasillo de la mansión, pasando junto a una docena de puertas que habían sido cerradas con seguro. Los compañeros no estaban a la vista.

Garol señaló la última habitación, la que daba a una terraza elevada.

El filipino asintió y extrajo del bolsillo de la chaqueta un círculo metálico. Una llave dorada colgaba de él. Garol se colocó a un costado de la puerta, mientras el hombre introducía y giraba la llave.

De repente, la puerta explotó en el centro, llevándose un pedazo del pecho del filipino, quien fue empujado hacia atrás por el impacto, y cayó duramente sobre la alfombra.

*   *   *

—No puedes venir conmigo —dijo El Mago, mientras colocaba alimentadoras en los bolsillos de su chaqueta, y bajaba las escaleras.

—¿Por qué no? —preguntó Michaela, siguiéndolo hasta la puerta principal de la casa—. Acabo de llegar y me encuentro con que vas de salida. ¿Puedo saber adónde?

El Mago se detuvo a mirarla. Lucía hermosa como siempre, y pudo leer en sus ojos que no lo dejaría irse tan fácilmente.

—A un pueblito llamado Zaraquo.

—¿Qué vas a hacer por allá?

—No tengo ni la más mínima idea.

—¿Ah?

El Mago reanudó su caminata hasta el Taurus, pero esta vez junto con Michaela.

—Como lo oyes. Esta mañana me desperté con la idea de que tengo que ir para allá y, por más que lo intento, no se me va de la cabeza.

El Mago se disponía a abrir la puerta del conductor, cuando la guerrera lo detuvo.

—Con mayor razón, Garol —dijo Michaela—. Necesitarás de mi ayuda. No salvé tu vida para que la vayas a perder en una aventura a ciegas.

El Mago extendió la mano hacia el refinado rostro de Michaela. Su piel se sentía maravillosa.

—No me digas que tú también vas a desobedecer a tu jefe, como lo hizo Azrael. A él no le fue tan bien.

Ella tomó su mano y la apretó con delicadeza.

—Mi jefe, como tú lo llamas, no me ha dicho nada. Ni siquiera lo he visto. A lo mejor Él desea que te acompañe.

—No quisiera que nada te pasara. Ahora no están ni Rafael ni San Miguel para ayudarte.

—Me puedo cuidar sola —dijo con excesiva confianza.

—Lo sé muy bien —acordó El Mago, y subieron los dos al auto.

*   *   *

—¡Aquí vienen! —gritó Castellari mientras ponía en movimiento la furgoneta.

Kvedaras, situado en la burbuja rotante, en el centro del vehículo, activó la ametralladora. Los neonazis ya habían bajado la ladera y empezaban a avanzar hacia los campos aledaños a la casa, cuando empezó a disparar. Las ráfagas rompieron la noche. Varios soldados cayeron y los demás respondieron el fuego. Castellari seguía manejando de forma lateral a donde se encontraba el enemigo; las balas rebotaban en el blindaje de la furgoneta, produciendo ruidos secos, como si un millar de piedras hubieran caído sobre ella. Los neumáticos reforzados resistirían hasta explotar, pero el vehículo seguiría rodando sobre el armazón endurecido de sus aros, sin ningún problema. Por algo la furgoneta costaba una pequeña fortuna.

—¡Esto es lo mejor que existe, Luigi! —rugió Kvedaras, riendo como un loco, sin dejar de disparar. Castellari también reía y aullaba de entusiasmo, mientras maniobraba y daba una vuelta en U, para que su compañero siguiera en el combate. Se habían conocido desde hacía muchísimos años y siempre trabajaban en pareja. Juntos eran invencibles.

Mientras la camioneta daba la vuelta para atacarlos nuevamente, Robert Towsend ordenó a sus hombres del AIPM desplegarse y utilizar lanzagranadas.

Maldita sea, las cosas habían salido mal desde el principio, y ya no había forma de repararlas.

—¡Muévanse! ¡Estamos como patos aquí! —gritó.

Una docena de sus hombres colocaron las granadas en los dispositivos de sus rifles, y esperaron que la furgoneta estuviera más cerca.

Kvedaras no dejaba de disparar, incluso cuando el vehículo realizaba la vuelta muy cerrada. Se encontraba frenético por la batalla y no podía detenerse, como un *junkie* al recibir su dosis.

—¡Cálmate, amigo! —avisó Castellari desde su sitio al volante— ¡Cuidado te quedas sin municiones!

—¡No te preocupes, cariño! —gritó el otro, sin dejar de

disparar— ¡Aquí hay bala para rato!

La furgoneta se sacudió varias veces, la tierra explotaba junto a ella.

—¡Dales duro, Travis! ¡Están utilizando lanzagranadas!

—¡Sólo llévame a ellos!

Las explosiones se intensificaban, pero la furgoneta seguía avanzando. Una granada estalló muy cerca y Castellari tuvo que luchar con el volante para mantener en equilibrio el vehículo.

En ese mismo momento, Towsend veía caer a seis más de sus hombres, hechos pedazos por los proyectiles. Por más que seguían disparando las granadas, el blindaje seguía resistiendo y aunque dos de los neumáticos ya estaban reventados, sus soportes de acero compensaban la pérdida.

—¡Lewis! —llamó Towsend, y uno de los soldados más jóvenes se acercó, arrastrándose por la maleza. Le entregó un cilindro de aproximadamente cincuenta centímetros de longitud y ocho de diámetro. Parecía una especie de telescopio moderno, pero las manos de Towsend presionaron un botón y el cilindro se prolongó al doble.

Towsend se acomodó la mini bazuca sobre el hombro derecho. Las balas seguían impactando por todos lados, pero trató de mantenerse inmóvil pues tenía solamente una oportunidad.

El soldado introdujo un proyectil de la forma de un dardo de mediano tamaño por la parte posterior de la bazuca, y dio una palmadita en la cabeza de Towsend para avisarle que estaba lista.

La furgoneta estaba apenas a cuarenta metros de distancia, cuando Towsend disparó.

Zaraquo no era más grande que cualquiera de los pueblos que se encontraban en las montañas, camino a la capital. Cuando llegaron, las sombras ya creaban formas irregulares en los grises y rojos del cielo.

—¿Dónde diablos está la gente? —exclamó El Mago.

El pueblo parecía haberse congelado entre un segundo y otro. Más bien lucía como una postal promocional de algún ministerio de turismo, que una comarca verdadera. La ligera neblina que empañaba el ambiente contribuía a la irrealidad del paisaje.

El Taurus avanzó por la calle principal. Las casas permanecían intactas, muchas de ellas con las luces encendidas, pero por ninguna parte se veía a un ser vivo, humano o animal.

—¿Qué hacemos aquí, Garol? —Michaela obser-vaba detenidamente cada una de las edificaciones aparentemente abandonadas, mientras el Taurus rodaba con cautela.

Garol detuvo el automóvil frente a una pequeña tienda, de esas donde uno puede encontrar de todo en un momento de emergencia. Se bajaron del Taurus y entraron en el establecimiento.

—Buenas noches —dijo El Mago en voz alta, esperando alguna respuesta. A lo mejor el dueño se encontraba en algún cuarto de la parte trasera, viendo televisión o haciendo cualquier otra cosa.

Ambos se miraron por un par de segundos. Michaela alzó una ceja, al mejor estilo del señor Spock, de *Star Trek*.

—Fascinante —dijo ella, de acuerdo al personaje televisivo, y sonrió.

A pesar de las circunstancias, El Mago no pudo dejar de hacerlo también.

Lo único que faltaba: un arcángel *trekkie*.

El primer neonazi fue un blanco perfecto.

Los demás soldados respondieron enseguida, disparando a todos lados, pero muy lejos de donde se encontraba trepado Portela. El secreto era sorprenderlos y acabar con ellos, uno a uno, sin que se dieran cuenta de su paradero. Por eso utilizaba un silenciador poderoso.

Recorrió la campiña, en busca de un nuevo blanco. A

través de la mira telescópica podía observar a los soldados todavía sorprendidos por el ataque. Algunos de ellos llevaban lentes nocturnos y tendría que eliminarlos primero. Apuntó bien, y el segundo nazi recibió un balazo en medio de los lentes, partiéndolos en pedazos

—¿Vallejo? —susurró por su micrófono— ¿Vallejo?

Bajó lentamente del árbol, ignorando el caos a su alrededor. Se movió entre los arbustos agachándose lo que más podía para evitar ser herido por tanta bala que se disparaba a diestra y siniestra.

—¿Vallejo? ¿Dónde mierda estás, carajo? —preguntó otra vez, molesto y un poco nervioso. El indio debía estar cuidando su trasero.

Siguió avanzando. Tenía que continuar moviéndose. No podía darse el lujo de quedarse quieto. Peor aun si no tenía un respaldo.

El Mago y Michaela caminaron por la calle principal del pueblo, sin encontrar indicio de lo que sucedía. Todo estaba normal aparentemente. Las casas no parecían saqueadas ni nada por el estilo. Algún televisor encendido dejaba escapar el bullicio del *Show de Cristina*.

—Creo que deberíamos irnos. Aquí no hay nada.

—Todavía no —dijo El Mago—. Quiero saber lo que pasa.

Llegaron hasta una hostería llamada Zaraquotel. Debajo del nombre, pintado en azul claro, se leía "El Descanso del Ángel."

—¿Te es conocido? —inquirió El Mago.

Michaela negó con la cabeza, frunciendo los labios.

Entraron en el lugar, tan pequeño como se esperaba. Una modesta recepción donde, según las llaves colgadas en la pared detrás del mostrador, se apreciaba que la mayor parte de las habitaciones estaba vacía. Pero, en uno de los muebles de madera, pesados y oscuros, se sentaba un niño de no más de once años. Su mirada era fija, su rostro ajeno a cualquier preocupación.

—Bienvenidos —dijo pacientemente.

El Mago avanzó con cautela. Ya se había topado una vez con una niña invadida por Azrael, el ángel de la muerte.

—¿Quién eres tú? —preguntó El Mago.

—¿Importa acaso?

—Por supuesto —intervino Michaela—. Queremos saber lo que ha pasado aquí.

El niño sonrió, unos dientes amarillentos y torcidos se mostraron ante los visitantes.

—Aquí nunca pasa nada. Desde hace muchísimo tiempo.

—¿A qué te refieres? —cuestionó el sicario.

—A nada y a todo. Zaraquo está muerto desde hace siglos.

—No puede ser —expresó Michaela—. Hemos visto la tienda, escuchado cosas. Nada está abandonado. Simplemente no hemos visto a nadie... excepto a ti. ¿Quién eres? ¿Qué quieres?

El niño abrió las manos, como queriendo restarle importancia a lo que sucedía.

—¿Yo? Nada. Sólo soy un emisario.

—Tú no eres ningún niño —aseveró El Mago—, y ya es hora de que empieces a hablar claro.

—Te equivocas. Soy un niño. Soy tal como fui cuando dejé de ser.

—¿Qué?

—Está tan joven como cuando murió —explicó Michaela.

El niño dirigió la mirada a Michaela. Un brillo lascivo en esos ojos oscuros hizo que se sintiera incómoda. Aquella no era la mirada de un muchacho de once años.

—Además de hermosa, eres inteligente, te felicito. Lástima que vayas a morir.

—¿Sí? —Michaela trató de sonreír, pero sus músculos faciales no le respondían—. ¿Cómo puedes estar seguro?

El niño alzó la mano, y señaló con el dedo índice hacia la figura de El Mago.

—Porque él te matará.

—Chieko, protege a Washington. ¡No te muevas de su lado! —gritó Garol a su micrófono. Lo mismo hacía el guardaespaldas, alertando a sus compañeros.

Ambos se acercaron al hueco de la puerta, hecha astillas por el disparo. Abajo ya se escuchaba a los invitados murmurando y el grito de algunas mujeres. Se miraron entre sí y se dieron una señal. Ambos entraron al mismo tiempo, disparando en forma cruzada.

El guardaespaldas vio los cuerpos de sus compañeros faltantes arrumados a un lado de la puerta, sus camisas blancas y esmóquines manchados por la violencia de la muerte. Medio segundo le fue necesario para darse cuenta de la sombra que permanecía un poco más adelante. Un fogonazo se encendió más abajo del centro de la silueta, al tiempo que un relámpago reventaba por segunda vez.

El guardaespaldas permaneció en su sitio tratando de atinar al enemigo, pero la ametralladora tenía las de ganar, y sus balas le dibujaron perforaciones desde la cadera hasta el hombro.

Apenas notó la figura, Garol rodó por el piso, disparando sin cesar. La silueta se agitó y desapareció detrás del asiento, la ametralladora saltando por los aires.

Garol se acercó cuidadosamente con el arma apuntando al lugar donde había desaparecido su enemigo. El cuarto estaba oscuro, pero la luz que entraba por el hueco de la puerta lograba dibujar los muebles lo suficiente como para no tropezar con ellos.

Llegó hasta el sitio y no había nada.

Fue cuando se le vino encima.

Quiso reaccionar pero ya el gigantón caía con él en la alfombra y trataba de atacarlo con un cuchillo aserrado,

mientras inmovilizaba su mano armada. El hombre golpeó
la mano de Garol varias veces contra el piso hasta que se vio
obligado a aflojar el arma.

Debía de cambiar de posición, de lo contrario estaría
perdido. La punta del cuchillo ya se acercaba demasiado a su
cuerpo. Garol levantó la pierna y golpeó duramente la espalda
de su atacante, quien gruñó y aflojó la presión. Un segundo
rodillazo logró sacarlo del todo. Garol rodó por el suelo y
se levantó lo más rápido que pudo, pero no tuvo tiempo de
recuperar la pistola.

La débil luz cayó sobre el rostro del intruso y Garol
Pereira pudo reconocerlo.

—Deben haberte prometido mucho dinero por matar a
Washington.

—No he venido por él —dijo Vallejo, con una máscara de
locura. Todavía mantenía el cuchillo en su mano y lo agitaba
amenazadoramente.

—Cincuenta mil dólares. Te vendes por poco.

—Cien —aclaró Vallejo—. Más los cuarenta que me
diste.

Vallejo avanzó, describiendo un arco con el cuchillo.
Garol logró hacerse a un lado e intentó agarrar la muñeca de
su contrincante, pero el indio era ágil y parecía no importarle
los proyectiles que tenía alojados en el pecho. Debía llevar
chaleco antibalas.

Garol sabía muy bien que no podía ganar un enfrentamiento con un tipo como Vallejo. Debía recuperar su arma.
Empezó a sentir un calor extraño en la espalda. A decir verdad,
no era tan extraño. Lo había experimentado varias veces en su
vida, pero nunca a voluntad. Recordó el encuentro con Walter
Anaya, su maldito padre, varios años atrás, y las cosas que le
había dicho.

Se movió a la izquierda y el cuchillo de Vallejo por poco
le vuela un ojo. El indio gruñía de rabia y placer, como si la
situación fuese algún tipo de ritual amoroso y Garol la virgen
del sacrificio.

—¡Virgen, tu madre! —gritó Garol, sin que Vallejo supiera

a lo que se refería.

La manga de la chaqueta de Vallejo cogió fuego de pronto, como si fuera un encendedor. Una llama pequeña, pero suficiente para que el indio tratara de extinguirla con su otra mano. Una oportunidad que Garol no podía dejar pasar.

Arremetió contra Vallejo y lo hizo caer sobre uno de los muebles del cuarto, perdiendo el equilibrio y rodando por el piso, mientras se sacudía la manga quemada. En el momento que el indio se levantaba para volver a atacar, Garol tomó impulso y lanzó ambas piernas hacia adelante, impactándolo en el pecho. Vallejo salió despedido hacia atrás y pareció flotar por una eternidad hasta que se estrelló contra la ventana, destrozándola. No logró atravesarla, sino que quedó atrapado entre los pedazos de vidrio, ensartándose un gran triángulo en la espalda y otro en el cuello.

Garol no esperó verlo morir, y salió corriendo hacia el salón.

—¿Qué dices, demonio? —preguntó El Mago.

—¿Demonio yo? No, señor —dijo el niño de la mirada profunda—. Ese privilegio es de tu amado señor padre.

El Mago cogió al niño del suéter y lo alzó hasta que sus facciones estuvieron a la altura de las suyas.

—¿Anaya? ¿Él te envió?

—Digamos que me ofrecí a ayudarlo.

—Pues pierdes tu tiempo —le espetó el sicario—. Todavía falta un mes para mi cumpleaños. Dijo que iba a venir para entonces.

—¿Cuándo te dijo eso? —se admiró Michaela—. No lo sabía.

—No hubo chance de contártelo. Lo siento.

El niño los miró, con una amplia sonrisa en el rostro.

—¡Qué conmovedor! —dijo en un tono sarcástico—. ¡Un ángel y un asesino enamorados! Ya mismo lloro...

El Mago lo soltó, y el niño cayó sobre el asiento.

—Jódete. Nos vamos de aquí.

—No podrás irte hasta que realices la tarea —aseguró el niño.

—Ándate a la mierda —rugió El Mago, mientras salía con Michaela a la oscura calle. Desde allí, pudo escuchar el aullido del muchacho:

—¡No puedes evitar tu destino! ¡Eres el sucesor! ¡Más vale que te vayas acostumbrando!

La explosión hizo que la furgoneta saltara por los aires, en un giro que la hizo estrellarse de costado contra el terreno húmedo. Las balas seguían lloviendo mientras el vehículo se deslizaba sobre el lodo hasta que se detuvo varios metros más allá.

Mientras los hombres del AIPM avanzaban para terminar con ellos, dentro de la furgoneta Castellari se levantó, aguantando el dolor que sentía en el costado izquierdo. Lo más probable era que el volante le hubiese fracturado varias costillas. Se sintió desorientado por el ángulo en que se encontraba el vehículo. La furgoneta estaba sobre el lado derecho, por lo que él prácticamente colgaba en el asiento tras el volante. Logró desabrocharse el cinturón de seguridad y cayó torpemente en el interior del vehículo. No podía salir por la ventana, pues le volarían la cabeza tan pronto como la sacase.

Miró preocupado hacia la parte posterior de la furgoneta. Podía ver las piernas y parte del torso de Kvedaras, en su asiento giratorio que le daba acceso a la burbuja transparente por donde disparaba las ametra-lladoras. Parecía estar inconsciente, pues no se movía ni emitía gemido alguno.

—Travis... —llamó Castellari—, ¿estás bien?

Desabrochó el cinturón de su amigo y lo depositó suavemente en el suelo. Pero no podía hacer nada por él. Tenía la mirada fija y cristalina. Su frente mostraba una herida profunda donde se había golpeado con el vidrio antibalas de la burbuja. La sangre le manchaba el rostro y parte del pecho.

—Mierda —lloró su compañero, abrazándolo—. Travis...

Los gritos se hicieron más fuertes. Caminó hasta las puertas traseras de la furgoneta, y después de varios intentos logró abrir la que estaba más cerca del piso. Se agachó y pudo ver que los neonazis ya estaban encima de él. Varios proyectiles golpearon la carrocería , obligándolo a retroceder.

Se sentía mareado. Y en ese estado no podría hacer nada.

Metió la mano al bolsillo de su chaqueta de cuero, y extrajo una pequeña caja de plástico que contenía una píldora oscura. Tomó la píldora en su mano y, sin pensarlo dos veces, la mordió.

En un par de segundos, estaría muerto.

El Mago y Michaela caminaron rápidamente hasta el Ford Taurus, que había quedado estacionado frente a la tienda de abarrotes. La noche ya había caído sobre Zaraquo, y su soledad se hizo más evidente.

—¿Nos vamos así nomás? —reclamó ella—. Pensé que estabas decidido a saber lo que pasaba.

—Sé muy bien lo que sucede. Anaya me está poniendo otra prueba.

—¿Prueba de qué?

—De que soy digno hijo suyo —dijo El Mago, mientras se sentaba tras el volante. Michaela se sentó a su lado.

Le dio la vuelta al arranque y nada. Ni siquiera un leve rugido. El motor estaba muerto, como el resto del pueblo.

—Mierda —exclamó—. Lo que nos faltaba.

—Tranquilo —dijo ella—. Abre el capot.

La mujer se dirigió al frente mientras el sicario apretaba la palanca para soltar el seguro del capot. Michaela alzó la cubierta y miró en su interior, a la vez que El Mago se acercaba.

Parecía que toda la máquina se había fundido, como si

hubiera sido rociado con un ácido muy potente. Lo que había sido el motor y el radiador apenas eran reconocibles en una masa amorfa y viscosa.

—Ahora sí nos jodimos.

—Por favor —dijo Michaela—. No seas pesimista. Tenemos que buscar otra manera de transportarnos, nada más.

El Mago miró hacia un lado, como si hubiera visto algo importante.

—Pues aquí no parece haber nadie para ayudarnos.

Michaela cerró el capot y enfrentó al sicario.

—Bueno, estamos a varios kilómetros de cualquier ciudad. Podemos empezar a caminar ahora, o...

—O esperar hasta que amanezca —completó él.

Sabía que eso era lo más lógico, pero también era lo que querían Anaya y el niño.

—Pero ¿no puedes tú volar y esas cosas? —recordó—. Cuando te conocí, aparecías y desaparecías sin dejar rastro.

—Tenemos que regresar juntos, tal como vinimos.

—Pero lo que dijo el niño...

De pronto, El Mago se agarró la cabeza, un dolor intenso se enroscó en sus sienes, como un caracol dentro de su caparazón. Cayó de rodillas y dejó escapar un gemido. Michaela se apresuró a asistirlo.

—¿Qué te pasa, Garol?

—No... lo sé —la voz de El Mago era débil, quebradiza—. Siento que la cabeza... me va a estallar.

—Vamos —dijo Michaela, ayudándolo a ponerse de pie—. Se está poniendo bastante frío. Tenemos que encontrar dónde pasar la noche.

Cuatro soldados más cayeron víctimas de las balas silenciosas de Portela. El mercenario continuó en su retroceso táctico, como le gustaba pensarlo. Aunque en la realidad, sólo estaba huyendo. Sin Vallejo que lo cubriese, tendría que seguir moviéndose si quería continuar vivo.

¿Dónde se había metido el indio hijoeputa? Más le valdría tener una buena excusa, de lo contrario él mismo se encargaría de matarlo.

Los soldados continuaban disparando y estuvieron a punto de herirlo varias veces, pero la suerte lo había acompañado hasta ahora. Se ocultó tras un grueso pino, mientras escuchaba avanzar a sus enemigos. Sabía que sólo le quedaba una salida. Debía llevarlos a las trampas.

Se arrodilló y escaneó el terreno a través de la mira telescópica del Sauger. Descubrió que un soldado enemigo lo miraba a través de sus lentes para la oscuridad. Y le apuntaba con su rifle.

Inmediatamente sintió una fuerte quemazón cerca del hombro izquierdo. El impacto del balazo le hizo caer sobre el matorral y el Sauger escapó de su mano.

Mierda.

Se levantó inmediatamente, como si tuviese resortes en las botas. No podía quedarse quieto. Los neonazis ya empezaban a gritar entusiasmados por su caída, y seguían enviando las ráfagas de metralla hacia él.

Tenía que llegar. Faltaba muy poco. Sólo unos metros más.

Horas antes, Portela había sembrado explosivos en un área extensa, en la salida del bosque, donde empezaba el terreno perteneciente al diplomático sudafricano. Herido y sin la ayuda de Vallejo, era lo único que le quedaba por hacer.

Sintió otra quemazón en la parte trasera del muslo y cayó dando tumbos, y rodando sobre sí mismo. Se arrastró hacia una roca para poder cubrirse, pero también porque junto a esa roca estaba oculto el detonador.

Se arriesgó a mirar hacia donde se acercaban sus enemigos. A decir verdad, venían de todas partes, pero no creía que lo habían rodeado todavía. Se acercaban disparando, enceguecidos por la furia y la sangre.

A la mierda, pensó. Es un buen día para morir.

Apretó el detonador y la noche brilló hasta el infinito.

*　　*　　*

Michaela observó a El Mago descansando sobre la cama de la habitación del hotel, donde encontraron al niño. Se había quedado dormido tan pronto como llegaron. Al parecer, el dolor fue lo suficientemente fuerte como para que quedara exhausto en pocos minutos.

Le preocupaba. Garol Pereira no era un hombre como los demás. No era el tipo que enfermase de cualquier cosa. Su naturaleza nada común había llamado la atención de la Orden de la Cruz Eterna desde su mismo nacimiento. Todos los movimientos de su vida habían sido monito-reados con precisión, pero nunca nadie había intervenido, porque no era el momento adecuado.

Las cosas eran diferentes ahora. El Mago sabía quién era. Conocía acerca de su padre, la esencia maligna que lo poseía, y de su intención de reclutarlo para volverse más poderoso.

Si Walter Anaya lograba su cometido, el mundo sufriría un revés. Satanás ganaría una batalla más al tener entre sus filas al primer hijo de un ángel oscuro y uno de los más preciados del reino de los cielos. Sería un ente extremadamente poderoso, capaz de destruir las bases de la bondad y el bienestar del mundo. Nada lo detendría. Podría ser capaz de entrar en el mismo cielo y destruir su equilibrio. Por eso, San Gabriel había mandado a su madre, Alexia Pereira, a cuidar de él.

Y ahora Michaela también lo hacía, por voluntad propia.

Un ángel enamorado de un asesino, había dicho el niño. ¿Era amor lo que sentía por él? ¿Cómo podía amar a alguien tan lejano de la bondad, alguien que había asesinado a tanta gente? Por más que Garol Pereira tuviese algo de bondad en su corazón, seguía siendo un asesino.

—¿Alexia? —llamó hacia la nada—. Alexia, ¿dónde estás?

Le preocupó no recibir respuesta. No había avisado a nadie que venía a ver a El Mago. Varias veces se había ganado reprimendas de San Gabriel por su interés en el asesino. Pero ella no había hecho caso y seguía visitándolo cuando podía. Incluso lo había salvado del disparo que recibió en la oficina de Raúl Pini.

Pero con Alexia era diferente. Ambas congeniaban y el amor por su hijo la hacía más tolerante. Incluso   Alexia la veía como parte de la salvación de su hijo, como si el amor de un ángel borrara el mal heredado de otro.

Podía comprenderla. Alexia se sentía culpable ante la Orden y ante Dios de haberse juntado con un ser como Anaya. Había sido uno de los tantos ángeles jóvenes y rebeldes que decidieron vivir entre los humanos, para aprender más de ellos y sentir las experiencias que les eran ajenas. Por un tiempo, todo fue hermoso. La playa, el mar, la gente amigable y considerada. Hasta que conoció a Anaya.

No supo reconocer su naturaleza y cayó embrujada por sus mentiras. Le hizo la vida imposible hasta que se cansó de ella y la abandonó. Fue lo mejor que pudo haberle pasado. Trató de dedicarse a su hijo en cuerpo y alma, pero las debilidades físicas que había adoptado como parte de su experiencia terrestre, hicieron mella en su salud, falleciendo antes de poder protegerlo contra cualquier mal. Ahora era el momento de hacerlo nuevamente y en forma definitiva.

Se alarmó al escuchar un ruido como de pasos que se acercaban por el corredor. Extrajo de su chaqueta la automática y la amartilló. Cualquier cosa que intentara lastimarlos tendría que enfrentarse a un ángel de muy mal genio, se dijo a sí misma para darse valor. Le hubiese gustado que Garol despertara para ayudarle, pues juntos siempre hacían mejor el trabajo.

Apoyó su oreja en la puerta y trató de distinguir el origen del ruido, pero todo fue en vano. El silencio gobernaba en la hostería otra vez.

Abrió la puerta lentamente y salió al corredor. A pesar de ser un edificio viejo, la hostería permanecía en buen estado y las duelas no crujieron bajo sus pies.

*   *   *

Algunos corrían de un lado al otro, gritando, en una mezcla de terror e histeria. Otros simplemente se habían quedado quietos, llorando. Una luz intensamente blanca bañó todo el salón, dejando ciegos por unos segundos a los invitados; el ensordecedor rugido de un trueno llegó segundos después.

—Dios santo, ¿qué fue eso? —preguntó uno de los guardaespaldas que cuidaba a Washington.

A su lado, Chieko Onda no dijo nada, pero tuvo el presentimiento de que las cosas no iban bien para sus compañeros.

—¿Por qué no nos vamos de aquí? —gritó Wa-shington, junto a ella. Lo acompañaban Bauer, cinco hombres de raza negra, quienes eran los guardaespaldas personales del primero, y cuatro agentes del servicio secreto. Todos lo rodeaban arma en mano, formando un círculo protector en contra de cualquier amenaza.

—Pronto llegarán los helicópteros, señor —dijo uno de los agentes, intentando calmarlo—. Debemos ir hasta la azotea.

Apenas había empezado el caos, los agentes se habían comunicado con el cuartel general y notificado de la situación.

—Mi gobierno no aceptará esta violación de nuestra soberanía —se quejó Bauer, quien se mantenía junto a Washington, bastante preocupado. Las sirenas de la policía empezaron a escucharse y muchos de los asistentes se relajaron; la caballería estaba cerca.

—Vamos —dijo el agente del servicio secreto que había tomado el mando, un hombre de cabello entrecano y presencia segura.

—El señor Washington —intervino Chieko—, debe esperar aquí hasta...

—Yo no recibo órdenes del Mossad —se enojó el hombre—. Esto es asunto de seguridad nacional. Quédese si quiere, nosotros nos encargamos de la situación.

Chieko se mordió la lengua para no protestar como quería. Con gusto le hubiera hecho tragar el arma al tipo ese, pero no podía perder el tiempo en discusiones áridas. Garol no se aparecía todavía y le había ordenado proteger a Washington a toda costa.

El grupo se movió por la escalera hacia el segundo piso. Algunos de los invitados los quisieron seguir pero un par de agentes se quedaron para impedirles el paso; Washington y Bauer eran los únicos que importaban.

Poco a poco, los hombres y Chieko llegaron a la azotea. Se podía observar unas minúsculas luces que se movían en el cielo. El sonido característico del helicóptero opacó lo demás.

—Aquí viene —dijo el del pelo entrecano. El otro agente, junto con los cinco guardaespaldas negros, se mantenían atentos, cuidando los ángulos de acceso a la azotea. El frío pegaba fuerte a esa hora de la madrugada y Chieko tuvo que hacer un esfuerzo para borrarlo de su mente.

El helicóptero empezó a descender sobre la amplia y plana azotea, sacudiendo viento y polvo e impidiendo algo la visibilidad. Dos hombres con uniformes militares se apearon, agachando la cabeza, mientras el piloto permanecía en la cabina. Cada uno llevaba una ametra-lladora automática y la mantenía apuntando al cielo.

Los agentes secretos y los guardaespaldas empezaron a llevar a Washington y Bauer hacia el aparato. Chieko caminó hacia él, pero el hombre entrecano la detuvo.

—Hasta aquí nos acompaña, agente.

—Nada de eso. Voy con ustedes.

—Éste no es su asunto —dijo el hombre, apuntando a Chieko con su arma—. Más le vale que se...

El hombre se detuvo en seco al tiempo que varias detonaciones se escuchaban. Cayó de bruces sobre el cemento. Chieko apenas tuvo tiempo de hacerse a un lado, mientras las balas resonaban.

Los soldados que habían bajado del helicóptero disparaban sobre los hombres que protegían a Washington y Bauer. Tres de los guardaespaldas negros fueron las primeras víctimas. El otro agente, compañero del entrecano, recibió varias balas en la espalda al tratar de proteger al sudafricano.

Mientras tanto, Chieko se arrodillaba sobre una pierna y disparaba su automática. Logró alcanzar a uno de los soldados en la frente y en la mejilla izquierda. El otro giró para dispararle a Chieko, pero su movimiento fue aprovechado por los guardaespaldas sobrevivientes y lo acribillaron hasta vaciar sus pistolas. Mientras caía, logró dirigir la ráfaga de su ametralladora hacia ellos y alcanzó a reventarle la cabeza a uno.

Washington y Bauer permanecían tirados en el suelo, asustados, rogando que todo terminara bien. El guardaespaldas sobreviviente se dispuso a protegerlos lo mejor que podía. Chieko dirigió su mirada al helicóptero, pero no pudo ver al piloto. En la confusión de la balacera, se había bajado y escondido en alguna parte.

—Cuídelos —ordenó Chieko al único guardaes-paldas vivo que permanecía con los personajes. Caminó lentamente apuntando su arma hacia el helicóptero. La temperatura había descendido aun más en los últimos minutos, pero apenas lo sentía.

Estaba a pocos metros del helicóptero, cuando escuchó dos disparos a su espalda. Se volvió velozmente, tomando posición sobre una rodilla, y maldiciendo el vestido que llevaba, pues entorpecía cualquier movimiento.

El hombre negro, el guardaespaldas que había dejado al cuidado de Washington y Bauer había hecho los disparos sobre sus protegidos, asesinado al sudafricano. Sólo quedaba vivo el dirigente negro.

Chieko, sorprendida como estaba, alcanzó a disparar contra el guardaespaldas, pero de pronto se sintió empujada hacia el piso por un calor que quemó su costado derecho. Cayó jadeando, consciente de que había sido herida gravemente. Un fuerte dolor comenzó a invadir todo su cuerpo. Apenas podía moverse.

Maldito hijo de puta, pensó, al tiempo que el piloto del helicóptero salía de su escondite, con una pistola aun humeante. Era Malcolm Miers. El líder neonazi sonreía. Muchos habían muerto, pero se sentiría feliz porque Washington moriría por sus propias manos.

La policía ya había llegado y una veintena de patrullas estaba a pocos metros de la mansión, cortando la noche con sus luces multicolores. Pero ya no importaba. Quería cumplir con la causa y estaba dispuesto a morir por ello.

Se acercó a Washington, quien permanecía tirado en el piso. Le apuntó.

Fue cuando Garol Pereira llegó disparando desde la entrada a la azotea.

El guardaespaldas cayó primero, con dos balas en el tórax y una en el cuello. Miers recibió un balazo en el pecho y se desplomó muy cerca de Chieko. Washington se levantó temblando, un manojo de nervios, mientras Garol acudía hasta donde se encontraba su compañera.

Estaba bastante mal. Su piel se encontraba más blanca de lo normal y sus ojos ya no enfocaban.

—Chieko... —alcanzó a decir Garol, sintiendo una bola en la garganta, y maldiciéndose por no deshacerse de Vallejo más rápido, para poder respaldarla.

—Nunca bajes la guardia... —dijo ella, con una amarga sonrisa. Su mirada quedó vacía y dejó de respirar.

Garol cerró los ojos de su amiga.

—Lo lamento —dijo Washington, colocándose junto a él. Elementos de la policía llegaban a la azotea, dispuestos a ayudar.

Michaela se movía en silencio. El corredor estaba vacío pero por un momento le pareció escuchar nuevamente el ruido. Pasos. Maldita sea. ¿De dónde provenían? Se dio media vuelta, con el arma lista para disparar, pero nada. Caminó hasta el comienzo de la escalera y miró hacia bajo.

La figura de una mujer yacía al final de los escalones. Era pelirroja y vestía jeans, una camiseta negra y un blazer también oscuro. Se dio cuenta de que la mujer vestía igual que ella. Incluso llevaba el mismo tipo de botas.

No era posible. Sin dar un solo paso, manteniendo la

atención sobre el cuerpo, se dio cuenta de que no era una mujer en realidad. Se estaba viendo a sí misma. Era la viva imagen de Michaela quien estaba inconsciente sobre la alfombra.

Decidió regresar a la habitación.

Al girar, una fuerte punzada se le clavó bajo la clavícula izquierda. De la herida no brotó sangre, pero escapó un haz de luz poderoso que iluminó parte del corredor. Michaela, sorprendida, alzó la mirada para ver a su atacante.

El Mago la apuñaló una segunda vez debajo del esternón.

—Garol... ¿qué... estás haciendo? —exclamó Michaela, mientras la luz de la vida se le escapaba también por la segunda herida. Alzó su mano armada, para defenderse, pero no se atrevió a disparar. Ése era el hombre que debía proteger. ¿Qué le había pasado?

El Mago incrustó la navaja en el cuello de Michaela.

La mujer perdió el equilibrio mientras retrocedía para evitar las puñaladas de El Mago, los haces de luz iluminando intermitentemente las paredes y la cara del asesino.

El Mago logró clavar dos veces más su daga en la espalda de la guerrera hasta que sus piernas ya no la sostuvieron, y cayó por las escaleras, dando tumbos, gimiendo y golpeándose contra el piso de la hostería.

El Mago parecía tranquilo. Se sentía mejor. Ya no le dolía la cabeza y sus pensamientos eran claros. Michaela lo había traído hasta Zaraquo para hacerle daño, para causarle la muerte. Pero él había sido más listo. Una vez que ella pensó que se había dormido, había sido fácil atacarla.

Bajó los escalones pausadamente. Ya no había ningún apuro. El cuerpo de Michaela parecía una lámpara rota, vaciándose de luz y llenándose de oscuridad. Ella lo miró con lágrimas en los ojos, tratando de buscar una respuesta.

El Mago continuó clavándole la navaja hasta quedar satisfecho con el trabajo.

*   *   *

La matanza ocupaba la primera página del *New York Post*. Una inmensa fotografía mostraba al dirigente negro Washington acompañado por unos paramédicos, a la vez que ciertos uniformados trataban de impedir la intrusión de la prensa. En una página interior se describía la "pequeña guerra" en la mansión del difunto Bauer. Se estimaba cuarenta y cinco muertos en total, aunque todavía era muy difícil definirlo por la buena cantidad de desmembrados que se halló cerca del bosque.

El sacrificio de Killy Hammond no había sido en vano, se dijo Eli Stieffel, dirigente de "Los Hijos de David." Malcolm Miers había muerto y eso significaba el fin de una importante célula neonazi, una amenaza para el estado judío.

Killy había sido una mujer hermosa; lo sabía muy bien. Fue su amante alguna vez, pero no duraron mucho. Ella lo consideraba un ser manipulador, muy posesivo.

Pendeja. Miers la había convertido en una neonazi, haciéndole olvidar que era una espía y no una loca racista.

Mujeres. Cuando uno las trata bien, te pisotean. Si las tratas como la mierda, lamen tu mano.

—¿Te gustó verla sufrir?

Stieffel se sobresaltó al escuchar la extraña voz en su propia oficina. Alzó la cabeza y pudo ver al hombre que había hablado.

Los ojos blancos y brillantes del intruso lo desafiaron.

—¿Te gustó verla sufrir?

—¿De qué me habla? —preguntó Stieffel, abriendo el cajón de su escritorio para sacar un revólver que mantenía oculto—. ¿Quién es usted?

—Un amigo de Killy.

Antes de que pudiera agarrar el arma, la manga izquierda del terno de Stieffel se encendió. El hombre se incorporó de un salto, tratando de apagar el fuego con la otra mano, mientras el miedo se introducía en él.

—¡Mierda! —exclamó— ¿Qué es lo que pasa aquí? ¿Quién es usted?

El intruso no dijo nada.

La otra manga se encendió. Stieffel empezó a sacudirla desesperadamente.

—Ella confiaba en ti —dijo el intruso, sin abandonar su posición—, y la mataste.

—Yo no la maté —dijo Stieffel, desesperado, mientras extinguía la otra manga—. Ella tuvo un ataque cardíaco.

—Tú se lo provocaste. La torturaste hasta matarla.

—No es verdad —se defendió Stieffel— Killy murió accidentalmente.

El intruso se acercó. Stieffel sintió que se le erizaban los vellos de la nuca. Había logrado extinguir el fuego, pero le ardían sus manos y antebrazos.

El hombre de los ojos muertos puso la mano en su hombro.

—Tú también.

El Mago arrancó el Taurus y abandonó Zaraquo en pocos minutos. El día estaba soleado, pero un poco frío, aunque agradable. Decidió entonces abrir la ventana para recibir en su rostro el viento reconfortante, mientras admiraba el paisaje serrano. Grandes extensiones de amarillos y verdes se abrieron ante él, haciéndole sentir cada vez mejor.

Mientras tanto, en el pueblo que dejaba atrás, el niño de la hostería admiraba el cuerpo despedazado de la que había sido la amiga del asesino. Lucía más de un centenar de heridas, víctima de un ataque sádico, enfermizo y obsesivo.

El niño sonrió satisfecho y pasó la lengua por la comisura de sus labios. Todo había salido de maravilla.

13. El Cielo y El Mago

—¿Estás seguro? —preguntó preocupado San Gabriel, en su despacho de la Oficina para la Investigación Cristiana, uno de los edificios menos conspicuos de El Vaticano. Rodeado de belleza arquitectónica e Historia, era el lugar ideal para dirigir sus operaciones. Pocos conocían la verdadera misión de la OIC. Incluso el Santo Padre ignoraba sus secretos.

—No hay duda —explicó el joven sacerdote que había llegado pocos segundos atrás para contarle la noticia—. Garol Pereira nos ha traicionado. Encontramos el cuerpo de Michaela... —el muchacho tragó saliva y sus ojos mostraron dolor—. Estaba hecho pedazos...

San Gabriel avanzó hasta el joven clérigo y le puso la mano en el hombro, mirándolo comprensivo.

—Tranquilícese, padre Jonás. Yo me encargo.

El sacerdote asintió sin poder contener las lágrimas, y salió tan rápido como había entrado.

San Gabriel suspiró. El momento había llegado. El cumpleaños de Garol Pereira era en dos semanas, y Walter Anaya había prometido volver por él. Por su hijo. Si no se lograba detener al hombre apodado El Mago, Dios sufriría uno de los máximos reveses y tendría que aceptar una derrota, algo que no había sucedido desde el principio del universo. ¿Pero acaso era posible que un solo hombre pudiera desestabilizarlo todo?

Inmerso en sus pensamientos, vio aparecer el cono de luz en medio de su oficina, el que lo transportaría ante su jefe máximo, quien de seguro esperaba un plan de acción.

Respiró profundamente, y se colocó en medio de la intensa blancura.

Cuatro años atrás, Garol Pereira y Raúl Pini se encontraban en *Millennium's End,* un pequeño restaurante en la Séptima Avenida y la Treinta y Cuatro. Oscuro, húmedo y con la calefacción defectuosa, pero con la más increíble sopa de cebolla de todo Manhattan.

—Bueno, ¿y? —preguntó Garol.

Raúl puso cara de sorpresa al tiempo que miraba a su interlocutor, con la boca llena. Tomó una servilleta de papel y se la pasó por los labios.

—¿Y qué? ¿A qué te refieres?

—Vamos, déjate de pendejadas. Cada vez que me invitas acá es porque quieres decirme algo importante.

Raúl sonrió.

—¿No puedo hacerlo por la bondad de mi corazón, porque quiero compartir una buena comida con mi mejor elemento y amigo?

—*Bullshit.*

—Está bien, está bien —dijo Raúl, mientras se servía otra cucharada de sopa—. Te lo voy a decir de una: creo que debemos cambiar de ambiente.

Ahora fue el turno de Garol para extrañarse.

—¿De qué hablas? —inquirió. Aunque también era aficionado a la comida del restaurante, apenas había probado su plato.

Raúl echó una mirada por el local. A pesar de estar lleno, con oficinistas que disfrutaban la hora del *lunch,* su mesa se encontraba en un lugar discreto, y podían hablar sin temor.

—Los tiempos han cambiado, Garol. Ya no son como antes. Hay demasiada competencia.

—Siempre ha habido competencia.

—No como ahora —Raúl sacudió la cabeza—. Parece que cualquier estúpido que ha pasado por un cuartel ofrece sus servicios *freelance*. Y eso no me gusta. Los pendejos que me atacaron en mi oficina debieron trabajar para uno de ellos, aunque se hicieron pasar por simples ladrones. No estoy seguro, pero siempre queda la duda.

—Pero todo lo que tenemos está aquí.

—No tenemos nada, Garol, y tú lo sabes. Hemos mantenido un perfil bajo durante todo estos años, pero, como te dije, los tiempos cambian. Creo que debemos buscar nuevos pastos.

—¿Dónde? —preguntó Garol, con sigilo.

—Hogar dulce hogar —sonrió Raúl, abriendo las palmas.

A Garol le parecía inaudito lo que estaba escuchando.

—¿Al Ecuador?

Raúl se limitó a asentir.

—¿Estás loco? —fue una afirmación más que una pregunta por parte Garol.

—Como están las cosas en Latinoamérica, habrá mucha gente que requiera de nuestros servicios. Podremos hacer mucho dinero y habrá menos probabilidades de que nos capturen. No quiero pasar mis mejores años en la cárcel.

Garol Pereira no dijo nada por unos instantes. Había tenido encargos que lo habían llevado a diferentes partes del mundo, pero siempre había considerado a Nueva York como su casa. Apenas escuchó lo que Raúl decía, mientras éste sacaba un papel del interior del saco.

—Lo recibí esta mañana.

Era un fax. Estaba mayormente vacío. Unas cuantas palabras parecían susurrar en la vacuidad.

The Führer is dead!
Long live the Führer!

The Town will Send a new Avenger
To Kill the Enemies of the Fourth Reich.

El monasterio apenas se veía desde la carretera. Podría haber pasado por una de las tantas edificaciones a medio construir y abandonadas a lo largo de la vía que llevaba a San Isidro, al noroeste de Riobamba. La noche era sin luna, y la temperatura había descendido de una manera abrupta y sin miramientos.

¿Por qué había gente que se empecinaba en vivir apartada del mundo?, se preguntó El Mago, mientras estacionaba el Taurus entre unos arbustos. Se subió el cuello de la chaqueta y avanzó a pie hasta el muro de piedra que rodeaba al monasterio. No había indicios de una puerta, por lo que supuso que estaba en uno de los lados o en la parte posterior de la propiedad; era difícil asegurarlo.

Tiritando, empezó a trepar por el muro, agradecido por el poco calor que le provocaba el esfuerzo. Apenas llegó al tope, permaneció observando unos segundos. Estaba muy oscuro, pero sus ojos se acostumbraron rápidamente. Notó unas jardineras a lo lejos y unas ventanas protegidas por rejas de tubos delgados, al estilo de una cárcel colonial. Sin duda, las Siervas del Destino Inmaculado cumplían sus votos de pobreza y aislamiento total.

Avanzó unos pasos, tratando de no hacer ningún ruido, aunque con el frío que hacía, dudaba que alguien fuera tan valiente como para estar en la intemperie. Encontró la puerta principal del edificio, de madera pesada y opaca. No necesitó de mucho esfuerzo para abrirla.

En el interior, las paredes carecían de decorados, pintadas de un color gris ratón, aunque difícil de establecer con la tenue luz que llegaba a través de las ventanas. El silencio parecía cubrirlo todo, como si el tiempo no existiera, como si luces y sombras se fundieran en el espacio. Pasó cerca de varias puertas estrechas, en un largo corredor. Sabía que la persona a quien venía a ver no dormía en la sala, junto a las demás hermanas, sino que tenía una celda separada, cerca de la capilla.

Después de varios metros de oscuridad, la encontró, tal como le había dicho la voz.

El rostro del gigante los miraba desde su proyección en la pared de la oficina de Raúl.

—No lo conozco —dijo Garol.

—Se llama Robert Towsend. Era la mano derecha de Malcolm Miers, del Movimiento Protector de La Identidad Americana —explicó Raúl—. Te acuerdas, ¿no?

Garol guardó silencio, sin quitar los ojos de la pared. La luz del proyector dibujaba sus rasgos de manera dura, cincelada, dándole un aire sobrenatural.

—Después de que el difunto Portela hiciera explotar las minas alrededor de la mansión del embajador —continuó su compañero—, se encontraron brazos, piernas y toda una colección de trozos humanos. La policía tardó mucho tiempo en armar el rompecabezas, por así decirlo, y conocer quiénes exactamente conformaban el grupo de asalto neonazi. Según un amigo del departamento, no había rastros de Towsend por ningún lado.

—Pudo haberse desintegrado, simplemente. Fue una explosión grande.

—Tal vez. Pero muchos lograron huir. Tal vez Towsend fue uno de ellos. Hay que encontrarlo para saber qué es lo quiere y por qué viene a jodernos ahora.

—No lo sé —dudó Garol—. Lo menos que desea él es mostrarse en público. Debe estar escondido en algún pueblito de Ohio, o algo así.

—Es lo único que se me ocurre, por ahora —explicó Raúl, mientras terminaba la última cucharada de sopa.

—¿De dónde enviaron el fax?

—Desde una oficina de correos en el Bronx. Pagaron en

efectivo. No hay forma de rastrearlo.

—¿Tienes la última dirección conocida de Towsend? Nos servirá para empezar.

—Tengo algo mejor —sonrió Raúl, sus ojos brillantes ante la luz del reflector—. La dirección de su madre.

Sor Istel de la Cruz no podía dormir desde hacía mucho tiempo.

Trató de combatirlo, pero sin éxito. Incluso uno de los doctores que visitaba el monasterio cada tres meses le había recetado unas pastillas. No le habían ayudado para nada. Entonces decidió que simplemente ya no trataría de dormir. Después de todo, si Dios quería mantenerla despierta, tendría sus razones.

Volvió a colocar los dedos sobre el libro en Braille que tenía en el regazo. Casi no había avanzado, pues estaba intranquila. Tenía un presentimiento, algo muy dentro de ella que no podía definir.

No era la primera vez. Desde pequeña había tenido "visiones," como le gustaba llamarlas su padre. Siempre era la primera en sentir las cosas, como cuando los perros ladraban antes de un temblor. Aquello le había traído tantas bendiciones como problemas, pues no todo el mundo podía aceptar la existencia de sus poderes. Creció llena de inseguridades, ahuyentando a los jóvenes que podrían haberse interesado en ella y encontrando alivio solamente en su fe, en su religión. Cuando cumplió los veintiún años, tenía claro lo que quería hacer con el resto de su vida.

Su capacidad visionaria le había servido mucho para ayudar a la gente con quien se encontraba en su diario trajín por las montañas y pueblos de aquel sector de la sierra. Muchos la habían calificado de santa, pero ella nunca lo tomó en serio. Sabía que Dios le tenía deparada una misión especial, pero ni siquiera se la imaginó, hasta aquella madrugada en que recibió la visita de la luz.

La madrugada en que se quedó ciega.

La monja dejó el libro a un lado. Había alguien con ella en la celda.

—¿Quién eres? —preguntó, tratando de escuchar los movimientos del visitante.

—Un amigo, Sor Istel —la voz era agradable, casi familiar, pero ella la sabía diferente.

—No —dijo la monja—. Tú no eres ningún amigo. Ningún amigo de nadie.

—Vengo por la llave —exigió El Mago, acercándose lentamente en la penumbra de la celda, sin focos ni lámparas que pudiera activar, aunque no los necesitaba.

—¿Cuál llave? —Sor Istel pareció sonreír.

—No me tomes por un pendejo —se enojó El Mago—. Sabes bien de lo que estoy hablando.

—Soy anciana y ciega... Apenas puedo moverme. Hay muchas cosas que no recuerdo...

—¡La llave del cielo! ¡Quiero la llave del cielo!

Sor Istel de La Cruz sonrió nuevamente. A pesar de haber cumplido más de ochenta años, sus dientes eran casi perfectos, y parecieron tener un brillo propio en la apretada celda.

—¿Y quién no la quiere, hijo mío, y quién no la quiere?

De un solo salto, el sicario se acercó a la monja, y, cogiéndola de la bata, le gritó a pocos centímetros del rostro:

—No te hagas la cojuda. Tú eres la guardiana, la que da su visto bueno a quienes van al cielo. Sé que tú tienes la llave.

Los ojos de la monja apuntaban a lugares diferentes, una tela blanca los cubría casi en su totalidad. Pero de pronto, parecieron recobrar vida y posarse directamente en los de su visitante.

—Hijo mío. Parece que te han mentido. Ése guardián del que tú hablas es San Pedro. Él tiene las llaves del cielo.

El Mago arrojó a la monja hacia el suelo; su cuerpo frágil emitió un ruido sordo al golpear el piso encementado.

—Si no me lo dices —la voz de El Mago sonó más grave—, acabaré con cada una de las monjas que vegetan en este lugar. Les arrancaré las orejas y después los ojos. Y tú estarás presente para que escuches todos sus gritos.

Sor Istel intentaba ponerse de pie, pero su cuerpo carecía de fuerzas. Levantó su rostro hacia donde suponía que estaba su atacante. El Mago notó que su expresión no era de miedo ni de disgusto.

La monja parecía estar de lo más tranquila cuando dijo:
—Perdónalo, Dios mío, porque no sabe lo que hace.

Willmila Towsend vivía en una pequeña casa de Long Island, en un pueblito llamado Conrad Bay; típico del noreste norteamericano, con poco más de tres mil habitantes de clase media, la mayoría de los cuales viajaba diariamente a la Gran Manzana para trabajar.

La señora Towsend pertenecía al grupo de los que nunca salían del pueblo, a menos que fuera estrictamente necesario. Compartía la vivienda con sus cinco gatos, su única compañía, pues la mayor parte de sus amigos había fallecido, mudado a Florida o aguardaba la muerte en los odiosos hospicios de la región. Para Willmila no había nada como el hogar. Si tenía que morir, lo haría en su propia casa, en su propia cama, y no en esos centros donde maltrataban a los ancianos. No, señor; eso no era para ella.

Escuchó un carro acercándose y levantó la cabeza mientras dejaba de podar las plantas de las jardineras que adornaban la entrada principal.

Era una furgoneta grande y oscura, como las que usaban los hombres del correo. ¿Quién será?, se preguntó. Generalmente no recibía visitas. Ya estaba acostumbrada a ello. A su edad, una se acostumbraba a estar sola.

Un hombre de abrigo oscuro y *fedora* se bajó del asiento del pasajero y empezó a caminar sonriente hacia ella. Una mujer de espejuelos, pero atractiva, de cabellos rubios, con aire de ejecutiva, y otro hombre de aspecto descuidado lo acompañaban. Llevaba una cámara de video al hombro y la activó apenas pisó el suelo.

—Buenos días —dijo el hombre del *fedora*, sin dejar de sonreír—. ¿Es usted la señora Willmila Towsend?

—¿Quién lo desea saber? —reclamó la anciana.

El hombre la tomó como si nada, y continuó:

—Me llamo Robert Silver, y represento a la compañía McGregor & Laudell.

—¿Sí?

—Sin duda usted ha oído hablar de nosotros.

—No. Lo siento, no quiero nada.

—No, señora, no he venido a venderle nada. Todo lo contrario, le traigo buenas nuevas. Al parecer su hijo sacó una póliza de seguro con nosotros hace diez años. La única beneficiaria es usted.

—Mi hijo... murió hace tiempo.

—Sí, lo sabemos. Hubo un incendio hace cuatro años y muchos de nuestros archivos desaparecieron. Recién hemos podido restaurar algo de la información que teníamos en nuestro computador maestro.

El hombre continuó sonriendo mientras le extendía un documento montado en un *clipboard*.

—Lo único que tiene que hacer es firmar aquí y el cheque será suyo.

Willmila tomó el documento en sus manos y pretendió analizarlo. La verdad era que no podía ver nada, sólo un poco de manchas sin sentido. Necesitaba los bifocales que guardaba en el velador, junto a la cama, pero no quería pasar vergüenza delante de las visitas. Y peor aun con ese hombrecillo filmándolo todo.

Firmó el papel; las manos le temblaban al devol-verlo. Su mirada se posó en el cheque. Dios santo. Era de cuarenta y cinco mil dólares. No lo podía creer. Su hijo nunca le había dicho nada.

—¿Se encuentra bien, señora? —dijo el hombre con una amplia sonrisa. Sabía muy bien el efecto que le había causado el cheque.

La mujer rubia y de lentes sacó de su cartera un micrófono, al tiempo que el camarógrafo se acercaba para tomar sus reacciones ante el cuestionario que le habían preparado.

Willmila pensó que era la mujer más feliz del mundo. Y que su hijo era lo más maravilloso que cualquier madre podría pedir.

Tenía que escribirle para agradecérselo.

El Mago recordó haber hablado con el hombre que se parecía a Ricardo Montalbán en un estudio antiguo y elegante. Lo recordaba a él, pero no lo que había dicho. Su mente no funcionaba como antes. Parecía que alguien hubiera colocado una tela fina sobre su memoria, una tela que le impedía pensar con claridad. De lo único que estaba seguro era de lo que le decía la voz. Aquella voz que no se apagaba desde que había asesinado a Michaela.

Michaela.

¿Había significado algo en su vida? ¿Fueron amigos, amantes? No podía acordarse, no podía saberlo. No había remordimiento alguno por lo acontecido, pero se sentía extraño, inseguro. Incompleto era la palabra precisa. Algo faltaba; una pieza en el rompecabezas. Pero no sabía cuál, ni dónde encontrarla.

Dio un vistazo a la planicie, la hermosa vegetación que parecía cubrirlo todo. Flores amarillas, violetas, rojas, azules; todas ellas adornaban el paisaje, decorando el valle que se extendía delante de él. El cielo era increíblemente azul y el sol brillaba con intensidad pero su calor era agradable, como una caricia.

Con que esto es el paraíso, pensó.

El paraíso del que todos hablan pero nadie conoce. El Mago sonrió, observando las nubes y sus caprichosas formas. Provocaba recostarse sobre la hierba y mirar aquel cielo maravillosamente azul.

Vaya, un cielo dentro del cielo.

Sor Istel había sido dura de quebrar. La vieja fue mucho más fuerte que cualquier persona de la mitad de su edad.

Aguantó las torturas, incluso cuando le arrancó las uñas una por una. También soportó oír los gritos de las otras monjas que morían apuñaladas delante de ella. Por más que suplicaban, la monja no había dado el brazo a torcer. Hasta que por fin había encontrado su talón de Aquiles: una novicia que había ingresado hacía pocos meses en el convento, una chiquilla de apenas veinte años que le ayudaba a caminar por los jardines y le leía la Biblia. Fue suficiente darle de latigazos, para que la monja se rindiera al fin y abriera la boca. Después de obtener lo que quería, las mató a las dos. La sangre había fluido como un río cuando abandonó el viejo monasterio.

El Mago observó la medalla que llevaba en su palma derecha. ¿Quién creería que lo único que tuvo que hacer fue arrancárselo a Sor Istel, pronunciar una oración, y en seguida apareció un cono de luz en la oscura celda.

Poco antes de matarla, le había preguntado cómo consiguió la medalla, quién se la había dado. El Espíritu Santo, había sido la respuesta.

En seguida había entrado en el cono brillante, y ahora se encontraba en la casa de Dios.

—No por mucho tiempo, demonio.

El Mago alzó los ojos y vio a los tres guerreros.

Robert Towsend abrió la puerta de su apartamento y encendió la luz. Más bien lo intentó, porque al parecer el foco no funcionaba.

Maldita sea, se dijo. Lo último que me faltaba.

Estaba fastidiado. Había tomado dos turnos seguidos como guardia de seguridad en un nuevo edificio de oficinas en el noreste de Denver, y se encontraba exhausto.

Maldijo otra vez, mientras intentaba llegar a la lámpara de mesa en la sala de estar del pequeño apartamento. Cuando estaba a escasos dos metros de ella, la lámpara se encendió, iluminando parcialmente al hombre sentado en el sillón.

Towsend dio un salto hacia atrás, perdió el equilibrio

y cayó sentado sobre el piso de madera. Había enfrentado muchas veces la muerte durante sus días como mercenario, pero sintió un escalofrío subiendo por su columna vertebral. No podía ver el rostro del intruso porque permanecía aún en la penumbra, pero sí distinguía sus ojos. Blancos, casi transparentes, pero luminosos, como los de un animal salvaje.

—¡Mierda! —exclamó Towsend, tratando de levantarse, pero cambió de opinión cuando vio la automática con que le apuntaba el hombre— ¿Quién eres tú? ¿Qué haces aquí?

El intruso no se inmutó. Habló pausadamente, como lo haría un buen amigo.

—Asistimos a la misma fiesta hace algunos años.

—¿De qué está hablando? —reclamó Towsend.

—La casa del embajador sudafricano en Nueva York. Dirigías las tropas de Miers.

Towsend sintió que el mundo se le venía encima. Había hecho hasta lo imposible para ocultar su pasado. Para el mundo entero, Towsend había perecido en la explosión que acabó con la mayoría de su tropa.

—No sé de qué hablas...

—Me importa un comino que te hayas cambiado de nombre y que pretendas ser otra persona; no es mi problema —dijo el intruso de los ojos muertos, introduciendo su mano libre en el bolsillo de la chaqueta—. Lo que quiero saber es acerca de esto.

Towsend miró hacia el pedazo de papel que el hombre había lanzado en el piso. Claramente pudo leer las palabras escritas con energía.

The Führer is dead!
Long live the Führer!
The Town will Send a new Avenger
To Kill the Enemies of the Fourth Reich.

(El Führer ha muerto.
Que viva El Führer.
La ciudad enviará a un nuevo vengador
para matar a los enemigos del Cuarto Reich.)

—Lo pudo hacer cualquiera. Hay miles de neonazis en el mundo.

—Tal vez. Pero quien lo recibió es muy precavido en sus acciones. No cualquiera tiene acceso a su fax. Además, tu apellido es obvio en la tercera línea.

—Demasiado obvio —sostuvo Towsend—. Yo no intentaría delatarme por nada del mundo. Además, si quisiera matar a tu amigo, ya lo habría hecho.

Garol Pereira estudió al hombre frente a él. Era un gigantón cuyas manos podrían destrozar el cuello a cualquiera en un santiamén.

—Te creo —dijo Garol—. Me das la impresión de que eras el único cuerdo que andaba con Miers.

—Miers pagaba bien. Además, me gusta la idea de una América blanca y pura.

—Ésa es una ilusión. No se va a dar.

—Puede ser —admitió Towsend— pero alguien tiene que seguir la lucha.

—¿Tú?

—No. Yo estoy retirado. Me dedico a mi trabajo y se acabó.

—Debes tener dinero guardado de tu campañas. No creo que tu único ingreso sea el de un guardia de seguridad.

—Cree lo que quieras —dijo Towsend, levantándose sin preocuparle ya el arma del intruso—. Es hora de que te largues de aquí.

Antes de que se pusiera de pie por completo, ambos escucharon el vidrio de la ventana romperse y vieron un artefacto pequeño negro y cilíndrico que entraba en la habitación para depositarse sobre la alfombra.

Garol y Towsend actuaron por instinto, ambos acostumbrados a estar siempre preparados. Se lanzaron cada uno por su lado, mientras la granada explotaba arrojando las esquirlas mortales por el ambiente. Garol encontró refugio tras un mueble, mientras Towsend se ocultaba detrás del mesón de la cocina.

De inmediato, llegaron los asesinos.

* * *

Los tres ángeles lo miraban con recelo, atentos a cualquier movimiento. Pero aun así, El Mago podía adivinar cierto temor en sus ojos, un ligero brillo que los delataba y los ponía a su merced. Pero no había venido a tener compasión. Había venido a matar.

—Garol Pereira —llamó el ángel del centro, su traje rojo brillando con la luz del sol. Si alguna vez hubiera pensado en ello, El Mago se habría imaginado a los ángeles como seres vestidos en corazas griegas o romanas, con alas blancas que cubrían varios metros al desplegarse. Pero lo que tenía delante más bien parecían modelos salidos de una revista de modas. Eran demasiado bellos para ser masculinos, pero sus cuerpos denotaban fuerza y agilidad.

—¿Quién eres tú? ¿Estoy en el Primer Nivel?

Otro de los ángeles, el de cabello casi blanco y largo, asintió.

—Estás en el nivel del Espíritu Santo. Y nosotros somos sus guardianes.

—Los Cazasombras —reconoció El Mago.

—Sí —dijo el tercero, de traje azul y muy parecido al anterior—. Y tu presencia está mancillando este sagrado lugar. Tienes que marcharte.

El Mago sonrió, y lentamente se quitó las gafas para que los Cazasombras pudieran ver exactamente a quién se enfrentan. El efecto fue el deseado. Los ángeles se agitaron un poco, pero trataron de disimularlo. Se apartaron con precaución, en abanico, sin dejar de mirar al sicario.

El Mago no esperó más y enfocó su mente. Sus ojos muertos brillaron como un faro en lo negro de la noche. El ángel del traje azul empezó a sacudirse rápidamente como si hubiera chocado contra un cable de alta tensión. Sus compañeros lo miraron por un instante, asustados, pero en seguida se lanzaron hacia su enemigo.

El Mago introdujo su mente en la del ángel que le había hablado primero, escarbó dentro de su voluntad. Se sorprendió de lo fácil que era. Los ángeles eran seres luminosos pero poseían las mismas características humanas al pensar y reaccionar. Con razón nadie podía reconocerlos cuando circulaban en la Tierra entre los humanos.

Logró penetrar hasta lo más profundo, quebrantando la resistencia que trataba de ofrecer el ángel. Entonces, El Mago hizo que atacara al otro Cazasombras, con puños, piernas y brazos. La víctima trataba de defenderse lo mejor que podía pero cayó con múltiples heridas en la cara, los ojos y los oídos, de los cuales empezaron a brotar rayos de luz que abandonaban el ser. Todo fue violento y breve, pues el ángel dominado por la mente del sicario se había convertido en una máquina imparable. Mientras asesinaba a su compañero, no hacía nada más que sollozar.

Una vez terminado, permaneció en su lugar, observando el cascarón humanoide de su amigo, carente de la luz vital. Alzó sus ojos llorosos y los clavó en los de El Mago.

—¿Y... ahora qué?

—Ahora —respondió el sicario con una mueca de maldad. Sus ojos ya no eran blancos como siempre, sino que habían adquirido un brillo rojizo, como de ave de rapiña—. Ahora te toca a ti.

Eran cinco y entraron disparando sus Uzis por la misma ventana por donde habían lanzado la granada. Garol Pereira sabía que no podía permanecer en ese lugar, pues era un blanco fácil, pero la continua lluvia de proyectiles y la rapidez con que se movían sus enemigos le impedían actuar.

De pronto, otra explosión sacudió el apartamento, haciendo caer gran parte del tumbado. Garol pudo ver cómo un par de muebles del piso de arriba caían sobre los cuerpos destrozados de sus atacantes. Se levantó mientras escuchaba un grito de triunfo por parte de Towsend. No sabía de dónde la había sacado, pero al parecer el ex-mercenario había lanzado también una granada sobre los intrusos.

—Vámonos —apresuró Towsend, mientras se escuchaba el rugido de vehículos muy cerca. Lo más probable era que los de las Uzis no venían solos.

Garol no esperó que Towsend insistiera y ambos salieron del apartamento, corriendo hacia los pisos superiores. Llegaron al séptimo y se dirigieron al último apartamento.

—Hay una escalera en la parte trasera del edificio —dijo Towsend, mientras corrían entre los residentes que salían asustados para ver qué sucedía—. Conduce a un callejón estrecho. Será más fácil por allí.

Varias personas trataron de preguntarles qué estaba pasando, pero no hicieron caso y cruzaron la entrada del 7-18, ante el asombro y los reclamos de los miembros de la familia negra que habitaba en él. Un muchacho joven, pero grande y con músculos que sobresalían a través de una estrecha camiseta sin mangas, trató de agarrar a Towsend, pero éste no se detuvo y arremetió como si fuera una locomotora, golpeando al chico en el pecho y haciéndolo caer sobre un viejo sofá.

—¡Hijoeputas! —chilló una vieja, mientras Garol y Towsend salían por una ventana y bajaban por una delgada escalera de fierro, sostenida a la pared por pernos de gran tamaño.

—La utilizan unos traficantes que viven en el piso. Supuestamente nadie la conoce.

—Excepto tú.

—Excepto yo.

Descendieron hasta la calle. Por todos lados se escuchaba voces, sirenas de policía y bomberos. Un gentío se había situado frente a la edificación para poder apreciar mejor el show. Ambos se confundieron entre la multitud y poco a poco se fueron alejando para perderse en el anonimato.

—¿Quiénes eran esos? —preguntó Garol Pereira.

—Amigos tuyos, sin duda. Estaban tras de ti.

—De ambos.

Towsend negó con la cabeza y miró hacia atrás para confirmar que no los seguían.

—Todo el mundo cree que estoy muerto.

—Ya no —corrigió Garol.

Towsend se detuvo y lo miró a los ojos, aunque no por mucho tiempo. Era como hablarle a un muerto.

—Te siguieron.

Garol no respondió y siguió caminando. Había previsto que lo siguieran y ahora conocía a quien se enfrentaba.

—Me siguieron porque querían que te localizara. La pregunta es: ¿por qué no lo hicieron ellos mismos? ¿Quién puede andar en busca de un neonazi como tú?

Towsend trató de darle poca importancia a las preguntas.

—Muchos activistas, judíos de mierda más que nada.

—Judíos con armas automáticas y entrenamiento militar.

Towsend miró otra vez hacia atrás, aunque ya sabía que estaban a salvo. Por el momento.

—El Mossad —dedujo.

—El Mossad —repitió Garol.

El Mago caminó por la llanura repleta de flores y maleza dorada doblada por el viento. El primer nivel había sido superado y ahora se encontraba en el segundo, el del Hijo.

Se rió de sus pensamientos. Parecía un puto juego de video. Tres niveles que pasar y luego se llegaba a donde El Gran Jefe. Se preguntó de quién estaría disfrazado hoy. ¿De Luke Skywalker? ¿Del señor Spock?

A lo lejos pudo divisar una especie de castillo medieval que se erguía entre los arbustos, proclamando su majestuosidad.

La construcción era diferente a lo que había visto en su vida. Parecía cambiar de color mientras caminaba hacia él. Unas veces amarillo, otras ocre e incluso violeta. El cielo también había alterado su textura y ahora se encontraba invadido de rosados y verdes. Parecía como si Van Gogh lo hubiese pintado.

Nadie lo había molestado aún, y eso le sorprendía. ¿Dónde estaban los ejércitos que cuidaban la casa del Señor?

Si los demás guardianes eran como esos tres tontos que había vencido en el Nivel del Espíritu Santo, entonces todo este asunto era pan comido.

Estudió nuevamente el castillo. Tenía elementos ornamentales de diferentes períodos y naciones, mezclándose en una armonía jamás soñada. Dos torres se elevaban a sus costados, lo suficientemente altas como para poder divisar todo el nivel. El portón principal crujió mientras bajaba paulatinamente, cubriendo el río que separaba al castillo del resto del paisaje.

Varios ángeles con corazas doradas y cascos parecidos a los caballeros medievales, surgieron del interior del castillo, montando briosos caballos, ejemplos sublimes de su raza. Los caballos exudaban fuerza, energía, puro músculo y fibra. Los caballeros llevaban espadas de fuego que hacían brillar aun más sus corazas y las de sus cabalgaduras.

Vaya, pensó El Mago. Dios parece un niño jugando con soldados. ¿Y éste se supone que es el ser más poderoso de todo el universo?

Los caballeros avanzaban a galope acelerado, sus monturas impacientes ante el enfrentamiento. Eran seis. Seis Alas Doradas, guardianes del Nivel del Hijo, el segundo nivel del cielo.

El Mago apenas pudo esquivar el fuego que escupió la espada del primero, el caballo rozando su chaqueta y haciéndole caer sobre la fresca hierba. Los demás caba-lleros también estaban cerca. Rodó sobre sí mismo y se levantó de inmediato. Tenía que concentrarse.

Se arrodilló sobre una pierna y enfocó su mente sobre la de los caballos. Dominar a un animal era mucho más fácil y rápido, aunque fueran bestias celestiales. Logró su cometido. Los caballos doblaron sus patas delanteras, quebrándoselas de inmediato, dando volteretas sobre sí mismos y arrojando a sus jinetes por los aires. Dos de ellos no volvieron a levantarse. Por su parte, El Mago ya se estaba moviendo y recogía una de las espadas de fuego de los que habían muerto. Cuando los cuatro supervivientes llegaron hasta él, estaba listo para su encuentro.

Empujó su mente, pero los guerreros parecían inmunes a su influencia. Sin duda, eran más fuertes que los del anterior nivel.

Uno de ellos lanzó una llamarada que le hizo saltar para no ser exterminado. El Mago tomó la espada con ambas manos y describió un arco en el aire, de manera horizontal. La llama se extendió hasta alcanzar la coraza del más cercano de los ángeles. Su cuerpo se encendió y cayó dando tumbos en la hierba. No hubo ni siquiera un grito.

Todavía quedaban tres y todos llevaban las espadas flameantes. Intentó de nuevo empujar con la mente, pero nada. Los guerreros estaban bien protegidos. Recordó de pronto que todavía guardaba su arma en la funda sobaquera. Había pensado que no iba ser necesario usarla y tal vez no tendría ningún efecto en aquel lugar, pero ahora era el momento preciso de averiguarlo.

Extrajo la automática y disparó al tiempo que esquivaba otro rayo de fuego. Tres proyectiles impactaron en el casco de uno de los caballeros. El ángel detuvo su avance y cayó de rodillas, soltó su espada y se vino de bruces hacia el suelo. Los otros dos guerreros se miraron con asombro. Se suponía que esto no debía pasar. Ese tipo de armas no funcionaba en los niveles del cielo. No, si Dios no lo quería. ¿Qué estaba sucediendo?

—No es posible —dijo uno de ellos.

—"Todo es posible en La Dimensión Desconocida" —parafraseó El Mago, disparando nuevamente.

Las balas encontraron su meta y otro de los ángeles se desplomó, derramando luz y vida. El Mago se movió rápidamente con el fin de acabar con el tercero, pero éste fue más ágil y estuvo frente a él en un parpadeo.

El sicario sintió el calor de la espada atrave-sando sus entrañas. Abrió los ojos y la boca por el impacto de la temperatura que consumía su cuerpo hasta llegarle al cerebro.

—Muere, demonio —dijo entre dientes el ángel sobreviviente, su bello rostro a pocos centímetros de El Mago.

*   *   *

Las noticias estaban llenas de las escenas de la "matanza" del edificio de Towsend. La policía no tenía idea de quiénes eran los hombres fallecidos, ya que ninguno poseía identificación, pero andaba en busca del inquilino del apartamento, un tal Richard McGregor, para investigaciones.

—Felizmente no han mostrado tu fotografía —dijo Garol Pereira desde la mesita cuadrada donde estaba asentada la *laptop* de Towsend. Se encontraban en una pequeña cabaña escondida en medio de las montañas, detrás de un espeso bosque, al noreste de Denver. Habían tenido que robar un jeep para llegar hasta allí en dos horas. Habían tomado caminos que sólo Towsend conocía y por lo tanto no habían encontrado policías. El lugar estaba prácticamente aislado de todos y de todo. No había ningún camino o carretera que llegara hasta aquel lugar. Habían dejado oculto el jeep en una cueva y luego caminado unos veinte minutos.

—Trato de evitar las fotos —explicó Towsend—, pero es imposible. Tarde o temprano alguien acudirá a la policía con alguna. ¿Lograste algo?

—Mi amigo tratará de averiguar con sus contactos en la embajada de Israel —dijo Garol. Había enviado un e-mail a Raúl a través de un sinnúmero de bloqueadores para que nadie pudiera rastrearlo. Ya había recibido una respuesta positiva—. Al Mossad le gusta cazar nazis, aunque sean de la nueva generación.

—Yo no soy nadie. Lo único que se me ocurre es que en la fiesta haya estado alguien importante para ellos.

—Y ustedes lo mataron.

—Muchos murieron esa noche.

—Es verdad —Garol recordó el cuerpo acribillado de Chieko Onda en la azotea de la casa del cónsul.

—¿Y ahora?

—Hay que esperar.

Robert Towsend bajó el volumen del televisor, y caminó

hacia lo que parecía ser un armario. Cuando lo abrió, Garol pudo ver una colección de armas automáticas de varios calibres, además de escopetas, ballestas y un rifle con mira telescópica.

—¿Siempre vives preparado para una guerra?

—Desde que estaba en el ejército empecé a construir esta cabaña, mi refugio. Tengo un sótano con comida enlatada para un año. De la especial, la que no se deteriora fácilmente.

Garol Pereira se acercó al estante. Las armas estaban engrasadas y listas para matar.

—Eres uno de esos que se prepara para cuando las bombas caigan.

Towsend no lo tomó como una crítica.

—Los políticos han manejado el mundo como la mierda, y estoy seguro de que algún día harán volar todo —señaló el armario—. ¿Cuál quieres?

San Gabriel la esperaba en el estudio. A su lado, Humphrey Bogart fumaba plácidamente un cigarrillo. En realidad no era Bogie, ella lo sabía muy bien. Pero se sintió un poco nerviosa al ver la imagen de uno de sus galanes favoritos frente a ella.

—¿Te gusta? —preguntó Bogie, abriendo los brazos para que Alexia Pereira pudiera apreciar su apariencia.

—Es asombroso como siempre, Señor, pero yo no sabía que usted fumaba.

—¿Te refieres a esto? —Bogie señaló el ciga-rrillo—. Es sólo una imagen. Ni siquiera tiene olor. Yo no sé por qué el hombre creó esta cosa. Muchos han muerto por ella...

—Supongo que ya San Gabriel le dijo... —inte-rrumpió Alexia.

—Claro que sí. Y según los últimos informes, tu hijo está en el segundo nivel.

—Realmente lo siento, mi Señor.

—No te aflijas, Alexia —intervino San Gabriel—. Cometiste un error hace muchísimos años. No tienes nada de qué sentirte culpable ahora.

—Lo que no entiendo es por qué Garol se ha transformado en... eso. Supuestamente todo comenzaría el día de su cumpleaños.

—Anaya es un mentiroso, como cualquier vulgar demonio. No hay razón para pensar que iba a cumplir su promesa.

—Pero ése es el día que él esperaba. Cuando los astros estuvieran en la posición adecuada. Sólo entonces se habría sentido seguro de ganar. Pero ahora...

—Ahora parece que está ganando terreno —dijo San Gabriel.

—No se preocupen muchachos —intervino Bo-gart—. Recuerden que el tercer nivel es el más difícil. Ni el ser más malvado del universo puede atravesarlo. Garol tampoco podrá.

—¿Qué pasa si lo hace, Señor? —preguntó Alexia, asustada—. De todas maneras, quisiera ir allá.

—¿Quieres enfrentarlo? —se asombró San Gabriel.

—Haga lo que haga, es mi hijo. Quiero intentar salvar su alma de alguna manera.

Bogart caminó entre los sillones del estudio. Lucía un traje gris cruzado, impecable, y un pañuelo blanco sobresalía de su bolsillo superior.

—¿Tú qué dices, Gabriel? ¿Debo permitirlo?

—Sólo usted posee la última decisión, mi Señor.

Bogart inhaló el cigarrillo, de la misma manera en que lo hacía en las películas.

—Está bien, Alexia, accederé. Pero ten cuidado, por favor. Si ves que no puedes salvar su alma, si ves que no te escucha...

—No se preocupe, Señor —los ojos de Alexia brillaban de dolor—. Sé muy bien lo que debo hacer.

*   *   *

Al día siguiente, Raúl enviaba un e-*mail* codificado. Garol tardó veinte minutos en descifrarlo y leyó en voz alta, mientras Towsend miraba también la pantalla.

—"Embajada israelí niega conocimiento. Pero un informante verificó grupo cazadores Mossad en búsqueda de ambos por muerte de Eli Steiffel y Elena Levrant."

—¿Quién es ésa? —preguntó Towsend.

—Aquí adjunta un brief.

Garol movió el *mouse* y activó el documento.

—Omar Levrant. General retirado del Ejército israelí. Condecorado por campañas contra los palestinos. Medallas, miembro de honor del Servicio Secreto. Un poderoso con bajo perfil en Jerusalén. Estaba en la fiesta con su esposa Elena. Ella murió por una bala perdida.

—Mierda. ¿Por qué han esperado tantos años?

—Tal vez no sabían quiénes éramos.

—¿Mataste tú a ese Stieffel?

—Digamos que contribuí a ello.

—Carajo, mientras esté contigo corro peligro.

—Juntos o separados, vendrán por nosotros.

—Pues entonces, esperaremos.

—No. Todo lo contrario. Vamos en su busca. Debemos convencer a esta gente de que la muerte de Elena Levrant no fue intencional.

—¿Y tú crees que nos van a escuchar? ¡Estás loco!

Garol tomó el arma que había sacado del armario de Towsend: una Walther PXC automática. La revisó aunque ya lo había hecho varias veces, comprobando el perfecto estado en que se hallaba. La rastrilló.

—Yo no he dicho que vamos a charlar con ellos.

De pronto la mueca que parecía de angustia, se transformó en una sonrisa torcida y obscena.

—¿Qué? —se admiró el ángel al retirar su espada de fuego y observar que El Mago seguía de pie y con vida —¡Dios mío santo!

Sus ojos demostraron el pánico que sentía mientras El Mago alzaba la pistola y le volaba la cabeza.

—Bravo, hijo mío.

El sicario se volvió para ver quién había hablado. Se encontró apuntando a la figura de Walter Anaya.

—Hey, sólo soy yo —dijo su padre, sonriendo y alzando las manos en broma.

El Mago no se inmutó; siguió apuntando. Alguien acompañaba a Anaya. Un niño de cerca de once años, con dientes torcidos y amarillentos. El que había encontrado en Zaraquo.

—¿Qué quieres? —reclamó El Mago.

—Vamos, hijo querido —se apresuró a decir Anaya—, baja esa pistola antes de que se dispare. No quisiera que ensuciaras este hermoso traje —señaló su vestimenta blanca—. Además, tus balas no me harían daño.

El Mago continuó observándolos, mientras pensaba en la mejor decisión. En eso, la voz dentro de su cerebro se activó y, siguiendo su consejo, dejó de encañonar a su padre.

—Eso está mejor —dijo Anaya, observando los cuerpos vacíos de los tres ángeles. Contempló el paisaje tranquilo, las aves multicolores cruzando las nubes, el viento que parecía hablarle. Abrió los brazos y giró varias veces, como queriendo apreciar todo de una sola vez. No paró de reír.

—¡Por fin, Garol! ¡Por fin puedo pisar el cielo nuevamente! —se acercó a su hijo y le pasó un brazo por el hombro, dándole un apretón de felicidad—. Te has convertido en lo que siempre quise: mi puerta al cielo... y a su destrucción.

El Mago lo miró. Sabía que estaba hablando con Anaya, pero a su vez sentía que otra persona lo hacía y que él se encontraba sentado en alguna parte, como un simple observador.

—¿Por qué? —preguntó—. La voz en su mente le decía que tenía que ser amable con su padre, que debía respetarlo, que debía dar su vida por él si era necesario.

Si solo pudiera callar esa maldita voz...

—¿Por qué? —exclamó molesto Anaya— ¿Por qué? Que tal porque Dios nunca se acuerda de nosotros, los ángeles que caemos en desgracia. Que tal porque quiere que todos seamos perfectos como Él, y, si no lo somos, nos destierra como el peor de sus enemigos. ¡Que tal porque quiere que vivamos felices en este lugar, pero nos pone a prueba todos los días! Ésta —señaló a su alrededor— es una jaula de oro. Todos somos sus prisioneros.

Anaya estaba furioso. Sus ojos habían adquirido un brillo rojizo, sus ademanes eran más violentos. El niño de la sonrisa obscena se quedó mirando a El Mago, mientras se mordía las uñas sucias. A diferencia de Anaya, estaba tranquilo, controlado, como si él fuese el mayor. Entonces El Mago recordó que el niño le había dicho que tenía miles de años de edad.

Anaya caminó hasta uno de los ángeles sin luz y lo empujó con su bota.

—A éste lo conozco... Daltar. Éramos compañeros. El muy pendejo. Debió haberse ido conmigo cuando se lo propuse.

Anaya caminó abrazando a su hijo, dirigiéndose al bosque que los transportaría al Tercer Nivel. El niño los siguió de cerca, mirando de vez en cuando hacia atrás, cuidando de que nada dañase ese grandioso día.

Michael Weiss acostumbraba a caminar tres cuadras hasta su oficina en el 344 de Park Avenue. El Mossad tenía un edificio de apartamentos donde el personal se hospedaba mientras cumplía su misión en la Gran Manzana. En realidad, la empresa para la cual trabajaba, Contbal Security, era un frente más del servicio de inteligencia israelí. Había secretarias y ejecutivos que se encargaban de realizar las transacciones necesarias para que el IRS no tuviera sospechas de su legitimidad. Muchos de ellos pensaban que Contbal se dedicaba exclusivamente a la seguridad industrial. Ni siquiera se imaginaban que sus principales ejecutivos, aquellos que sólo veían de vez en cuando, que siempre se encontraban en reuniones interminables, espiaban para su país.

Weiss apresuró el paso. Esa mañana había recibido una llamada de sus jefes en Jerusalén. Querían resultados y pronto.

No se percató de que alguien tropezaba con él.

—Disculpe —dijo sin mirar, pero ni bien empezaba a caminar nuevamente, sintió que sus piernas no lo sostenían. Estuvo a punto de caer en el pavimento, pero alguien lo agarró por ambos brazos y lo llevó casi en vilo hasta un carro que se estacionaba en ese momento.

Soñoliento y mareado, Weiss no pudo evitar que lo introdujeran en el asiento posterior del vehículo, mientras éste arrancaba y se confundía en el tráfico de Nueva York.

—Señor Weiss —dijo Raúl Pini desde el asiento anterior del pasajero. Uno de sus "elementos" conducía, mientras dos más se sentaban con Weiss en el asiento posterior—. Señor Weiss, sé que puede escucharme... Responda.

Weiss intentó ver quién hablaba, pero no lograba enfocar...

—No puedo ver.

—No se preocupe, se le pasará. Le hemos inyectado un relajante.

El israelita continuaba desorientado, pero trataba de ganar tiempo para poder, de alguna manera, escapar. Le habían dado instrucciones en caso de que pasara esto, pero, maldita sea, no se acordaba de nada. Sólo se sentía flotar, como si todo ocurriera en cámara lenta.

—Señor Weiss —decía Raúl—. Necesitamos que el Mossad retire a su equipo, que deje en paz a los hombres de Colorado.

Como Weiss no decía nada, Raúl continuó:

—Su equipo de Colorado, señor Weiss, retírelo.

—No sé de qué habla...

—Señor Weiss —Raúl le sacudió un brazo—. Sé que me entiende bien. La droga que le pusimos puede ser fatal en una sobredosis. ¿Está dispuesto a morir por algo que no tiene nada que ver con usted ni con su gobierno? ¿Por la venganza del General Levrant?

—El general... no tiene nada que ver. Él no da las... órde-

nes en esta misión...
—¿Quién entonces, señor Weiss?
—...
—¿Quién entonces?
—...Stieffel.
No puede ser, pensó Raúl.
—¿Eli Stieffel? Stieffel está muerto.
—No... Todavía no...

El Tercer Nivel no tenía nada de fantástico. El cielo seguía siendo soleado, de diferentes colores según el punto de donde se lo observara. Sauces, pinos, almendros y miles de especies más crecían juntas en el mejor clima del universo.

—Hay que tener cuidado, hijo —observó Anaya, cuando avanzaban a lo largo de un inmenso lago, rodeado de montañas color miel—. En el Tercer Nivel, no todo es lo que parece.

El Mago sentía unas ganas increíbles de caerle a golpes a su padre. Quería herirlo, hacerlo sangrar y después cortarlo en pedazos. Lo mismo a su compañerito esquizoide. Trataba de razonar, de establecer ideas sobre lo que había sucedido en las últimas horas. Había asesinado a la mujer/ángel que le había atraído desde el principio y que siempre se mostró dispuesta a ayudarlo. Sin embargo, no se sentía mal. No se sentía bien. Era como si aquello fuera de lo más natural, como rasurarse todas las mañanas, una necesidad biológica que tenía que satisfacer. En eso se había convertido gracias a su padre y a los demonios que lo rodeaban.

Pensó en las monjas y, en especial, en Sor Istel. Ella le había dicho que él no sabía lo que hacía. Qué equivocada que estaba. El Mago era consciente de las atrocidades que cometía, pero no había ningún sentido de moralidad que lo detuviera. Había matado a muchas personas en su vida, pero nunca de esa manera tan cruel y placentera. Sentía que su sangre hervía cada vez que asesinaba, que cortaba, que dañaba. Era imposible controlar tal adicción a la muerte.

Dirigió nuevamente la mirada al niño. Aquel engendro era más de lo que aparentaba. Sentía su voz atrapada en la corteza cerebral, induciéndole, aconsejándole, preparándolo para matar, pero sólo cuando él se lo pidiese. Tenía que destruirlo, tenía que matarlo si quería ser libre otra vez.

El niño se volvió hacia él y mostró sus desagra-dables dientes en una media sonrisa.

No creas que es tan fácil, muchacho, dijo la voz en su cabeza.

¿Quién eres?, preguntó El Mago, haciendo uso de lo que quedaba de su mente.

Nadie. Y muchos, respondió su cerebro. Somos una legión.

—¿Quién eres, carajo? —esta vez El Mago usó sus cuerdas vocales e intentó avanzar, pero una fuerza invisible lo mantuvo en su sitio.

—Hey, chicos —dijo de pronto Anaya—, miren quién ha venido a recibirnos.

El Mago alzó la mirada. Una mujer hermosa, de largo cabello negro, vestida en un traje gris que destacaba su bellas formas, los esperaba de pie con los brazos cruzados. Detrás de ella, una docena de ángeles ataviados con monos azules y guantes y botas negros, esperaban la orden para impedir el avance del mal que venía a destruirlos.

Alexia Pereira miró con desdén a Anaya y al niño, pero su expresión cambió al ver los ojos brillantes de El Mago. La luz rojiza cambió a blanca durante unas milésimas de segundo, pero enseguida volvió a su estado inicial.

—Hijo mío —dijo en un tono muy bajo, que sólo él pudo escuchar.

Cómo me gustaría matarla, pensó El Mago.

Eli Stieffel sentía que su espalda se partía en dos. Era un sufrimiento permanecer sentado tan solo unos minutos en su silla de ruedas, pero necesitaba sentirse útil. Necesitaba sentir el respeto de "Los Hijos de David," una sociedad que por poco desaparece cuando él "murió."

Había estado en coma por casi dos años. Dos años vacíos, sin sueños, sin gloria, sin nada. Dos años de los cuales despertó hecho un esqueleto, un guiñapo que apenas podía moverse. Vinieron luego largas sesiones de rehabilitación, dietas, caminatas... pero el dolor no desapareció, y él nunca pudo recuperarse. Los médicos le dijeron que sus músculos y ligamentos habían quedado atrofiados por el coma. El coma provocado por el accidente.

El "accidente." Le tomó meses recordarlo. Recordar al hombre de los ojos muertos que se presentó en su oficina aquella noche, y lo arrojó veinticinco metros por la ventana. Si no hubiera sido porque un vehículo estacionado amortiguó su caída, habría muerto de inmediato. Pero estaba muerto... muerto en vida, atrapado en su propio cuerpo inservible, con dolores las veinticuatro horas.

No le quedaba más que odiar.

Apenas las imágenes de su "asesino" llegaron a su mente, utilizó todas las influencias y conexiones de "Los Hijos de David" y el Mossad para averiguar quién era el desgraciado. Resultó ser un asesino del grupo de Raúl Pini. Hispanos de mierda. Debió haberlos matado apenas terminó el asunto del cónsul.

Al principio el Mossad se había negado a apoyarlo. Dijeron que no había ningún interés nacional en ello, que tratara de vivir lo mejor que pudiera. Pero llegó la suerte: averiguó que la esposa de uno de los generales más respetados había fallecido en la casa del cónsul; una bala perdida le había atravesado el corazón. No esperó más y acudió a visitar al viudo, el general Omar Levrant. No tomó mucho esfuerzo convencerlo para que diera luz verde a la retaliación contra "los enemigos del Estado de Israel." Con el apoyo de Levrant, logró regresar a su puesto como dirigente de "Los Hijos de David," e involucrar al Mossad, aunque de manera "no oficial."

Ahora, sentado en su oficina de la casa de Blue Medows, a treinta kilómetros de Chicago, rodeado de doctores y enfermeras que se ocupaban de su bienestar, si acaso era posible, y con una veintena de guardias armados y entrenados en Israel, Eli Stieffel se sentía morir, pero estaba seguro que encontraría a Garol Pereira en el infierno. Aunque las noticias no eran de lo mejor —Pereira y el nazi Towsend habían escapado del primer ataque en Colorado—, aún tenía varias cartas por jugar.

Mejor así, pensó Stieffel. La venganza es un plato que se sirve frío. Y él estaba dispuesto a disfrutarlo con lo poco que le quedaba de vida.

—Es hora de que vuelvas por donde viniste, Anaya.

El demonio sonrió, restándole importancia a las palabras de Alexia Pereira.

—Querida, ¿cómo que "Anaya"? —puso cara de resentido—. ¿Acaso esa es la forma de saludar a tu marido, al padre de tu único hijo?

El comentario golpeó las sienes de Alexia, pero trató de ocultarlo. Los ángeles a su espalda se miraron entre sí. Algunos la habían visto, otros no. Pero todos sabían quién era ella y cuál era su historia.

—No podrás pasar. Nunca lo lograrás —prometió ella.

—¿Yo? Yo no tengo que hacer nada, querida. Soy un simple espectador. Sólo sigo los pasos de mi hijo, el camino y las puertas que él abre para mí. Él lo hace todo. Y nadie puede detenerlo.

—Te equivocas. Hasta aquí llegaron —no tenía ninguna base para aquella afirmación, pero Alexia mantenía la esperanza de despertar a Garol de su trance. Pero aquel hombre que la miraba con ojos muertos, como si la viera por primera vez; aquel que ayudaba al demonio a destruir todo lo que ella amaba, ya no parecía ser hijo suyo.

—Garol, si queda algo de ti mismo, piensa en lo que estás haciendo —continuó Alexia—. Traté hasta lo imposible para que expiaras tus pecados luchando por el cielo, por nuestro Señor...

Anaya lanzó una carcajada y dijo:

—Matando querrás decir; eso es lo que ha hecho toda su vida. Es lo que hace por ustedes también. ¿Cómo está eso? ¿No es matar un pecado mortal? ¿Van ustedes al infierno también?

—Pedazo de imbécil —rugió Alexia, a punto de que el odio la cegara por completo.

Anaya se dirigió a Garol, con voz suave y pausada:

—Hijo mío, mátalos —sus ojos reflejaban el placer que sentía al dar la orden—. Sin piedad.

Los ángeles empezaron a avanzar, pero Alexia abrió los brazos y los detuvo.

—No —dijo sin dejar de mirar a Garol. Él seguía tan frío y distante como si no estuviera allí en realidad—. Si mis debilidades han causado todo esto, soy la única que puede terminarlo.

—Pero, mi señora... —protestó uno de los ángeles.

—Garol —dijo ella, sin prestarle atención—. Sé que puedes escucharme. Reacciona, por favor.

El Mago concentró su energía mental. Sus ojos fueron un destello, como un flash que se disparaba en la oscuridad. Alexia Pereira salió despedida hacia atrás y cayó sobre la tierra dorada, salpicando el aire con una llovizna de partículas brillantes. Algunos de los ángeles quisieron ayudarla, pero ella los alejó con un manotón en el aire.

—Querida, ¿estás seguro de que quieres esto? Te vas a lastimar... —la risa de Anaya fue grotesca e insultante. El demonio disfrutaba realmente del espectáculo.

—¡Acaben con él! —ordenó Alexia, señalando a Anaya—. Yo me encargo de mi hijo.

Los ángeles obedecieron de inmediato, formando un círculo alrededor de Anaya y del niño harapiento. Éste último miraba cada movimiento de sus enemigos. El otro solamente sonreía.

De pronto, ante el asombro de todos, el niño empezó a sacudir su cuerpo, a vibrar como si tuviese un ataque de epilepsia y a contorsionarse. Sus miembros empezaron a crecer.

Aumentó a casi tres veces su estatura, sus brazos fibrosos terminaron en garras afiladas, al igual que sus dientes que emergían de una trompa de lobo. Sus ojos brillaban como los de un gato en la oscuridad, y un pelo negro y viscoso lo cubría de pies a cabeza.

El Mago lo vio de reojo. Había luchado con una criatura parecida semanas atrás. Era un Quatrixch, un ente creado por la maldad del universo, mezclando lo peor y más tenebroso de cada animal. Su padre le había dicho que era una especie extinta. Pero, al parecer él sabía dónde encontrarlos.

El Quatrixch agarró por el cuello a uno de los ángeles, y lo arrojó contra sus compañeros, como si fuera un muñeco de trapo. Tres recibieron el impacto de lleno, mientras los demás sacaban a relucir sus espadas de fuego, intentando dañar al monstruo.

El Mago avanzó hacia Alexia, quien ya no pretendió razonar con él, sino que levantó la mano, como pidiéndole que se detuviera. El sicario sintió que una energía lo invadía de pies a cabeza, como si miles de voltios de electricidad hubiesen encontrado la manera de entrar en él. Su cuerpo adquirió una especie de aura azulada donde rayos contrastantes de luz excesivamente blanca parecían brotar continuamente. El efecto duró unos segundos, aunque pareció mucho más. Pero El Mago se dio cuenta de que la mujer también sufría con su dolor, y lo soltaba en ese momento.

Cayó de rodillas, un poco mareado, pero no se dio por vencido. Tenía que acabar con aquella bruja. Parecía ser más poderosa que él, pero tenía una desventaja: ella lo quería.

Y él no tenía ese problema.

Era su madre y lo había ayudado un sin fin de veces, pero eso no importaba. La voz en su cabeza le decía que le prestara más atención al porqué de su presencia en el cielo. No debía olvidar su misión: destruirlo todo. Y sólo faltaba pasar este Tercer Nivel. Como un videojuego de mierda. Así de fácil. Así de difícil.

Mientras escuchaba los rugidos del Quatrixch golpeando, destrozando y rompiendo las luces vitales de los ángeles que pretendían detenerlo, El Mago sacudió la cabeza y miró detenidamente a la mujer. Parecía decidida a combatir, no importa si moría en el intento.

Tendría que complacerla.

—Garol... —dijo ella, con una voz llena de esperanza y de dolor.

El Mago hizo un esfuerzo por levantarse y miró a su madre con una expresión triste. Las lágrimas comenzaron a rodarle por las mejillas, mientras abría los brazos en busca de su comprensión.

Es un milagro, pensó Alexia. ¡Está curado!

Se adelantó corriendo hasta su hijo.

—Garol, hijo mí... —la mujer se detuvo en seco y abrió los ojos, sorprendida. Miró a su hijo, sus ojos aparentemente más blancos de lo que solían ser. La dilatada sonrisa de El Mago lo decía todo.

Mientras la luz vital de Alexia abandonaba su cuerpo, proyectando pétreas sombras sobre las facciones de ambos, El Mago empujó otra vez la daga en el abdomen de su madre.

—Te quie...ro —alcanzó a decir Alexia, al tiempo de que su cuerpo perdía forma hasta desintegrarse lentamente en los brazos de su hijo.

Vieja loca, pensó El Mago.

Daniel Hoffman encendió un cigarrillo negro y dejó que el humo pesado y dulce lo invadiera por segundos, como si fuese un bálsamo relajante.

Estos americanos no saben lo que se pierden, analizó, mientras dejaba salir el humo a través de sus fosas nasales. Los cigarrillos estadounidenses eran simples, desabridos, nada que ver con la fuerza del tabaco del Medio Oriente.

El humo le trajo también gratos recuerdos de Tel Aviv, sus amigos —la mayor parte muerta defendiendo la soberanía de Israel—, y las mujeres... Siempre había tiempo para pensar en las mujeres de su patria; diferentes a cualquiera del resto del mundo. Acostumbradas a luchar, a morir y a amar como sus compañeros varones. ¡Cómo le gustaría estar de vuelta en casa!

A través de la ventana, miró a sus hombres desperdigados por el patio de la casa que les servía de refugio. Estaban un poco nerviosos por la pérdida de sus compañeros en el ataque al apartamento del nazi pero, acostumbrados a vivir con la muerte y la guerra, trataban de no pensar mucho en ello.

Habían llegado hacía una semana a Colorado, con muy pocos detalles. Una operación sencilla, le dijeron. Será como unas vacaciones en América... Pero si algo le había enseñado la guerra era nunca menospreciar al enemigo. Cualquier aficionado sabía que era mejor esperar a que Towsend y Pereira estuvieran al aire libre para eliminarlos, pero la orden llegó desde Israel: ataque inmediato. ¿Y cuál había sido el resultado? Cinco hombres muertos y Towsend y Pereira fugitivos. Estaban como al principio.

Malditos burócratas, pensó Hoffman acerca de los funcionarios del Mossad que se quedaban atrás y planificaban todo en papel, mientras él y sus hombres arriesgaban la vida.

—Señor —llamó el sargento Malewicz, un joven que llegaba a la entrada del cuarto que se había convertido en su oficina temporal—. El Cuartel General.

El sargento le entregó un comunicador satelital, un artefacto muy parecido a un teléfono celular, pero imposible de rastrear ni interferir, porque se unía directamente a un satélite fantasma colocado por el gobierno de Israel a través de sus amigos franceses.

—Algo ha sucedido, teniente —escuchó la voz al otro lado del mundo— Me temo que tendrán que congelarlo todo hasta próxima orden.

Al principio le pareció que no había escuchado bien. ¿Le estaban pidiendo que pospusiera todo precisamente ahora?

—Pero, señor... —dijo Hoffman, con cierta desesperación. Quien llamaba era Jarod Cohen, su jefe directo del Mossad los últimos ocho meses. Un cretino a tiempo completo—... Pensé que esto era de suma urgencia. Cinco hombres han muerto, *señor*.

—Lo sé, teniente. Estoy al tanto de todo —Cohen también se escuchaba inquieto. Odiaba a Hoffman por ser altanero y rebelde. Lo único que le había impedido despedirlo era su impresionante carrera militar—. Es una orden. No haga absolutamente nada hasta que yo le avise. ¿Entendido?

Maldito bastardo, pensó Hoffman. ¿Es que acaso no te importan los cinco soldados que murieron por cumplir tus estúpidas órdenes?

—¿Puedo preguntar por qué?

—Teniente...

—La verdad, señor.

El silencio se presentó por varios y eternos segundos. Hoffman se dio cuenta de que el sargento Malewicz lo observaba con curiosidad y hasta cierta angustia.

—Está bien —dijo por fin Cohen—. Michael Weiss, de la oficina en Nueva York, ha desaparecido. Creemos que tiene que ver con todo esto. Hasta que no sepamos más, será mejor quedarse quieto. ¿Está claro, Hoffman?

—Sí, señor —fue una respuesta automática, sin pensarla si quiera.

Cohen cerró la comunicación sin decir más.

Pendejos. Apenas se lastimaban, corrían como viejas miedosas.

No conocía a Weiss. Había escuchado de él, pero nada más. Así que realmente no le afectaba lo que pudiese sucederle. Pero Hoffman era un soldado, y un buen soldado no cuestionaba las órdenes, sólo las ejecutaba.

Aunque le pareciesen unas órdenes de mierda.

El niño había vuelto a ser niño otra vez. Después de acabar con todos los ángeles que acompañaban a Alexia Pereira, permanecía satisfecho, con media sonrisa marcada en el rostro. Avanzaba entre los cuerpos amorfos, vacíos de los ángeles, y los movía, los analizaba y se enorgullecía de la destrucción que había causado.

Walter Anaya, por su parte, no estaba tan controlado. Estaba feliz. Histéricamente feliz.

—Lo he logrado, lo he logrado. ¡Al fin! ¡He terminado el Tercer Nivel! —se acercó a paso acelerado hasta El Mago, quien lo miró como a un insecto.

—Quiero esa voz fuera de mi cabeza —reclamó el sicario, sosteniéndose la frente.

—¿No entiendes lo que eso significa, hijo mío? —continuó Anaya, su rostro una mezcla desequilibrada de dicha y odio— ya puedo cruzar el Portal, la entrada misma a donde reside...

El sicario agarró a Anaya por las solapas de su abrigo y lo empujó hasta que su espalda golpeara un árbol ancho y fuerte, que empezó a marchitarse al contacto con el demonio. Anaya, sorprendido por el repentino estado de su hijo, no pudo evitar sentirse asustado.

—Escúchame bien, *padre* —El Mago escupía con odio cada palabra—. ¡Estoy harto de que ese hijoeputa —señaló al niño— esté dentro de mi cabeza todo el tiempo! ¡Sácalo!

El muchacho de los dientes amarillentos dirigió la mirada hacia donde discutían padre e hijo. Empezó a caminar hacia ellos, como si fuera el dueño del lugar. Sin prisas y sin preocupaciones. Todo estaba saliendo a pedir de boca.

—¡Que se quede quieto! —El Mago presionó el cuello de Anaya contra el tronco. Sabía muy bien que si aflojaba solo un ápice, su padre podría usar su poder mental contra él—. ¡Y que salga de mi cabeza, *ahora!*

—No... puedo hacerlo —la voz atorada de Anaya era apenas perceptible— yo no lo domino. Pertenece a mi señor...

El Mago sintió de pronto que su cabeza iba a estallar. El dolor fue tan intenso que lo dejó inmóvil, congelado. Luchó por mantener la presión en la garganta de su padre. Si iba a morir, se llevaría al viejo al mismo infierno.

—Suéltalo, Garol —una voz tranquilizadora se dejó escuchar por todas partes. Una voz fuerte y suave a la vez. Parecía cobijarlo todo y a todos, como si tuviese vida propia. El Mago sabía muy bien a quién pertenecía.

El niño de los dientes y mirada de animal retrocedió apenas escuchó la voz. Su expresión cambió totalmente, de un ente destructor y arrogante a uno asustado y frágil. Incluso empezó a gemir como un perro callejero.

Imposible. Esto no debería estar pasando. No estaba planeado. No...

El hombre que apareció cerca de ellos vestía uniforme de tipo militar, mangas largas con tonos vinos y negros. En su pecho, cerca del corazón, un triángulo platinado reflejaba la luz de la tarde.

El Mago lo conocía muy bien. No era un fanático, pero su amigo Raúl Pini, sí. Lo había invitado a ver ciertos capítulos de su colección privada.

—Creo que ya es hora de que termine todo esto —dijo Jean-Luc Picard, capitán del *Enterprise*.

—No me digas —observó El Mago, sintiendo ceder la presión en su cabeza—, también eres un *trekkie*.

—Otro de los logros de la humanidad —dijo Picard—. Hay veces que el hombre me sorprende agradablemente con lo que puede crear.

Anaya aprovechó que El Mago ya no presionaba tanto, y se alejó de él.

—Has llegado tarde —dijo Anaya a Picard.

—Me temo que no, mi nada querido Anaya, o debería llamarte Ayanes, como es tu verdadero nombre.

El capitán televisivo se acercó mucho más, alzó su mano derecha hacia El Mago, quien no pudo hacer más que quedarse quieto mientras Picard le tocaba la frente con el dedo índice.

A partir de esa milésima de segundo, El Mago volvió a tener conciencia real de todo lo que había hecho en las últimas horas. Todas las emociones que guardaba en alguna parte de su cerebro, salieron a flote, como el aire que se escapa de un globo cuando explota.

Fue, entonces, cuando El Mago gritó.

14. El Infierno y El Mago

El Mago abrió los ojos.

Miró de un lado a otro, y se dio cuenta de que estaba sentado en el suelo de una pequeña cocina, con adornos de plástico en forma de verduras y zanahorias en las paredes, cortinas blancas de encaje y manteles bordados con motivos campestres. Todo parecía pertenecer a la casa de *Barbie*.

Se levantó y caminó despacio hacia la salida. Aunque estaba oscuro, ahora sí pudo reconocer el lugar: la hostería desierta en Zaraquo, donde él y Michaela habían decidido pasar la noche, cuando aquel dolor de cabeza lo asaltó de repente, como si fuera a partirlo en dos.

Todo había sido un sueño.

Su enfrentamiento con los ángeles en los tres niveles del cielo. El encuentro con su padre. El asesinato de su madre (¿cómo se podía asesinar a alguien que ya estaba muerto?)

Resopló. Una pesadilla de mierda.

Le preocupó no recordar haber bajado las escaleras y llegar hasta la cocina. ¿Había sido el dolor tan intenso, que le había causado hasta pérdida de memoria?

Sería mejor preguntarle a Michaela. Ella sabría contarle lo que había acontecido en las últimas horas.

Escuchó pasos. Alzó la mirada, y la vio.

Michaela estaba arriba, al terminar las escaleras. Llevaba una pistola en las manos, hacia un costado, muy cerca de la cabeza. Estaba oscuro, pero pudo darse cuenta de que algo le preocupaba, de que algo le llamaba la atención en el extremo inferior de los escalones.

—¡Michaela! —llamó, pero ni él mismo pudo escuchar su voz.

La mujer se dio la vuelta como para regresar por donde había venido. Una sombra se acercó rápidamente e hizo contacto con ella.

El Mago tuvo dificultad para ver lo que estaba pasando. Quería correr, quería gritar, pero no podía hacer nada; era como si estuviera dentro de arenas movedizas, como si todo el mundo corriera en una frecuencia diferente a la suya.

Arriba, la sombra había atacado a Michaela. Ella se había detenido en seco y un haz de luz se le escapaba de algún lugar cerca del hombro. Luego, debajo del esternón.

El Mago corría, pero cada paso que daba era eterno, incluso parecía retroceder en vez de avanzar. Se dio cuenta de que apenas había dejado el portal de la cocina.

—Garol... ¿qué... estás haciendo? —oyó exclamar a Michaela.

—¡Aquí estoy! ¿Qué pasa? —gritó El Mago, pero nuevamente sus palabras se perdieron en la nada.

Michaela había perdido el equilibrio, luces cegadoras brotaban de varias partes de su cuerpo. Una de ellas se posó brevemente sobre la cara del atacante.

No podía ser.

Imposible.

Mientras intentaba salvarla, El Mago mismo la estaba asesinando.

¡¿Qué mierda está pasando?!

El asesino logró clavar dos veces más su daga en la espalda de la guerrera hasta que sus piernas ya no le sostuvieron y cayó por las escaleras, dando tumbos, gimiendo y golpeándose contra el piso de la hostería.

—¡¡No!! —El Mago gritó en silencio. Se

esforzó para llegar junto a Michaela, pero sin éxito.

Su otro yo bajó los escalones pausadamente. Ella lo miró con lágrimas en los ojos, sorprendida aún por el ataque de quien tanto confiaba.

—¡No! —gritó nuevamente El Mago, mientras el otro continuaba lacerando el cuerpo de la mujer.

Cuatro años atrás, un moderno helicóptero descen-día el la terraza del 344 Park Avenue de Nueva York.

Desde hacía mucho tiempo, las autoridades aéreas habían limitado la circulación de helicópteros en Manha-ttan, pero éste era un caso especial. El vehículo pertenecía a la Contbal Security, una empresa internacional con amigos influyentes, entre ellos el Gobernador y el Alcalde.

Las aspas del artefacto ocasionaron una fuerte ráfaga que sacudió a los dos hombres que esperaban desde hacía largo rato, obligándoles a esconder la cabeza y alzar los hombros.

Apenas se había posado el helicóptero, una de las puertas traseras se abrió, y un hombre blanco, delgado, de cerca de un metro ochenta de estatura, cabello gris corto de grandes entradas, y gafas, descendió, dirigiéndose hacia los dos eje-cutivos.

—Buenas días, señor —dijo el que estaba más cerca—. Bienve...

—¿Qué noticias tienen de Weiss? —interrumpió Jarod Cohen, Supervisor Adjunto del Mossad, mientras los tres descendían por unas estrechas escaleras y luego tomaban un ascensor.

—Todavía ninguna —dijo Rowan Canyon, Presidente de Contbal Security, fachada para el Mossad en territorio nor-teamericano—. Hemos seguido sus órdenes y no avisamos a las autoridades locales.

Las puertas del ascensor se abrieron e inmediata-mente los hombres caminaron hacia la oficina privada del presidente, que ocupaba gran parte del séptimo piso del edificio. Cohen guardó silencio, mientras Canyon y el otro hombre, apellidado Sternhagen, respondían amable-mente a los saludos de varias secretarias y asistentes ejecutivas.

Una vez dentro del privado, Cohen dijo:

—Los comandos regresan a Tel Aviv. El Primer Ministro dio la orden. Estaba muy molesto por todo este asunto. Es muy amigo de Weiss, y no quiere que nada malo le pase. Stieffel y el General Levrant han utilizado su poder para revanchas personales, y será mejor terminar con esto lo más pronto posible. No queremos problemas con los americanos.

Cohen dejó que sus palabras se asentaran en el ambiente y observó los edificios de Manhattan a través de los ventanales de la oficina. No importaba cuántas veces hubiera estado de pie en el mismo lugar, observando el mismo paisaje de concreto y acero, la Gran Manzana siempre lucía imponente, majestuosa. Como toda ciudad decente debería lucir en el mundo.

Se volvió para permitir que los dos ejecutivos le hablaran.

—No lo puedo creer —dijo Jacob Sternhagen, un calvo con cara redonda y cejas espesas; el vicepresidente de Contbal—. Primero los traemos, luego los retiramos. No es nuestra costumbre.

—Al principio pensamos que íbamos tras terroristas palestinos. Ésa fue la información que nos dio el General Levrant y nos la tragamos. Después de todo, confiábamos en el hombre. Ahora que sabemos la verdad, y después de la muerte de los cinco comandos, hemos decidido esconderlo todo bajo la alfombra.

Canyon y Sternhagen se miraron y luego se volvieron hacia Cohen.

—Se borrarán los records de las últimas semanas y a los familiares de los muertos se les dirá alguna mentira convincente. Levrant y Stieffel recibirán su castigo.

—El viejo Stieffel está demasiado enfermo. Tal vez no dure mucho—observó Canyon, sirviéndose un *Scotch* del elegante bar que adornaba una de las esquinas de su oficina—.

¿Desea uno? —invitó.

Cohen negó con la cabeza.

—¿Cómo se supo la verdad, señor? —preguntó Sternhagen desde un butacón de cuero que formaba parte de la sala decorada por una de las más onerosas diseñadoras de la Costa Este—. Todos estábamos seguros de que la misión era cien por ciento certificada.

—Levrant habla mucho cuando bebe. Y lo hace en demasía —explicó Cohen—. Uno de sus subalternos lo delató.

Sterhagen se movía incómodo en el asiento. No se sentía contento con la ineficiencia de Cohen y sus superiores, pero no podía decir nada al respecto.

—Saquemos a Hoffman y sus hombres —continuó Cohen—. Una vez que esté a salvo, nos encargaremos de quien sea que haya secuestrado a Michael Weiss.

El Mago no sabía qué hacer.

El cuerpo destrozado de Michaela ya no se encontraba por ninguna parte. Tampoco su otro yo. Había subido y bajado varias veces las benditas escaleras y no pudo encontrar nada. Ahora se hallaba sentado en los primeros escalones, a escasos centímetros de donde había visto morir al arcángel.

¿Qué podía hacer solo en ese lugar abandonado de Dios?

—Podrías morir, *hijo mío.*

El Mago no tuvo que alzar la mirada para saber que era Walter Anaya quien se acercaba.

—¿Qué está pasando, *padre?* —rugió El Mago, con el mismo tono cínico.

—Eres un pendejo, Garol —Anaya se le acercó—. Y yo que pensé que eras digno de ser mi hijo.

—¡Ándate a la mierda! —se incorporó El Mago. Cualquier excusa era buena para estallar en ese momento—. Yo nunca pedí ser tu hijo. ¿Vas a hablar, o has venido a joder, como siempre?

—He venido a joderte —replicó Anaya, sus ojos llenos de locura efervescente—. *Para siempre*.

El Mago no pudo esquivar el puñetazo que le propinó su padre en la mejilla izquierda. Trastabilló y estuvo a punto de caer, pero los brazos de Anaya lo sujetaron por las solapas.

—Eres un fracaso, huevón —gritó Anaya—. ¡Nos engañó! ¡Nos engañó de las mil maravillas!

Anaya lo arrojó violentamente hacia un costado. El Mago sintió que volaba por algunos metros hasta chocar contra la pared, haciendo añicos la barata reproducción de un Endara Crow.

—¿Me escuchaste, *hijito lindo*? Nunca estuvimos allí. ¡¡Nunca pusimos un pie en el cielo!!

Anaya estaba histérico. Lo agarró nuevamente de las solapas y le dio una vuelta completa, girando trescientos sesenta grados, como si fuera un lanzador de disco en las olimpiadas. El Mago salió despedido nuevamente como un muñeco, rompiendo una mesa al caer sobre ella.

—¡¿D- De qué mierda estás hablando?! —gritó El Mago, tratando de recuperar sus fuerzas, pero sin poder defenderse todavía.

—Fui un cojudo al confiar en ti. Pensé que habías aceptado la oscuridad en tu alma —Anaya hundió el puño en el estómago de El Mago, dejándolo sin aire—. Me regocijé cuando supe que habías asesinado a tu ángel y masacrado a más de treinta monjas en aquel convento. Era un padre feliz.

Quiso golpear a El Mago en el rostro, pero éste se hizo a un lado, y se alejó unos cuantos metros, inhalando lo suficiente como para sacudir la cabeza y poner todos los sentidos en su atacante.

—Te voy a matar, *hijo mío*.

—Ni lo sueñes, *hijoeputa* —respondió El Mago, escupiendo sangre—. ¿Terminaste ya de hablar?

Anaya lanzó un alarido y concentró la mirada en su hijo. El Mago sintió la invasión inmediata en su cabeza, y se defendió: en medio del ataque mental, Anaya sintió que sus ropas se quemaban; largas llamaradas azules se apoderaron de su abrigo y de su cabello. Pero no se inmutó.

—¿Crees que tus jueguitos pirotécnicos van a lastimarme? —se enfureció Anaya y "empujó" su mente dentro de la de El Mago. Para su asombro, le fue más difícil esta vez.

—Pues, la verdad, padre —dijo el sicario, intensi-ficando su escudo mental—, pienso que sí.

Las llamas se agrandaron, como chorros de fuego que querían escapar hacia el tumbado de la hostería. Pero nada más ardía; sólo el cuerpo de Anaya.

Por fin, el ataque de El Mago hizo efecto, y su padre lanzó un grito de dolor, corriendo hacia la puerta principal de la vivienda. Como si fuera de papel, Anaya la destruyó a su paso y continuó la carrera por las calles vacías y oscuras de Zaraquo.

El Mago, bastante cansado por el enfrentamiento, se dejó caer en el suelo, y cerró los ojos.

Esto no tenía ni pies ni cabeza.

—¿Qué está pasando? ¿Acaso me he vuelto loco?

—Nada de eso, mi querido amigo.

Esta vez no reconoció la voz, aunque le pareció familiar.

Luciendo un impecable traje blanco, sus cabellos dorados flotando en una brisa inexistente y sus ojos color mar deteni-dos en los transparentes de El Mago, Azrael se materializaba en el salón. Tal vez en otra época, y en otro lugar, le hubiese parecido extraño, pero después de lo que había visto y oído, ya nada le sorprendía.

—¿Me ha llegado la hora? ¿Has venido por mi? —preguntó El Mago.

El ángel de la muerte sonrió, y con ganas.

—Nada de eso, Garol. Sólo vengo a ayudarte.

—¿Ayudarme? ¿Puedes explicar qué es todo esto?

—Por supuesto —aseguró Azrael, dubitativo—. Pero no creo que vaya a gustarte.

Daniel Hoffman esperaba oculto en la oscuridad, entre unos matorrales, sobre una colina a cuatrocientos metros de la vivienda alquilada por el Mossad. Vestidos completamente de negro y con la cara manchada de pintura, él y doce de sus hombres se volvían invisibles en el frío de la madrugada.

Pronto serían recogidos por varias furgonetas enviadas por Cohen para llevarlos a un aeropuerto clandestino a veinte kilómetros de Denver. La policía seguía en busca de los asesinos que "habían causado una revolución" en el apartamento de Towsend, y los del FBI habían llegado a la región. Si los comandos se demoraban más, sería imposible escapar.

Mierda, pensó Hoffman, Cohen tendría que res-ponder ante este fracaso.

El hombre le había dado mala espina desde que lo conoció. No sabía exactamente por qué, pero su instinto le decía que no era de confiar. Él y su amigo Michael Weiss.

Hacía algunas horas que había recibido las órdenes de permanecer en la casa junto con los comandos y esperar. No querían arriesgarse a que los descubrieran, según le notificaron. Pero él había desobedecido. La casa estaba vacía y a oscuras, mientras ellos estaban distanciados, vigilantes.

El ruido de motores empezó a escucharse a lo lejos. La voz de uno de los comandos que estaba trepado en un árbol, graznó en su audífono.

—Vehículos acercándose por el oeste, teniente. Cuatro. Una veintena de hombres a pie. FBI, según parece.

—Muchos más por el sureste, teniente —una segunda voz aseguró.

—Lo que usted temía, señor —dijo el sargento Malewicz, junto a él, quien también escuchaba a través de su radio/audífono—. Una trampa.

Hoffman escuchó las maldiciones de algunos de los comandos. Tenía que sacarlos de allí antes de que se convirtieran en carne de cañón. Los FBI vendrían dispuestos a disparar primero y preguntar después. Estaba seguro de que ésas eran sus órdenes.

—Atención, todos —susurró Hoffman a través del mini micrófono que llegaba desde el audífono hasta sus labios. Todos en el escuadrón se comunicaban de la misma manera—.

Evacuen la zona en silencio. No quiero enfrentamientos mientras podamos evitarlo. Vamos. Hacia el suroeste.

Hoffman se levantó y, mientras sus hombres se retiraban sigilosamente, pudo ver cómo los vehículos federeales llegaban hasta la casa donde habitaron hacía pocas horas.

Cohen.

Te mataré, hijo de puta, prometió mentalmente Hoffman. De alguna forma, algún día, lo haré.

—¿Qué es lo último que recuerdas? —preguntó Azrael.

—No lo sé exactamente. Todo es como un sueño.

—No era un sueño, Garol. Sucedió de verdad.

El Mago se mantuvo callado por un rato, tratando de poner en orden sus pensamientos.

—¿Maté a mi madre, a todas esas monjas, ...a Michaela?

Azrael lo miró.

—No te tortures. Cuando lo hiciste no eras tú mismo.

—¿Me estás diciendo que, de alguna forma, Anaya logró dominarme?

—No fue Anaya.

—...¿Entonces?

La mirada de Azrael le dio la respuesta.

—¿Dios? —los ojos blancos de El Mago eran incapaces de mostrar por completo su sorpresa.

—¿Te acuerdas cuando hablaste con Él la primera vez?

—Sí, se presentó como Ricardo Montalbán.

Azrael arrugó el ceño.

—¿Ricardo qué?

—No importa. ¿Qué pasa con eso?

—Cuando habló contigo, logró plantar en tu mente ciertos deseos y actitudes que alteraron tu forma de ser. Liberó por completo tu naturaleza asesina, y ya no fuiste selectivo con tus víctimas. Te convertiste en una máquina.

El Mago sintió que sus manos empezaban a temblar. Estaba perdiendo su frialdad acostumbrada.

—Debes estar equivocado…

—Yo no miento, Garol. No sabría cómo hacerlo.

El Mago sintió un sabor agrio en la garganta. De pronto se puso enfermo.

—¿Pero por qué querría Él que matara a todas esas monjas y… a los demás? No tiene sentido…

Azrael le puso la mano en el hombro.

—Sus vidas fueron sacrificadas con un solo propósito: engañar a Anaya.

Azrael sintió pena por El Mago. El hombre estaba tan confundido que apenas podía hablar.

—Anaya creyó que tú por fin te habías puesto de su parte, debido a todas las maldades que estabas cometiendo. Ninguna buena persona hubiera hecho lo que tú… —hizo un gesto de fastidio ante su propio comentario—. Anaya se convenció de que estabas de su lado y esta vez *sí* se introdujo en tu mente para que le abrieras las puertas del cielo. Y para que lo destruyeras.

—O sea que era un pelele de ambos.

Azrael guardó silencio.

—Pero llegué al Nivel Tres… eso sí lo recuerdo —dijo El Mago.

—Ni siquiera llegaste al primero —Azrael movió la cabeza negativamente—. Dios se encargó de que no lo hicieras. Creó un cielo falso, un paraíso paralelo, lo suficientemente real para engañarnos a todos, incluso a los que trabajamos para Él. Cuando te encontró por segunda vez, te liberó de su influencia y, a su vez, de la de Anaya.

El Mago recordó encontrarse con Picard y que éste le tocaba la frente.

—Pero yo sentía la voz de ese niño… de esa cosa que parecía un niño.

—Un Quatrixch, sí. Era el acompañante de Anaya; un observador, por decirlo así. Pero trabaja directamente para Satanás. Su deber era registrar y notificar el triunfo de Anaya. Eso habría convertido a tu padre en uno de los ángeles oscuros más poderosos del universo.

—Estuvo aquí hace unos segundos y me parecía igual de peligroso.

—Para nada —aseguró el Ángel de la Muerte—. Recuerda que su mejor carta, su estrategia, eras tú. Te observó desde pequeño y esperaba el momento oportuno. Pero Dios, en su amplia sabiduría, se le adelantó. No esperó hasta que fuera tu cumpleaños, hasta la noche del Shirtequ, como te había anunciado Anaya. Decidió adelantarlo para quitarle la ventaja a tu padre y lo logró. Anaya, o Ayanes, como se llama en realidad, estaba tan feliz de sus logros, que se tragó el anzuelo.

—¿Tan cojudamente cayó?

Azrael se encogió de hombros.

—Todos caímos. Por algo Dios es Dios.

El Mago se levantó de los escalones y empezó a observar la hostería.

—¿Dónde estoy, Azrael?

—Donde el sufrimiento y la desesperación son eternos. Donde van los pecadores al final de sus días.

—¿Esto... es el infierno?

—Muchos creen que el infierno es fuego por todos lados y diablos rojos con trinches y colas. Puede serlo para algunos. Pero el infierno es no poder escapar de las cosas malas que has hecho, y repetirlas, una y otra vez, hasta que te vuelvas loco, porque no hay manera de escapar de ellas.

—¿Quieres decir que estoy atrapado aquí para siempre? —preguntó El Mago—. ¿Que tengo que presenciar el asesinato de Michaela miles de veces y a cada momento?

—Y el de Alexia Pereira, y el de las monjas, y el de tantas personas inocentes que has asesinado en tu vida.

El Mago cerró los puños para evitar el temblor y darse fuerza a sí mismo.

—O sea que Anaya tenía razón. Dios me ha traicionado.

—FBI por todas partes —declaró Towsend, mirando a través de los binoculares para visión nocturna—. No podremos acercarnos ni a diez millas del lugar.

Le entregó los binoculares a Garol Pereira, quien pudo observar un sinnúmero de vehículos y hombres uniformados con las siglas FBI en sus espaldas, moviéndose por los alrededores de la casa. Desde la distancia en que se hallaban y con los tonos verdosos que aplicaban los binoculares a las imágenes, las luces de los carros y de la casa misma parecían luciérnagas chispeantes en la penumbra.

Habían tardado en averiguarlo, pero luego de indagar con las personas correctas, amigos que Towsend había hecho en el municipio a través de los años, encontraron que la casa Rotherford, en White Plains, un suburbio al noroeste de Denver, pasaba la mayor parte del año vacía, pero recientemente había sido alquilada por una empresa de Florida. Nada extraño al respecto, salvo que el pago se había hecho a través de un depósito directo en la cuenta de la compañía de bienes raíces encargada de la casa: seis meses por anticipado, ninguna pregunta sobre el estado del lugar, ni quejas por el alto precio de la renta.

—Será mejor entonces que ellos se encarguen —dijo Towsend—. Mejor para nosotros.

Garol bajó los binoculares y aplicó sus ojos muertos sobre Towsend.

—¿Cómo así se enteraron?

Towsend evitó la mirada, y dijo:

—Tal vez de la misma manera que nosotros.

—Lo dudo. Lo sabían de antemano. Hay más de doscientos hombres allá abajo. Nadie mueve tanta gente tan rápido.

—Los han delatado, entonces.

Garol asintió.

—Su propia gente quiere matarlos.

—No, Garol. Dios no te ha traicionado —dijo Azrael.

—¿Cómo que no? Me ha enviado al infierno. ¿Y a qué has venido tú? ¿A burlarte?

Azrael trató de calmarlo. Su voz se volvió más tranquila, más convincente.

—Nadie supo nada de sus planes. Él es así. Tú sigues siendo el mortal más poderoso que existe sobre la Tierra. No eres un ser normal y corriente.

—¿Y que gano con eso?

—Que también puedes salir de aquí —afirmó el Ángel de la Muerte.

—¿Estás loco? Si éste es el lugar que tú dices, es imposible.

—Puedes hacerlo. *Tienes* que hacerlo.

—Que lo haga Él —desafió El Mago—. Si Él me puso aquí, que Él me saque.

—No es tan fácil. Él quiere que salves tu alma. Tu madre se lo pidió. Pero no puede salvar a gente que ha cometido tanta maldad en su vida. Tienes que lograrlo tú mismo.

—Si Él planeó todo esto, quiere decir que Él es tan culpable de la muerte de mi madre y de Michaela.

Azrael se mantuvo en silencio unos segundos. Paseó su mirada por la imitación de hostería que lo rodeaba.

—Eso no lo sé.

—Pues ¿qué mierda sabes, entonces? ¡Quiero hablar con Él!

—No es posible.

—¡Dile que venga inmediatamente!

—Por favor —suplicó Azrael—. De nada te servirá. Guarda tu rabia para encontrar la salida.

—Lárgate, entonces.

Azrael se lo quedó mirando. Hubiera querido sacarlo él mismo de ese lugar, pero sus órdenes eran otras. Su imagen empezó a desvanecerse, poco a poco, como si una neblina invisible lo invadiera.

—Camina siempre hacia el horizonte —alcanzó a decir, su voz repitiéndose en un súbito eco—. No te detengas por nada del mundo. Cuando encuentres un portal que lleve tu nombre, traspásalo. Sólo así saldrás de aquí.

—Lárgate he dicho.

—Hazlo, Garol. No te arrepentirás.

—¡*Lárgate!*

El Mago volvió a quedarse solo en el infierno.

—¿Adónde vamos? —preguntó Michael Weiss, nervioso.

Viajaba dentro de una furgoneta sin ventanas y con una pared metálica que lo separaba del conductor. Sólo un pequeño foco arrojaba algo de luz desde el tumbado, lo suficiente para distinguir el cañón de la automática que le apuntaba.

El hombre que la sostenía no hablaba mucho. A decir verdad, Weiss no había escuchado su voz para nada. Su cara era irreconocible. Llevaba peluca negra, bigotes falsos y gafas, además de un sombrero gris. Si alguien le pidiera su descripción, sería imposible acercarse a la realidad. En cambio, el hombre sentado junto al pistolero... él lo había interrogado durante días. ¿Eran días o semanas? En realidad no estaba seguro.

—No se preocupe, señor Weiss —dijo Raúl Pini—. Pronto podrá regresar a casa. Y como verá, sin un solo rasguño.

—No sabe en el lío en que se ha metido —se envalentonó Weiss—. Mi gobierno le hará pagar caro por este atropello. Los israelíes no olvidan fácilmente.

Raúl sonrió. Pero sólo un instante.

—Pues será mejor que, de alguna forma, les obligue a contraer amnesia.

Los ojos de Pini no se despegaron del rostro demacrado de Weiss. Lo habían dejado dormir muy poco, y sus nervios estaban a punto de estallar.

—Usted habló —continuó Raúl—. Y bastante. Tal vez no recuerda lo que dijo, después de todo estaba bajo los efectos de algunas drogas, pero ahora sabemos mucho de su vida y de la de su amigo Cohen.

Dios santo, pensó Weiss, ¿qué es lo aquel hombre había descubierto? ¿Sería una fanfarronada?

—Usted y sus amigos morirán —la voz de Weiss salió más débil esta vez.

—Tenemos más de cincuenta videodiscos con su confesión, repartidos por todo Estados Unidos y Latinoamérica. Si algo malo me sucede a mí, a cualquiera de mis amigos, incluyendo a los que están en Colorado, si hay la más mínima sospecha de que usted o Cohen han tenido que ver en el asunto, hay gente que enviará los CDs a Tel Aviv, a Washington, París y a todos los medios de información. Incluso colocarán el video en Internet para que el mundo pueda verlo. Usted y Cohen no vivirán más de veinticuatro horas después de que eso ocurra.

—Usted está mintiendo. Yo no he dicho nada…

Raúl Pini introdujo la mano en el bolsillo interior de su chaqueta. Extrajo un disco metálico de aproximadamente cinco centímetros de diámetro. Se lo entregó.

—Una copia de cortesía. Véala en compañía de Cohen.

La furgoneta se detuvo de pronto. Raúl Pini se movió para abrir la puerta corrediza.

—Hasta nunca, señor Weiss.

Weiss lo miró con desconfianza. Cuando se dio cuenta de que Pini no iba a intentar detenerlo, bajó lentamente, apretando los ojos y colocando una mano sobre ellos, para evitar el resplandor del mediodía.

Ni bien había puesto un pie en la calzada, la furgoneta arrancó y fue alejándose en la carretera.

Estaba harto.

Harto de tanta mierda. Harto de los ángeles. Harto de los demonios. Harto de todo.

Extrajo su arma y se la quedó mirando.

Sería bueno terminarlo aquí mismo. Pegarse un tiro y ya. Pero ¿y si no podía morir? Estaba en el infierno, pero aún no había muerto; por lo tanto, ¿podría suicidarse?

Que se jodan, pensó El Mago. Que se jodan todos.

Mientras salía de la hostería, había aparecido nuevamente Michaela en el descanso de las escaleras, con su arma
lista para defenderse. El Mago evitó mirarla y caminó rápidamente por las calles del Zaraquo, que ya no lo eran más. Mientras se movía, todo empezaba a cambiar. La metamorfosis se
daba rápidamente como si estuviese participando en la puesta
en escena de alguna obra de teatro, y lo que lo rodeara, fuera
simplemente parte de la utilería.

Por primera vez en su vida, El Mago sentía temor. El paisaje era más que deprimente. Todo estaba destruido como si
alguna bomba atómica hubiese estallado sin que él se hubiese
dado cuenta. Edificios en ruinas, automóviles, aeroplanos y
barcos estrellados contra el suelo o unos encima de otros;
todos se arremolinaban como juguetes de algún gigante des-
ordenado.

Tal vez lo eran. Todo era posible en este lugar.

Unas figuras aparecieron y se acercaron con las manos
suplicantes. Sus ropas estaban destrozadas, sus cuerpos muti-
lados, manchados de sangre, vísceras, quemaduras; despojos
humanos que lo buscaban.

Eran las monjas de Sor Istel. Ella misma dirigía el grupo,
con las cuencas vacías, pero no por eso lo dejaba de ver. Esos
huecos negros eran tan amenazantes y acusadores, que El
Mago sintió que podían verle hasta el alma.

—¿Adónde vas, Garol? —dijo Sor Istel, como si no pasara
nada del otro mundo.

—Quédate con nosotras... —suplicó otra de las monjas,
más pequeña y regordeta. El Mago la recordaba bien. Le había
cortado las orejas con su navaja antes de clavársela siete veces
en el corazón. Ahora caminaba con perforaciones oscuras y
sangrantes, con las orejas y el corazón en las manos, como
ofrendas hacia él.

El Mago hizo un gesto de asco y se retiró lo más rápido
que pudo.

Tenía que concentrarse y seguir.

Éstas eran sólo ilusiones, mentiras. Las monjas no
podrían estar en el infierno con él. Tampoco Michaela. Sólo

eran imágenes para angustiarlo.

Debía de pensar que lo eran, *estar seguro* de que lo eran; de lo contrario, no podría mantenerse cuerdo. Azrael tenía razón en algo: no podía permanecer allí.

Tenía que moverse. Y pronto.

Michael Weiss entró desesperadamente en el automóvil.

—¿Por qué demoraste tanto? —preguntó—. Te llamé hace cuarenta minutos.

—No sabíamos si era una trampa —explicó Jarod Cohen, mientras el vehículo se movía rápidamente en la carretera, escoltado por cuatro automóviles más, que transportaban a una docena de hombres armados—. Tuvimos que verificar el perímetro... ¿Estás bien?

Weiss se sentía cansado, hambriento y, sobretodo, tenso. Temía que, en cualquier momento, alguien abriera la puerta del carro y se lo llevara para interrogarlo de nuevo.

—No, Jarod. No estoy nada bien. ¿Cómo es posible que un cualquiera me secuestre en medio de la calle y me tenga encerrado por varios días? ¿No se supone que nadie sabe de nuestras operaciones?

—No te hagas el pendejo —masculló Cohen—. El riesgo va con el trabajo. Los comandos se retiraron y a ti te soltaron. Así de simple. Ahora tenemos el problema de Hoffman y sus hombres. Se escaparon de las manos del FBI.

Weiss miró hacia el chofer del vehículo. Aunque sabía muy bien que la cabina era a prueba de sonidos y de que ninguna palabra llegaba a él a través del grueso vidrio negro que separaba a los asientos posteriores, bajó la voz y apenas susurrando, dijo:

—Te dije que debimos haberlo matado hace meses.

—Todo a su tiempo, Michael —avisó Cohen—. Todo a su tiempo.

Ambos no dijeron nada más, mientras el paisaje se movía a toda prisa por las ventanas del automóvil. Dentro de poco estarían entrando a Manhattan.

—¿Qué vamos a hacer? —preguntó Weiss.

—Nada. Dejaremos que los norteamericanos se encarguen de ellos. Están convencidos de que son terroristas.

—Me importan un bledo los putos comandos —miró otra vez hacia adelante para comprobar que el chofer no escuchaba—. Estoy hablando de nosotros. Lo saben todo. ¡Todo!

Cohen lo miró inquisitivo. La expresión de Weiss era suficiente explicación.

—Hijo de puta... —dijo Cohen—, cantaste como una loca, ¿verdad?

A Weiss por poco se le salen las lágrimas. Miró de un lado a otro, como esperando ayuda.

—No lo sé... Apenas lo recuerdo —metió la mano al bolsillo de su chaqueta y sacó el CD que le había entregado Raúl Pini—. Pero dicen que todo está aquí; que lo repartirán por todo el mundo si no dejamos en paz a Pereira y su amigos.

—¡Huevones! —Cohen golpeó su rodilla con la mano abierta—. Como si nos importara una mierda ese chicano...

—Pereira no es chicano. Es...

—No me importa, te he dicho. Lo que importa es localizar a Hoffman y eliminarlo. A él no le importará divulgarlo todo si llegara el caso. Él no es Pereira y sus amigos. Él no se quedará callado aunque le ofrezcamos el oro y el moro.

Los cinco automóviles llegaron al puente de la Calle Cincuenta y Nueve y se mezclaron con el tráfico. Weiss se sintió un poco más tranquilo cuando se vio rodeado de una multitud.

—¿Sternhagen y Canyon?

—No sospechan nada —aseguró Cohen—. Sólo obedecen órdenes, como buenos ejecutivos que son.

Cohen encendió un cigarrillo. Weiss tosió exageradamente para demostrar su fastidio, pero su compañero lo ignoró.

—Escucha bien —dijo Cohen—. Saldrás en el próximo vuelo a Tel Aviv. Te encargarás de tranquilizar al Primer Ministro. Por algo es tu amigo. Le notifiqué que Hoffman se ha vuelto rebelde y que no quiere aceptar órdenes de regresar.

Que está obsesionado con matar a Pereira y al nazi. Tienes que convencerlo de que ordene oficialmente su eliminación. Pero mientras él se decide, espero que la CIA o el FBI los extermine.

—¿Y si los atrapan con vida?

—Nuestros contactos se encargarán de que no sea así. Una vez que Hoffman esté fuera, podremos respirar tranquilos.

—¿Y este disco? —Weiss señaló el CD que descansaba sobre el asiento, entre ambos.

—Si lo único que quieren es que dejemos en paz a Pereira, lo haremos —Cohen dejó escapar el humo por su boca y nariz, llenando la cabina en pocos segundos—. Por ahora.

El horizonte estaba más lejano de lo que parecía.

Bueno, pensó El Mago, por algo es el horizonte; nunca se llega a él, siempre hay uno nuevo. Entonces, ¿a qué se refería Azrael? ¿Dónde encontraría la puerta que lo sacaría de ese lugar?

Se sentó un rato sobre una roca y observó el espacio que lo rodeaba. Todo sucio, negro, como cuando anochecía a las cuatro de la tarde en los inviernos horrorosos de Nueva York.

Metió las manos en los bolsillos de su chaqueta. La temperatura había descendido lo suficiente como para volverse incómoda. Incluso la pistola que llevaba en la cintura del pantalón, parecía hecha de hielo y le "quemaba" la piel.

Frío en el infierno. Vaya ironía.

Le pareció ver una figura a lo lejos, algo que se movía entre los escombros de una casa antigua, entre la destrucción y el caos de un paisaje de pesadilla.

Era verdad.

Una figura corría hacia él, cruzando las ruinas lo más rápido que podía. Iba vestido con una túnica larga y oscura, aunque bastante sucia y rota en muchos sitios.

Imposible, pensó El Mago.

Aunque había pasado algún tiempo, reconoció al sacerdote: el padre Marcelo Bajorán, violador y asesino de niños.

Bajorán estaba cada vez más cerca, y El Mago tuvo la intención de seguir su camino, sin prestarle atención, como había hecho con las monjas, pero el sacerdote empezó a llamarlo y a pedirle que se detuviera.

—Garol Pereira, ¡ayúdame, por favor!

Antes de que el hombre pudiera ponerle la mano encima, El Mago se hizo a un lado. El sacerdote perdió el equilibrio y cayó de rodillas.

—Garol... Garol —dijo otra vez—. Me alegro de haberte encontrado.

El Mago no sabía cómo reaccionar. Parecía que Bajorán no era una mera ilusión, lo cual, de cierta manera, tenía sentido. El hombre había cometido tantas atrocidades que merecía estar allí.

¿Pero por qué mierda tenía que encontrarse con él?

—Garol —continuó Bajorán, con la respiración entrecortada—. Tienes que ayudarme.

—¿Ayudarte? —El Mago se retiró aun más—. Tú estás muerto.

—Pago por todo lo malo que hice, pero para todo hay un límite.

Bajorán volteó y señaló con la cabeza. El Mago siguió la dirección indicada y pudo reconocerlos.

Eran tal vez diez. Todo fuerza y músculos hipertrofiados, extremidades largas que sostenían poderosas garras. Algunos caminaban erectos, pero la mayor parte lo hacía en cuatro, como sus parientes terrenales.

Quatrixch.

—¿No estaban extintos? —preguntó El Mago.

—Hay suficientes —declaró Bajorán, desesperado por el avance de los seres—. Éste es su hogar.

—Vámonos, por favor —dijo Bajorán, sin dejar de mirar hacia atrás—. Si me cogen, me torturarán hasta el infinito.

El Mago estaba a punto de darle una patada a Bajorán, y dejarlo que se lo comieran los Quatrixch, cuando el sacerdote dijo:

—Sé cómo encontrar la puerta que estás buscando.

El sicario permaneció en silencio, mirando de reojo a los animales. En menos de tres minutos los alcanzarían.

—La puerta para salir de aquí —explicó Bajorán—, para que vuelvas a la Tierra.

—Vamos —El Mago haló del brazo al sacerdote y lo obligó a correr.

—Gracias, Garol, gracias.

—No me jodas y cierra el pico.

Eli Stieffel se sentía cansado. Más que la mayor parte de las veces. Había decidido acostarse temprano, pero aun así, no podía conciliar el sueño. Una de las enfermeras lo había llenado de tranquilizantes y analgésicos, pero demoraban en tomar efecto.

No había nada que hacer; pronto llegarían, estaba seguro. Para ese momento ya debían saber la verdad sobre sus intenciones reales al enviar a los comandos. El primer Ministro podría perdonarlo. Después de todo, había servido bien a Israel con sus "Hijos de David," aunque un tanto fuera de la ley. Pero Cohen era otra cosa. El hijo de puta buscaría deshacerse de él. Y pronto.

Él y su amigo Weiss habían llegado a tener tanta influencia en el Mossad y en el gobierno que, tarde o temprano, tendrían más poder que el mismo Primer Ministro.

De pronto vino a su mente la imagen de Killy Hammond. Había sido la única mujer que realmente le había hecho sentir algo. Sin embargo tuvo que torturarla hasta la muerte porque sus convicciones y su odio hacia los enemigos de Israel estaba por encima de todo.

Killy... Pronto te veré de nuevo, muchacha.

Sus pensamientos se derivaron hacia Garol Pereira, aquel asesino apodado El Mago. Definitivamente algo pasaba con ese hombre. Parecía eludir a sus enemigos con facilidad. Como si los dioses lo protegieran. No había tenido noticias de América. Ignoraba si Hoffman había logrado eliminarlo. Su furia ya no era la misma en aquel momento. Al parecer los sedantes empezaban a hacer su efecto y tenía los párpados pesados, la respiración lenta. Pronto podría descansar y olvidar el dolor.

Maldito Pereira. Ojalá termines en el infierno.

Entre la bruma que empezaba a posarse sobre sus sentidos, vio la puerta de su dormitorio abrirse. Una enfermera, la morena de ojos azules que tanto le gustaba, entró en la habitación. Era una mujer preciosa, con curvas generosas y mirada de gato. Si no hubiera estado siempre con dolor, le habría gustado revolcarse un rato con ella. Sí... Era tan hermosa como Killy.

Sus párpados parecían pesar una tonelada. Ya casi no podía mantenerlos abiertos. Se preguntaba qué quería la enfermera. Trató de decir algo, pero ni él mismo entendió el sonido que salió de su boca. Sintió que ella se acercaba cada vez más, pero tampoco decía ni una palabra. A lo mejor sólo venía a tomarle el pulso, como lo hacían cada vez y cuando.

Pero nunca antes a esa hora.

Cerró los ojos, ya no podía mantenerlos abiertos. Sintió entonces el contacto de una tela suave contra su rostro y luego una creciente presión. ¡La enfermera lo estaba ahogando con una almohada!

Intentó respirar, moverse, gritar, hacer algo. Pero la desesperación y el terror, junto con los sedantes podían mucho más. Sintió que su sueño se hacía más profundo, que caía en el vacío en cámara lenta, como una pluma.

En la oscuridad, una imagen empezó a tomar forma. Mientras dejaba de respirar y su corazón se detenía, distinguió a la mujer que lo esperaba al final de un túnel oscuro. Ella le sonrió. Pero no era una sonrisa amigable.

Era tan peligrosa como el cuchillo que blandía en su mano derecha.

Quiso gritar, pero ya no pudo.

Sólo sentía que su cuerpo y su alma se acercaban cada vez más a la mirada de odio de Killy Hammond.

*   *   *

Habían caminado por más de tres horas y El Mago estaba cansado, pero de ninguna manera dejaría de avanzar hasta encontrar la famosa salida. En el camino se había encontrado con restos humanos deambulantes que pronunciaban su nombre y querían retenerlo. No supo reconocerlos. Apenas eran esqueletos móviles. Tuvo que luchar muchas veces para soltarse y continuar la búsqueda.

—¿Cuánto falta?

—Al otro lado de esa colina —respondió Bajorán, secándose el sudor con la manga de la sotana.

—Por lo menos seis kilómetros más —calculó El Mago—. ¿Estás seguro?

—Por Dios santo —Bajorán mostró una sonrisa irónica.

En ese momento, el paisaje volvió a cambiar ante sus ojos.

Ahora se transformaba al de una playa muy fami-liar para El Mago. La playa donde se encontraba su casa. Incluso pudo verla aparecer a pocos metros: pequeña, acogedora y resplandeciente, en contraste con el desastre y destrucción que lo habían rodeado momentos antes.

—No te detengas, vamos —instó Bajorán, tratando de alejarlo de la casa.

Pero algo hizo que El Mago se quedara congelado en su sitio.

Su madre lo llamaba con la mano desde la puerta, invitándolo a entrar.

Alexia Pereira no era la mujer/ángel/fantasma al que estaba acostumbrado. Ésta se asemejaba mucho a su madre tal como la recordaba cuando era un niño. Cuando era la "bruja" más hermosa del pueblo, con su cabello largo, negro y sensual.

—No le hagas caso. No es real —dijo Bajorán, tirando de su brazo.

Lo mismo se decía El Mago a cada paso que daba. Pero su atracción era demasiado fuerte. Quería decirle que lo sentía, que no era él mismo cuando había sucedido... aquel incidente. De nuevo se le hizo un nudo en la garganta y empezó a sentirse como si tuviera doce años.

—¡Garol! —gritó Bajorán.

Pero El Mago ya se había aflojado y subía los escalones del porche y se acercaba a su madre.

—Mamá...

—Hijo mío... —la sonrisa de Alexia lo tranquilizó; parecía no recordar lo que había sucedido.

Pero no todo era igual.

Los ojos de su madre lucían diferentes. Aunque eran tan pálidos como los suyos, parecían no tener vida, como si vieran sin realmente ver. Tal vez hubiese pasado desapercibido para cualquiera, pero él conocía bien aquellos ojos. Los veía en le espejo todos los días.

—Pasa. El chocolate está listo —invitó la mujer. Su vestido largo y blanco parecía flotar cuando se dirigió a la cocina.

El Mago caminó hacia el interior de la casa. Era idéntica a la verdadera hasta el último detalle. Incluso pudo observar el mar a través de una de las ventanas que iluminaba la sala. Bajorán lo siguió de cerca.

—Salgamos de aquí antes de que te arrepientas.

El Mago se viró hacia el sacerdote y lo miró con odio.

—Escúchame, hijoeputa. Ya te maté una vez; puedo hacerlo de nuevo si no me dejas en paz.

Bajorán iba a decir algo, pero decidió mejor no hacerlo. Los ojos blancos de El Mago le causaron más miedo que de costumbre.

—Siéntense, por favor —invitó Alexia desde la cocina—. Garol, dile a tu amigo que descanse. En seguida les llevo un delicioso chocolate caliente...

A pesar de todo, El Mago empezó a sentirse menos desesperado. La presencia de su madre y del ambiente familiar le produjo una sensación relajante, como un respiro en medio del trajín que lo había agobiado las últimas horas.

Se escucharon unos ruidos y susurros. Pequeñas risas y gemidos que provenían de la cocina, invisible desde la sala.

El Mago se volvió.

Alexia estaba con alguien.

Le pareció reconocer la voz, aunque no estaba seguro.

Caminó con cautela hacia la cocina. Los susurros se habían transformado en gemidos más fuertes, de placer y dolor al mismo tiempo.

No...

Llegó hasta la puerta de la cocina y no pudo decir nada, aunque lo único que quería era gritar.

Era él mismo, Garol Pereira, desnudo comple-tamente; su rostro y cuerpo bañados en sangre, los ojos blancos transformados en perlas intensamente negras. Estaba en el suelo, de rodillas en medio de las piernas de su madre, igualmente desnuda, penetrándola mientras le clavaba una inmensa navaja, atravesando su cuerpo mientras ella se retorcía lujuriosamente. De espaldas sobre el suelo, Alexia lo miró, su lengua dibujando un arco sobre los labios en una muestra vulgar y obscena de placer.

El Mago corrió hacia la salida de la casa. Por más que su cerebro le decía que todo esto era una ilusión, no podía evitar el horror. Sintió mareos, el sabor amargo de la bilis que subía por su garganta. Los ojos se le llenaron de lágrimas, aunque trató de evitarlas a toda costa.

—Te dije que no entraras aquí —dijo Bajorán, acercándose.

Toda la rabia que El Mago sentía, toda la frustración se concentró en un solo puño que fue a estrellarse contra el rostro del sacerdote.

Bajorán salió disparado, como un muñeco de trapo, a través de la ventana de la sala, rompiendo el vidrio en miles de partículas brillantes.

El Mago se acercó al marco de la ventana. Bajorán trataba de levantarse de entre rocas y arena. De un solo salto, El Mago llegó al exterior de la casa, y corrió hasta el sacerdote.

Antes de que pudiera recuperarse, El Mago le dio una

patada en el costado, haciéndolo rodar otra vez en la arena.

—Y yo te dije que te callaras; ¡que te mataría de nuevo, maldito!

—Yo solo quería...

—¡Tú no quieres nada, degenerado de mierda! Sólo dime cómo salir de aquí —cada frase era acompañada por una serie de golpes; en el rostro, en el tórax, en el estómago—. Quiero salir de aquí. ¡¡¡Quiero salir de aquí!!!

Los golpes de El Mago se repitieron continuamente, hasta que el rostro del sacerdote parecía una masa rojiza. Lo tomó por la sotana y lo sacudió para que no perdiera el conocimiento.

—¿Dónde está el portal?

—Te lo dije. Al otro lado de la colina.

El Mago lo dejó caer y se sentó en el terreno, que se había transformado nuevamente en la suelo desértico y sin vida, cuna de escombros y miseria.

El sicario colocó la cabeza entre la manos y cerró los ojos. Tenía que pensar claramente. No podía dejarse llevar por sus emociones. De lo contrario, se volvería loco. Y el proceso ya había empezado.

Sintió la ligera presión de una mano sobre su hombro. Pensó que era Bajorán que venía a molestarlo nuevamente, pero al alzar la mirada, vio algo completamente distinto.

—Hola —dijo Michaela.

El Mago se empujó hacia atrás, arrastrándose como una lagartija, intentando alejarse de la mujer/ángel.

—Soy yo, Garol —dijo ella—. ¿Acaso no me reconoces?

Sí la reconocía. Pero verla era como recibir un golpe en el corazón. El Mago se sintió nuevamente enfermo. Michaela lucía el cuerpo quebrantado, destrozado, allí donde el cuchillo había penetrado varias veces y con la misma saña. La piel se suspendía de varias partes de su cuerpo, tanto como de su vestimenta. Y el rostro... el rostro era un plano sin vida, de color grisáceo y con múltiples laceraciones.

—Aléjate de mí —gritó El Mago, realmente asustado.

—Pero por qué me tratas así, Garol? Soy yo, Michaela, la

mujer que has deseado desde que la conociste...

—No...

—No me digas que no... Vamos, querías culearme desde hace tiempo, sino que no sabías como pedírmelo. Porque ¿cómo se pide a un ángel que uno quiere tirársela? Vamos, Garol, ahora tienes tu oportunidad...

—Aléjate...

—Soy toda tuya, Garol —Michaela abrió los brazos—. Puedes hacerme lo que quieras, que nunca me cansaré.

—¡Vete! —El Mago trató de alejarse nuevamente, pero Michaela lo agarró de la camisa. Su mano hurgó bruscamente entre las piernas del sicario.

—Vamos, ¿no quieres que te la mame? ¿O acaso solamente te excita la puta de tu madre?

El Mago se levantó violentamente y corrió hacia la colina que le había indicado Bajorán. El sacerdote lo siguió, tambaleándose, rogándole que le esperara.

—Si quieres te doy el culo también, Garol —oyó gritar a Michaela, desde la lejanía—. A lo mejor así se te para...

La risa de la mujer le hizo erizar los vellos de la nuca.

Garol Pereira esperaba que su vuelo fuera llamado por el altavoz del aeropuerto de Denver.

Odiaba el lugar. Repleto de hombres con sombreros y botas de *cowboy*. Al parecer todos compraban la ropa en el mismo sitio.

El aeropuerto era de construcción fría y práctica como la mayor parte de los edificios modernos; una muralla de cemento y vidrio con un despliegue de tecnología en cada corredor por el que le había tocado deambular. En ese momento la visibilidad era casi nula a través de los grandes ventanales que daban a la pista, debido a una fuerte lluvia que había tomado a todos por sorpresa.

Le habían prometido que el vuelo saldría a las siete de la noche, pero surgió el retraso debido al mal tiempo. Ya eran cerca de las diez y treinta y no había señales de que las cosas fueran a cambiar. Los pasajeros esperaban impacientemente en los asientos de la sala, haciendo conversación para no aburrirse. Un par de niños que había jugado casi toda la noche, había sucumbido al sueño y reposaba incómodamente en los asientos junto a sus padres. Otros adultos, en cambio, optaron por dormir sobre el suelo, utilizando sus maletas o bolsos como precarias almohadas.

Una señora se acercó al *counter* de la aerolínea por enésima vez y obtuvo la misma respuesta: ya se le avisaría cuando hubiera alguna novedad. Pero según la cantidad de agua que caía monótonamente sobre el aeropuerto, Garol supuso eso no iba a ser en el futuro cercano.

Siguió leyendo la novela que había comprado en la librería, a pocos metros de donde se hallaba sentado. Se llamaba *Timeline*, y era la última de Michael Crichton, uno de sus autores favoritos. La trama se desarrollaba entre científicos que viajaban en el tiempo, hacia la Edad Media. Aunque sabía que aquello era imposible, empezó a divagar acerca de lo interesante que sería volver atrás y corregir todos los errores que había cometido en su vida. Comenzar de nuevo; ser una *tabula rasa*.

Deja de pensar pendejadas, pensó. Lo hecho, hecho está.

La pantalla de un televisor, colocado sobre un soporte elevado en una de las esquinas de la sala, llamó su atención. No podía escuchar lo que estaba diciendo el locutor enternado, pero la imagen flotante de un par de ametralladoras en la parte superior derecha de la pantalla, con la palabra "terroristas" atravesándolas, le hizo saber que era algo importante. Se levantó corriendo hacia el aparato.

—... el FBI nos ha asegurado que éste es un hecho aislado y que no hay por qué preocuparse. No hay terrorismo organizado en América ni hemos sido invadidos por ninguna nación enemiga. Repetimos: la autoridades federales tuvieron un enfrentamiento con supuestos terroristas palestinos en Canterny Road, hace poco más de una hora. Catorce de ellos cayeron bajo las balas del FBI, quien no hizo más que responder el fuego iniciado por los guerrilleros. Se desconoce exactamente de dónde provenían estos hombres y cuál era su misión, pero el FBI opina que probablemente tenía que ver con la visita del Presidente a Denver la próxima semana. En estos momentos tenemos en el estudio al General retirado Samuel Hammer, quien...

La voz en el parlante llamó a todos la atención; algunos incluso empezaron a recoger sus cosas, entusiasmados de que ya iban a viajar. Pero su decepción fue grande cuando la mujer únicamente solicitó al señor Garol Pereira que se acercara al teléfono de cortesía.

Lo tomó por sorpresa. Primero la televisión y luego el teléfono.

Nadie sabía que estaba en el aeropuerto a esa hora. Se había separado de Towsend por la tarde, y supuso que el neonazi se había retirado a su cabaña nuevamente.

Entonces había decidido volver a Nueva York en el primer vuelo. Pero nunca contó con lluvia semejante, algo supuestamente muy raro en esa región.

El altavoz repitió el mensaje, y Garol se levantó de su asiento para encaminarse hacia el teléfono. Era la única manera de saber quién llamaba.

Miró de un lado a otro y no vio nada sospechoso. Al parecer nadie lo vigilaba, pero nunca se podía estar cien por ciento seguro. Llegó hasta el auricular del teléfono de cortesía y lo alzó.

—¿Aló?

No había nadie en la línea.

De pronto sintió que algo duro lo empujaba en los riñones.

—Quieto —dijo la voz —. No haga ningún mo-vimiento brusco.

El acento delató al israelí.

—Pensé que habían sido ... —dijo Garol.

—Vamos a hablar a un lugar más privado.

Garol sintió una mano sobre su hombro izquierdo, mientras el arma presionaba su costado derecho. Giró la cabeza y pudo ver el rostro del agente israelí.

El hombre lo condujo hasta el fondo de la sala de espera donde estaban los baños. Garol notó que el hombre se movía de una forma extraña, nada normal, cojeando un poco.

Entraron a los baños y escuchó cómo el hombre cerraba la puerta con seguro. Lo empujó hacia los lavabos. El cuarto era grande con media docena de cubículos y urinarios. Estaba vacío.

Garol se dio la vuelta con cautela hasta que pudo enfrentar al agente.

No lucía nada bien. Su rostro estaba pálido y desencajado. La pistola que llevaba en su mano derecha parecía sumamente larga debido al silenciador que se enroscaba en su punta.

—Está herido... —observó Garol.

—Sí... —dijo el hombre, sosteniéndose el costado izquierdo —. Esos hijos de puta del FBI dispararon sin darnos aviso siquiera. Mis hombres fueron masacrados. Sólo unos pocos lograron escapar.

—Debería ir a un hospital.

—Tengo una misión que cumplir.

Garol tensó los músculos. Difícilmente podría escapar a un balazo, pero confiaba que el hombre estuviera lo suficientemente débil como para poder dominarlo antes de que hiciera un segundo.

El israelí alzó su mano izquierda, como diciéndole que se detuviera.

—Mi misión es más personal —negó con la cabeza—. Metió la mano en el bolsillo de su chompa negra y extrajo una pequeña funda de tela, con elástico en el borde que la mantenía cerrada. Se la arrojó a Garol.

Al abrirla, unos cuantas piedritas transparentes se posaron en su mano.

—Allí hay más de un millón de dólares en diamantes. Son suyos.

—¿Y a quién debo matar? —dijo Garol, seriamente.

—A mi jefe directo: Jarod Cohen. Sé que usted es un

asesino a sueldo. Quiero contratarlo.

—¿Por qué debo aceptar? Puedo tomar el dinero y no cumplir.

—Tendré que arriesgarme. Cohen me traicionó y no sé realmente por qué.

—Yo sé por qué —aseguró Garol.

—¿Cómo?

—Michael Weiss.

Daniel Hoffman abrió un poco más los ojos. No había esperado esa respuesta.

—El hijo de puta habló... Sus amigos lo hicieron hablar... ¿Qué dijo?

—No debo decirlo. Ése fue el trato.

—¡A la mierda el trato! Hable o le juro que lo mato aquí mismo —el cuerpo de Hoffman tambaleó y tuvo que sostenerse en el filo del lavabo. Garol llegó cerca de él cuando se sentaba en el suelo.

—Tiene que decírmelo —Hoffman tosió—. No puedo morir sin saberlo.

Garol lo miró detenidamente. Hoffman no podía ni siquiera alzar el arma. Empezó a botar sangre por la boca.

—Jarod Cohen y Michael Weiss han hecho algunas transacciones con empresarios palestinos con mucho dinero de por medio. Trabajan para ambos lados.

—Traidores de mierda...

—Cohen quiere llegar a ser el director general del Mossad y lo ve a usted como un obstáculo. Sabe que a usted no le agrada y que incluso ha estado investigando acerca de él. Fue coincidencia que Eli Stieffel y el General Levrant los enviaran a usted y a sus comandos a matarme. Simplemente Cohen aprovechó la oportunidad para deshacerse de usted.

Hoffman aflojó los brazos, su cuerpo parecía pesarle una barbaridad. Apenas si podía alzar la cabeza para mirar a Garol.

—Mátelos... Por favor, mátelos... —susurró, mientras su mirada se desvanecía.

Garol Pereira se levantó y caminó hacia la puerta del

baño. Miró el cadáver sentado de Hoffman, su barbilla reposando sobre el pecho.

Un maldito baño, pensó.

No es un buen lugar donde morir para un guerrero.

No existía el tiempo en el infierno. El reloj de El Mago marcaba las doce desde que había llegado. Pero al cálculo, adivinó que les había tomado por lo menos tres horas para trepar la colina. Había sido un trabajo cansado, arduo. Bajorán había perdido el equilibrio varias veces, porque su cara estaba hinchada de los golpes, y casi no podía ver. El Mago tuvo que prácticamente arrastrarlo cuesta arriba y ahora hacía lo mismo al lado contrario de la colina.

—Eres un tonto, Garol —dijo Bajorán de pronto.

—Parece que se te ha olvidado que te puedo sacar la madre a golpes.

—No quise ser insultante —el sacerdote alzó las manos—. Lo que pasa es que si yo fuera tú, sacaría ventaja de todo esto.

El Mago no detuvo su caminata, ni siquiera se volteaba a mirarlo.

—¿Ah, sí? Y me puedes iluminar con tu sapiencia?

—Ambos lados te necesitan. Ambos lados quieren que luches por ellos. Tú eres el poderoso, no ellos. Pide lo que quieras, te lo darán; cualquiera de ambos.

El Mago seguía su camino en silencio mientras jalaba al sacerdote de su sotana y éste trataba de no perder el equilibrio.

—Mujeres, dinero, la inmortalidad —continuó Bajorán—. Todo cuanto hayas deseado en tu vida. Tu propio reino, tal vez.

El Mago cogió la cara del sacerdote con su mano derecha. Los dedos parecían querer penetrar esa carne y arrancársela. El sacerdote gimió.

—Yo no quiero nada —dijo El Mago—. Sólo que me dejen

en paz. Ya me cansé de tanta mierda.

Los ojos de Bajorán se movían de un lado a otro, nerviosos. De pronto se detuvieron en un punto.

—Allí está —señaló.

El Mago levantó la mirada hasta que vio un arco de piedra en cuyo centro había completa oscuridad.

El portal.

Por fin.

Las palabras de Azrael hicieron eco en su memoria.

—No lleva mi nombre —observó.

—Atraviésalo, vamos, yo te ayudo —instó Bajorán.

—No, ése no es el portal —El Mago sacudió al sacerdote—. Me has engañado.

Bajorán cayó al suelo polvoriento, cubriéndose la cabeza con los brazos para evitar cualquier golpe de El Mago.

El sicario se acercó al arco. Medía poco más de tres metros de altura y por más que lo intentó no pudo ver lo que estaba al otro lado. La oscuridad en su interior era completa. Levantó su mano cautelosamente, colocándola cada vez más cerca de la oscuridad.

La punta de sus dedos no topaban todavía el vacío, cuando sintió un empujón en su espalda..

—Atraviésalo —escuchó decir a la voz de Bajorán, mientras se sumergía en lo negro del arco.

Pero una vez adentro, El Mago se encontró en un nuevo mundo. Un mundo completamente blanco, vacío, sin horizonte, sin perspectiva. Sin suelo, sin cielo, sin nada.

Y un hombre de cabello negro, muy largo, con un traje blanco sin arrugas, que parecía perderse en el vacío.

Era alto, delgado, de mirada vigorosa y facciones angelicales. Si Azrael era hermoso, éste era algo indes-criptible. Parecía el ser más bello —hombre o mujer— que había visto alguna vez en su vida.

—Bienvenido, Garol Pereira —dijo el hombre.

—¿Quién eres tú?

El hombre sonrió. Tenía los dientes perfectos y blanquísimos. Parecían pertenecer a un comercial de dentífrico.

—¿No puedes adivinarlo?

Sólo había una posibilidad.

—Satanás —dijo El Mago.

—Uno de mis tantos nombres.

—Pensé que eras...

—¿Feo y con alas de murciélago? Sólo uno de mis disfraces. Pero prefiero mi apariencia original, como cuando era uno de *sus* ángeles favoritos —el hombre hizo un gesto con su cabeza, como señalando una persona ausente.

—Sólo quiero salir de aquí —dijo El Mago.

—Lo sé, pero yo no puedo sacarte. Yo no te traje —esta vez apuntó su pulgar hacia arriba—. Él lo hizo. No tengo la culpa de que estés aquí. De lo que sí tengo la culpa es de confiar en Ayanes, tu padre.

El diablo señaló con su cabeza por encima del hombro de El Mago. Éste se volvió.

El portal había desaparecido. Y en medio de la nada, un enorme árbol se erigía. Ancho, anchísimo; de tronco macizo y negruzco. Estaba cubierto de lava seca, que engrosaba su corteza hasta el punto de lucir como cemento o granito.

Aquella masa oscura no poseía ni una sola hoja ni fruto, solamente un sinnúmero de ramas que salían de sus entrañas como dedos retorcidos en busca de las alturas.

De uno de esos dedos colgaba el cuerpo de Walter Anaya.

Al principio le costó reconocerlo, ya que tenía la piel y la ropa chamuscadas. Sus ojos estaban brotados y su cara hinchada, mientras que su lengua escapaba de forma grotesca entre sus labios negros.

—Dejé que escogiera su muerte —dijo el diablo—. Fue la única concesión que le di. Estaba acabado.

—¿Porque no pudo reclutarme? —preguntó El Mago, sin dejar de observar al que había sido su padre.

—En buena parte, sí. Desde que conoció a tu madre en la Tierra, prometió que iba a dominar el cielo y me lo regalaría en bandeja de plata. Le creí porque de todas maneras tenía un hijo: tú, en un ángel muy cercano a Dios: Alexia. Nadie había podido lograrlo antes.

El Mago sintió un poco de asco al ver el cuerpo de Anaya colgando del árbol. Siempre quiso verlo muerto, y ahora que lo hacía, no lo llenaba de felicidad. Irónicamente, le dio lástima el pobre hijo de puta.

—Pero tú no resultaste como él pensó —continuó explicando el diablo, colocando las manos detrás y caminando a su alrededor como si hubiese mucho que apreciar en la nada que los envolvía—. No fuiste un pelele de los pensamientos y deseos de tu padre; todo lo contrario, creciste fuerte junto con tus poderes. Tu madre te llevaba a la iglesia desde pequeño y te bañaba en agua bendita cuando eras un bebé. ¿No te lo contó? Al principio te dolía y chillabas. A ella le dolía pero lo seguía haciendo, la condenada.

"Tu oscuridad interior cedió a la parte de luz a la que tu madre pertenecía. Hasta que descubriste tu verdadera vocación, tu carrera que te permitió usar tu raíces sombrías. Pero aún así no fue suficiente. Ayanes tenía que dominarte para que llegaras al cielo y lo destruyeras. A cambio de eso, le prometí ser el ángel más poderoso del cielo y de la tierra juntos. Casi tan poderoso como yo.

—Pero ahora sólo le diste esto —El Mago miró el árbol.

—¿No me digas que te da pena?

—Es mejor que esté muerto, pero tú no eres el ser más confiable de todos, por lo que veo.

El diablo sonrió y El Mago no pudo evitar que le cayera simpático. Era fácil hablar con él, su presencia daba confianza y hasta cierta seguridad.

El maldito caía bien.

—Soy un incomprendido —dijo el diablo, pacientemente—. Incomprendido por Dios. Incomprendido por la Iglesia. Incomprendido por el mundo. Cada vez que alguien hace algo malo, dicen que es culpa mía.

—¿Y no lo es?

—No necesariamente. Así como tampoco cada vez que alguien hace algo bueno es obra de Dios. Simplemente representamos los extremos y ustedes están en el medio.

—¿Qué quieres de mí? —El Mago se impacientó.

—Garol, Garol —el hombre sonriente se acercó e intentó ponerle la mano en el hombro. El Mago se retiró y trató de mantener su distancia.

El diablo no dejó de sonreír. Su mirada era fuerte pero dulce, llena de comprensión y sentimiento.

—En este momento eres el mortal más poderoso que haya existido. Reemplaza a tu padre y conviértete en mi mano derecha.

—Yo sólo quiero volver a casa —dijo El Mago, una vez más.

—¿Acaso no escuchas lo que digo? Puedes reemplazar a Ayanes y ser mi representante en la tierra. Podrás hacer lo que quieras. Tendrás dinero, sexo, poder. Presidentes y reyes pedirán tu consejo y escucharán tu voz con vehemencia. Serás mi embajador. Hasta el Papa te escuchará cuando hables en mi nombre.

—No. Sólo quiero irme a casa.

Las facciones del ángel oscuro se contrajeron.

—¿A qué casa? Ya no está Alexia, ni tu amiga Michaela. No tienes amigos ni conocidos. Sólo a tu jefe Raúl, quien hasta cierto punto piensa que te has vuelto loco y que pronto no servirás para el trabajo. Pronto te buscará un reemplazo, no lo dudes.

—He dicho que no.

El diablo se lo quedó mirando. De pronto sonrió de nuevo y empezó a jugar con las puntas de su cabellera negra. Con la otra mano hizo un ademán, y una porción de la nada se abrió y se pudo ver una escena flotante, como una especie de pantalla tridimensional. Dos mujeres de poco más de treinta años conversaban mientras comían en un restaurante. El Mago pudo apreciar las decoraciones típicamente mexicanas del lugar.

—¿Las recuerdas? preguntó el diablo.

El Mago iba a decir que definitivamente no, cuando notó algo familiar en ellas. Las facciones, las miradas, la manera de sonreír mientras conversaban. Entonces recordó a un par de niñas medio asustadas en medio de la noche. Asustadas de su propio padre, Rogelio Quezada.

—Rita... Antonieta...

—Sí, tus hermanastras —dijo el diablo—. Ahora ya son unas mujeres y viven con sus respectivas familias. Acepta mi propuesta y nada les pasará. Si no, las verás morir —la mirada dejó de ser dulce por varios segundos y la sonrisa se volvió enfermiza.

El Mago no podía dejar de ver a las dos mujeres conversando y riendo en el restaurante. Parecían estar sanas y vestían buenas prendas. A lo mejor se habían casado con hombres de dinero y gozaban de una vida cómoda y, hasta cierto punto, feliz. No las había visto desde hacía tantos años, que se sentía como un intruso al observarlas así, sin ningún derecho a penetrar en sus vidas, a mancharlas con la mierda que lo rodeaba todos los días.

—Entonces mátalas —dijo El Mago.

—¿Cómo?

—Ya lo escuchaste. No voy a representarte ni a ti ni a nadie en la tierra, en el cielo, o donde sea. No trabajo para ti; no trabajo para Él. Soy dueño de mi vida.

—¡Imbécil! ¿Cómo te atreves a rechazarme? —el diablo perdió toda la compostura. Su rostro se ensombreció con una máscara de furia—. Soy el amo y señor de este mundo. ¡Te cortaré en pedacitos y gritarás por toda la eternidad!

—Olvidas que no puedes hacerme daño —dijo El Mago—. Tú mismo lo dijiste.

—Oh, sí. *Claro* que puedo.

El diablo hizo un ademán y El Mago sintió su estómago en llamas, como si alguien hubiera encendido una antorcha dentro de su cuerpo. Se retorció y cayó de rodillas. Se le nubló la vista por un instante.

—Desde que entraste por ese portal —dijo el diablo entre la bruma que empezaba a despejarse ante los ojos de El Mago—, estás a una dimensión diferente, donde no es cielo ni infierno; un paréntesis en el infinito —abrió los brazos—. Aquí, en el limbo, eres un un ser humano como cualquier otro...

El diablo se retiró como queriendo dar paso a alguien

más. Al principio, no supo de qué se trataba, pero luego El Mago se dio cuenta de que Bajorán había vuelto a aparecer muy cerca de él. Pero era otro, cambiado. Su mirada ya no reflejaba miedo ni angustia. Sólo la insania parecía permanecer en su cerebro.

El sacerdote lanzó un golpe contra el rostro de El Mago, quien trató de esquivarlo pero de todas maneras lo recibió en el hombro.

—El padre cumplió su cometido —explicó el diablo, mientras observaba el ataque—. Te trajo a mí y a tu destrucción.

El Mago saltó hacia atrás, mientras ocurría la metamorfosis.

Las mujeres estaban como querían, pensó Michael Weiss, recostado en una silla en la cubierta del yate que navegaba por el Mediterráneo. Dos modelos, una rubia y otra pelirroja yacían más adelante con pequeños hilos dentales que apenas cubrían sus bien moldeadas nalgas.

Esto sí es vida, pensó.

Las risas lo sacaron de su distracción. Era Jarod Cohen que subía a cubierta con dos ejecutivos japoneses y dos mujeres más, tan espectaculares como las que se asoleaban boca abajo frente a Weiss.

Los ejecutivos eran dueños de grandes empresas diseñadoras de *software*. Pero lo más importante era que también las compañías se dedicaban a la manipulación genética de virus. Estas armas genéticas estaban a la venta del mejor postor y Cohen tenía planeado ser el contacto entre el gobierno israelí y los japoneses. Pero, al mismo tiempo, los libios estarían interesados en los virus y podrían pagar muy bien por ellos.

—¿Qué haces allí sentado, Michael? —preguntó Cohen con una amplísima sonrisa; los japoneses lo imitaron—. Estamos en el Mediterráneo, rodeado de estas bellezas —señaló a las modelos, quienes sonrieron y lo miraron lujuriosamente—. Diviértete. Rebeca, dale un whisky a mi amigo.

Una de las chicas que había subido con Cohen le entregó un vaso de *Scotch* con hielo. Tenía un cabello muy negro y los ojos profundos, muy propio de las mujeres griegas. Era tan hermosa que lo dejaba sin habla. La chica dijo algo en su idioma que él por supuesto no entendió, pero sonrió igual y aceptó el trago.

Cohen le dijo algo a los japoneses y éstos fueron a sentarse junto a las otras chicas que estaban bronceándose. Los ejecutivos empezaron a hacerles cosquillas para que se voltearan, lo que hicieron, mostrando sus senos, pero sin tratar de cubrirlos. Todo era risa y juegos para los pasajeros del yate.

Cohen aprovechó el momento para dirigirse a Weiss en privado.

—¿Qué te pasa? ¿Todavía sigues pensando en Pereira y su amigo?

Weiss asintió.

—Saben mucho acerca de mí... de nosotros. Mientras estén vivos, estamos en peligro.

—Mira, Michael. No podemos perder la oportunidad con estos japoneses. Haremos muchísimo dinero y podremos dejar esta mierda de espías por el resto de nuestras vidas.

—Pero esa cinta...

—Tú sabes bien que una persona bajo los efectos de drogas, puede decir cualquier cosa. Si alguna vez esa cinta sale a la luz, que no creo que suceda, negarás todo y dirán que te obligaron a hacerlo con torturas. Yo, por mi parte, dentro de poco seré el director del Mossad y el Primer Ministro escuchará todo lo que yo le diga. Así que deja de preocuparte. Y disfruta de las chicas. Les estamos pagando una fortuna.

Con estas palabras, Cohen se alejó y se unió a la algarabía de los japoneses y las chicas semidesnudas.

El Quatrixch lanzó un zarpazo y tumbó a El Mago. Mierda.

Dios lo había engañado.

El diablo lo había engañado.

Se insultó a sí mismo. Esto de andar peleando entre el cielo, la tierra y el infierno había colmado su paciencia.

Bajorán, quien ya no era Bajorán, sino un ho-rroroso y feroz Quatrixch, lanzó un rugido que lo hizo estremecer.

—Hasta los sacerdotes pecaminosos tienen su utilidad —explicó el diablo—. Bajorán te trajo hasta aquí, sin que sospecharas. Una vez más creíste en quien no debías. ¿Es que nunca aprendes?

—Parece que no —escupió El Mago, mientras trataba de poner distancia entre el lobo-hombre y él—. Pero nunca es tarde.

—Para ti sí lo es, muchacho —el diablo empezó a desvanecerse en el aire.

El Mago trató de correr hacia donde desaparecía el diablo, pero el monstruo se colocó en su camino. Se movía rápido a pesar de los dos metros y pico que medía cuando caminaba en sus patas traseras.

—¡Maldito hijo de puta, no te vayas! —gritó El Mago, lleno de furia—. ¡Vuelve aquí y muestra la cara, maricón!

No hubo respuesta. Dondequiera que estuviera el diablo, estaría viendo el enfrentamiento y riéndose a montones.

El Mago fue en busca de su arma, pero se dio cuenta de que la había perdido. Tal vez se le había caído cuando le dio la paliza a Bajorán, o cuando éste lo empujó en el portal.

El Quatrixch lanzó otro zarpazo que empujó a El Mago hasta el suelo nuevamente. El sicario sintió que un fuego se encendía en el hombro izquierdo, mientras la sangre caliente se derramaba a lo largo del brazo.

Maldita sea. Necesitaba un arma. De lo contrario, estaría muerto en pocos segundos.

Escuchó gemir al monstruo.

¿Gemir?

Se dio cuenta de que varias gotas de su sangre habían salpicado sobre el pecho del Quatrixch, y de estos lugares salían hilillos de humo, como cuando uno apaga un fósforo.

El animal intentó lamerse las heridas y El Mago se

dio cuenta de que habían dibujado un patrón en su pecho.

Allí estaba la respuesta.

Las heridas dibujaban una palabra en el tórax del lobo-hombre:

GAROL.

Eso era.

Ésa era la salida a la que se refería Azrael.

No había otro camino. Si no lo hacía moriría igualmente desangrado y sin poder vencer al animal y a su amigo diablo.

Tenía que salir del limbo y regresar a su mundo. Pero, ¿podría hacerlo de verdad? Hasta ahora sólo había encontrado dobles sentidos, ambigüedades y falsas promesas de lado y lado.

Se levantó y se acercó al Quatrixch. El animal/hombre retrocedió unos pasos. Ahora los papeles habían cambiado y el monstruo quería alejarse de él.

—Ah, no, compadre —dijo El Mago, entre dientes. El dolor del hombro era más de lo que podía aguantar—. Tú eres mi único pasaporte para salir de aquí.

El sicario dio un salto y abrazó con toda la fuerza que encontró a la bestia. De inmediato el pelaje del animal comenzó a encenderse al contacto con la sangre que ya cubría casi toda la camisa y chaqueta de El Mago. Un humo azulado empezó a esparcirse entre ambos y el olor a piel y pelo quemado se volvió fuerte y penetrante.

El Quatrixch, desesperado y rugiendo del dolor, clavó sus fauces en el cuello de El Mago.

Jarod Cohen ni siquiera se dio cuenta de lo que había sucedido.

En un momento estaba caminando con su vaso de *Scotch* hacia las mujeres que se revolcaban con sus clientes japoneses en la cubierta de su yate; en el otro, se desvanecía, perdía el equilibrio y caía muerto a pocos centímetros del torso desnudo de una de las modelos.

La mujer gritó.

Las demás mujeres gritaron.

Y los japoneses también.

Michael Weiss realmente no sabía lo que estaba sucediendo, hasta que vio el charco de sangre que empezaba a esparcirse debajo de la cabeza de Cohen.

—Jarod...

Miró de un lado a otro, para ver si distinguía a su atacante, como si, de alguna forma, el hecho de verlo iba a hacer alguna diferencia.

—Pereira... —susurró.

Sólo veía la costa muchos metros frente a él. Demasiados. ¿Cómo diablos había hecho el disparo? Ninguna persona podía acertar a esa distancia...

La interrogante seguía en su cabeza, cuando la bala penetró su frente, para atravesar su cerebro y salir por el occipital.

—¿Qué haces aquí... otra vez? —preguntó El Mago, sin decir nada, pues su cuello estaba completamente destruido por la mordida del lobo-hombre. Se dio cuenta de que había hecho la pregunta con su mente.

De pie, junto a él, Azrael lo miraba complacido, como un padre orgulloso. Parecía no mostrar pena por las heridas del sicario.

El cuerpo del Quatrixch yacía muy cerca, totalmente carbonizado, mientras que El Mago se desangraba, le dolía cada músculo de su cuerpo y gran parte de él mostraba quemaduras graves.

—¿Es mi turno...? —su mente volvió a preguntar.

El Ángel de la Muerte asintió y extendió la mano.

El Mago hizo un esfuerzo extenuante para tratar de estrechársela.

No pudo.

Azrael no hizo nada para ayudarlo.

Apagando un grito de dolor, alzó la mano. Sus ojos se llenaron de lágrimas.

Azrael por fin se arrodilló y la tomó en la suya. Sintió que el dolor disminuía apenas su piel rozó la del ángel.

—¿A... dónde voy?

—No pareció importarte nunca.

—Parece que cuando llega el momento —gimió el sicario—, a todo el mundo le importa...

El Mago sintió que se sumergía en un estado de descanso, de relajamiento, como si se hundiera en una inmensa piscina. Pero no sentía ahogo, sino todo lo contrario; se sentía en paz. Cerró los ojos. Sentía mucho sueño...

—Vamos, Garol. Alexia y Michaela te esperan.

El Ángel de la Muerte abrazó al sicario, mientras el cuerpo de Garol Pereira, El Mago, se desconectaba del mundo y le entregaba su alma.

El avión aterrizó en el aeropuerto de Guayaquil, una noche de enero, cuando la ciudad se ahogaba en una fuerte tormenta.

—Vaya lugarcito —comentó Garol Pereira, mientras bajaba las escaleras del avión y se encaminaba hasta la pequeñísima terminal.

—No te quejes tanto —dijo Raúl Pini—. Ésta es la madre tierra.

—Pues preferiría ser huérfano.

Raúl sonrió. Sabía que a Garol lo que más le molestaba era regresar al lugar donde había pasado su infancia. Salvo unos pocos, no habían sido años felices.

Llegaron casi empapados al edificio y después de chequear sus pasaportes, esperaron a que sus equipajes llegaran a la banda sin fin que rechinaba cada quince segundos. No había muchos pasajeros, pero aun así sus maletas no llegaban.

En realidad no traían mucho, sólo una maleta cada uno.

Lo más importante no viajaba con ellos, sino que permanecía depositado en cuentas numeradas en Aruba, las Islas Caimanes y Panamá.

Raúl Pini no había perdido el tiempo. Desde el momento en que supo que Garol había asesinado a los altos ejecutivos del Mossad, decidió mudarse rápidamente. Había hecho público los discos con la confesión de Weiss y el escándalo había sido noticia durante semanas en los principales periódicos del mundo y en la internet. El gobierno israelí había hecho cambios drásticos en su servicio secreto y muchas cabezas habían rodado. Eli Stieffel y el General Levrant habían fallecido de causas naturales y "Los Hijos de David" habían sido disueltos oficialmente, aunque esto último nadie lo creía.

Nunca supieron nada más de Robert Towsend. Pero su madre, Willmila, vendió su casa y se mudó a Europa. Tal vez su hijo también la acompañara; había muchos neonazis en el viejo continente.

Por fin las maletas arribaron y comenzaron a hacer cola para la revisión de Aduana. Un par de señoras traían un sinnúmero de maletas, cajas de cartón y una de madera. Empezaron una fuerte discusión con la mujer encargada de la revisión de sus pertenencias.

Garol y Raúl esperaron pacientemente. No querían llamar la atención. Eso formaba parte de su profesión y la paciencia era algo que les iba con naturalidad.

Luego, a la salida del aeropuerto, tomaron un taxi con destino a uno de los hoteles medianamente cómodos en el centro de la ciudad. El tráfico estaba congestionado, las calles rebosantes de agua y la gente corría de un lado a otro, tratando inútilmente de escapar de la lluvia.

—Mierda... Esto parece un río —exclamó Garol, sudando en exceso. A pesar de la lluvia, el aire era pesado y caliente. Peor aun dentro del incómodo taxi.

Raúl se limitó a observar con atención lo que los chorros de agua le permitían. Le gustaba conocer su ambiente desde el primer instante. Ya había hecho contacto a través de terceros con políticos y traficantes que podrían utilizar los servicios de sus "elementos." Y es que Garol no iba a ser el único. Por supuesto que era el mejor, pero necesitaba por lo menos cinco más, para poder hacer un buen negocio. Empezaría el reclutamiento en los países vecinos y en Brasil, donde sabía de excelentes prospectos.

—¿Por qué sonríes? —preguntó Garol—. ¿No te molesta este clima de mierda?

Los ojos de Raúl se iluminaron con anticipación, como un niño en espera de regalos.

—Simplemente creo que nos esperan cosas buenas en este lugar.

Por alguna razón que no supo explicar, Garol Pereira no se sentía tan optimista.

www.ingramcontent.com/pod-product-compliance
Lightning Source LLC
Chambersburg PA
CBHW020328180626
46812CB00001B/98